BASTEI
LÜBBE

Constance Heaven

Das Erbe der Kuragin

Aus dem Englischen
von Ursula Walther

BASTEI
LÜBBE

BASTEI-LÜBBE-TASCHENBUCH
Band 11906

Deutsche Erstveröffentlichung
Titel der Originalausgabe: Heir to Kuragin

Printed in France Dezember 1992
Einbandgestaltung: Roberto Patelli
Titelzeichnung: THREE LIONS
Satz: »Die Letter«, Hausen/Wied
Druck und Bindung: Brodard & Taupin, La Fleche
ISBN 3-404-11906-1

Für Elizabeth Burge

TEIL 1

Der Kaukasus

Eine Welt der Wunder, deren Gipfel
von Nebelschleiern umhüllt sind,
und Männer, die frei wie Adler leben . . .

Michail Lermontow

1

Warum war sie in den Kaukasus gekommen, und weshalb hatte sie davon geträumt, hier alles klären zu können? Diese Fragen hatten Anna während der endlos langen Reise über holprige Straßen unaufhörlich beschäftigt. Natürlich – hier, bei Kumari, war das Haus, und es gab die Aufforderung von Gregorijs Großmutter und seinen letzten Brief, doch Anna hätte nicht sofort aufbrechen müssen. Das hatte ihr der Anwalt gesagt. Die rechtlichen Angelegenheiten hätten auch ohne ihre Anwesenheit geregelt werden können, aber jetzt war sie kaum eine halbe Tagesreise von Pjatigorsk entfernt und auf dem beschwerlichen Weg nach Tiflis – dieses Ziel, das sie in den letzten Monaten so kraftvoll angezogen hatte, erschien ihr plötzlich gar nicht mehr so wichtig.

Sie stieß die hölzernen Fensterläden auf und starrte über die Ebene zu den steilen, schneebedeckten Bergen hinauf, die silbrig unter dem dämmrigen Himmel schimmerten, als wären sie nur eine Illusion... Die Gipfel des sagenumwobenen Kaukasus: der Elbrus, zwischen dessen Zwillingsgipfeln die Arche Noah nach der Sintflut auf Grund gestoßen war; der Kasbek, an dem Prometheus angekettet gewesen war, zur Strafe dafür, daß er den Göttern das Feuer gestohlen und den Menschen gebracht hatte; dies war das legendäre Land der Kolcher, wo Medea Jason und den Argonauten zum goldenen Vlies verholfen hatte... Mit diesen Mythen und Sagen hatte Gregorij sie in den ersten Tagen ihrer Bekanntschaft unterhalten, und sie hatte nichts von der grausamen Wirklichkeit geahnt, die den Mann, den sie zu dieser Zeit so sehr geliebt hatte, ins Unglück stürzen würde. Jetzt, als sie tief die reine kalte Luft einsog, war sie entzückt von dem Wunder, das sie umgab, und zum erstenmal seit den erschütternden Ereignissen löste sich ihre Beklommenheit. Vielleicht würden schon bald, wenn sie sich erst Klarheit über alles verschafft hatte, das Leid und die Schuldgefühle ein Ende haben, und sie könnte ein neues Leben beginnen. Auch Papa hatte sie getröstet und gesagt, daß das Leben einer Dreiundzwanzigjährigen nicht verwirkt war, nur weil ihr Ehemann eines Morgens auf unerklärliche Weise und ohne eine Spur zu hinterlassen verschwunden war, als hätte er nie existiert. Aber sie hatte Papa auch die Wahrheit über ihre Ehe verschwiegen. Er ahnte nicht einmal, daß das, was so wunderbar und glanzvoll begonnen hatte, zu einer Quelle von Bitterkeit und Vorwürfen für zwei Menschen, die sich zu heftig geliebt hatten, geworden war. Er hörte nicht die verletzenden Worte, die Gregorij ihr an den Kopf warf, bevor er die Wohnung verließ und die Tür hinter sich zuknallte; er sah nicht, wie sie zum Fenster lief und mit ihren Fäusten gegen die Scheiben trommelte, während sie mit Zornestränen in den Augen beobachtete, wie Gregorijs elegante Gestalt in der wartenden Troika verschwunden war – es war das letzte Mal, daß sie ihn gesehen hatte.

Eine schläfrige Stimme, die aus dem Bett am anderen Ende des Zimmers drang, jammerte: »Mußt du das Fenster so weit aufreißen? Hier zieht es schrecklich, und ich friere mich langsam zu Tode.«

»Tut mir leid.« Anna zog die Läden zu und verriegelte sie. »Ich bin ein selbstsüchtiges Ekel.«

Kusine Maria, die von der langen Fahrt über die schlechten schmalen Straßen erschöpft war, öffnete ein Auge und erwiderte belustigt: »Nicht gerade ein Ekel, mein Täubchen, nur ein wenig gedankenlos. Weck mich, wenn Jakob das Essen bringt.«

»Natürlich.«

Anna nahm eins der Reiseplaids aus Fell und breitete es über das Bett, während sie der älteren Frau einen Kuß auf die Wange hauchte. Es war noch nicht richtig dunkel, und sie sehnte sich nach der frischen Aprilluft und danach, den kühlen Wind auf ihrem Gesicht zu fühlen. Sie mußte der stickigen Atmosphäre in diesem Zimmer – dem besten, das die Poststation zu bieten hatte – entfliehen.

Sie ging die morsche Stiege hinunter und am Schankraum vorbei, der, nach dem Stimmengewirr zu urteilen, voll besetzt war. Sie erhaschte einen Blick auf ein paar Bauern, Kameltreiber, Fuhrleute und Soldaten, die um einen großen Holztisch versammelt waren. Eine Terrine mit dampfender Kohlsuppe und ein Teller, auf dem sich frischgebackene, mit würzigem Fleisch gefüllte *Blinis* türmten, standen in der Mitte des Tisches.

Ein Ober mit schmieriger Schürze lief geschäftig hin und her, um ein paar hochnäsige Offiziere, die in einem gehörigen Abstand zu den anderen Gästen Platz genommen hatten, zu bedienen. Ein heißer Schwall abgestandener Luft, gemischt mit dem Geruch nach Essen, Wein und Schweiß, schlug Anna durch die geöffnete Tür entgegen, und sie floh ins Freie und auf den lehmigen Weg.

Hier, in diesen südlichen Gefilden, war der Schnee schon getaut, und die leichte Brise, die von den Bergen herunterwehte, duftete nach Frühling. Ein dunkler, undurchdringlicher Wald begrenzte eine Seite der Straße, und auf der anderen erstreckte sich ein weites Feld, auf dem zartgrüne Maispflänzchen in ordentlichen Reihen standen. Anna hielt einen Moment inne, atmete tief die scharfe, nach Pinien- und Lärchennadeln duftende Luft ein und fühlte, wie ihr der Wind das Haar aus der Stirn wehte. Sie ging ein paar Schritte in die blaue Dämmerung hinein, wohl wissend, daß sie sich nicht zu weit vom Haus entfernen durfte. Immer wieder hatte man sie gewarnt, ihr gesagt, daß auf den Straßen Gefahr drohte und daß niemand vor Räubern und feindseligen Reitern sicher war, die wie ein Rudel hungriger Wölfe von den Hügeln heruntersprengten.

Annas Mutter war in Tränen ausgebrochen, als sie von dem Vorhaben ihrer Tochter erfahren hatte. »Du kannst nicht allein in den Kaukasus fahren«, hatte sie geklagt. »Stepan, du mußt es ihr verbieten. Ihr kann alles mögliche in dieser Wildnis zustoßen... Sie könnte getötet werden wie der arme Gregorij.«

»Aber, aber, meine liebe Nadja«, hatte Annas Vater sie beschwichtigt. »So schlimm, wie du denkst, ist diese Wildnis gar nicht. Wenn das, was wir gehört haben, wahr ist, dann herrscht augenblicklich Waffenstillstand. Außerdem ist es nicht sicher, daß Gregorij tot ist. Ich habe die Hoffnung noch nicht aufgegeben und denke, er könnte genausogut gefangengenommen worden sein. Es sind schon seltsamere Dinge geschehen.« Er hatte den Arm um Annas Schultern gelegt und sie an sich gezogen. Seit sie denken konnte, hatte er ihr nur Güte und Verständnis entgegengebracht.

»Ich meine«, fuhr er liebevoll fort, »daß es richtig wäre, wenn Anna in die Heimat ihres Mannes fahren, seine Großmutter kennenlernen und sich das Haus ansehen würde, in dem er aufgewachsen ist. Der Kaukasus ist zauberhaft im Frühling, und wenn sie durch diese Reise ihren Seelenfrieden wiederfindet, sollten wir alles tun, um sie dabei zu unterstützen. Gregorij hätte das sicher auch gewollt.«

Hätte er das? Anna war davon nicht unbedingt überzeugt. Sie bezweifelte, daß es ihr möglich gewesen wäre, diese Reise anzutreten, wenn ihr Vater und Kusine Maria ihr nicht beigestanden hätten.

Solange sich Anna erinnern konnte, war der Kaukasus in eine kriegerische Auseinandersetzung verwickelt. Mehr als fünfzig Jahre hatten die Russen gegen die rebellischen Volksstämme aus Dagestan gekämpft, um den Kaukasus – das Tor zu Asien – unter die Herrschaft des Zaren zu bringen und den Weg nach Persien und zu den Reichtümern Indiens zu öffnen. Anna hatte oft ihrem Vater zugehört, wenn er mit einer gewissen Bewunderung von den tapferen Völkern gesprochen hatte, die so verbissen kämpften, um sich ihre Unabhängigkeit zu bewahren. In den letzten zehn Jahren hatten sich die kaukasischen Volksstämme unter einem wagemutigen und skrupellosen Mann, dem Imam Schamil, zu einer Allianz zusammengeschlossen, und der Anführer hatte die Kämpfe zu einem Heiligen Krieg – Moslems gegen Christen – erklärt.

Obwohl die rebellischen Völker Terror verbreiteten und die russischen Soldaten durch Verwundungen, das Fieber oder die beißende Kälte in den Bergen ein grausames Ende fanden, ließen sich die Wohlhabenden und Reichen nicht von einer Reise nach Pjatigorsk abhalten, wo sie im heißen Schlamm badeten, um ihren Rheumatismus zu kurieren, oder mit dem schwefelhaltigen Wasser den Verdauungsbeschwerden entgegenzuwirken versuchten. Selbst gelegentliche Entführungen oder Meuchelmorde dämmten den Strom der Reisenden nicht ein, die nach Tiflis oder ans Schwarze Meer fuhren, um sich am Hof des Vizekönigs zu vergnügen und außerhalb der konventionellen Gesellschaft von St. Petersburg und Moskau eine Liebesaffäre zu genießen. Als Annas Freundinnen gehört hatten, daß sie in den Kaukasus fahren würde, waren sie in Begeisterungsstürme ausgebrochen. »Wie romantisch!« hatten sie ausgerufen. »Wie aufregend!« Genauso hatten sie auch reagiert, als Anna Gregorij, Prinz von Kumari, geheiratet hatte. Alle Mädchen hatten sie glühend um ihren gutaussehenden, eleganten Bräutigam beneidet. Wie wenig sie ihn doch gekannt hatten – ebensowenig wie Anna selbst.

Sie wanderte die menschenleere Straße entlang und genoß die Bewegung, die sie in den Wochen, in denen sie in einer engen Kutsche durchgeschüttelt worden war, so sehr vermißt hatte. Plötzlich blieb sie wie angewurzelt stehen. Ein Mann – seinem Aussehen nach ein Tatar oder Tscherkesse – taumelte aus dem Unterholz. Anna konnte nicht erkennen, ob er feindliche Absichten hegte. Sein enganliegender Mantel war zerlumpt und schmutzig, und seine Stiefel waren mit einer dicken Schlammschicht bedeckt. Das dunkle Haar hing ihm in nassen Strähnen ins Gesicht. Er mußte in den Morast gefallen oder durch einen Fluß geschwommen sein. Anna konnte sich nicht entscheiden, ob sie umkehren und flüchten oder ihn gar nicht zur Kenntnis nehmen sollte, und während sie noch zögerte, schwankte er ein paar Schritte auf sie zu und brach vor ihr zusammen. Er fiel, die Arme ausgestreckt, mit dem Gesicht auf den Boden, und seine Hände krallten sich in den Lehm, als er sich erfolglos bemühte, sich aufzurichten.

Er ist betrunken, dachte Anna und zog angewidert ihre Röcke zusammen. Doch plötzlich erregte etwas ihre Aufmerksamkeit. Sie starrte auf die kräftige, schmutzverkrustete Hand vor ihren Füßen. An einem Finger steckte ein Ring mit einem großen quadratischen Stein. Das Onyx-Siegel war in zwei verschlungene Hände gefaßt... Diesen

Ring hatte sie schon einmal gesehen – an Gregorijs Hand, oder war es nicht derselbe?

Ihr Herz setzte einen Schlag aus, und ihr wurde schwindlig. Das konnte doch nicht wahr sein, ihre Phantasie spielte ihr einen Streich. Solche Dinge geschahen nicht im wirklichen Leben. Sie schloß die Augen, öffnete sie wieder und starrte ungläubig den Ring an.

Getrieben von einer betäubenden Hoffnung sank sie neben dem Mann auf die Knie, aber das halb abgewandte, gebräunte Gesicht mit den ausgeprägten Wangenknochen war nicht das von Gregorij. Eine Welle der Enttäuschung durchströmte sie. Sie legte eine Hand auf die Schulter des Mannes und schüttelte ihn.

»Woher haben Sie diesen Ring? Woher? Sie müssen es mir sagen«, beschwor sie ihn auf russisch.

Der Kopf drehte sich ihr ein wenig zu, aber die Augen sahen sie blicklos durch die verfilzten Strähnen an. Der Mann murmelte etwas und stöhnte. Erschrocken registrierte Anna, daß ihre Hand blutverschmiert und der zerlumpte Mantel mit großen dunklen Flecken übersät war. Verwirrt kauerte sie, unfähig, sich zu rühren, auf der Straße, aber im nächsten Moment sprang sie auf die Füße und lief über die Straße zurück zum Haus.

Als sie durch die Tür der Poststation stürmte, sah sie Jakob, der in ein Gespräch mit dem Ober vertieft war. Sie winkte ihm eindringlich zu, und er bahnte sich einen Weg durch den überfüllten Schankraum. Jakob diente schon sein ganzes Leben lang der Familie und war zusammen mit Annas Mutter aufgewachsen, und obwohl Anna inzwischen eine verheiratete Frau war, behandelte er sie noch immer wie ein Kind, dem er beigebracht hatte, auf einem Pony zu reiten, und das er auf seinen Schultern getragen hatte, während es mit seinem dichten grauen Bart spielte.

»Was ist geschehen, Barina?« fragte er nachsichtig. »Fürchten Sie um Ihr Abendessen? Es ist fast fertig. Ich habe diese faulen Stricke veranlaßt, etwas Besseres für Sie und Maria Petrowna zuzubereiten als diesen Schweinefraß«, erklärte er und deutete auf die Kohlsuppe.

»Deshalb bin ich nicht hier, Jakob. Auf der Straße liegt ein Mann, ich glaube, er ist schwer verletzt.«

»Ein Mann, wie?« Er lächelte über ihre Naivität. »Und weas soll ich da tun? Es gibt überall Streuner, kleine Frau, und die meisten von ihnen sind Räuber, die jeden Trick kennen und Sie schnell wie eine Schlange um ihre Geldbörse erleichtern. Sie werden sich doch nicht um dieses Gesindel sorgen.«

»Er blutet, Jakob«, beharrte sie. »Man kann ihn doch nicht einfach liegen und sterben lassen. Du mußt ihn ins Haus bringen und dafür sorgen, daß sich die Leute hier um ihn kümmern. Ich werde sie dafür bezahlen.«

Einige Männer, die im Schankraum saßen, beobachteten sie neugierig, Jakob schob Anna sanft über die Schwelle nach draußen und schloß die Tür.

»Es ist nicht nötig, daß die alles mitanhören. Ihre Ohren sind länger als die von Eseln«, brummte er geringschätzig. »So, und jetzt erzählen Sie mir alles noch einmal. Hat dieser Hundesohn Ihnen etwas angetan?«

»Nein, nein, wirklich nicht«, versicherte sie eindringlich. Wenn sie sich nicht irrte und der Ring tatsächlich Gregorij gehörte, dann wußte der Verletzte vielleicht irgend etwas über ihn. Aber es dauerte eine Weile, bis sie Jakob überzeugt hatte und er sich schließlich murrend auf den Weg machte. Anna sah ihm nach, als er in die Dunkelheit verschwand. Es dauerte nur ein paar Minuten, bis er wieder zurückkam.

»Keine Menschenseele zu sehen, Madame. Sind Sie sicher, daß Sie das ganze nicht geträumt haben? Vielleicht war da gar niemand – im Dämmerlicht kann man sich leicht täuschen.«

»Natürlich war er da«, erwiderte sie ärgerlich. »Ich habe sogar mit ihm gesprochen. Hast du überall nachgesehen? Er könnte ins Dickicht oder auf das Feld gekrochen sein.«

»Ich habe alles abgesucht, das schwöre ich.« Er verzog wütend das Gesicht. »Er ist dorthin zurückgegangen, wo er hingehört, und hat das da verloren«, fügte Jakob hinzu und hielt einen schmutzigen blauen Stoffstreifen in die Höhe. »Das hat sich offenbar in den Ästen verfangen, als der Halunke in den Wald geflüchtet ist.«

»Aber er kann sich nicht auf diese Weise aus dem Staub gemacht haben. Das ist unmöglich«, rief Anna bitter enttäuscht. Sie bemerkte, daß Jakob ihr einen seltsam besorgten Blick zuwarf, und schämte sich wegen ihres törichten Verhaltens. »Na ja«, fuhr sie ruhiger fort, »es ist nicht so wichtig. Wenn unser Abendessen fertig ist, kannst du es servieren, Jakob.«

»Ja, Madame, sofort.«

Anna stieg langsam die Treppe hinauf, und Jakob trieb den Ober zu größerer Eile an.

»Oh, da bist du ja«, sagte Maria, als Anna das Zimmer betrat. »Ich hatte schon befürchtet, daß dir etwas passiert sein könnte. Ich bin am Verhungern.«

»Ich brauchte ein wenig frische Luft und bin spazierengegangen.«

Maria musterte ihre junge Begleiterin scharf, aber sie schwieg, als Jakob den Tisch mit einem weißen Tuch bedeckte. Anna ging, um sich das Blut von ihren Händen zu waschen, während Jakob geschäftig umhereilte, den Ober schikanierte, die Teller auf ihre Sauberkeit überprüfte und ihr eigenes Besteck aus einem Korb holte.

»Es ist schon gut«, sagte Maria. »Wir werden uns selbst bedienen.«

Jakob verbeugte sich, zerrte den Ober mit sich zur Tür und verließ mit ihm den Raum.

Die Mahlzeit – eine Eierspeise mit gebratenem Hühnerfleisch – schmeckte überraschend gut. Danach gab es eine Spezialität des Landes: heiße Käsetörtchen, die mit *Smetana*, einer dicken, köstlichen sauren Sahne, übergossen waren. Anna beobachtete voller Liebe, wie Maria ein Törtchen nach dem anderen verschlang. Maria war die Kusine ihrer Mutter und lebte schon so lange bei ihnen, daß Anna sie immer als ihre ältere Schwester betrachtet hatte. Manchmal fühlte sie sich ihr sogar mehr verbunden als ihrer Mutter.

Annas Vater war Engländer. Stephen Crispin war als Hauslehrer nach Rußland gekommen, um die Tochter des Grafen Kusinskij zu unterrichten. Er verliebte sich in seine Schülerin, und als dieses süße Geheimnis ans Licht kam, wurde er mit Schimpf und Schande entlassen, aber er hatte sich nicht geschlagen gegeben. Starrköpfig hatte er um Anerkennung gekämpft, Artikel über alle möglichen Titel verfaßt und sein Literaturstudium wiederaufgenommen, während er in einer kümmerlichen Dachmansarde sein Leben fristete. Schließlich hatte er eine Anstellung bei der Moskauer Universität erhalten, und Nadja war von zu Hause weggelaufen, um ihn gegen den Willen ihrer entrüsteten aristokratischen Eltern zu heiraten. Kurz nach ihrer Hochzeit war Maria, Nadjas verwaiste Kusine, zu ihnen in die armselige Wohnung gezogen, und sie hatten mit Musikunterricht ihr Einkommen aufgebessert. Ausgestoßen von der feinen Gesellschaft, pflegten sie den Umgang mit Stephen Crispins intellektuellen Freunden, die er in Moskau gewonnen hatte.

Maria hatte in ihrer ruhigen Art die Diskussion darüber, ob Anna in den Kaukasus reisen sollte oder nicht, beendet.

»Stepan, du weißt doch, daß mich während der letzten Winter Rheumaanfälle geplagt haben«, sagte sie gelassen. »Mein Arzt hat mir versichert, daß es nichts Besseres für mich gäbe als die Moorbäder in Pjatigorsk. Ich denke, ich sollte mich auf die Reise machen, sobald die Straßen im Frühling frei von Schnee und Eis sind. Vielleicht wäre Anna so freundlich, mich zu begleiten.«

Auf diese wunderbare Weise hatte Maria ihrer Nichte den Weg geebnet, und nun hatten die beiden Frauen schon den schlimmsten Teil der Reise hinter sich gebracht.

Sie sprachen nicht viel, während sie das Abendessen einnahmen, und erst als Maria den Samowar in Gang setzte, um den Tee zuzubereiten, sagte sie: »Du hast kaum etwas gegessen, Anjuschka. Ist irgend etwas vorgefallen? Als du vorhin ins Zimmer gekommen bist, erschienst du mir ein wenig aufgeregt.«

»Ich weiß nicht...« Anna spielte mit ihrem Löffel, bevor sie dem freundlichen Blick hinter den dicken Brillengläsern begegnete. »Versprich mir, daß du mich nicht für verrückt hältst, wenn ich dir alles erzählt habe.«

»Warum sollte ich so etwas von dir denken? Ich hatte nie Grund zu der Annahme, daß es dir an gesundem Menschenverstand mangelt, meine Liebe.«

Nachdem Anna von den Ereignissen am frühen Abend erzählt hatte, schwieg Maria einen Moment, dann sagte sie schnell: »Es könnte verschiedene Erklärungen geben. Am wahrscheinlichsten ist, daß Jakob recht hat und daß du dir den ganzen Zwischenfall nur eingebildet hast.«

»Das ist unmöglich«, behauptete Anna entschieden. »Dieser Mann war da, und ich habe den Ring gesehen und ihn wiedererkannt. Gregorij hat ihn sehr oft getragen.«

Einmal hatte er ihr während eines schrecklichen Wutanfalls ins Gesicht geschlagen, und die scharfe Kante des Rings hatte ihre Lippe aufgeschnitten. Jetzt, bei der Erinnerung an diese Szene, schmeckte sie wieder das salzige Blut.

»So etwas geschieht häufig«, entgegnete Maria. »Es wurde schon dunkel, und du hast geglaubt, all das zu sehen, weil du dich in Gedanken unaufhörlich mit Gregorij beschäftigst. Vielleicht hatte dieser Kerl irgend etwas an sich, was dich an Gregorij erinnert hat, und du hast einen Gegenstand in diesem Augenblick irrtümlich für etwas gehalten, was du kennst.«

Diese Erklärung klang so plausibel, daß Anna zu schwanken begann, aber noch war sie nicht ganz überzeugt.

Maria schnitt die Zitrone in dünne Scheibchen und goß Tee in die großen Gläser. »Nehmen wir einmal an«, fuhr sie langsam fort, »du hättest diesen Ring wirklich gesehen. Ist es nicht möglich, daß Gregorij von verfeindeten Stammesangehörigen oder Banditen gefangengenommen und ausgeraubt wurde? Man hätte ihm sicher alle Wertgegenstände – seine Uhr und alle Schmuckstücke, die er trug – weggenommen, und diese Dinge gehen, wie es bei Dieben üblich ist, schnell von Hand zu Hand. Vielleicht war es purer Zufall, daß dieser Mann, den du gesehen hast, in den Besitz des Rings gekommen ist.«

»Es erscheint so unwahrscheinlich, und trotzdem . . .«

»Es könnte noch eine andere Erklärung geben«, fiel Maria ihr ins Wort, ehe sie Zucker in den Tee rührte und genüßlich an dem heißen Getränk nippte. »Sie ist die unwahrscheinlichste, aber sie liegt im Bereich des Möglichen. Es könnte jemanden geben, der weiß, was Gregorij zugestoßen ist, und der aus irgendeinem Grund versucht, dir eine Botschaft zu überbringen. Den Ring benutzt er als eine Art Erkennungszeichen, weil er sicher ist, daß du ihn sofort identifizierst...«

»Eine Botschaft? Was für eine Botschaft?«

Maria zuckte mit den Schultern. »Ah, das ist der schwache Punkt. Es ist unmöglich, eine Vermutung darüber anzustellen, ohne zu phantasievoll zu werden.«

»Aber weshalb war er so schwer verletzt? Und warum war er wie vom Erdboden verschluckt, als Jakob nach ihm sehen wollte?«

»Wer kann das schon sagen? Vielleicht gab es andere, die verhindern wollten, daß er Kontakt zu dir aufnimmt.«

»Glaubst du das wirklich?«

»Nein, das tue ich nicht«, antwortete Maria entschieden. »Ich denke, daß diese Theorie nicht nur unwahrscheinlich, sondern geradezu lächerlich ist.«

Anna dachte an Gregorijs Brief, der sie so unerwartet erreicht hatte und so untypisch für Gregorij gewesen war. Er hatte sie inständig gebeten, in den Kaukasus zu kommen, und bevor sie ihm antworten oder eine Entscheidung hätte fällen können, war er spurlos und ohne ein Wort verschwunden.

»Anna«, begann Maria und füllte die Gläser nach, »ich habe dich nie danach gefragt: Warum ist Gregorij so plötzlich in den Kaukasus gereist?«

»Er mußte sich nach dem Tod seines Vaters um einige Familienangelegenheiten kümmern... Sein Großvater hat ihm geschrieben. Gregorij war länger als zwölf Jahre nicht mehr in Kumari. Er wurde als Kind nach St. Petersburg gebracht und unter den Schutz des Zaren gestellt.«

»Weshalb hat er dich nicht mitgenommen?«

»Er sagte, daß er um meine Sicherheit fürchtet.«

Aber das war nicht der wahre Grund, und Anna wußte das. Er war vor ihr geflüchtet. Er hatte sich in St. Petersburg und mit seiner Frau gelangweilt – mit einer Frau, die er nie wirklich gewollt hatte und die ihm nur dann Vergnügen bereitet hatte, wenn er sie grausam behandeln konnte.

»Also«, seufzte Maria, stand auf und streckte sich, »weißt du, was ich glaube? Unsere Phantasie geht mit uns durch, und für all das gibt es gar keine Erklärung. Ich denke, wir sollten diesen Zwischenfall einfach vergessen. Wir müssen morgen sehr früh aus den Federn, und es ist Zeit, schlafen zu gehen. Versuch, nicht mehr an die Sache zu denken.«

Das war einfacher gesagt als getan. Anna konnte sich noch so oft einreden, daß das, was sie zu sehen geglaubt hatte, nur ihrer Nervenanspannung und der zermürbend langen Reise in der Kutsche zuzuschreiben war – sie glaubte trotzdem, daß die Begegnung mit dem Fremden ein weiterer Teil des Rätsels war, das sie hier, so weit von zu Hause entfernt, zu lösen versuchte.

»Ich bin eigentlich nicht jemand, der viele Fragen stellt«, sagte Maria, als sie im Bett lagen, »aber mich würde doch der wahre Grund für deine Reise interessieren.«

Das war eine der liebenswertesten Eigenschaften an Kusine Maria: Sie war sehr klug und einfühlsam und drängte nie auf Erklärungen, und deshalb fiel es Anna nicht schwer, sich ihr anzuvertrauen, in dem Bewußtsein, daß Maria ihr Verständnis entgegenbringen würde.

»Wenn jemand an einer Krankheit stirbt oder getötet wird, dann hat alles, so schrecklich es auch sein mag, ein eindeutiges Ende. Verstehst du? Keine Fragen sind offen, und es bleiben keine Zweifel. Aber wenn jemand einfach von der Bildfläche verschwindet, wenn er weggeht und nicht mehr wiederkommt – wie kann man diese Tatsache akzeptieren? Man muß sich Klarheit verschaffen, und erst dann ist es möglich, ein normales Leben zu führen.«

»Und du hoffst, dir in Tiflis diese Klarheit verschaffen

zu können? Was, glaubst du, wirst du in Erfahrung bringen?«

»Das weiß ich wirklich nicht. Ich möchte mit den Menschen sprechen, die er kannte, mich mit seinen Freunden, Verwandten und den Leuten, mit denen er täglich Umgang hatte, treffen. Irgend jemand wird mir doch sagen können, was ich wissen will – wissen muß.«

»Hast du ihn so sehr geliebt?« fragte Maria ruhig. »Ich habe schon öfter darüber nachgedacht.«

Auf diese Frage war Anna nicht vorbereitet, und es wäre zu schmerzlich gewesen, sie wahrheitsgemäß zu beantworten. Darüber konnte sie nicht sprechen. Maria mochte Gregorij genausowenig wie Annas Vater ihn mochte. Anna wich der Frage aus, und Maria drang nicht weiter in sie.

Das Bett war hart und die Matratze klumpig, aber zum Glück gab es hier kein Ungeziefer, das sie auf so vielen Poststationen schon geplagt hatte. Maria fiel sofort in einen tiefen Schlaf und schlummerte friedlich wie ein Kind, aber Anna hatte kein solches Glück. Sie starrte in die undurchdringliche Finsternis und wagte kaum, sich zu rühren, weil sie fürchtete, Maria zu stören. Die Erinnerungen, die sie tagsüber so energisch zu verdrängen vermochte, brachen unbarmherzig über sie herein, und nicht zuletzt die seltsame Begegnung mit dem Verletzten hatte die Vergangenheit von neuem zum Leben erweckt. Hatte es je jemanden gegeben, der so naiv und vertrauensselig war wie sie? Schon der Gedanke daran machte sie krank. Sie war noch nicht einmal achtzehn gewesen und in der Abschlußklasse des Smolny-Instituts, als sie Gregorij zum erstenmal gesehen hatte. Annas Großmutter, die Gräfin Kusinskij, hatte darauf bestanden, daß sie diese vornehme Internatsschule, die normalerweise nur adligen Mädchen und Töchtern aus besten Häusern vorbehalten und einst von der Zarin Elisabeth gegründet worden war und noch immer unter kaiserlicher Schirmherrschaft stand, besuchte.

Eines Tages hatte sich die alte Dame dazu herabgelassen, die bescheidene Moskauer Wohnung, in der sich die Familie Crispin eingerichtet hatte, zu besuchen. Eine Wolke von teurem Parfum umgab sie, und sie trug einen kostbaren Pelzmantel. »Wenn du auch deine Herkunft verleugnest, meine Liebe«, sagte sie in eisigem Ton zu Annas Mutter, »solltest du wenigstens dem unschuldigen Kind nicht alle Chancen verwehren. Meine Enkelin muß eine angemessene Erziehung genießen, die ihr die Möglichkeit gibt, ihren Platz in der Gesellschaft einzunehmen.«

»Anna ist sehr gut erzogen und gebildet«, warf Stepan ruhig ein. »Dafür habe ich selbst gesorgt.«

»Daran zweifle ich nicht«, erwiderte die Gräfin und ließ ihren Blick geringschätzig über die Bücherwände schweifen. »Du hast ihr lauter nutzlose Dinge beigebracht, die ihr sicher nicht dazu verhelfen, eine gute Partie zu machen.«

»Das Kind ist doch erst vierzehn Jahre alt«, protestierte Nadja, aber sie schrumpfte förmlich unter dem strengen Blick ihrer furchterregenden Mutter in sich zusammen.

Sie kommen nicht einmal auf die Idee, mich nach meiner Meinung zu fragen, dachte Anna wütend. Sie hatte nie den leisesten Wunsch verspürt, in eine vornehme Internatsschule zu gehen, und sie wollte auch nicht dem Zaren vorgestellt werden. Sie liebte die herzliche und ungezwungene Atmosphäre in ihrer Familie und genoß die Besuche der Studenten, die in ihrer Wohnung ein und aus gingen. Ihr Vater förderte ihre Bildung und führte mit ihr Diskussionen und Streitgespräche, um sie zu schulen.

Aber ihre Großmutter ließ keine Einwände gelten, und Anna war der Verzweiflung nahe, doch sie hielt eisern ihre Tränen zurück.

Vom ersten Augenblick an hatte sie die Schule gehaßt. Inmitten der Gräfinnen und Prinzessinnen, die jetzt ihre Schulkameradinnen waren, fühlte sie sich wie ein Fisch auf dem Trockenen. Diese Mädchen hatten nichts anderes im Kopf als den Schnitt ihrer neuen Kleider und die Männer, die sie eines Tages zu heiraten hofften. Anna verachtete sie ebenso sehr, wie die Mädchen sie nicht leiden konnten. Sie konnte nie eine von ihnen werden, und die Gehässigkeit der jungen Damen verwandelte sich nach dem Ball im Winterpalast in bösartigen Neid.

Während des letzten Schuljahres wurden die Mädchen zu einigen gesellschaftlichen Ereignissen begleitet, dawmit sie sich besser auf die Rolle, die sie in ihrem späteren Leben einnehmen sollten, vorbereiten konnten. Im Spiegelsaal mit den Marmorsäulen, den Pfeilern aus Jaspis und Malachit, zwischen den riesigen Rosenbouquets unter den funkelnden Kristalleuchtern, in denen Tausende von Kerzen brannten, begegnete sie Gregorij Gadiani, Prinz von Kumari, zu erstenmal. Der gutaussehende einundzwanzigjährige Mann mit dem rabenschwarzen Haar und der weiß-goldenen Uniform der kaiserlichen Garde hatte wie Anna sein Debüt am Hof des Zaren, und er war die Attraktion des Abends. Die Blicke aller, nicht nur die der jungen Mädchen, waren auf ihn gerichtet, aber er schien nur Augen für Anna zu haben, und er tanzte den ganzen Abend mit ihr – mit Anna Stepanowna Crispin, die in ihrem weißen Ballkleid und mit den cremefarbenen Rosen in ihrem rotgoldenen Haar so unschuldig aussah wie ein kleines Kätzchen.

Sie drehte sich in dem harten Bett um, als sie einen Hund hörte, der den Mond anheulte. Ihre Augen brannten, und sie sehnte sich nach Schlaf. Jetzt, mit der Erfahrung, die sie in den letzten Jahren gemacht hatte, war es so leicht, ihre Naivität zu verdammen, aber damals war sie zum erstenmal bis über beide Ohren verliebt und so stolz gewesen, daß sie ihre hochwohlgeborenen Schulkameradinnen ausgestochen und das Herz des charmanten Neuankömmlings für sich gewonnen hatte. Gregorij sah nicht nur blendend aus, sondern unterschied sich auch durch seine exotische Herkunft aus dem weit entfernten Kaukasus von allen anderen jungen Männern.

Obwohl die Mädchen im Smolny-Institut streng beaufsichtigt wurden, fanden sie – wie alle Frischverliebten – immer wieder eine Gelegenheit, den wachsamen Augen der Erzieherinnen zu entfliehen. In diesem Frühling und Sommer brachte Gregorij es fertig, sich während ihrer Konzertbesuche, in der Oper, bei Gartenfesten oder Soireen immer unauffällig in ihrer Nähe aufzuhalten. Im Beisein der vielen Menschen gelang es den Liebenden immer wieder, ein Lächeln oder einen Blick zu tauschen oder sich zaghaft zu berühren. Manchmal hatten sie das Glück, sich davonstehlen zu können; dann gaben sie sich zarte Küsse, die durch die Angst, entdeckt zu werden, nur noch süßer und bezaubernder waren.

Eines Abends sprach sie ihn auf Englisch – die Muttersprache ihres Vaters – an, und er lachte leise und berührte mit seiner feingliedrigen Hand ihr Haar...

»She walks in beauty, like the night
Of cloudless climes and starry skies...«

Daß er Lord Byron, diesen zügellosen und gefährlichen Dichter, dessen Werke im Smolny-Institut streng verboten waren, in der Originalsprache zitieren konnte, machte Gregorij für Anna noch interessanter. Was für eine romantische Närrin sie doch gewesen war! Sie hatte damals geglaubt, daß zärtliche Küsse und Poesie eine Basis für eine Ehe sein könnten. Sie schauderte bei dem Gedanken an ihre Dummheit. Sie war so blind gewesen, und die nachfolgenden Ereignisse hatten sie gänzlich unvorbereitet getroffen.

Sie schwebte auf Wolken, bis Nina sie an einem Herbsttag auf eine verhängnisvolle Idee brachte. Die ganze Stadt sprach von dem größten Ereignis der Saison, einem alljährlich stattfindenden Maskenball, den die Kuragins, eine der wohlhabendsten Familien von St. Petersburg, auf einer der Newa-Inseln veranstalteten.

Die fünfzehnjährige Nina Astrow war lebhaft und leichtfertig wie ein Schmetterling, aber sie stand Anna von allen Mädchen am nächsten. »Dieser Ball ist der absolute Höhepunkt des Jahres«, seufzte Nina. »Papa hat mir oft davon erzählt. Es gibt Zigeunermusik und eine Ballettaufführung. In den Bäumen hängen bunte Lampions, und die Gäste tanzen bis zum Morgen. Mama ist die Schwester der Gräfin Kuragina, aber ich darf nicht auf den Ball gehen. Mama sagt, daß ich zu jung bin. Gregorij ist bestimmt eingeladen – o Anna, wäre es nicht wundervoll, wenn du mit ihm auf den Ball gehen könntest? Unter den vielen Gästen würdest du sicherlich nicht auffallen.«

Im ersten Moment erschien sogar Anna, die immer gegen die strikten Regeln des Pensionats rebelliert hatte, dieses Abenteuer als zu gewagt. Aber als sie mit drei anderen Mädchen unter der Aufsicht ihrer Erzieherin auf dem Newskij-Prospekt spazierenging, kam ihnen Gregorij entgegen, und unter dem Deckmantel einer höflichen Konversation erzählte Anna törichterweise von Ninas Idee. Gregorij war sofort Feuer und Flamme für den Plan.

»Es wäre schrecklich, wenn man mich erwischen würde«, flüsterte sie ein wenig ängstlich, aber im Grunde hatte sie sich nie wie die anderen Mädchen so bedingungslos dem Diktat ihrer Erzieherinnen unterworfen, und Gregorij hatte leichtes Spiel, sie zu überreden.

Nina zitterte vor Aufregung, als sie erklärte, Anna litte unter einer fürchterlichen Migräne und müßte in ihrem abgedunkelten Zimmer bleiben. Kichernd schüttete sie die Medizin aus dem Fenster und half Anna beim Anziehen. Der Pförtner am Gartentor, der sich leicht bestechen ließ, hatte sich schon öfter als Annas Freund erwiesen. Er ließ sie hinaus und versprach, am Tor zu sein, wenn sie zurückkam. Gregorij wartete mit einer Kutsche auf der Straße.

Es war ein traumhafter Abend, den man ein Leben lang nicht vergaß – eine zauberhafte St. Petersburger Nacht mit funkelnden Lichtern, und der Fluß schimmerte wie geschmolzenes Silber unter dem sternenübersäten Himmel. Sie tanzten ohne Pause, und Gregorij küßte sie leidenschaftlich im Schatten der Akazien. Zitternd vor Aufregung und Furcht lehnte sich Anna an einen der riesigen Steintröge, in denen Herbstrosen wucherten. Alles wäre gut gegangen, wenn Gregorij die Pferde auf dem Rückweg weniger wild durch die Straßen gehetzt hätte. Die Kutsche kollidierte mit einem Gemüsekarren, der auf dem Weg zum Markt war, und sie wurden von den Sitzen geschleudert und landeten inmitten von Kartoffeln und Zwiebeln auf der Straße. Glücklicherweise trugen sie außer ein paar blauen Flecken keine Verletzungen davon, aber es war fast neun Uhr morgens, als sie zum Tor des Pensionats kamen und die Katastrophe über sie hereinbrach.

Man hatte Annas Abwesenheit entdeckt, die arme Nina war unter der unerbittlichen Befragung der Lehrerschaft zusammengebrochen und hatte unter Tränen alles gestanden.

Der Sturm, der daraufhin losbrach, stand in keinem Verhältnis zu dem, was tatsächlich geschehen war. Was, in aller Welt, war so verwerflich daran, wenn ein junges Mädchen einen Abend mit einem ehrenhaften Mann auf einem Ball verbrachte? »Unfälle können jedem passieren«, verteidigte sich Anna und verfiel in schockiertes Schweigen, als der Skandal ruchbar wurde und eskalierte. Boshafte Zungen verbreiteten mit Freude erlogene Einzelheiten über Annas heimliche Treffen mit dem jungen Mann. Annas Vater wurde aus Moskau herbeizitiert, und ihre Großmutter war außer sich. Der Zar hatte ihr deutlich zu verstehen gegeben, wie erzürnt er war, weil ein Familienmitglied dem Ruf der Schule, die unter seiner Schirmherrschaft stand, auf diese unentschuldbare Weise Schaden zugefügt hatte.

»Ich habe nichts Schlimmes getan. Warum macht er ein so füchterliches Theater um die Sache?« rebellierte Anna. »Jedermann weiß, daß Barbara Nelidowa seine Mätresse ist.«

»Über solche Dinge hast du nicht zu befinden«, tadelte ihre Großmutter mit eisiger Stime. »Immerhin besteht ein Unterschied zwischen dem, was in aller Öffentlichkeit vor sich geht, und einer diskreten Angelegenheit, das solltest du eigentlich inzwischen gelernt haben. Wenn nicht, dann wäre es vermutlich besser, du würdest zu deinem bürgerlichen Vater und dem gewöhnlichen Leben zurückkehren, das du so sehr zu lieben scheinst.«

Anna verlor den Mut bei all der Geringschätzung, die ihr mit einemmal entgegengebracht wurde, und machte sich Sorgen um Gregorij, der, wie sie wußte, Ähnliches durchzumachen hatte. Beide wurden zum Zaren beordert. Anna hatte ihn schon einmal gesehen, aber sie war dennoch von seiner Erscheinung schrecklich eingeschüchtert. Er war groß und sah blendend aus, aber sein

Auftreten konnte ebenso charmant wie furchteinflößend sein. Er fixierte sie mit einem harten Blick seiner kalten grauen Augen, der deutlich machte, wie sehr sie ihn mit ihrem Verhalten, das ein schlechtes Licht auf seinen Hof warf, erzürnt hatten. Wenn Gregorij Russe gewesen wäre, hätte der Zar ihn sicherlich in irgendein Provinznest oder vielleicht sogar nach Sibirien ins Exil geschickt, aber Gregorij gehörte zu einer der ältesten Familien von Georgien, mit denen Rußland behutsam umgehen mußte, um seinen Einfluß im Kaukasus nicht zu verlieren. Der Vorfall hatte sich beinahe zu einem diplomatischen Konflikt entwickelt. Der junge Prinz stand unter Beschuß – die Englische Botschaft hatte Protest gegen sein Verhalten eingelegt, und die Familie Kusinskij übte Druck aus, und wegen dieser Einmischungen war das, was als harmlose Romanze begonnen hatte, zu einer äußerst ernsten Angelegenheit geworden. Anna und Gregorij wurden – trotz der Bedenken von Stepan Crispin, der nur widerstrebend seine Einwilligung gegeben hatte – im Dezember getraut. Der Frost hatte die Schneekristalle in glitzernde Diamanten verzaubert, und Annas Brautbouquet aus weißen Gewächshausrosen war gefroren und hart wie Porzellan, als sie die Kathedrale verließen und Gregorij ihr in den Schlitten half. Sie betrachtete verstohlen sein düsteres Gesicht, aber er hielt den Blick starr nach vorn gerichtet.

»Das haben wir hinter uns«, sagte er, »und der Teufel soll's holen. Uns bleibt nichts anderes übrig, als das Beste aus der verfahrenen Situation zu machen, nicht wahr, meine Liebe?«

Sein frostiger Tonfall brachte sie mehr zum Schaudern als der Wind, der über die Steppe fegte. Sie zitterte trotz des Pelzmantels. Dann lachte er auf seine unbekümmerte Art, drehte sich zu ihr um und schob ihren Schleier beiseite, um ihr einen glühenden Kuß zu geben. Aber die eisige

Brise, die sie berührt hatte, hatte sich seither nicht mehr verflüchtigt – nicht in diesem ersten Jahr...

Anna wälzte sich ruhelos in ihrem Bett, und Maria murmelte etwas Unverständliches, drehte sich um und zog die Bettdecke mit sich. Entschlossen, aber dennoch vorsichtig zerrte Anna daran, um sich wieder zuzudecken.

Wo war Gregorij jetzt? Was war aus ihrem jungen, wilden Ehemann geworden – aus seiner Schönheit, seiner Leidenschaft und seinem rasenden Zorn, in den er sich hineinsteigerte, wenn die Dinge nicht so liefen, wie er es sich vorgestellt hatte? Lag er irgendwo in der Wildnis der Berge, gefangen, gefoltert, tot? Sie hätte nicht sagen können, ob sie ihn liebte oder haßte, aber sie mußte diesen nagenden Zweifel, daß sie für sein Schicksal und sein plötzliches Verschwinden verantwortlich sein könnte, aus der Welt schaffen.

2

Die Aprilsonne war erstaunlich heiß, als Anna vor dem Badehaus auf einer Bank saß und darauf wartete, daß Marias Anwendungen beendet wurden. Sie spürte, wie die Strahlen sie durch und durch erwärmten und zu neuem Leben erweckten. Sie schlug ihr Buch auf, aber schon nach wenigen Sekunden verlor sie die Konzentration und lehnte sich entspannt zurück. Die Luft duftete verheißungsvoll nach den Blüten der Linden, und eine leichte Brise wehte die Klänge der Äolsharfe aus dem Pavillon, der in einiger Entfernung auf einer Anhöhe stand, zu ihr herüber. Durch halbgeschlossene Lider sah Anna den Menschen zu, die sich um die eingefaßte Quelle scharten, lachten und die Gesichter verzogen, als sie das schwefelhaltige Wasser aus den bereitgestellten Gläsern tranken. Zum erstenmal seit vielen Monaten empfand Anna inneren Frieden, bis sie plötzlich merkte, daß jemand sie beobachtete.

Sie veränderte leicht ihre Position, als ob die Sonne, die grell auf die weißen Seiten ihres Buches schien, sie blenden würde, und spähte verstohlen unter der Krempe ihres Sonnenhuts hervor. Ja, da war er wieder. Er lehnte genau dort, wo er auch die letzten Tage gestanden hatte – an einer der Säulen auf der Terrasse. Er trug die schmucklose Uniform eines Grenzoffiziers, aber der exzellente Schnitt seiner Jacke und der scharlachrote Umhang, der sich um seine Schultern schmiegte, ließ ihn distinguierter erscheinen als die Soldaten, die sich in dieser kleinen Badestadt von ihren Verwundungen erholten.

Irgendwie schien er nicht zu den anderen, die in den Alleen spazierengingen oder die Stufen zur Elisabeth-Quelle hinaufkletterten, zu passen. Plötzlich wurde Anna unbehaglich zumute. Soweit sie wußte, war er ihr nie zuvor im Leben begegnet, also was für einen Grund hatte er, sie nicht aus den Augen zu lassen? Sie sprang hastig auf die Füße. Das Buch fiel von ihrem Schoß und rutschte über den Kies direkt vor seine Füße. Er hielt es mit dem Stock, den er in der Hand hatte, auf, aber er machte keine Anstalten, sich zu bücken. Mit einem leisen Aufschrei eilte Anna auf ihn zu, um das Buch aufzuheben. Als sie sich aufrichtete, sah sie kurz sein Gesicht mit den hohen Wangenknochen, den schrägen Augenbrauen und dem dunklen Haar unter der spitzen Kappe.

»Vergeben Sie mir, Mademoiselle«, sagte er mit ruhiger Stimme, »wenn ich unhöflich erscheine, aber wenn ich mich bücke, laufe ich Gefahr, Ihnen vor die Füße zu fallen. Mögen Sie Lyrik?«

»Manchmal. Sind Sie verwundet?«

Er zuckte kaum merklich mit den Schultern. »So könnte man es ausdrücken.«

»Haben Sie Schmerzen?«

»Nicht der Rede wert.«

Seine Mundwinkel zuckten, und ein Lächeln huschte über sein Gesicht. Sie begegnete dem Blick aus seinen dunklen Augen, die sie ironisch musterten, und schämte sich, weil sie einem vollkommen Fremden so freundlich gegenübergetreten war. »Entschuldigen Sie mich«, sagte sie schnell. »Meine Freundin wartet bestimmt schon auf mich.«

Er neigte den Kopf, und sie lief auf den Brunnen zu, nahm ein Glas mit dem Heilwasser und trank es aus, bevor sie dem Badehaus zustrebte. Maria war bestimmt bald fertig. Anna war wütend auf sich selbst – sie war doch kein Schulmädchen mehr, das sich von dem abschätzenden Blick eines Mannes durcheinanderbringen ließ. Jemand sprach sie an, und sie antwortete geistesabwesend. Aus dem Augenwinkel nahm sie wahr, daß der junge Mann in Richtung Stadt hinkte. Sie hatte sich wirklich albern benommen. Seit Gregorijs Verschwinden schien sie hinter jedem unschuldigen Blick etwas Außerordentliches zu vermuten, und wahrscheinlich hatte sie sich nur eingebildet, daß sich dieser junge Mann für sie interessiert hatte.

Sie waren schon seit drei Wochen in Pjatigorsk, und Anna war selbst erstaunt, daß sie den Aufenthalt genoß. Die kleine Stadt, die sich an die Hänge der Berge schmiegte, war ausgesprochen hübsch, und die reine Luft wirkte belebend. Sie hatten ein kleines, strohgedecktes Häuschen mit üppigem Blumengarten gemietet, das so gemütlich möbliert war, daß sie sich fast wie zu Hause fühlten. Direkt vor Annas Schlafzimmerfenster stand ein Kirschbaum, dessen ausladende Äste voll von kleinen schneeweißen Blüten waren.

Sie hatte schon bald nach ihrer Ankunft feststellen müssen, daß es gar nicht so einfach war, nach Tiflis zu gelangen, und der Kommandeur der Garnison, bei dem sie ein Gesuch hatte einreichen müssen, um weiterreisen zu können, hatte ihr wenig Hoffnung gemacht. Rittmeister Maxim Gorskij war ein kleiner Mann mit grauem Haar, grauem Bart und grauer, hochgeschlossener Uniform. Er diente schon seit vielen Jahren bei der Armee und war zu einem verbissenen Soldaten geworden, der nicht geneigt war, jungen Damen, die seine tägliche Routine störten, geduldig zuzuhören.

Alle Beamten haben offensichtlich eine besondere Vorliebe für Dokumente, dachte Anna gereizt und sah ihm zu, wie er ihre Reisepässe und die Empfehlungsschreiben zweimal überprüfte, bevor er sie neugierig musterte.

»Ihr Ehemann ist Prinz Gregorij Gadiani, Madame? Er ist demnach Georgier, nicht wahr?«

»Ja. Ich bin hergekommen, um sein Gut in Kumari zu besuchen.«

»Kumari liegt einige Kilometer von Tiflis entfernt, ist das richtig?«

»Ja. Aber weshalb stellen Sie mir diese Fragen?«

Er kontrollierte noch einmal die Papiere, die vor ihm auf dem Schreibtisch lagen, dann sagte er: »Darf ich erfahren, Prinzessin Gadiani, warum Sie unter Ihrem eigenen Namen und nicht unter dem Ihres Mannes reisen?«

Sie war sich selbst nicht völlig klar über ihre Gründe und fand nicht sofort eine Antwort auf diese Frage. Es schien, als ob sie den dringenden Wunsch verspürte, frei von ihm und eine eigenständige Person mit eigenen Rechten zu sein – etwas, was Gregorij ihr immer verwehrt hatte. »Ich denke, das ist meine Angelegenheit«, erwiderte sie schließlich kurz angebunden.

»Vielleicht war das eine kluge Entscheidung«, sagte er

trocken. »Es besteht der dringende Verdacht, daß sich einige Georgier gegen die Russen verbündet haben.«

»Nicht mein Gatte. Prinz Gadiani ist ein Ehrenmann.« Seltsam, daß sie beinahe in der Vergangenheitsform gesprochen hatte. Glaubte sie tatsächlich, daß er tot war?

»Und die andere Dame?« fuhr der Rittmeister fort.

»Maria Petrowna Kusinskij ist die Kusine meiner Mutter und begleitet mich auf dieser Reise.«

»Ich verstehe.« Er lehnte sich zurück, verschränkte die Hände und sah sie ernst über den Rand seiner Brille hinweg an. »Also gut, Madame, es ist ziemlich offensichtlich, daß es Ihnen kaum möglich sein wird, die lange und gefährliche Reise nach Tiflis ohne Militäreskorte anzutreten, aber das zu entscheiden, fürchte ich, liegt nicht in meinem Machtbereich.«

»Aber weshalb..?« Sie wollte protestieren, doch er hob eine Hand, um sie zum Schweigen zu bringen.

»Möglicherweise sind Sie sich nicht bewußt, daß wir uns inmitten eines Krieges befinden, Madame«, unterbrach er sie spöttisch. »Die Hauptstraße nach Georgien und der Krestowy-Paß werden ständig von den Tataren angegriffen. Erst im letzten Monat wurde eine Karawane überfallen, und die Reisenden sind nur knapp dem Tode entronnen.«

Er will mir angst machen, dachte Anna, aber sie ließ sich nicht so leicht ins Bockshorn jagen. »Wir haben gehört, daß die Kriegshandlungen nach dem letzten großen Sieg eingestellt wurden«, entgegnete sie unerschrocken.

Der Soldat lächelte grimmig. »Dieser große Sieg liegt zwei Jahre zurück«, erklärte er sarkastisch, »und was immer man sich auch in St. Petersburg oder Moskau erzählt, hier im Kaukasus liegen die Dinge anders.« Er betrachtete erneut Annas Papiere und drehte sie um, um die Unterschriften zu studieren.

»Die Papiere sind alle in Ordnung«, sagte Anna angriffslustig.

»Daran zweifle ich nicht, Madame, aber sie werden Ihnen nicht helfen, die Berge zu passieren.«

»Also gut, was würden Sie mir empfehlen? Es muß doch eine Möglichkeit geben, in den Süden zu kommen. Man hat mir berichtet, daß einige Reisegruppen während der Frühlings- und Sommermonate nach Tiflis durchgekommen sind, oder wollen Sie mir zu verstehen geben, daß meine Kusine und ich unser Glück allein versuchen sollen?«

Das rüttelte ihn auf. »Ich kann Ihnen nur dringend von derartigen Unternehmungen abraten, Madame. Wenn Sie angegriffen werden, haben wir keine Möglichkeit, Ihnen zu Hilfe zu kommen, und ich beschwöre Sie, diese Bergvölker nicht unter einem törichten romantischen Gesichtspunkt zu beurteilen. In mancher Beziehung sind sie nicht besser als Wilde, die den Gesetzen des Islam folgen, und sie haben wenig oder gar keinen Respekt vor Frauen, es sei denn, sie können sie als Sklavinnen verkaufen oder als Tauschobjekt für Kriegsgefangene anbieten. Von diesen Horden verschleppt zu werden ...«

»... wäre schlimmer als der Tod«, ergänzte Anna. »Ich verstehe Sie gut genug, Rittmeister, Sie brauchen mir die grausamen Einzelheiten nicht zu schildern. Ich würde viel lieber von Ihnen erfahren, was wir jetzt tun sollen.«

»Möglicherweise setzt sich in Kürze eine Soldatentruppe in Richtung Süden in Marsch«, entgegnete er widerstrebend. »Mit Erlaubnis des Generals könnten Sie sich vielleicht anschließen, aber ich warne Sie – er könnte sich auch dagegen entscheiden und die Verantwortung für zwei Damen unter diesen schwierigen Bedingungen nicht auf sich nehmen. Außerdem ist diese Art zu reisen nicht gerade bequem.«

»Davor haben wir keine Angst, und wenn es nötig wird, können wir sogar reiten. Wir brauchen keine luxuriöse Kutsche, nur ein paar Maultiere für unser Gepäck.«

»Ich merke schon, daß Sie Mut haben«, sagte er mit einem frostigen Lächeln. »Es gibt in der Tat keine andere Möglichkeit, die hohen Berge zu überwinden, als auf einem Pferderücken. Dennoch muß ich Sie darauf aufmerksam machen, daß Sie noch einige Zeit warten müssen, bevor Sie aufbrechen können.«

»Wie lange?«

Er zuckte mit den Schultern. »Wer weiß? Die Umstände ändern sich täglich. Ich vermute, es wird Ihnen nicht schwerfallen, die Wartezeit in Pjatigorsk auf angenehme Art und Weise zu verbringen. Die Stadt bietet jungen Damen zahllose Möglichkeiten, sich die Zeit zu vertreiben.«

»Es scheint, daß ich keine andere Wahl habe.« Sie streckte die Hand aus, um ihre Dokumente an sich zu nehmen, aber er hielt sie zurück.

»Ich behalte die Papiere hier, bis Sie sie brauchen.«

»Ich beabsichtige, die Reise anzutreten, Rittmeister – mit oder ohne Eskorte.«

»Aber nicht ohne Ihre Reisepässe, Madame«, sagte er. »Dafür werde ich sorgen.« Er schob die Papiere in eine Schreibtischschublade und drehte den Schlüssel um.

»Das können Sie nicht tun!« rief Anna entrüstet.

»Ich fürchte, das kann ich sehr wohl«, erwiderte er ruhig. »Es ist meine Pflicht, dafür zu sorgen, daß Sie keine unnötigen Risiken eingehen. Ich bin nicht nur für die Sicherheit meiner Männer, sondern auch für die Ihre verantwortlich. Zu gegebener Zeit erhalten Sie Ihre Dokumente zurück. Darf ich Ihnen jetzt einen guten Tag wünschen, Madame?«

Er stand auf und verbeugte sich höflich. Es gab nichts mehr, was Anna hätte sagen können, und sie verließ das

Büro. Die Soldaten nahmen Habachtstellung ein, als sie das Vorzimmer durchquerte, und Anna fühlte, daß sie ihr nachsahen, als sie die Straße hinunterging.

Es war zum Verrücktwerden, und Anna beklagte sich bitter bei Maria, aber es gab wenig, was sie tun konnten. Nach ein oder zwei Tagen hatte sich Anna mit ihrem Los abgefunden, und sie fühlte sich in der kleinen Stadt allmählich wohl, in der es ziemlich leger zuging. Sie wohnten erst ein paar Tage in ihrem Häuschen, als sie schon den ersten Besuch empfingen. Andere Patienten und Kurgäste tauschten sich mit Maria über ihre Beschwerden aus, gelangweilte junge Männer hießen begeistert die beiden attraktiven Damen willkommen, und ängstliche Mütter, die hofften, während des Kuraufenthalts für ihre Töchter einen passenden Bräutigam zu finden, waren froh, daß die junge elegante Anna, die so viel Aufsehen erregte, schon verheiratet war – obschon der Grund für die Reise der Kusinen allen verborgen blieb. Die Unterhaltungen mochten ziemlich oberflächlich und nicht gerade geistvoll sein, dachte Anna, aber die Gespräche über die Konzerte und Gesellschaften, zu denen sie eingeladen waren, waren wohltuend harmlos. Es war eine große Erleichterung, unter Fremden zu sein, die nichts über sie und Gregorij wußten – ohne die Eifersüchteleien und Intrigen, die in der St. Petersburger Gesellschaft herrschten, fühlte sie sich frei und unbeschwert.

»Du siehst heute morgen außergewöhnlich hübsch aus, Anna«, bemerkte Maria, als sie das Badehaus verließ und sich bei ihrer Kusine unterhakte. »Von wem hast du schon Komplimente bekommen?«

»Von niemandem«, sagte Anna schnell und war ein wenig erstaunt, daß sie wegen dieser Bemerkung errötete. »Ich habe in der Sonne gesessen und gelesen. Wirst du dir keine Erkältung holen, wenn du nach dem heißen Bad im Freien spazierengehst?«

»Von Kopf bis Fuß im heißen Moor zu stecken ist wirklich eine seltsame Erfahrung, aber ich bin überzeugt, daß es Wunder gegen meinen Rheumatismus wirkt«, sagte Maria fröhlich, als sie den Pfad hinuntergingen.

»Ich glaube, du hast gar kein Rheuma. Wahrscheinlich hast du deine Beschwerden nur vorgeschoben, um mich auf dieser Reise begleiten zu können«, erwiderte Anna und drückte liebevoll Marias Arm.

Maria lächelte. »Vielleicht hatte ich diese Ferien genauso nötig wie du.« Sie warf einen Blick auf das schlanke junge Mädchen an ihrer Seite. »Du siehst schon jetzt aus wie ein ganz anderer Mensch, mein Täubchen. Ich habe es immer für einen Fehler gehalten, daß du dich nach Gregorijs Verschwinden in deine Wohnung zurückgezogen hast.«

»Es war unser Zuhause«, verteidigte sich Anna. »Außerdem hatte ich dort eine Menge Freunde.«

Aber hatte sie die wirklich gehabt? Bekannte vielleicht, aber im Grunde niemanden, der sich um sie gekümmert hatte. Und die wenigen sogenannten Freunde hatten sehr bald aufgehört, bei Anna vorzusprechen, als Gregorij, der ihre Phantasie angestachelt und ihr Interesse geweckt hatte, nicht mehr dagewesen war. Während ihres gemeinsamen Lebens hatte sich Anna nie wirklich in die leichtfertige Gesellschaft, in die sie durch ihren Mann geraten war, eingefügt. Er war jetzt schon über ein Jahr fort, und in all den Monaten hatte Ann diesen einen Brief von ihm bekommen. Nach einiger Zeit war sie nicht mehr ausgegangen, um den quälenden Fragen und Bemerkungen und den mitleidigen Blicken nicht begegnen zu müssen. Sie hatte sich sehr einsam gefühlt und sich selbst Vorwürfe gemacht, versagt zu haben. Was war schiefgegangen? War es ihre oder seine Schuld gewesen? Hatte sie zuviel erwartet? Vielleicht, wenn das Baby am Leben geblieben wäre... Ein Kind zu haben, um das man sich kümmern konnte... Das hätte alles verändert.

»Mein liebes Kind, was erwartest du?« hatte er sie gefragt, als sie ihm einmal heftige Vorwürfe gemacht hatte, daß er sich mit anderen Frauen amüsierte. »Du läßt mich ja kaum an dich herankommen.«

Er hätte Verständnis dafür aufbringen müssen, daß sie in den ersten Monaten nach ihrer Fehlgeburt Schwierigkeiten hatte – der Kummer, die Enttäuschung und die Niedergeschlagenheit... War er ihr untreu gewesen? Sie wollte es im Grunde gar nicht wissen, aber trotzdem: Es mußte jemanden gegeben haben, dessen war sie fast sicher.

»Ich glaube, ich mache heute nach dem Essen ein Mittagsschläfchen«, verkündete Maria, als sie ihren Mantel in der kleinen Halle auszog. »Die Moorbäder sind sehr ermüdend.«

»Sehr gut. Währenddessen kann ich Papa schreiben, ich muß noch auf seinen letzten Brief antworten.«

Als Maria nach oben ging, um sich hinzulegen, holte Anna Papier und Federhalter und setzte sich an den Tisch.

»Liebster Papa«, begann sie. »Ich habe mich an Deine Empfehlung gehalten und begonnen, ein Reisetagebuch zu führen, obwohl hier wenig passiert, was einer Eintragung wert wäre. Die Landschaft ist unvorstellbar schön, und ich bin begierig darauf, mir so viel wie möglich anzusehen, solange wir gezwungen sind, uns hier aufzuhalten. Leider können wir erst nach Tiflis weiterreisen, wenn sich eine Truppe von Soldaten, die uns eskortieren kann, in Marsch setzt...«

Sie hielt inne und knabberte an dem Federkiel. Ihr Vater hatte sie immer ermutigt, ein Tagebuch zu führen, in dem sie ihre Eindrücke, ihre Gedanken und geheimsten Gefühle festhalten konnte. Sie betrachtete das kleine rote Buch, das neben ihrem Ellbogen lag. Eines Abends hatte Gregorij es in ihrem Schreibtisch gefunden und es in die Höhe gehalten, bevor er es aufgeschlagen und im Beisein ihrer engsten Freunde einige Sätze daraus in amüsiertem Tonfall vorgelesen hatte. Oh, wie hatte sie sich geschämt, als er sich auf diese Weise über sie lustig gemacht hatte!

Er hatte nie geduldet, daß sie in irgendeinem Bereich Unabhängigkeit bewies oder etwas ohne ihn tat. Vielleicht lag das an seinem orientalischen Blut und dem Erbe seiner persischen Vorfahren – seine Frau war seine Sklavin und hatte geduldig und bescheiden im Harem zu sitzen und ihm Söhne zu gebären. Einmal hatte sie ihn deshalb wütend angeschrien, aber er hatte nur gelacht. Trotz der vielen Auseinandersetzungen hatte es jedoch Momente gegeben... Sie bebte bei der Erinnerung an seine Umarmung, seine Küsse und seine wilde Art, sie zu lieben, die sie zuerst so schockiert und dann wie eine Droge auf sie gewirkt hatte. Auch jetzt noch sehnte sie sich in manchen Nächten so sehr nach seinen Küssen, daß sie fast körperlichen Schmerz empfand. Sie schüttelte sich, um sich von den unliebsamen Erinnerungen zu befreien, und wandte sich wieder dem Brief zu. Sie hatte ein zweites Blatt Papier halb vollgeschrieben, als sie von dem Mädchen, das sie als Dienerin engagiert hatte, unterbrochen wurde. Darja war Tscherkessin, dick und unförmig und hatte schwarze Augen und kirschrote Wangen.

»Ein Herr möchte Sie sprechen«, verkündete sie und hob erstaunt die Hände, »und was für ein Herr das ist – er ist so fein wie ein Prinz.«

»Sei nicht albern, Darja. Ich kenne hier keinen Prinzen. Hat er dir seinen Namen genannt?«

»Nein, Madame. Er sagt, daß sie sich an seinen Namen nicht erinnern würden, aber sie würden ihn sofort wiedererkennen, wenn Sie ihn sehen.«

»Also gut, führ ihn herein und sag Maria Petrowna Bescheid, daß wir Besuch haben.«

Der junge Mann mußte sich ein wenig bücken, um durch die niedrige Tür das Zimmer zu betreten. Er trug die schmucke Uniform der Husaren, und seine Kappe saß in einem kecken Winkel auf seinem blonden Haar. Anna starrte ihn einen Moment verständnislos an.

»Sagen Sie nicht, daß Sie sich nicht an mich erinnern können, Anna Stepanowna«, sagte er fröhlich. »Das wäre sehr entmutigend für mich. Wir sind uns vor zwei Jahren zum letztenmal begegnet. Sie waren mit meiner Schwester Nina sehr gut bekannt.«

»Oh, natürlich.« Sie streckte ihm ihre Hand entgegen. »Jetzt erinnere ich mich, Prinz Nikolai Astrow. Ich bin überrascht, Sie hier zu sehen. Was, um alles in der Welt, tun Sie im Kaukasus?«

»Ich bin zum Stab des Oberbefehlshabers abkommandiert worden und auf dem Weg nach Tiflis.« Er küßte ihr die Hand und ließ sich zwanglos auf der Tischkante nieder. »Ich konnte meinen Ohren kaum trauen, als jemand den Namen Anna Crispin erwähnte. Ich mußte mich einfach vergewissern, ob tatsächlich Sie gemeint waren.«

»Ich benutze auf dieser Reise meinen Mädchennamen. Das scheint einiges leichter zu machen«, erklärte sie ungeschickt. »Ich wäre Ihnen dankbar, wenn Sie darauf Rücksicht nehmen könnten.«

»Selbstverständlich, wenn Sie es wünschen.« Er zögerte einen Augenblick, dann fügte er hinzu: »Nina hat mir erzählt, daß Ihr Mann sozusagen verschwunden ist. Haben Sie etwas von ihm gehört?«

»Noch nicht. Das ist einer der Gründe, warum ich mich zu dieser Reise entschlossen habe. Gregorijs Großmutter hat mich nach Kumari eingeladen.«

»In diesem Fall könnten wir uns vielleicht zusammentun und den Weg gemeinsam antreten ... Das heißt, wenn Sie so freundlich sind, meine Begleitung zu akzeptieren. Der Kommandeur der hier stationierten Garnison hat mir angeraten, zu warten, bis ich mich einem Soldatentrupp anschließen kann.«

»Das hat er mir auch empfohlen«, sagte sie niedergeschlagen. »Ich dachte ursprünglich, daß er etwas gegen alleinreisende junge Frauen hat.«

»Ich glaube, Rittmeister Gorskij hegt einen Groll gegen jeden, der aus St. Petersburg kommt, aber vielleicht hat er auch gute Gründe für sein Verhalten«, meinte Nikolai leichthin. »Schließlich befinden wir uns in einem ziemlich unzivilisierten Land. Möglicherweise können wir uns ein wenig die Gegend ansehen, während wir warten müssen. Das alles ist so neu für mich, und ich dachte, ich könnte die Berge erforschen. Hätten Sie etwas dagegen, einmal mit mir auszureiten?«

»Das würde ich sehr gern tun«, versicherte sie, »aber es ist gar nicht so einfach, ein Pferd zu mieten. Ich habe mich erkundigt und erfahren, daß die Kosaken die besten Reitpferde requiriert haben.«

»Überlassen Sie das nur mir«, erwiderte er zuversichtlich. »Möglicherweise kann ich meine Beziehungen spielen lassen.«

Maria kam ins Zimmer, und Anna stellte ihr Nikolai Astrow vor. Darja brachte Tee und Mandelplätzchen, und Nikolai gab den neuesten Klatsch aus St. Petersburg zum besten, bevor er sich verabschiedete.

»Ein attraktiver junger Mann«, urteilte Maria, als sie durchs Fenster beobachtete, wie er die Zügel seines Pferdes von seinem Diener entgegennahm und sich in den Sattel schwang. »Wie gut kennst du ihn, Anna? War er mit Gregorij befreundet?«

»Eigentlich nicht. Nikolais Schwester und ich waren zusammen im Smolny-Institut, und wir sind uns gelegentlich begegnet.«

Ihr erstes Zusammentreffen hatte bei dem Maskenball der Kuragins, in dieser folgenschweren Nacht, in der alles begonnen hatte, stattgefunden. Sie erinnerte sich jetzt an den aschblonden Jüngling, aber an diesem Abend hatte sie nur Augen für Gregorij gehabt.

»Er verehrt dich, mein Täubchen, das ist ziemlich offensichtlich.«

»Oh, das ist doch lächerlich. Er ist ja noch so jung, er kann nicht älter als neunzehn oder zwanzig sein.«

»Ich würde ihn mir an deiner Stelle warmhalten. Wenn er zu Prinz Woronzows Stab gehört, könnte er möglicherweise viel für dich tun, falls wir je nach Tiflis kommen sollten. Es ist immer hilfreich, Freunde bei Hof zu haben.«

»Wahrscheinlich hast du recht«, erwiderte Anna zweifelnd.

Aber Marias Ratschlag war nicht der Grund dafür, daß Anna in den nächsten Tagen Vergnügen an Nikolais Gesellschaft fand. Seine Aufmerksamkeiten und die Bewunderung, die er ihr unverhohlen entgegenbrachte, wirkte wie ein Tonikum auf sie. Die Tatsache, daß er Ninas Bruder war, schien sie schon vom ersten Moment an zu guten Freunden zu machen. Maria, die ihre Kusine voller Zuneigung beobachtete, war glücklich, das vertraute Glitzern in Annas Augen wieder zu sehen, ihr Lachen zu hören und zu sehen, wie Anna förmlich aufblühte. Es wurde wirklich Zeit, dachte Maria, daß sie das Interesse am Leben zurückgewann und die Liebe neu entdeckte – aber diesmal durfte ihre Liebe keine so verheerenden Auswirkungen mehr haben. Ohne Reue dabei zu empfinden, wünschte Maria, daß Gregorij ein für allemal aus dem Leben ihrer Kusine verschwunden sein möge.

Wie gewöhnlich fand auch an diesem Freitagabend ein Ball im Kursaal statt, und als Paul Kuragin nach seinem einsamen Abendessen über den Boulevard schlenderte, spielte das Orchester, und es wurde fröhlich getanzt. Die Nacht war still, die laue Luft schwer vom Duft der Akazien. Die einzigen Laute, die die Ruhe störten, waren die gelegentlichen Rufe der Außenposten der Garnison, das Räderknirschen der Karren, die Gemüse zum Markt brachten, und die Hufschläge eines einsamen Reiters. Paul bewegte sich langsam vorwärts und war froh, daß er seine Gesundheit wiedererlangt hatte. Er dankte Gott, daß er keine Schmerzen mehr hatte und seine Pläne in Kürze verwirklichen konnte. In einer Woche würde er endlich diese armselige kleine Stadt verlassen können. Er hatte nie an den gesellschaftlichen Ereignissen teilgenommen, zum Teil, weil er sich lange sehr schlecht gefühlt hatte, aber auch, weil ihn die provinziellen Leute von Pjatigorsk langweilten. Er hatte nicht vorgehabt, an diesem Abend in den Kursaal zu gehen, aber als er die Violinenklänge hörte und das strahlende Licht sah, das durch das Portal strömte, änderte er plötzlich seine Meinung und stieg die Stufen hinauf. Dann durchquerte er das Restaurant und betrat den Saal.

Er ließ den Blick über die Menge schweifen. Auf den vergoldeten Stühlen, die an den Wänden aufgereiht waren, saßen – wie es bei Bällen dieser Art üblich war – die alten Witwen und beobachteten mit Argusaugen ihre Schützlinge, die über die Tanzfläche wirbelten. Es gibt kaum ein Mädchen, das einen zweiten Blick wert wäre, dachte Paul kritisch, aber dann entdeckte er die junge Frau, die schon zweimal zuvor seine Aufmerksamkeit erregt hatte. Sie tanzte mit Nikolai Astrow. Ihr seidig schimmerndes, rotblondes Haara war hochgesteckt und ließ ihre kleinen Ohren und die zarte Linie ihrer Wangen und ihres Halses frei. Das blaßgelbe Kleid mit der feinen Spitze, die ihre schmalen Schultern umflutete, hatte eine klassische, schlichte Form, und das gefiel ihm. Aber was ihn am meisten faszinierte, waren ihre Augen. »Augen wie Samt« – diese Beschreibung hatte er irgendwo gelesen und damals als lächerlich abgetan. Jetzt fand er, daß diese Worte genau auf die langen dunklen, gebogenen Wimpern, die sich von der cremefarbenen Haut abhoben, zutrafen. Diese Augen wirkten geheimnisvoll und verhießen eine Tiefe, die sein Herz anrührte.

Energisch verdrängte er diese Gedanken. Guter Gott, er konnte doch nicht wie ein romantischer Narr in solchen Schwärmereien schwelgen! Das mußte am Fieber liegen, unter dem er während seiner Genesungszeit gelitten hatte und das ihn auch jetzt noch hin und wieder plagte. Hatte ihm Natalie während der letzten zwei Jahre nicht genug Leid zugefügt? Nie wieder, das hatte er sich geschworen, nie wieder würde er einer Frau zu viele Gefühle entgegenbringen oder zulassen, daß ihn eine bezaubernde Schönheit betörte, und niemals mehr würde er erdulden, daß man ihn betrog. Er wollte sich vergnügen und nehmen, was ihm angeboten wurde – zur Hölle mit den Folgen. Er knirschte mit den Zähnen. Er beneidete Nikolai um seine Jugend und seine Fröhlichkeit und wünschte, daß sich dieses strahlende hübsche Gesicht ihm zuwenden würde. Er verfluchte seinen Entschluß, hierher zu kommen, und wandte sich zur Tür, um den Saal zu verlassen, als der Tanz endete und Nikolai ihn entdeckte. Der junge Mann winkte ihm zu und bahnte sich einen Weg durch die Menge.

»Paul«, rief er atemlos, als er ihn erreichte. »Ich habe dich erst jetzt gesehen. Hast du nicht gesagt, daß du nicht herkommen wolltest?«

»Ich habe mich nur mal umgesehen. Ich bleibe nicht.«

Paul lächelte. »Wie ich sehe, hast du dir wie üblich die Rosine aus dem Kuchen gepickt. Wer ist sie?«

»Anna Crispin – eine alte Bekannte. Sie war mit Nina in der Schule.«

»Crispin? Kenne ich diesen Namen nicht?«

»Vermutlich. Ihr Vater ist Literaturprofessor in Moskau.«

»Ein englischer Intellektueller, der liberale Ansichten vertritt, ich erinnere mich an ihn. er ist nicht sehr beliebt bei den konservativen Dickschädeln an der Universität. Ist seine Tochter auch so revolutionär wie er – ein Blaustrumpf? Aber so sieht sie eigentlich gar nicht aus.«

»Bilde dir selbst ein Urteil. Komm, ich stelle dich ihr vor.«

»Lieber nicht. Ich kann noch nicht tanzen.«

»Na ja, wenn du meinst... Oh, ich wollte dich fragen, ob du weißt, wo man Pferde mieten kann. Anna hat versprochen, mit mir auszureiten.«

»Tatsächlich? Du verschwendest wirklich keine Zeit.« Paul zuckte mit den Schultern. »Ich kann dir eins leihen, wenn du willst. Ich habe vier Pferde, die sich im Stall langweilen.«

»Wirklich? Das ist verdammt großzügig von dir.«

»Kann sie reiten? Es sind Kabardiner, die besten, die ich finden konnte, und temperamentvoll wie die Teufel, aber trittsicher in den Bergen.«

»Verglichen mit Nina ist Anna eine wahrhaftige Diana.«

»Sie scheint ja die Vollendung in Person zu sein«, erwiderte Paul trocken. »Du solltest dich besser in acht nehmen, Nikki, sie ist auch nur ein Mensch.«

»Sei nicht so zynisch.«

»Vergiß nicht, daß ich aus Erfahrung spreche.« Er lachte und klopfte Nikolai auf die Schulter. »Viel Spaß, Junge.

Ich gehe in die Offiziersmesse. Ich habe das Alter erreicht, in dem das Glücksspiel mehr reizt als eine Frau. Ich werde Marik sagen, daß du dir ein Pferd nehmen kannst.«

»Vielen Dank.«

Nikolai sah der großen Gestalt nach und runzelte die Stirn. Er mochte Paul und bewunderte ihn sogar in gewisser Weise, aber er war nie richtig vertraut mit ihm gewesen. Paul war so introvertiert und ließ niemanden an sich herankommen. Nikolai hätte nie erwartet, ihn hier zu treffen, und er hatte sich schon oft überlegt, was er wohl in Pjatigorsk machte. Als Nikolai ihn danach gefragt hatte, war er ihm eine Antwort schuldig geblieben.

Nikolai nahm einem vorbeieilenden Ober ein Tablett ab, auf dem Eiscreme angerichtet war, und hielt nach Anna Ausschau. Er fand sie bei ihrer Kusine und nahm neben den beiden Damen Platz.

»Das ist genau das, was ich jetzt brauche«, rief Maria erfreut und nahm ein Schüsselchen mit Eis entgegen. »Wie reizend von Ihnen, daß Sie daran gedacht haben, findest du nicht, Anna?«

»Es ist köstlich. Beim Tanzen wird einem so warm.« Anna füllte ihren Löffel mit der gefrorenen Creme, bevor sie sich beiläufig erkundigte: »Möchte sich Ihr Freund nicht zu uns gesellen, Nikolai?«

»Oh, Paul Kuragin ist ein eigenwilliger Bursche. Er hat nicht viel für solche Ereignisse übrig. Er sagt, er sei noch nicht in der Lage zu tanzen.«

»War er sehr krank?«

»Er erzählt nicht viel darüber, aber ich habe von Marik, seinem Stallburschen, erfahren, daß es ihm eine Zeitlang ziemlich schlecht ging.«

Anna hatte bemerkt, daß sein Blick auf ihr geruht hatte, als sie sich mit Nikolai auf der Tanzfläche drehte, und es verwirrte sie ein wenig, daß er davor zurückschreckte, ihre Bekanntschaft zu machen, obwohl er so offensichtliches Interesse an ihr gezeigt hatte.

Sie stellte das Glasschüsselchen auf das Tablett zurück. »Das war wunderbar. Vielen Dank. Kennen Sie Paul Kuragin gut?«

»Eigentlich schon. Wir haben uns als Kinder häufig gesehen. Die Ländereien der Kuragins in Arachino liegen ganz in der Nähe vom Haus meines Vaters. Später kam Paul zum Garderegiment.«

»Zum Garderegiment? Was tut er dann hier im Kaukasus?«

»Er ist vor etwa neun Jahren in Schwierigkeiten geraten, aber worum genau es sich gehandelt hat, weiß ich nicht. Damals war er kaum älter als zwanzig. Der Zar war sehr erzürnt über Pauls Verhalten und versetzte ihn zu den Grenztruppen. Paul befehligte eine Abteilung der Kosaken, und er wollte seine Männer nicht im Stich lassen, als er die Erlaubnis erhielt, nach St. Petersburg zurückzukehren. Er ist schon sehr lange hier, und sein Onkel Andrej verwaltet während seiner Abwesenheit den Familienbesitz.«

»Ich erinnere mich, gehört zu haben, daß die Kuragins ungeheuer wohlhabend waren«, sagte Maria.

»Vermutlich ist Paul immer noch vermögend. Er ist der einzige Sohn, und als sein Vater, Graf Dimitrij, starb, war Paul der Alleinerbe.« Und man sagt, ergänzte Nikolai in Gedanken, daß er den größten Teil des Vermögens durchgebracht hat, bevor er einundzwanzig war. Obwohl Paul stets gleichgültig wirkte – oder vielleicht gerade deshalb –, hatte er auf die Damenwelt immer eine ganz besondere Faszination ausgeübt. Die Gerüchte darüber waren aus dem Kaukasus sogar bis nach St. Petersburg gedrungen. Nikolai schenkte Annas interessiertem Blick keinerlei

Beachtung, er hatte nicht vor, sie mit Paul zu teilen. Ein kleiner Flirt war für ihn genau das richtige, um sich die langweilige Wartezeit zu versüßen, und die Tatsache, daß Anna verheiratet war, gab der Affäre nur noch mehr Würze. Nikolai beugte sich ein wenig näher zu Anna. »Ich habe ganz vergessen, Ihnen zu erzählen, daß ich uns zuverlässige Pferde für unseren Ausritt beschaffen kann.«

Sie wandte ihm ihr Gesicht zu. »Oh, wie geschickt von Ihnen. Wann können wir aufbrechen?«

»Jederzeit, schon morgen, wenn Sie einverstanden sind.«

Der Frühlingsregen machte ihre Pläne zunichte, und die kleine Gruppe konnte erst einige Tage später in Richtung Süden zu den sanften Hügeln am Fuß der hohen Berge aufbrechen.

Anna kam wunderbar mit ihrem graugescheckten Pferd zurecht. Die Kabardiner waren kleinwüchsige Tiere mit feurigen Augen, die leicht zu handhaben waren. Die Liebe zu Pferden war eins der Dinge gewesen, die Anna mit Gregorij geteilt hatte. Im Pensionat war es den Mädchen erlaubt gewesen, auszureiten, aber ihnen hatten nur die sanftmütigsten Tiere zur Verfügung gestanden, und Gregorij hatte einen Stall unterhalten, in dem temperamentvolle, feurige Pferde standen. Er hatte Anna oft dazu ermutigt, mit ihm über Wiesen und Felder zu jagen, und manchmal fragte sich Anna schuldbewußt, ob ihre wilden Ausritte die Ursache für die Fehlgeburt gewesen waren. Sie hatte diese Ausflüge so sehr geliebt, und sie war stets darauf bedacht gewesen, Gregorij nicht zu enttäuschen. Er hatte ihr oft von Kumari erzählt, wo sein Vater Hunderte von Pferden hielt und ein Leopard wie ein Hund durch die Räume des großen Hauses lief, in dem schon seine Vorfahren in verschwenderischer Pracht gelebt hatten. Damals hatte sie gehofft, eines Tages mit ihm dorthin zu fahren, und es mutete sie seltsam an, daß sie jetzt allein unterwegs war, um seine Heimat kennenzulernen.

»Sie sind so schweigsam«, unterbrach Nikolai ihre Gedanken. »Tut es Ihnen schon leid, daß Sie mitgekommen sind?«

»O nein. Es ist wundervoll hier. Wie schade, daß sich Maria heute morgen nicht gut genug gefühlt hat, um mit uns zu kommen.«

Sie ritten durch eine Schlucht. Hoch über ihren Köpfen stürzte ein Wasserfall in einem eisigen Strom über die Felsen, und die frische Morgenluft war erfüllt vom Duft der Akazien und der hohen Gräser, die am Wegesrand wucherten.

Nach einer Weile kamen sie an einem der vielen kleinen Moorseen vorbei, aus denen der heiße Schlamm stammte, der durch seine heilkräftige Wirkung die kleine Kurstadt bekannt gemacht hatte. Der faulige Geruch des Sumpfs war schon von weitem wahrzunehmen, und Anna preßte ein Spitzentaschentuch an ihre Nase.

Zu Mittag machten sie Rast an einem grasbedeckten Flußufer. Jakob und Nikolais Diener breiteten Decken unter einer Buche aus und holten die mitgebrachten Köstlichkeiten aus den Körben. Nach dem Essen füllte Nikolai Annas Weinglas nach und rückte näher zu ihr. Sie nippte gedankenversunken an dem Wein und lehnte sich mit halbgeschlossenen Augen an den Baumstamm. Nikolai hob eine Hand und ließ eine ihrer langen Locken durch seine Finger gleiten.

»Es ist weich wie Seide und duftet nach Lindenblüten.«

Sie lächelte schweigend, und nach einem kurzen Blick in die Runde hauchte Nikolai einen Kuß auf ihre Wange.

Anna zuckte zusammen – plötzlich war der Frieden dieses zauberhaften Tages gestört. »Nein«, sagte sie hastig. »Bitte tun Sie das nicht.«

»Habe ich Sie gekränkt?«

»Nein.« Sie stand auf und wandte sich, verlegen wegen ihrer heftigen Reaktion, ab. Sie fühlte sich in seiner Gesellschaft wohl, aber sie wäre nie auf den Gedanken gekommen, eine intime Beziehung mit ihm anzuknüpfen. »Alles ist so still hier. Ich denke, ich werde einen kurzen Spaziergang machen.«

»Ich komme mit Ihnen.«

»Nein, Nikki, bitte... Mir wäre es lieber, Sie würden hierbleiben.«

»Sind Sie böse auf mich?«

»Nein, natürlich nicht.«

»Na schön, wenn Sie sicher sind...« Ihre Zurückweisung hatte ihn ein bißchen verletzt. »Gehen Sie nicht zu weit weg, damit wir Sie nicht völlig aus den Augen verlieren.«

Anna ging mit schnellen Schritten am Fluß entlang, dann bog sie in einen steilen Pfad ein, der durch einen Eukalyptushain führte. Die fleischigen graugrünen Blätter, die von der Sonne erwärmt wurden, verströmten einen scharfen Geruch. Die Kletterpartie war mühsam, aber als Anna das Wäldchen hinter sich gelassen hatte, wurde sie mit einem atemberaubenden Ausblick belohnt. Sie stand auf einem kleinen Felsvorsprung und betrachtete den Verlauf der Schlucht, die sich dunkel und geheimnisvoll durch die Berge wand. Die unteren Abhänge waren über und über mit Mischwäldern bedeckt, und jenseits der Baumgrenze funkelten die schneebedeckten Gipfel im grellen Licht. Hier und da schimmerten – wie auf einem persischen Teppich – bunte Flecken von Wildblumen in der Sonne. Von einer so wundervollen unberührten Welt hatte sie nie auch nur im entferntesten geträumt, und die

Großartigkeit der Landschaft erfüllte sie mit Entzücken und zugleich mit Ehrfurcht. Alle alltäglichen Dinge, alle Sorgen und Nöte erschienen ihr mit einemmal bedeutungslos angesichts dieser von Felsen durchsetzten Wildnis, die seit der Erschaffung der Welt existierte.

Eine Wolke zog vor die Sonne, und in diesem Augenblick preschte ein schwarzer Reiter mit halsbrecherischer Geschwindigkeit durch das Tal. Er trug einen taillierten tscherkessischen Mantel mit silbernem Gürtel; die engen Breeches steckten in weichen Lederstiefeln, und auf seinem dunklen Haar saß eine *Papacha*, eine große weiße Schaffellmütze.

Gregorij hatte diese Tracht einmal bei einem Hofball getragen, und für einen Moment glaubte Anna, er wäre der verwegene Reiter, der im Galopp über den felsigen Boden hetzte. Ein Angstschauer lief ihr über den Rükken, und sie seufzte erleichtert auf, als sie Paul Kuragins Gesicht erkannte. Er kam direkt auf sie zu, zügelte sein Pferd und sah sie an.

»Habe ich Sie erschreckt? Ich bitte um Vergebung. Die Tracht ist sehr vorteilhaft, wenn man in dieser Gegend unterwegs ist.« Er sah sich um. »Sie haben es doch sicherlich nicht gewagt, allein hierherzukommen?«

»Prinz Astrow ist ganz in der Nähe. Wir haben ein Picknick am Flußufer gemacht, und ich bin auf diese Anhöhe geklettert, weil ich hoffte, von hier den Elbrus sehen zu können.«

Paul stieg ab, streifte dem Pferd die Zügel über den Kopf und kam ihr auf dem schmalen Pfad näher. »Man kann den Gipfel nur sehr selten sehen, meist ist er wie jetzt in Wolken gehüllt.« Er bedachte sie mit einem seltsamen Blick. »Wissen Sie, was man sich über den Elbrus erzählt? Ein riesiger Hahn steht auf der Spitze des Berges. Er kräht und schlägt mit seinen mächtigen Flügeln, um die Sonne zu begrüßen, aber er greift jeden Störenfried mit seinem Schnabel und seinen Krallen an, um den Schatz, den er bewacht, vor einem Diebstahl zu bewahren.«

Sie sah ihn zweifelnd an. »Haben Sie diese Geschichte gerade selbst erfunden?«

»Nein, wirklich nicht. Sie brauchen nur einen Bauern zu fragen.«

»Ist jemals ein Mensch auf den Berg gestiegen, um nachzusehen, ob dort tatsächlich ein Hahn sitzt?«

»Soweit ich weiß, hat das noch niemand auf sich genommen. Denken Sie nur, wie enttäuscht der Bergsteiger wäre, wenn er nichts als Felsen und Schnee vorfinden würde. Um die meisten kaukasischen Berge spinnen sich Legenden. Auf dem Kasbek zum Beispiel war der Sage nach Prometheus angekettet, aber es soll dort auch ein Schloß aus purem Kristall geben und einen Tempel, über dem eine goldene Taube schwebt.«

»Das ist eine hübsche Legende. Ich hoffe, daß niemals jemand den Aufstieg wagt, um nach dem Schloß zu suchen.«

»Ziehen Sie es vor, sich Ihre Illusionen zu bewahren?«

»Sie nicht?«

»Meine liebe junge Dame, ich habe schon vor langer Zeit alle Illusionen verloren.« Er lächelte plötzlich, und Anna sah, daß in seinen braunen Augen ein goldenes Licht aufblitzte. »Wir unterhalten uns wie alte Freunde«, sagte er, »und ich habe mich Ihnen noch nicht einmal vorgestellt.«

»Oh, ich weiß, wer Sie sind, Graf Kuragin.«

»Ich fühle mich geehrt.« Er verbeugte sich leicht. »Und Sie sind Anna Stepanowna Crispin. Nikki scheint den Vermittler zwischen uns gespielt zu haben. Ich habe Ihren Vater einmal in Moskau getroffen – ein sehr bemerkenswerter Mann.«

Sie sah ihn rasch an, aber seine Miene drückte nicht, wie sie erwartet hatte, Sarkasmus aus. »Der Meinung bin ich auch«, erwiderte sie.

Ein plötzlicher Windstoß fegte durch das Tal und riß das seidene Tuch von Annas Schultern. Sie versuchte, wie Paul, es einzufangen, und sie lachten beide, als sich ihre Hände berührten. In diesem Moment entdeckte Paul den breiten goldenen Ring an ihrem Finger.

»Verzeihen Sie, aber ich wußte gar nicht, daß Sie verheiratet sind. Nikki hat es versäumt, das zu erwähnen.«

»Ich habe ihn gebeten, nicht darüber zu sprechen. Ich reise unter meinem Mädchennamen.«

»Ich verstehe.«

Er reichte ihr das Tuch, und Anna spielte verlegen mit dem Seidenstoff. »Mein Mann ist Gregorij Gadiani. Ich bin auf der Durchreise nach Tiflis und möchte weiter nach Kumari.«

Paul starrte sie lange an, ehe er brüsk sagte: »Aber Sie wissen doch sicherlich ...«

»Was?«

»Man muß Sie doch benachrichtigt haben!«

Sie wirbelte zu ihm herum und sah ihn erschrocken an. Paul entdeckte, daß ihre Augen hinter diesen seidigen dunklen Wimpern violett schimmerten. »Graf Kuragin, welche Nachricht hätte man mir übermitteln sollen? Ich habe Moskau vor fast zwei Monaten verlassen.«

»Die Neuigkeiten hätten trotzdem zu Ihnen durchdringen müssen.«

»Welche Neuigkeiten?«

»Prinz Gadiani ist tot.«

Im Grunde hatte sie schon lange erwartet, diesen Satz zu hören, aber die Worte hatten dennoch eine niederschmetternde Wirkung. »Nein, das kann nicht sein. Ich glaube es einfach nicht.«

»Ich fürchte, Sie müssen es glauben.«

»Sind Sie sich dessen ganz sicher?«

»So sicher, wie man nur sein kann.«

Diese Eröffnung machte sie schwindlig. Sie schwankte ein wenig und streckte die Hand aus. Paul ergriff sie und legte den Arm um Annas Schultern, um sie zu stützen. »Was für ein Tölpel ich doch bin. Ich hätte Ihnen diese Nachricht behutsamer beibringen sollen.«

Anna holte tief Luft. »Es ist schon gut. Sie konnten das nicht wissen.« Sie trat einen Schritt zur Seite. »Wie ist es passiert?«

Sie sind sehr blaß. Ich sollte Sie besser zu Ihren Begleitern zurückbringen.«

»Wie ist er gestorben? Ich möchte wissen, was geschehen ist. Ich habe ein Recht darauf, alles zu erfahren.«

Er zögerte und wandte sich ab. »Er verließ eines Morgens das Haus, um, wie man annahm, nach Kumari zu reiten, aber er ist nie zurückgekehrt. Vielleicht sind Sie sich nicht darüber im klaren, aber dies ist ein wildes Land, und es geschehen öfter solche Dinge. Später hat man sein Pferd und seinen Umhang gefunden, aber von ihm gab es keine Spur.«

»Das weiß ich bereits, aber das heißt doch noch lange nicht, daß er tot ist«, entgegnete sie hitzig. »Er könnte in Gefangenschaft geraten sein und wird vielleicht wieder freigelassen.«

»Nein. Ich wünschte, ich könnte Ihnen Hoffnung machen, aber das ist unmöglich.«

»Was macht Sie so sicher? Was?«

»Wenn er noch am Leben wäre, hätte man schon eine Lösegeldforderung gestellt oder einen Gefangenenaustausch vorgeschlagen. Schamil und seine Gefolgsleute sind zähe Feilscher und nutzen jeden Vorteil.«

»Warum ist Gregorij allein weggeritten, wenn es so gefährlich ist? Wie konnte er nur so unvorsichtig sein?«

»Das, fürchte ich, kann ich Ihnen auch nicht erklären? Ich war nie ein Vertrauter Ihres Mannes.«

Seine Stimme hatte einen merkwürdigen Unterton, der sie beunruhigte und verärgerte. »Ich habe das Gefühl, daß Sie die Wahrheit kennen und sie aus irgendeinem Grunde vor mir geheimhalten. Weshalb? Was haben Sie gegen meinen Mann?« Ungestüm legte sie ihre Hand auf seinen Arm.

Paul rührte sich nicht von der Stelle, als er ganz ruhig erklärte: »Ich halte nichts vor Ihnen geheim. Es tut mir nur leid, daß ich derjenige bin, der Ihnen solche Pein bereitet.«

»Ich muß nach Tiflis reisen und selbst herausfinden, was geschehen ist.«

»Ich würde Ihnen davon abraten. Erinnern Sie sich noch, was Sie vorhin gesagt haben? Es ist manchmal besser, man bewahrt sich seine Illusionen. Sie sind sehr jung, und das Leben hat Ihnen noch sehr viel zu bieten.«

»Nein. Ich möchte die Wahrheit erfahren, und wenn Sie sie mir nicht erzählen, dann muß ich jemand anderen finden, der es tun kann.«

»Sie sind offensichtlich eine ausgesprochen entschlossene junge Dame.«

»Und was ist daran so falsch?«

»Sie könnten mit mehr Schwierigkeiten konfrontiert werden, als Sie jetzt ahnen.«

»Vielleicht, aber ich werde sie überwinden.« Sie machte eine Pause und fügte gefaßter hinzu: »Ich habe noch andere Gründe für diese Reise. Gregorijs Großmutter, Prinzessin Gadiani, hat mich nach Kumari eingeladen.«

»Ich nehme an, daß der Besitz jetzt Ihnen gehört.«

»Ich weiß es nicht.« In diesem Augenblick wirkte sie so

jung und bekümmert. »Solange Gregorijs Tod nicht bestätigt ist, kann das nicht entschieden werden. Die Anwälte bemühen sich, die Angelegenheit zu klären.«

Er musterte sie einen Moment aufmerksam. Eigentlich hätte er eine Flut von Tränen erwartet, aber nach ihrem kurzen Schwächeanfall hatte sie sich erstaunlich schnell wieder gefaßt. Sie sah zart und zerbrechlich aus, aber Paul hatte den Verdacht, daß mehr Kraft und Entschlossenheit in ihr steckte, als auf den ersten Blick erkennbar war. Er fragte sich, ob sie auch nur ahnte, auf was sie sich einließ. Am Hof des Vizekönigs herrschte Streit, und die verschiedenen Nationalitäten – Russen, Perser, Georgier und Türken – bekämpften sich verbissen, um sich mehr Macht und Einfluß zu sichern. Paul kannte diesen Schmelztiegel nur allzu gut, aber er bezweifelte, daß sie seinen Worten Beachtung schenken würde, wenn er die Zustände zu schildern versuchte.

Anna drehte sich um. »Ich denke, ich sollte jetzt zu den anderen zurückgehen.«

»Ja, natürlich.«

Paul führte sein Pferd am Zügel, während er sich an Annas Seite hielt. Als sie auf einem glatten Felsen ausrutschte, nahm er ihren Arm, aber sie schüttelte seine Hand ab. Sie erreichten das Flußufer und sahen schon von weitem, daß Nikolai auf sie zulief.

»Wo waren Sie, Anna? Ich habe mir schon Sorgen um Sie gemacht«, rief er aufgeregt. Dann fiel sein erstaunter Blick auf Annas Begleiter.

»Wir haben uns zufällig getroffen«, erklärte Paul nüchtern.

»Tatsächlich? Als ich dich heute morgen gefragt habe, ob du mit uns kommen möchtest, meintest du, daß du lieber noch nicht reiten willst.«

»Ich habe meine Meinung geändert. Reiten ist bequemer, als zu Fuß zu gehen, und ich ziehe es vor, allein auszureiten.«

Die ganze Gesellschaft war jetzt auf den Beinen, und Jakob brachte die Pferde. Paul half Anna in den Sattel und tätschelte den Hals des Pferdes.

»Mögen Sie meinen Kabardiner?«

»Das ist Ihr Pferd?«

»Hat Nikki Ihnen das nicht gesagt?«

»Nein.« Anna ärgerte sich, daß sie jetzt irgendwie in Pauls Schuld stand. »Ich bin Ihnen sehr zu Dank verpflichtet«, fügte sie steif hinzu.

»Nicht der Rede wert. Ich freue mich, wenn ich einem Freund gefällig sein kann.«

Er schwang sich in seinen Sattel und trieb sein Pferd neben das ihre. Nikolai gesellte sich zu ihnen, und Anna war gezwungen, sich von den beiden Männern eskortieren zu lassen, obwohl sie viel lieber allein gewesen wäre.

Vor dem Gartentor ihres Häuschens stieg Anna schnell ab, bevor einer der beiden ihr zu Hilfe kommen konnte. Sie verabschiedete sich und sah dem aufrechten großen Mann im schwarzen Mantel mit dem silbernen Gürtel und dem schlanken Jungen nach, als sie weitertrabten.

Maria saß im Wohnzimmer und begrüßte Anna herzlich. »Hattest du einen schönen Tag?«

»Ja, er war sehr interessant. Sind deine Kopfschmerzen besser geworden?«

»Sie sind fast weg. Ich vermute, daß mir die heißen Moorbäder zu schaffen machen. Ich sollte einen oder zwei Tage mit den Anwendungen aussetzen.«

»Es könnte sein, daß wir ohnehin bald nach Tiflis aufbrechen.«

»Wieso?« Maria sah sie erstaunt an. »Hast du etwas Neues erfahren?«

Anna wich einer direkten Antwort aus. »Ich muß Rittmeister Gorskij noch einmal einen Besuch abstatten. Es wäre sinnlos, wenn wir noch mehr Zeit hier vertrödeln würden.« Sie drehte sich ungeduldig um und setzte hinzu: »Ich bin sehr müde. Ich gehe nach oben und lege mich ein wenig hin.«

»Werden wir heute nicht bei dem Konzert erwartet?«

Anna blieb in der Tür stehen. »Ich würde lieber zu Hause bleiben, wenn es dir nichts ausmacht.«

»Selbstverständlich macht es mir nichts aus. Ist irgend etwas nicht in Ordnung?«

»O nein, aber so ein langer Ausritt ist sehr anstrengend, wenn man nicht in Übung ist.«

Anna flüchtete sich die Treppe hinauf. Sie hätte Maria von dem Gespräch mit Paul Kuragin erzählen sollen, aber sie fühlte sich dazu nicht imstande, bevor sie sich selbst nicht darüber klar war, was das alles zu bedeuten hatte.

In ihrem kleinen Schlafzimmer warf sie ihren Hut aufs Bett, knöpfte die enge, taillierte Jacke auf und öffnete das Fenster. Die Abendsonne flutete ins Zimmer. Die weißen Blütenblätter des Kirschbaums rieselten wie Schneeflocken auf das Fenstersims. Anna fühlte, wie die frische Luft ihr erhitztes Gesicht kühlte, und wünschte, sie könnte weinen. Warum nur empfand sie nicht die Gefühle, die sie nach einer solchen Unterhaltung empfinden sollte? Was hatte das Feuer der Liebe, das einst so heiß in ihrem Herzen gebrannt hatte, gelöscht? Nur noch der bittere Beigeschmack einer enttäuschten Hoffnung und verlorener Illusionen war ihr geblieben.

3

Es war ein paar Tage nach dem Ausritt, als Nikolai unbeabsichtigt verriet, daß eine Kosakentruppe Befehl hatte, sofort nach Tiflis aufzubrechen und er sich ihnen anschließen wollte.

Er saß mit Anna vor dem kleinen Pavillon, in dem sich die Äolsharfe befand. Der Wind entlockte dem Instrument eine süße Melodie, die ihre Unterhaltung melancholisch untermalte, doch die friedliche Stimmung war jäh unterbrochen. Anna stellte ihre Kaffeetasse heftig auf den Tisch.

»Warum haben Sie mir das nicht früher erzählt? Ich dachte, wir sind Freunde, und Sie würden Maria und mich mitnehmen, wenn Sie Pjatigorsk verlassen.«

Er sah sie niedergeschlagen an. »Ich weiß..., nur... Anna, die Wahrheit ist, daß Paul Kuragin nicht begeistert wäre, wenn Damen mit uns reisen würden.«

»Was hat das alles mit Paul Kuragin zu tun?«

»Eine Menge. Die Kosaken unterstehen seinem Kommando.«

Und er hatte sein Vorhaben mit keinem Wort erwähnt, als Anna ihn gestern in der Stadt getroffen hatte. Er war reizend gewesen und hatte ihr Komplimente gemacht, aber über seinen bevorstehenden Aufbruch hatte er nichts verlauten lassen, obwohl er genau wußte, wie wichtig diese Reise für sie war. »Ich werde sofort bei Rittmeister Gorskij vorsprechen«, verkündete sie aufgebracht.

»Ich begleite Sie.«

»Nein, ich komme allein zurecht.«

Er stand auf, als sie sich erhob. »Anna, es tut mir leid...«

»Ist schon gut, Nikki. Ich weiß, daß es nicht an Ihnen liegt. Würden Sie so freundlich sein, Maria Bescheid zu sagen, wo ich bin? Sie wollte mich hier treffen.«

»Ja, natürlich.« Er sah ihr unglücklich nach, denn er wußte nur allzu gut, daß Paul ihn eindringlich gebeten hatte, kein Wort über das Vorhaben zu verlieren, und daß er gute Gründe dafür hatte.

Die Empörung beschleunigte Annas Schritte, als sie der Stadt zustrebte und durch die schmalen Straßen zum Außenposten der Garnison ging. Es war fast Mittag, und die Sonne brannte heiß hernieder. Als Anna ihr Ziel erreicht hatte, war sie erhitzt und außer Atem. Der junge Leutnant, der vor dem Gebäude Wache stand, versuchte, sie aufzuhalten, aber sie schob ihn resolut zur Seite.

»Es tut mir leid, der Rittmeister ist beschäftigt«, rief er hastig und folgte ihr.

»In diesem Fall werde ich warten, bis er Zeit für mich hat.« Sie nahm entschlossen auf der Bank im Vorzimmer Platz.

»Das könnte einige Zeit dauern.«

»Ich bin nicht in Eile.«

Der junge Mann betrachtete sie unschlüssig. Er war stolz darauf, daß er seine untergebenen Soldaten so gut unter Kontrolle hatte, aber er hatte keine Ahnung, wie er mit einer eigenwilligen Dame umgehen sollte, und zog sich eingeschüchtert zum Fenster zurück.

Die Tür zum Raum des Rittmeisters war nur angelehnt, und es war unüberhörbar, daß dort eine heftige Debatte im Gange war. Ab und zu wurden die Stimmen lauter, aber Anna konnte nicht verstehen, worüber sie sprachen. Eine Biene umsummte ihren Kopf, und sie verscheuchte sie. Allmählich legte sich ihre Aufregung ein wenig. Vielleicht hatte Nikki etwas falsch verstanden, und es mußten erst noch einige militärische Maßnahmen ergriffen werden, bevor man sie von der Abreise in Kenntnis setzen konnte. Anna lehnte sich zurück und richtete sich auf eine längere Wartezeit ein, als sie plötzlich Rittmeister Gorskij deutlich sagen hörte: »Oberst, wir haben keine andere Wahl. Es könnten Monate vergehen, bis sich die nächste geeignete Eskorte findet.«

»Das ist mir egal, und wenn es ein Jahr dauert«, lautete die schroffe Antwort. Anna richtete sich auf, und der Leutnant öffnete den Mund, um etwas zu sagen, aber sie brachte ihn mit einer Geste zum Schweigen.

»Die junge Dame ist sehr hartnäckig«, gab der Rittmeister zu bedenken.

»Das habe ich schon bemerkt, aber dieser Vorschlag ist einfach lächerlich.« Das war Paul Kuragins Stimme, dessen war sich Anna sicher. Sie klang streng, und er schien keinen Widerspruch zu dulden, als er fortfuhr: »Ich bin hier lange genug aufgehalten worden, und ich habe vor, mich auf diesem Ritt nicht zu schonen und schnell voranzukommen. Ich darf keine Zeit mehr vergeuden, und der Weg ist tückisch, das wissen Sie so gut wie ich. Ich kann es mir nicht leisten, auf eine kapriziöse, halsstarrige Dame Rücksicht zu nehmen, die sich allen Ratschlägen und Anordnungen widersetzt – ganz zu schweigen von ihrer kränklichen älteren Kusine... Was, in Gottes Namen, sollte ich mit den beiden anfangen?«

Anna kochte vor Wut. Ohne nachzudenken sprang sie auf die Füße, durchquerte das Vorzimmer und riß die Tür auf, ehe der Leutnant sie zurückhalten konnte.

»Ich bin weder kapriziös noch halsstarrig«, verkündete sie lauthals, »das wissen Sie beide sehr gut, und meine Kusine ist auch nicht kränklich und alt, sondern ebenso gesund und munter wie ich selbst. Ich habe nicht vor, hier noch monatelang herumzusitzen und zu warten, und es gibt absolut keinen Grund dafür, daß ich nicht in Ihrer Begleitung weiterreisen sollte.«

Beide Männer hatten sich überrascht zu ihr umgedreht. Der Rittmeister wirkte ein bißchen belustigt, während Paul Kuragin die Arme vor der Brust verschränkte und sie stirnrunzelnd musterte.

»Meine liebe junge Dame«, warf er spöttisch ein, als sie innehielt, um zu Atem zu kommen, »hat Ihnen Ihre Gouvernante früher nicht beigebracht, daß es unschicklich ist, Gespräche anderer zu belauschen?«

»Wagen Sie es nicht, sich über mich lustig zu machen.«

»Daran würde ich nicht im Traum denken. Und jetzt hören Sie mir gut zu«, fuhr er ernst fort. »Ich kann Ihnen eine ganze Reihe von guten Gründen nennen, warum ich Sie unmöglich mitnehmen kann. Meine Männer sind keine Höflinge oder wohlerzogene Gentlemen, und sie sind nicht an feine Gesellschaft gewöhnt. Sie sind verwegene Kosaken, die ein hartes Leben führen und saufen und fluchen. Erwarten Sie von diesen Männern, daß sie Ihnen jeden Abend ein Zelt aufstellen und delikate Speisen für Sie zubereiten oder Wasser heiß machen, wann immer Sie es wünschen? Diese Rauhbeine achten nicht auf ihre Kleidung und ihre Manieren, und ihre derbe Sprache wäre eine Beleidigung für Ihre zarten Ohren...«

»Was soll das heißen?« unterbrach Anna ihn ungerührt. »Haben Sie keine Autorität über diese Männer? Gehorchen sie nicht Ihren Befehlen?«

Rittmeister Gorskij unterdrückte ein Lächeln. »Das ist ein Punkt für die junge Dame, Oberst.«

Paul Kuragin bedachte ihn mit einem finsteren Blick. »Meine Männer sind nicht meine einzige Sorge, Prinzessin Gadiani«, erwiderte er scharf. »Ich fürchte, daß Sie und Maria Petrowna den Strapazen einer solchen Reise nicht gewachsen sind. Glauben Sie mir, das wird kein Picknickausflug. Die Bedingungen in den Bergen sind ausgesprochen hart.«

»Dessen bin ich mir bewußt.«

»Gut, dann gibt es ja nichts mehr dazu zu sagen.«

»Aber...»

»Ja?«

Sie sah ihn flehentlich an. »Sie wissen besser als jeder andere, wie wichtig diese Reise für mich ist, Graf Kuragin. Ich schwöre, daß ich Ihnen keine Umstände machen werde. Jakob wird sich um unser Wohlergehen kümmern, wie er es auf dem Weg von Moskau hierher getan hat. Ich bitte Sie inständig, mir zu helfen.«

Er zögerte. Verdammt, es war um vieles schwerer, ihr die Bitte abzuschlagen, wenn sie ihn auf diese Weise ansah. Wie konnte er bei diesem Anblick mit dem Wissen darum, was er getan hatte, fertig werden? Er hatte verzweifelt versucht, die Schuldgefühle zu verdrängen... Auch wenn sie es nicht wußte: Er stand in ihrer Schuld.

»Ich vermute«, entgegnete er grimmig, »daß Sie imstande sind, sich allein auf den Weg zu machen, wenn ich mich nicht bereit erkläre, Sie mitzunehmen.«

Sie senkte den Blick. »Leider kann ich das nicht. Der Rittmeister verwahrt meine Reisepapiere und weigert sich, sie mir auszuhändigen.«

»Ist das wahr?«

Gorskij nickte. »Ich hielt das unter diesen Umständen für angebracht.«

»Sehr klug.« Paul seufzte und fügte bitter hinzu: »Sie können der Dame die Papiere übergeben.« Mit einem düsteren Blick auf Anna fügte er hinzu: »Ich weiß, daß dieser Entschluß verrückt ist, aber... Wann können Sie reisefertig sein?«

»Morgen, wenn Sie es wünschen.«

»Übermorgen wäre früh genug«, erwiderte er trocken. »Ich bitte Sie, so wenig Gepäck wie möglich mitzunehmen, denn mir stehen nicht genügend Maultiere zur Verfügung, um all ihre feine Garderobe transportieren zu können. Sind Sie und Ihre Kusine in der Lage, den Weg im Sattel zurückzulegen?«

»Ja«, sagte sie hocherfreut über ihren Sieg. »Machen Sie sich deswegen keine Sorgen. Wir sind beide nicht besonders empfindlich und werden Ihnen bestimmt keinerlei Schwierigkeiten bereiten.«

»Ich bete zu Gott, daß Sie recht haben mögen«, entgegnete er säuerlich.

»Danke, Graf Kuragin, ich danke Ihnen von ganzem Herzen.« Sie strahlte ihn an, und ihre Samtaugen glänzten. Als er sie so sah, verspürte er ein seltsames Ziehen in seiner Brust. Er hatte sein Bestes getan, um sie zu warnen, und jetzt mußte sie sich den Ereignissen, die auf sie zukamen, stellen. »Sie sollten mir erst danken, wenn wir in Tiflis angekommen sind«, sagte er.

»Sie haben wirklich großes Glück, Madame«, bemerkte Gorskij freundlich. Er war erleichtert, daß ihm die Verantwortung für sie abgenommen wurde. »Oberst Kuragin ist ein mutiger Mann, und seine Kosaken sind hervorragende Soldaten. Ich hoffe nur, daß Sie Ihren Entschluß nicht bereuen werden.«

»Warum sollte ich?«

Gorskij warf Paul einen Blick zu. »Ich habe das Gefühl, Sie haben noch nicht ganz begriffen, daß wir inmitten von gewalttätigen Völkern leben. Niemand weiß, wann und wo sie als nächstes angreifen. Nun, wenn es noch irgend etwas gibt, was ich für Sie tun kann, lassen Sie es mich wissen.«

»Ich bin Ihnen sehr dankbar.« Anna schenkte ihm ein bezauberndes Lächeln und verließ rasch den Raum, bevor einer der beiden Männer die Entscheidung rückgängig machen konnte.

»Verdammt!« explodierte Paul, als sich die Tür hinter ihr geschlossen hatte. »Sie waren mir wirklich eine große Hilfe. Sie haben alles mir überlassen.«

»Ich habe keine Möglichkeit gesehen, Sie vor dieser Last zu bewahren. Außerdem«, er warf Paul einen schüchternen Seitenblick zu, »einige Tage in Gesellschaft einer hübschen Frau zu verbringen kann doch sehr erfreulich sein, Oberst.«

»Es gibt eine Menge erfreulichere Dinge«, erwiderte Paul schroff. »Ich hatte gehofft, die Strecke in einer Woche zurücklegen zu können, aber jetzt werden wir wohl vierzehn Tage oder sogar einen ganzen Monat brauchen. Und außerdem – nennen Sie mich nicht Oberst. Ich habe kein Recht mehr auf diesen Rang.«

»Aber warum?« Als Sie vor einem Jahr hier waren...«

»Damals war es noch anders. Der Zar hat mich inzwischen degradiert. Ich bin Rittmeister wie Sie.«

»Darf ich fragen, weshalb?« hakte Gorski nach, während er die Schreibtischschublade aufzog und Annas Dokumente herausnahm.

»Ich habe einen Mann getötet, um nicht von ihm getötet zu werden.«

»In einem Duell?«

»So könnte man es nennen«, antwortete Paul kurz und sah sich die Papiere an, die Gorskij ihm überreicht hatte. »Haben Sie Gregorij Gadiani je kennengelernt?«

»Wie sollte ich? Ich hatte nie das Glück, an den Hof des Vizekönigs eingeladen zu werden.«

»Sie haben nicht viel versäumt, mein Freund, glauben Sie mir. Prinz Gadiani hat alle Frauenherzen im Sturm erobert, aber er war wild und rücksichtslos. Die Gadianis gehören zum alten kaukasischen Adel – die Prinzen von Kumari waren schon immer charmant, verschlagen, ehrgeizig und skrupellos. Ich frage mich, was die junge Dame von ihnen erwartet.«

»Will sie sich nicht in Tiflis mit ihm treffen?«

Paul sah ihn an. »Haben Sie noch nichts davon gehört?

Er ist vor wenigen Monaten umgebracht worden. Anna Gadiani weiß gar nicht, in welches Schlangennest sie geraten wird. Aber das ist nicht meine Angelegenheit. Ich bringe sie wohlbehalten nach Tiflis, und dann bin ich nicht mehr für sie verantwortlich. Es gibt genügend Gadianis, die sie unter ihre Fittiche nehmen können. Aber jetzt sollten wir uns um die Ausrüstung für meine Männer kümmern. Ich möchte alles über die Pferde, die Waffen und die Maultiere wissen...«

Sie besprachen die Einzelheiten, aber Maxim Gorskij, der schon öfter mit Paul Kuragin zu tun gehabt hatte, merkte, daß der junge Mann nicht ganz bei der Sache war. Der Rittmeister war nicht erstaunt über die Stimmung seines Gesprächspartners. Die Aussicht, ein paar Wochen an der Seite einer so bezaubernden jungen Dame zu verbringen – wenn auch gezwungenermaßen –, hätte jeden Mann die Konzentration gekostet.

Später, als Anna auf die Ereignisse zurückschaute, dachte sie, daß die Tage während der langen und oft mühsamen Reise nach Tiflis zu den glücklichsten ihres Lebens gehörten, und im nachhinein mußte sie zugeben, daß Paul Kuragin viel dazu beigetragen hatte, auch wenn sie das im Anfang nicht für möglich gehalten hatte.

Nachdem er einmal die Zustimmung, Anna und Maria mitzunehmen, gegeben hatte, benahm er sich außergewöhnlich liebenswürdig. Maria, die durch Annas Beschreibung von ihm voreingenommen war und einen unerträglich arroganten Mann erwartet hatte, war aufs höchste erstaunt, als er am Tag vor ihrer Abreise bei ihnen vorsprach, ihnen nützliche Ratschläge gab und eine Liste von den Dingen, die ihnen die Reise angenehmer machen sollte, aufstellte.

»Ich weiß gar nicht, warum du ihn so ablehnst, Anna«,

sagte sie, nachdem Paul gegangen war. »Ich halte es für ein großes Glück, daß wir ihn als Beschützer haben. Wir hätten es weiß Gott schlechter treffen können, und er ist immerhin ein Gentleman aus guter Familie. Er scheint sehr bedacht auf unsere Bequemlichkeit zu sein, und er spricht so gut von deinem Vater.«

»Ich lehne ihn gar nicht ab. Es ist nur... ach, ich weiß es selbst nicht... Ich habe das Gefühl, daß er alle Menschen verachtet – uns eingeschlossen.«

»Auf mich macht er den Eindruck, als ob er kein besonders glücklicher Mann ist«, sagte Maria nachdenklich. »Aber das soll nicht unsere Sorge sein.«

Möglicherweise hatte Anna Vorbehalte, weil Paul sich so merkwürdig über Gregorij geäußert hatte. Sie war überzeugt, daß er mehr wußte, als er preisgab, und das verwirrte sie. Aber dennoch war sie, als sie die Reisevorbereitungen traf, erleichtert und froh, daß sie sich endlich auf den Weg machen konnten.

Sie brachen kurz nach der Morgendämmerung auf, als die Luft noch kühl und frisch war. Die aufgehende Sonne tauchte die schneebedeckten Gipfel in goldenes Licht, während die Täler noch in tiefem Schatten lagen. Die Kosaken erwarteten sie außerhalb der kleinen Stadt. Mit ihren enganliegenden Kaftanen, den struppigen Schaffellmützen, den glitzernden Waffen und den *Burkas* – den schweren Filzmänteln, die sie vor ihren Sätteln festgebunden hatten – sahen sie eher wie eine Horde Banditen aus und hatten ganz und gar keine Ähnlichkeit mit den flotten Grenzoffizieren, die Anna bei den kaiserlichen Paraden auf dem Marsfeld in St. Petersburg gesehen hatte. Paul, der die gleiche Kleidung wie seine Männer trug, setzte sich an die Spitze des Trupps. Er wies sich nur durch sein glänzendes schwarzes Pferd, die juwelenbesetzte Schwertscheide, die an seinem Gürtel hing, und die silberbeschlagenen Pistolen in den Sattelhalftern als Befehlshaber der Kosaken aus.

»Hast du je eine solche Räuberbande zu Gesicht bekommen?« murmelte Maria belustigt, als ihnen zwanzig Augenpaare neugierig entgegensahen.

Sie wünschte Paul fröhlich einen guten Morgen. Er nickte nur und taxierte sie abschätzend. Dem Himmel sei Dank, sie trugen praktische Reitkleidung ohne den modischen Firlefanz, mit dem er eigentlich gerechnet hatte.

Er musterte seine Männer. Alles war, wie es sein sollte. Die Lasttiere, die das Gepäck trugen, bildeten unter der Aufsicht von Marik und Jakob die Nachhut. Paul sah ungeduldig auf seine Uhr. Wo, zum Teufel, blieb Nikki? Er bellte einen Befehl, und die Kosaken teilten sich auf. Paul forderte Anna und Maria auf, sich in der Mitte des Trupps zu halten, damit die Soldaten ihnen von allen Seiten Schutz gewähren konnten.

Die Pferde stampften ungeduldig mit den Hufen, und die Kosaken warfen sich bedeutsame Blicke zu oder beobachteten ihren Rittmeister. Paul runzelte düster die Stirn, als Nikolai, gekleidet in die prachtvolle Uniform der Husaren, endlich auf die Gruppe zugaloppierte. Sein Stallknecht folgte ihm mit zwei vollbepackten Maultieren.

»Du bist spät dran«, brauste Paul auf. »Und was, zur Hölle, denkst du dir eigentlich, dich in dieser Aufmachung hier zu zeigen? Wir sind nicht in St. Petersburg.«

Der junge Mann wurde knallrot bei dieser Zurechtweisung. »Das ist noch lange kein Grund, wie eine Vogelscheuche auszusehen. Wir sind russische Offiziere«, entgegnete er steif. »Außerdem befinden wir uns in der Gesellschaft von Damen.«

»Wir machen keinen Vergnügungsausflug und werden auch nicht zu einem Gartenfest im Sommerpalast erwartet«, erklärte Paul zynisch. »Bedecke, um Himmels willen, diese goldenen Tressen, wenn wir in die Berge kommen. Wir wollen so unauffällig wie möglich aussehen – wie ein ganz gewöhnlicher Grenztrupp, bei dem keine Kopeke zu finden ist. Es gibt einige Rebellen, die dir den Hals aufschlitzen würden, nur um an einen deiner goldverzierten Knöpfe ranzukommen. Du reitest besser in der Mitte mit den Damen.«

»Nein. Ich tue nichts dergleichen«, protestierte Nikolai heftig. »Hältst du mich für einen Feigling?«

Paul schnitt ihm das Wort ab. »Ich hoffe, das bist du nicht, aber das steht jetzt nicht zur Debatte. Hör auf zu streiten und tu, was man dir sagt. Wir haben uns ohnehin schon eine Stunde verspätet.«

Nikolai trieb sein Pferd zornig an Annas und Marias Seite. »Zum Teufel, für wen hält der sich eigentlich? Ich stehe nicht unter seinem Kommando!«

»Oh, im Augenblick schon«, beschwichtigte ihn Maria, »das tun wir alle während dieser Reise. Wenn Sie sich dagegen auflehnen, machen Sie alles nur noch schlimmer. Graf Kuragin ist sehr umsichtig und weiß, was er zu tun hat.«

Er ist tatsächlich sehr tüchtig, dachte Anna des öfteren während der nächsten Tage. Alles lief nach Plan und funktionierte prächtig. Sie ritten erst am Fluß entlang und drangen dann in die sanften Vorberge ein. Anna fühlte sich frei und unbeschwert wie schon seit Monaten nicht mehr. Sie lachte und plauderte mit Maria und Nikki, hatte jeden Abend einen gesunden Appetit, und die Hitze der Mittagssonne, die einfachen Mahlzeiten und primitiven Unterkünfte schienen ihr überhaupt nichts auszumachen. Nur manchmal, kurz vor dem Einschlafen, fühlte sie sich unbehaglich und schämte sich, weil sie so viel Spaß an diesem Ritt hatte. Sie sollte um Gregorij trauern, aber statt dessen genoß sie die Tage in der Wildnis und dachte kaum an ihn.

Paul sprach selten mit ihr und Maria, nur hin und wieder erkundigte er sich, ob sie etwas brauchten. Meistens ritt er an der Spitze des Trupps, oder er gesellte sich zur Nachhut, um sich mit dem stellvertretenden Offizier – einem Hünen mit grauem Haar und mächtigem Bart – abzusprechen. Der Mann hatte einen ungezwungenen und geradezu vertraulichen Umgangston, wenn er sich mit seinem Rittmeister unterhielt, etwas, was in den militärischen Kreisen von St. Petersburg undenkbar gewesen wäre.

»Warga begleitet mich, seit ich zum erstenmal in den Kaukasus gekommen bin«, erklärte Paul, als Maria eine Anspielung darauf machte. »Damals war ich genauso ein Grünschnabel wie Nikki heute. Ohne Wargas Hilfe wäre ich schon ein Dutzendmal ums Leben gekommen.

Das Gasthaus in Wladikawkas war komfortabler als alle Unterkünfte, die sie auf ihrer bisherigen Reise in Anspruch genommen hatten. Nach dem Abendessen, das ihnen ihn ihrem Zimmer serviert worden war, streifte Anna ihr Hemd ab und wusch sich Gesicht und Hals mit kaltem Wasser. Danach zog sie sich eine frische Seidenbluse an und bürstete energisch den Staub aus ihrem Haar. Als sie fertig war, faßte sie die langen Locken mit einem schlichten Band in ihrem Nacken zusammen und betrachtete ihr Gesicht im Spiegel. Ihre Haut hatte eine leicht goldene Tönung angenommen, die bei ihrer vornehmen Großmutter hellste Empörung ausgelöst hätte. Aber von solchen Diktaten war sie jetzt befreit, sie konnte tun und lassen, was immer sie wollte. Eine Witwe... Wie seltsam das doch war – sie war nicht mehr gezwungen, die strengen Konventionen einzuhalten und strikt auf ein tadelloses

Benehmen zu achten, das man von einem unverheirateten Mädchen erwartete.

«Du siehst aus wie eine Sechzehnjährige.« Maria lächelte sie an. »Was hast du vor?«

»Ich wollte ein wenig am Fluß spazierengehen.«

»Triffst du dich mit Nikki?«

»Bestimmt nicht«, erwiderte Anna scharf. »Warum sollte ich das tun?«

»Ich dachte, daß dir seine Gesellschaft gefällt, und es ist ein so schöner Abend.«

»Maria, du bist eine unverbesserliche Romantikerin! Du vermutest hinter allem etwas. Wir sind in einer Garnisonsstadt, und ich habe einige Offiziere im Schankraum gesehen. Ich vermute, daß Nikki den Abend mit Kartenspielen verbringen wird. Ich bleibe nicht lange.«

»Gib acht auf dich und geh nicht zu weit weg.«

»Mach dir keine Sorgen.«

Die Stadt war ein halbes Jahrhundert zuvor als Stützpunkt für die Eroberungsfeldzüge erbaut worden, und es gab hier nur eine Hauptstraße. Hübsche rosafarbene und weiße Häuser, die mit Stuck verziert waren, säumten die Alexandrowskaja. Hier wohnten die Offiziere der Garnison. Linden überschatteten die Straße und verströmten einen süßen Duft in der kühlen Abendluft. Anna kam in einen öffentlichen Park und folgte dem gewundenen Pfad, der am Fluß entlangführte. Nach einer Weile fand sie einen umgefallenen Baumstamm unter einer Buche und setzte sich. Das Wasser plätscherte sanft dahin und war so klar, daß Anna die braunen Steine auf dem Grund sehen konnte. Hinter dem gegenüberliegenden Ufer ragte der Turm des Forts über die Bäume, und Anna sah, wie die Flagge im Wind flatterte, und hörte die gerufenen Befehle während des Wachwechsels. Irgendwo in der Nähe spielte jemand eine melancholische Weise auf einer Flöte.

Anna lauschte verträumt der süßen Melodie, lehnte sich zurück und schloß die Augen. Plötzlich legte sich eine Hand auf ihre Schulter, und Anna zuckte zusammen.

»Das ist ein ossetischer Dudelsack. Wußten Sie, daß die Osseten Reel tanzen wie die Leute aus dem schottischen Hochland?« Paul Kuragin setzte sich neben Anna auf den Baumstamm.

»Was wissen Sie von Schottland, Graf Kuragin?«

»Nur das, was ich in Büchern darüber gelesen habe«, antwortete er träge. »Vielleicht herrschen bei allen Bergvölkern ähnliche Sitten.«

Paul wirkte entspannter, als Anna ihn je gesehen hatte, und sein Gesicht zeigte nicht den üblichen wachsamen Ausdruck.

»Ich dachte, daß Sie den Abend mit Ihren Offiziersfreunden verbringen würden«, sagte Anna.

»Trinkend und spielend?« fragte er geringschätzig. »Entdecke ich da einen mißbilligenden Unterton? Sie sollten daran denken, Anna Stepanowna, daß dies oft das einzige Vergnügen ist, das sich die Soldaten, die im Kaukasus stationiert sind, gönnen können.«

»Warum bleiben Sie im Kaukasus? Nikki hat erzählt, daß Sie jederzeit nach St. Petersburg zurückkehren könnten.«

»Nikki redet zuviel.« Er streckte sich. »Manchmal macht es mir Spaß, zu trinken und zu spielen, aber nicht heute abend.«

»Warum ausgerechnet heute nicht?«

Er zuckte mit den Schultern und wandte sich ihr zu. Sein Blick schweifte über ihr rotgoldenes Haar, den schlanken Hals und ihre schwellenden Brüste unter dem dünnen Seidenstoff. »Ich habe Sie einige Minuten beobachtet. Sie sehen wie ein Schulmädchen aus, wenn Sie das Haar so tragen. Irgendwie weckt das Erinnerungen in mir. Sind Sie sicher, daß wir uns nie zvuor begegnet sind?«

»Ich wüßte nicht, wann.«

Er starrte sie mit gerunzelter Stirn an und schlug sich plötzlich aufs Knie. »Jetzt weiß ich's. Warum habe ich daran nicht früher gedacht? Der Ball auf der Newa-Insel, den mein Onkel Andrej gegeben hat. Das muß vor drei..., nein, vier Jahren gewesen sein.« Er sah wieder das junge Mädchen vor sich, das so unglaublich unschuldig und unverdorben an der Seite ihres überheblichen Begleiters gewirkt hatte. Er erinnerte sich, daß sie kurz sein Mitleid erweckt hatte, bevor ihn der Überdruß und die Langeweile übermannt hatten. »Waren Sie dort?«

»Ja.« Sie begegnete seinem Blick und wandte sich rasch ab. »Ich kann mich nicht daran erinnern, Sie dort gesehen zu haben«, fügte sie hinzu.

»Ich habe mich nicht lange auf dem Ball aufgehalten. Waren Sie mit Prinz Gadiani dort?«

»Ja.« Sie starrte auf ihre verkrampften Hände. »Dieser Abend war die Ursache für meine Heirat. Ich habe mich aus dem Smolny-Institut geschlichen. Es war verrückt, so etwas zu tun, und es blieb natürlich nicht unentdeckt. Gregorij hatte einen leichten Unfall mit der Kutsche, als wir zum Pensionat zurückfuhren...«

»Und deshalb ist alles herausgekommen. So ein Narr!«

»Es war ein Unfall.«

»Verzeihen Sie, ich wollte Sie nicht kränken. Sie müssen damals noch sehr jung gewesen sein.«

»Noch nicht einmal neunzehn.«

Sie war also noch ein halbes Kind gewesen, als sie, nur um des Anstands willen, gezwungen wurde, diesen rücksichtslosen Lebemann zu heiraten. Der Zar hat ein Faible dafür, das Leben anderer zu bestimmen, dachte Paul grimmig. Wenn er es zulassen würde, auch sein Leben.

»Haben Sie ihn sehr geliebt?«

»So etwas sollten Sie nicht fragen.«

»Hat er Sie so unglücklich gemacht?«

»Graf Kuragin, bitte ...« Es war verrückt, aber bei dem Gedanken an ihre Torheit und den wundervollen Abend füllten sich ihre Augen mit Tränen.

»Bitte, verzeihen Sie.«

Er berührte um Entschuldigung heischend ihre Hand, und durch einen Tränenschleier sah sie den großen grünen Ring mit dem eckigen Stein... Das war nicht Gregorijs Ring, aber er war ihm sehr ähnlich. Plötzlich erinnerte sie sich an den Verwundeten, der vor ihren Füßen zusammengebrochen war, und an das Blut. Anna hob den Blick, um Paul eine Frage zu stellen, aber er stand in diesem Moment auf und sah sich um.

»Es ist schon spät, und allmählich wird es kühl... Außerdem ist dies eine Grenzstadt.«

»Wir sind hier bestimmt nicht gefährdet.«

»Natürlich nicht, dennoch sollten wir zurückgehen.«

Er verschwieg ihr, daß man in dieser Region nirgendwo ganz sicher war. Er hatte es schon erlebt, daß Schamils Reiterhorden unerwartete in der Nacht auftauchten, durch die Straßen und sogar durch einen Ballsaal sprengten und Verwüstung und Tod hinterließen.

»Sie sollten sich ein wenig ausruhen«, schlug er vor. »Ich fürchte, wir müssen morgen wieder sehr früh aufbrechen, und wir haben einen langen Tag vor uns.«

Sie gingen über die Hauptstraße zurück, auf der jetzt viele Menschen zu sehen waren, die nach Hause eilten. Anna erwähnte den Ring mit keinem Wort, aber sie spürte, daß sich ein seltsames Band der Sympathie zwischen ihnen gesponnen hatte. Sie konnte sich selbst nicht erklären, warum sie Trost empfand, als er ihre Hand drückte.

Am nächsten Tag erreichten sie den Fuß des Gebirges und

kämpften sich während des ganzen Vormittags auf dem steilen steinigen Pfad bergan. Zu beiden Seiten des Weges befand sich dichter Wald, und als sie die Baumgrenze erreichten, umgaben sie schroffe Felsen, von denen einige noch mit Schnee bedeckt waren. Hin und wieder sahen sie in Tälern und Senken kleine Dörfer mit hohen Wachtürmen und Ansammlungen schwarzer Hütten, die wie Schwalbennester an den Abhängen klebten.

Als sie zu Mittag Rast machten, brannte die Sonne gnadenlos auf die nackten Felsen, und es gab kaum Schatten, in dem man ausweichen konnte. Anna zog ihre Jacke aus und band ihr schweren Flechten im Nacken zusammen, um sich ein wenig Kühlung zu verschaffen. Alle freuten sich auf den sahnigen Ziegenkäse, das knusprige Brot mit den frischen Tomaten und den saftigen Gurken – Proviant, den sie in der Stadt gekauft hatten. Paul drängte rasch wieder zum Aufbruch. Er hatte seine Mahlzeit mit den Kosaken eingenommen, die neben ihren Pferden kauerten, und kam gerade zu ihnen, als Jakob den Samowar auspackte.

»Wir haben keine Zeit für den Tee«, verkündete er knapp. »Das muß warten, bis wir am Abend ein Lager aufschlagen.«

»Verdammt, Paul, mußt du unbedingt den Sklaventreiber spielen?« beschwerte sich Nikki. »Anna und Maria sind durstig und müde, und es ist heiß wie in einem Backofen. Wäre es nicht besser, weiterzureiten, wenn die Sonne tief steht und es abkühlt?«

»Sollen wir die Darjal-Schlucht bei Nacht durchqueren?« fragte Paul trocken. »Benimm dich nicht wie ein Narr, Nikki, und glaube mir, daß ich weiß, was ich tue.« Er rief seinen Männern einen Befehl zu, und sie sattelten ihre Pferde.

»Kommen Sie«, sagte Maria matt, »hören Sie auf zu streiten, Nikki.«

Nikki bedachte sie mit einem aufsässigen Blick, reichte ihr aber trotzdem eine Hand, um ihr beim Aufstehen zu helfen. Man brachte ihnen die Pferde, und sie stiegen auf, während Jakob und Marik die Proviantkörbe auf den Rücken eines Lasttiers banden.

»Denken Sie dran, wir müssen alle dicht zusammenbleiben. Niemand darf trödeln«, sagte Paul eindringlich. »Der Weg ist sehr schmal und gefährlich. Ich möchte nicht, daß jemand verunglückt. Nikki, ich wäre wirklich froh, wenn auch du dich an diese Anweisung halten würdest«, fügte er streng hinzu.

»Du hast uns das schon so oft vorgebetet, daß ich es bestimmt nicht vergessen werde«, brauste der junge Mann auf und preßte die Lippen zusammen, als er sich in den Sattel schwang.

Anna sah unruhig von einem zum andern. Die Spannung zwischen den beiden wuchs von Tag zu Tag, und es konnte jeden Augenblick zu einer Explosion kommen. Sie hätte Paul gern gebeten, ein wenig taktvoller und großzügiger zu sein und daran zu denken, daß aus dem kleinen Jungen, den er einst gekannt hatte, ein stolzer junger Mann geworden war, aber sie brachte nicht den Mut dazu auf.

Der Weg führte stetig bergan und wurde immer schmaler, bis sie einen tiefen Einschnitt, durch den ein reißender Sturzbach toste, erreichten. Anna wagte nicht, in die Tiefe zu sehen, aus Angst, ihr könnte schwindlig werden. Sie richtete ihren Blick starr auf den Rücken des Kosaken, der vor ihr war. Sie ritten jetzt in einer Reihe, und Nikki hielt sich dicht hinter ihr. Nach ihm kamen Maria und der Rest der Soldaten. Wo Paul war, wußte sie nicht. Als Anna den Blick von dem verschwitzten Kaftan vor sich abwandte, gewahrte sie, daß rechts und links des Flusses senkrechte Steilwände so hoch emporragten, daß man nur noch einen schmalen Streifen Himmel sehen konnte.

Das war der Eingang zur Darjal-Schlucht – ein unheimlicher, düsterer Ort. Kein Sonnenstrahl drang in diesen Spalt, ein eisiger Wind fegte von den Bergen, und der reißende Fluß toste ohrenbetäubend. Der Weg wand sich um die Felsen und führte talwärts, bis sie eine schmale Brükke erreichten, die den schäumenden Fluß in der Tiefe überspannte. Am anderen Ufer thronten, hoch auf den schroffen Felsen und kaum erkennbar in dieser Umgebung, die Ruinen von Tamaras Schloß, der berüchtigten Königin von Georgien, die, wie die Legende berichtet, die Liebhaber, deren sie überdrüssig geworden war, über die Felsen in die schwarzen Wasser gestoßen hatte. An diesem schrecklichen Ort fiel es Anna nicht schwer, solchen Schauergeschichten Glauben zu schenken. Sie fröstelte, als sie vor der Brücke neben ihrem Pferd stehen blieb. Unbewußt ließ sie die Zügel ein wenig lockerer, ihr Pferd tänzelte, drängte sie ab, und für einen grauenvollen Augenblick schwankte sie direkt am Abgrund. Sie war zu entsetzt, um schreien zu können, und plötzlich wurde sie zurückgerissen.

»Großer Gott, können Sie nicht aufpassen, wo Sie Ihre Füße hinsetzen? Möchten Sie, daß wir alle mit Ihnen in die Schlucht stürzen?« Pauls Gesicht war weiß vor Zorn

Noch immer zitternd, entschuldigte sich Anna, und Nikolai, der hinter ihr stand, rief wütend: »Wage es nicht, so mit Anna zu sprechen.«

»Ich werde jeden zurechtweisen, wenn es nötig ist«, lautete Pauls schroffe Antwort.

Er führte Anna und ihr Pferd über die Brücke. Warga folgte ihm mit Marias Stute, dann kam Nikolai, dem die anderen folgten. Sie hatten noch eine lange Strecke vor sich, bis sie die Schlucht verlassen konnten, und Paul achtete darauf, daß Anna immer dicht hinter ihm blieb. Als der Weg endlich breiter wurde und sie auf eine wunderschöne Bergwiese kamen, ritt Paul zur Nachhut, um nach den Maultieren zu sehen. Anna atmete befreit auf, da sie die gefährliche Passage überwunden hatten. Nikolai trabte an ihre Seite.

»Puh!« Er wischte sich den Schweiß vom Gesicht. »Was für ein teuflischer Weg. Ich bin nicht traurig, daß wir dieses Stück hinter uns haben. Was meinen Sie, Anna, sollen wir ein Stück über die Wiese reiten?«

»Ich weiß nicht«, erwiderte sie unsicher. »Paul hat uns eingeschärft, daß wir alle zusammenbleiben sollen.«

»Zur Hölle mit Paul! Er ist nicht der liebe Gott, auch wenn er sich selbst dafür hält«, sagte er ungehalten. »Mein Pferd muß sich die Beine vertreten, und mir täte es auch gut.«

Er preßte die Fersen in die Flanken des Pferdes und galoppierte los.

Die Verlockung war groß nach dem langen Marsch in einer Reihe. Anna holte tief Luft und folgte Nikki. Sie flog über die Wiese, ihr Hut rutschte in den Nacken, und ihr Haar flatterte im Wind, der ihr erhitztes Gesicht kühlte. Sie jagten an den beiden Vorreitern vorbei, ohne auf ihre Schreie zu achten, und die hämmernden Hufschläge hinter ihnen konnten sie auch nicht zurückhalten, bis Paul sie überholte und sich ihnen in den Weg stellte.

Anna keuchte, und ihr Haar war völlig zerzaust, als sie ihr Pferd zügelte, aber Nikolai konnte nicht mehr anhalten und sprengte an Paul vorbei. Nach einigen Metern wendete er und kam zurück. Sein Pferd bäumte sich auf, und als Nikki Pauls grimmige Miene bemerkte, erstarb seine Begeisterung.

»Habt ihr beide den Verstand verloren?« fragte er schneidend. »Oder macht es euch Spaß, alles zu ignorieren, was ich sage? Ich dachte, ich hätte die Anweisung gegeben, daß sich niemand von dem Trupp entfernen darf.«

»Wir haben die Schlucht durchquert, und die Gefahr liegt hinter uns. Warum machst du so ein Theater?« erwiderte Nikolai.

»Dafür gibt es gute Gründe – zwanzig gute Gründe, vielleicht sind's auch mehr.« Paul deutete mit seiner Gerte auf eine kleine Anhöhe jenseits des Tals, wo eine Gruppe schwarzer Reiter Aufstellung genommen hatte und sie beboachtete. Regungslos und finster hoben sie sich gegen den von der Sonne vergoldeten Himmel ab.

»Was soll mit denen sein?« fragte Nikolai keck.

»Das sind Schamils Reiter. Sie haben uns den ganzen Tag in Frieden gelassen, aber wenn sie euch den Weg abgeschnitten hätten, wäre ich machtlos gewesen und hätte nichts mehr für euch tun können. Dein Kopf könnte jetzt schon an einem Sattelknauf hängen, und Anna könnte auf dem Weg zu einem Sklavenmarkt oder Schlimmerem sein.«

»Ich habe die Männer gar nicht bemerkt«, stammelte Anna.

»Vielleicht denken Sie in Zukunft daran, daß ich meine Anordnungen treffe, um Ihre Sicherheit zu gewährleisten«, versetzte Paul schroff.

Nikolai funkelte ihn finster an. »Warum hast du uns nicht schon vorher gewarnt, wenn sie den ganzen Tag über in unserer Nähe waren?«

»Ich wollte niemanden unnötig erschrecken.«

»Aber du hättest mich auf sie aufmerksam machen müssen«, protestierte Nikki hitzig. »Ich bin kein Kind mehr.«

»Dann benimm dich auch nicht wie ein Kind.«

»Verdammt, Paul, so kannst du nicht mir mir umspringen. Du setzt unsere alte Freunschaft aufs Spiel, und irgendwann...«

»Irgendwann wirst du mich fordern und bei Morgengrauen erschießen«, ergänzte Paul mit einem aufreizenden Lächeln.

»Oh, bitte«, warf Anna ein. »Ist es nicht dumm, wegen einer solchen Nichtigkeit einen Streit anzufangen?«

»Das ist eine Ehrensache«, erklärte Nikki hochmütig. »Wenn Paul meinen Mut in Frage stellt...«

»Ich stimme Anna zu«, fiel Paul ihm ins Wort. »Die Angelegenheit ist wirklich lächerlich. Mach dir keine Sorgen, mein Lieber, ich duelliere mich nicht mit einem Jungen«, setzte er beißend hinzu.

Nikolais Gesicht lief puterrot an. Er holte mit seiner Reitpeitsche aus, aber Paul bewegte sich so schnell, daß Anna es kaum wahrnahm, und umfaßte Nikkis Handgelenk mit eisernem Griff, bis die Peitsche aus dessen starren Fingern glitt.

»Das war ausgesprochen dumm«, tadelte Paul mißbilligend. »Wenn Warga sieht, daß du mich angreifsts, hast du nicht einmal mehr Zeit, dein Verhalten zu bereuen. Halte dein Temperament im Zaum, bis wir in Tiflis angekommen sind, dann kannst du dein Mütchen an mir kühlen, wenn du willst.«

Die Kosaken, mit Maria, die die Szene ängstlich beobachtet hatte, in ihrer Mitte, schlossen zu ihnen auf.

Nikolai biß sich auf die Unterlippe, als Paul sagte: »Warga, heb Prinz Astrows Peitsche auf, er hat sie aus Versehen fallen lassen.« Er sah die anderen an. »Wir müssen schnell reiten, wenn wir den Kasbek noch bei Tageslicht erreichen wollen. Ich weiß, daß der Tag für uns alle anstrengend war, aber ich muß sagen –«, er lächelte so liebenswürdig, daß Anna nur noch staunen konnte, »daß alle ihre Sache glänzend gemacht haben, speziell die Damen. Morgen wird der Weg leichter, das verspreche ich.«

4

Die Herberge am Fuß des Kasbek war zum Bersten voll von betrunkenen Soldaten, die nach einem langen Aufenthalt im Kaukasus ihren Abschied feierten. Sie waren außer Rand und Band, weil sie sich auf dem Weg nach Rußland und in ihre Heimat befanden, und Paul sah auf den ersten Blick, daß Damen in diesem Gasthaus nicht gut aufgehoben wären. Er beschloß, weiterzureiten und ein Lager im Freien aufzuschlagen. Die Nächte in den Bergen waren kalt, und der Erdboden war ein hartes Bett, aber Paul nahm lieber diese Unannehmlichkeiten in Kauf, als sich auf das schlechte Essen und die Gesellschaft der krakeelenden Soldaten einzulassen. Die riesigen Berge ragten finster und bedrohlich über ihnen auf, aber im Tal schimmerten die Felder, auf denen die Gerste- und Hafersaat gerade aufgegangen war, zartgrün im Abendlicht. Paul entschied sich für einen Lagerplatz in der Nähe des Flusses, der hier gemächlich seinem Ziel, dem Kaspischen Meer, entgegenströmte. Paul postierte die Wachen und wies seinen Männern die Schlafplätze zu, während Jakob und Marik ein kleines Zelt für Anna und Maria aufstellten und die Decken und Felle, die sie für einen solchen Fall mitgebracht hatten, ausbreiteten.

Die Frauen waren erschöpft und erfrischten sich, indem sie sich Hände und Gesicht mit dem kalten Wasser wuschen, das die Männer vom Fluß geholt hatten. Dann setzten sie sich auf die bereitgelegten Kissen und beobachteten, wie die Männer die Kochfeuer anfachten.
Nikki schmollte noch immer und beklagte sich bitter: »Er hat uns nicht einmal gefragt, ob wir etwas dagegen haben, im Freien zu übernachten.« Verärgert bemerkte er, daß Anna ihn mit einem spöttischen Lächeln bedachte.

»Wenn es Maria und mir nichts ausmacht, warum sollten Sie sich dann beschweren? Sie sind doch ein Soldat und müßten daran gewöhnt sein, auf offenem Gelände zu biwakieren.«

»Darum geht es ja gar nicht«, erwiderte er beleidigt und ging weg.

Jakob blies ungerührt in die Glut der Holzkohle und steckte das letzte frische Fleisch, das sie noch in den Proviantkörben hatten – saftige Lammstücke –, auf lange Spieße und briet es über dem Feuer. Bald erfüllte das Aroma der brutzelnden Schaschliks die Luft. Marik breitete ein weißes Tuch auf dem Boden aus und stellte Teller und die restlichen Speisen darauf.

Sie aßen bereits, als Paul auf sie zuschlenderte, eine Flasche in jeder Hand. Während er vor ihnen stand und auf sie herniederblickte, beleuchtete der Schimmer der Glut seine hohen Wangenknochen und zauberte rote Lichter auf seine dichten dunklen Locken.

»Darf ich mich zu Ihnen gesellen?«

»Oh, natürlich.« Maria sah in überrascht an und rückte ein wenig zur Seite, um Platz zwischen Anna und sich zu schaffen.

»Danke.« Er setzte sich und hielt die Flaschen in die Höhe. »Champagner. Ich denke, das haben wir uns nach diesem anstrengenden Tag verdient. Warga hat ihn im Fluß gekühlt.«

Maria klatschte erfreut in die Hände. Eine der Eigenschaften, die sie zu einer so wunderbaren Reisebegleiterin machte, war, daß sie sich niemals beklagte und an den einfachsten Dingen eine so erfrischend kindliche Freude hatte, dachte Anna liebevoll.

»In meinen kühnsten Phantasien hätte ich mir nicht träumen lassen«, sagte Maria zu Paul, »daß ich jemals am Fuße des Kasbek mti einem Helden vom Kaukasus Champagner trinken würde.«

Er lächelte und hob sein Glas. »Sie tun mir zuviel Ehre an. Ich kann mich nur mit einem Kompliment revanchieren: Ich habe nie eine Dame kennengelernt, die einen so bemerkenswerten Mut unter den widrigsten Umständen beweist.«

Maria lachte leise, und sie ließen ihre Gläser aneinanderklingen. Anna biß sich auf die Unterlippe und starrte auf den vollen Kelch, der vor ihr stand.

Paul warf ihr einen Blick zu. »Trinken Sie«, forderte er sie auf. »Das vertreibt den Schmerz aus Ihren Knochen.«

Verstimmt hob sie das Glas und trank es in einem Zug aus. Sie verschluckte sich, und Nikki klopfte ihr auf den Rücken, als sie hustete.

Paul füllte ungerührt ihr Glas nach. »Lassen Sie sich das nächstemal mehr Zeit«, empfahl er freundlich.

»Ich bin doch kein Kind«, lautete ihre barsche Antwort.

Er hob die Augenbrauen und wandte sich wieder Maria zu, die ihm etwas zu essen anbot. Paul machte keine Anstalten, sich für sein brüskes Benehmen am Nachmittag zu entschuldigen, statt dessen plauderte er angeregt und freundlich während des Essens, und nach einer Weile vergaß sogar Nikki seinen Unmut. Die zweite Flasche wurde geöffnet. Anna lehnte sich gegen die Kissen, auch sie hatte ihren Groll überwunden, und der Champagner überzog alles mit einem goldenen Hauch. Sie war sich Pauls Nähe mehr als bewußt. Er rekelte sich neben ihr und hielt das halbleere Glas in seiner kräftigen braunen Hand.

Maria brachte das Gespräch auf Schamil. »Haben Sie ihn je zu Gesicht bekommen, Graf Kuragin?«

»Bitte nennen Sie mich Paul. Ich meine, wir haben schon so viel gemeinsam erlebt, daß wir auf die Förmlichkeiten verzichten können... Ja, ich bin ihm schon begegnet – zweimal.«

»Wie sieht er aus? Man hört so viele verschiedene Geschichten über ihn.«

Paul richtete sich auf, stellte sein Glas ab und starrte in die tanzenden Flammen. »Er ist außergewöhnlich groß und trägt immer schwarze Kleider. Sein Gesicht ist hager, die tiefliegenden Augen wirken stechend, und sein mit Henna rot gefärbter Bart bildet einen seltsamen Kontrast zu seiner fahlen Haut. Auf Schritt und Tritt wird er von seinen Henkersknechten begleitet – einem Haufen finsterer Gesellen mit langen Äxten. Sie sind stets bereit, nur auf einen Wink ihres Anführers hin, einem Menschen ein Auge auszustechen oder ihm die Hand oder sogar den Kopf abzuschlagen.«

»Ach, komm schon«, sagte Nikki, »das ist doch bestimmt nicht wahr. Das klingt ja wie ein Schauermärchen, das man Durchreisenden erzählt, um sie zu erschrecken.«

»In den kaukasischen Bergen lernt man schnell, an solche Geschichten zu glauben«, erwiderte Paul. »Ich habe diese Dinge selbst gesehen, und es war bestimmt kein erfreulicher Anblick. Schamil versetzt die Leute in Angst und Schrecken. Für seine Männer ist er das Sprachrohr Allahs, und sie führen seine Befehle ohne zu zögern aus. Sie würden freiwillig in den Tod gehen, wenn er es von ihnen verlangen würde.«

»Du stellst ihn dar, als wäre er ein Held.«

»Für seine Anhänger ist er das auch. Unterschätze ihn nicht, Nikki, diesen Fehler haben unsere Generäle in den letzten zehn Jahren allzu oft gemacht. Prinz Woronzow weiß es besser. Schamil und seine schwarzen Reiter sind grausam und rücksichtslos. Sie haben nur Rache im Sinn, und Gewalt ist Teil ihres Lebens. Sie werden bis zum letzten Mann für ihre Unabhängigkeit kämpfen, ohne Gnade für ihre Feinde oder sich selbst.«

»Woher wissen Sie das alles?«

Paul antwortete nicht sofort, und Anna spürte, daß er ihnen etwas verschwieg. Dann fuhr er schnell fort: »Ich war vor sieben Jahren bei der Belagerung von Achulgo dabei. Es war mein erster echter Feldzug, und ich war nicht viel älter als du, Nikki. Wir mußten uns unseren Weg durch das steile Gebirge, das von den schwarzen Reitern verbissen verteidigt wurde, freikämpfen. Wir brauchten von Juni bis August, ehe wir Achulgo erobert hatten. Als die Einwohner keine Munition mehr hatten, rannten die Männer unbewaffnet unseren Bajonetten entgegen. Die Frauen töteten ihre eigenen Kinder und stürzten sich in den Tod. So sind die Menschen, die wir zu bezwingen versuchen.«

Für einen Augenblick herrschte entsetztes Schweigen – das Bild, das Paul gezeichnet hatte, war zu schrecklich. Schließlich sagte Anna leise: »Das klingt fast, als würden Sie sie bewundern.«

»In gewisser Weise tue ich das. Es zahlt sich immer aus, seinen Feind zu kennen, und manche ihrer Eigenschaften kann man auch positiv sehen: Sie sind ungeheuer mutig und geradezu fanatisch loyal. Sie bitten nicht um Gnade und gewähren auch keine. Mir sind solche Menschen lieber als die Opportunisten, Mitläufer und Feiglinge oder die hochwohlgeborenen Aristokraten, die betrügen, intrigieren und sich aus Habgier und Machthunger gegenseitig umbringen.«

In seiner Stimme schwang Zorn mit, und Anna fröstelte, als hätte ein eisiger Wind sie berührt. »War Gregorij einer von diesen Aristokraten?« fragte sie mit bebender Stimme.

Paul vermied eine klare Antwort. »Was für eine Frage... Die Gadianis sind Prinzen von Kumari, und ihre Loyalität gilt schon seit jeher dem Zaren.« Er lächelte. »Sie hätten mich nicht auf Schamil und seine Leute ansprechen dürfen. Alle alten Kaukasier sind gleich – wenn sie die Gelegenheit dazu haben, langweilen sie ihre Zuhörer mit ihren Erlebnissen zu Tode. Das Leben in Tiflis kann sehr angenehm sein. Woronzow hat einen großen Hofstaat. Es finden Bälle, Konzerte, Pferderennen und Opernaufführungen statt. Für Amüsement ist also gesorgt.«

»Und währenddessen ziehen die Männer gegen den erbitterten Feind zu Felde.«

»Manche«, entgegnete er nüchtern. »Es bleiben immer noch genügend in der Stadt, so daß Sie keine Schwierigkeiten haben werden, einen Partner für die Quadrille zu finden.« Er stand auf. »Komm, Nikki. Es ist schon spät, und wir dürfen die Damen nicht vom Schlaf abhalten. Wir alle brauchen eine Ruhepause.«

Sie schlenderten gemeinsam davon – in Freundschaft, denn Paul hatte eine Hand auf die Schulter des jüngeren Mannes gelegt. Maria sammelte die Decken ein.

«Es wird kalt, wir werden die Decken im Zelt brauchen.« Sie lächelte Anna an. »Wer hätte das gedacht? Paul Kuragin befindet uns für würdig, ihm Gesellschaft zu leisten.«

»Ich glaube, so ist er gar nicht.«

Maria unterbrach ihre Tätigkeit. »Was für ein Sinneswandel! Die ganze Zeit hast du dich über sein ungehobeltes, arrogantes Benehmen beschwert.«

»Ja, ich weiß.« Anna bückte sich, hob die Kissen auf und drückte sie Maria in die Arme. »Geh schon ins Zelt.«

»Kommst du nicht auch?«

»In einer Minute.« Anna sah ihrer Kusine nach, wie sie ins Zelt kroch. Trotz ihrer Erschöpfung fühlte sie sich seltsam rastlos.

Die Nacht brach in den Bergen schnell herein. Der Mond war noch nicht aufgegangen, aber am samtschwarzen Himmel funkelten unzählige Sterne. Anna blieb eine Weile unschlüssig stehen, bevor sie zum Flußufer ging. Einige Kosaken hatten sich schon in ihre *Burkas* gewikkelt und schliefen, andere saßen noch an den verlöschenden Feuern und sangen leise. Anna hielt inne, um den Text des Liedes zu verstehen.

Bei der Abendglocke süßen Lieder
kehren die Träume zurück,
Meine Liebe und ein neues Glück –
Meine große, große Liebe...
Und nie, niemals wieder...

Die traurige Melodie kündete von Heimweh und der Sehnsucht nach der Geliebten. Anna dachte an ihren toten Geliebten. Gregorij war so weit entfernt, ein Teil eines anderen Lebens, und sie vergaß allmählich die Bitterkeit und erinnerte sich voller Wehmut an die glücklichen Stunden.

Sie lehnte sich an einen Baumstamm und schaute zu den hohen Gipfeln hinauf, über denen die Sterne blinkten. Plötzlich sah sie aus dem Augenwinkel die Glut einer Zigarre, und der Geruch von würzigem Tabak wehte ihr zu. Sie spürte Pauls Nähe, bevor er zu sprechen anfing.

»Wovon träumen Sie?« fragte er leise. »Von der goldenen Taube und dem Kristallschloß?«

»Ja, auch. Die Berge wirkten so unnahbar und einsam..., sie erscheinen wie verzaubert.«

»Alle Sagen und Legenden erwachen bei diesem Anblick zum Leben.«

Sie drehte sich ihm zu. »Empfinden Sie das auch so?«

»Die Berge führen mir immer wieder meine eigene Bedeutungslosigkeit in der Schöpfung des Allmächtigen vor Augen.«

»Ich hätte nie angenommen, daß das irgend jemand oder irgend etwas fertigbringt.«

Er lächelte. »Touché. Es tut mir leid, daß ich heute so ungehalten war.«

»Dazu hatten Sie jedes Recht. Wir haben uns idiotisch benommen.«

»Das ist wahr, aber ich hätte ein wenig höflicher reagieren können.« Er verschwieg ihr, daß ihn der Gedanke an einen rotblonden Haarschopf, der an einem Sattelknauf baumeln könnte, so in Rage versetzt hatte.

»Ich wünschte, sie würden netter zu Nikki sein«, sagte Anna impulsiv. »Er ist noch so jung.«

»Und sehr verwöhnt. Er muß noch viel lernen. Es gibt eine Menge solcher Weichlinge am Hofe des Vizekönigs.«

»Das klingt ziemlich boshaft.«

»Vielleicht – aber in dieser Gegend ist niemand auf Rosen gebettet. Nikki erinnert mich an mich selbst, als ich in den Kaukasus kam.«

»Weshalb sind Sie hergekommen?«

»Hat Ihnen Nikki nichts davon erzählt?«

»Er sagte nur, daß es etwas mit dem Zaren zu tun hatte.«

Annas Augen hatten sich inzwischen an die Dunkelheit gewöhnt, und sie konnte Pauls ausgeprägtes Profil – die gerade Nase und das energische Kinn – ausmachen. Er warf seine Zigarre in den Fluß, und die Glut erlosch zischend.

»Ich bin weder aus heroischen oder politischen Gründen hier. Es ging auch nicht um ein Duell oder eine Liebesaffäre. Wir verbrachten einen ausgelassenen Abend in der Offiziersmesse und waren ziemlich betrunken, als ich auf die unselige Idee kam, ein Gedicht auf den Zaren zu machen. Unglücklicherweise kam das dem Zaren zu Ohren. Das Spottgedicht war eigentlich scherzhaft gemeint, aber der Zar hat keinen Sinn für Humor, und er war außer sich vor Zorn.«

»Woher wußte er, daß das Gedicht von Ihnen stammte. Hat Sie jemand verraten?«

Er zuckte mit den Schultern. »Jeder hat Feinde.« Er lachte. »Es war wirklich ziemlich lustig...«

»Zitierern Sie das Gedicht für mich?«

»Das wage ich nicht. Die meisten Verse sind nicht für die Ohren einer Dame geeignet, aber in einer Strophe wurde der Zar mit einem Kamel verglichen. Sie haben ihn gesehen – seine Haltung, wie er den Kopf zurückwirft, die lange Oberlippe, der eiskalte starre Blick. Dieser Mann trampelt alle nieder, die sich ihm in den Weg stellen. Er verdammt alle Störenfriede.«

Das war nur allzu wahr..., der Zar hatte in seinem Zorn sie und Gregorij verdammt. Sein Gehabe war erschreckend, aber zugleich konnte man es äußerst komisch finden, wenn man mutig genug war, sich von ihm nicht einschüchtern zu lassen. Anna fiel in Pauls Lachen ein.

»Ich hätte zu gern sein Gesicht gesehen, als er das Gedicht las.«

»Ich habe es gesehen. Er wurde puterrot. Irgend jemand hatte die Verse Wort für Wort aufgeschrieben, und der Zar zerriß das Papier in kleine Fetzen, bevor er sein Urteil verkündete. Ich war sehr stolz auf mich, aber mein Onkel raste vor Wut, weil ich meine Karriere ruiniert hatte. O Gott, was für ein Narr man doch mit neunzehn Jahren ist.«

»Ja, was für ein Narr...«

»Das trifft nicht auf Sie zu, da bin ich sicher.«

»Ich fürchte, Sie irren sich.«

»Narr oder nicht«, sagte er nachdenklich. »Ich habe es nie ernsthaft bereut.«

»Ich schon, sehr oft.«

Er warf ihr einen raschen Blick zu. Plötzlich hörten sie eine Stimme und Schritte. »Das wird Warga sein. Er fragt sich bestimmt, wo ich stecke. Ich wollte nur nachsehen, ob die Wachen auf ihren Posten sind.«

»Sind wir hier in Gefahr?«

»Man kann nie vorsichtig genug sein im Kaukasus. Sie sollten jetzt schlafen gehen. Gute Nacht, Anna.«

»Gute Nacht.., Paul.«

Sie fühlte, daß seine Hand die ihre einen Augenblick berührte, dann verschwand er in der Dunkelheit. Sie ging langsam zum Zelt. Sie war sich immer noch nicht im klaren, ob sie ihn mochte und ablehnte, sie wußte nur, daß er sie auf eine unerklärliche Weise verwirrte.

In den folgenden Tagen entwickelte sich eine kameradschaftliche Beziehung zwischen ihnen – etwas, was Anna nie zuvor gekannt hatte.

Sie hatte keinen Bruder und nie ein freundschaftliches Verhältnis zu einem Mann gehabt, außer zu ihrem Vater. Gregorij und sie waren Liebende gewesen, die Ekstase und Qual, Glückseligkeit, Folter und Eifersucht erlebt hatten, aber nie hatten sie die einfache Freude, den Tag miteinander zu verbringen, geteilt. Paul machte ihr weder Komplimente noch raspelte er Süßholz oder näherte sich in körperlicher Hinsicht, wie es andere Männer getan hätten. Er benahm sich noch immer hin und wieder distanziert und konnte unerbittlich sein, aber jetzt lud er sie gelegentlich ein, mit ihm an der Spitze des Trupps zu reiten, und er gesellte sich auch des öfteren während der Mahlzeiten zu ihnen. Er hatte in den neun Jahren im Kaukasus viel erlebt, und Nikki war jedesmal eifersüchtig, wenn Anna Pauls Geschichten gebannt lauschte.

Er erzählte einmal von einer Mission, die ihn zum Kaspischen Meer geführt hatte, und davon, daß dort brennende Gase aus dem Erdinneren strömten und turmhohe Flammen aus dem Boden schlugen. In der Nähe dieser Flammen gab es einen Tempel, in dem die Perser das Feuer anbeteten, das seit der Sintflut brannte.

»Wenn wir ein Boot zu Wasser ließen, trieben wir in ein brennendes Meer. Die blaßgoldenen Flammen waren so flüchtig wie der Alkohol in einem Cognac«, sagte er, »und in den Bergen spukten wunderschöne Sagengestalten – geflügelte Kreaturen, die halb Frauen und halb Vögel waren.«

»Eine Zauberwelt«, hauchte Anna verwundert.

Er lächelte. »Möglich. Auf jeden Fall ist es ein Land der Extreme, in dem alles Unwahrscheinliche zur Realität werden kann. In Ghimri, wo Schamils Reiter in eine Schlucht gedrängt wurden, tobten plötzlich, wie des öfteren, finstere Stürme und tosende Wirbelwinde über das Land. Die Bauern sagen, das sei Simurg, Salomos gigantischer weißer Vogel, der mit einem Auge in die Vergangenheit und mit dem andern in die Zukunft sieht. Nur zwei Tataren überlebten das Massaker, und einer von ihnen war Schamil.« Paul schwieg und betrachtete den goldenen Wein in seinem Glas.

»Erzählen Sie weiter«, drängte Maria. »Was ist mit Schamil geschehen?«

»Er wurde zwischen Felsen gesehen, und unsere Soldaten waren bereit, auf ihn zu schießen, aber bevor sie ihre Waffen abfeuern konnten, sprang er über ihre Köpfe hinweg. Er näherte sich ihnen mit einem Schwert in der Hand von hinten und tötete drei Männer, ehe sich ein Bajonett in seine Brust bohrte. Er zog die Klinge aus seinem Brustkorb und verschwand mit einem weiteren übermenschlich weiten Sprung in die Nacht.«

Nikki rutschte unruhig hin und her. »Du glaubst diese Geschichten doch nicht wirklich, oder?«

»Das sind keine Hirngespinste, Nikki, sondern wahre

Begebenheiten«, antwortete Paul gedankenverloren. »Unsere Soldaten sind so tapfer wie alle Truppen auf der Welt, aber Schamil ist zur Legende geworden, und Legenden sind nicht leicht zu zerstören.«

Wenn sie nebeneinander vor den Männern ritten, unterhielten sich Anna und Paul über erfreulichere Dinge. Sie diskutierten über Bücher und Poesie. Paul spottete über den romantischen Byron – den Dichter, den Anna so sehr liebte –, und das erinnerte sie an das strenge Urteil ihres Vaters. Immer wieder fiel ihr auf, wie sehr sich Paul von Gregorij und den jungen Männern aus St. Petersburg unterschied, die nichts anderes im Kopf hatten als Pferderennen, Liebesaffären und Glücksspiele. Er sprach selten über sich, und als Anna ihn einmal nach seinem Zuhause in Arachino fragte, wechselte er geschickt das Thema.

Anna fühlte sich, als ob sie außerhalb der Zeit leben würde – die Vergangenheit war vergessen und die Zukunft zu weit entfernt, als daß man sich darüber hätte Gedanken machen müssen.

So verstrichen die Tage, manchmal in hellem Sonnenschein, manchmal bei Regen. Nur einmal, als sie in großer Höhe einen Paß überwanden, gerieten sie in einen Schneesturm. Des öfteren, wenn das Gelände besonders schwierig war, fühlten sich Maria und Anna so erschöpft, daß ihre Glieder unerträglich schmerzten. Aber für diese Qual wurden sie belohnt, wenn sie über samtgrüne Blumenwiesen ritten und die Schafhirten, die ihre Herden auf den Bergweiden grasen ließen, singen hörten. In den kleinen Dörfern, durch die sie kamen, kauften sie Proviant und frisches Obst und Gemüse.

Sie wiegten sich in Sicherheit und fühlten sich unbeschwert, deshalb war der plötzliche Angriff um so erschreckender. Sie hatten an einer Stelle, an der zwei Flußläufe – die schwarze und die weiße Aragwi – zusammen mündeten, angehalten, um zu Mittag zu essen. Anna war entzückt von der phantastischen bizarren Landschaft. Paul unterhielt sie mit der Geschichte einer Prinzessin von Aragwi, die einst in dem Schloß gewohnt hatte, dessen Ruinen noch heute auf einem Berg zu sehen waren. Eines Morgens war sie während der Falkenjagd vom erbittertsten Feind ihres Mannes entführt worden. Sie wurde später freigelassen und zu ihrem Gemahl zurückgebracht, aber, o weh, ohne ihre rosafarbene Hose, die jetzt wie ein Triumphbanner auf den höchsten Zinnen der Feindesburg im Wind flatterte.

»Was geschah dann?« fragte Maria neugierig.

»Ihr Mann war natürlich außer sich über die Verhöhnung seiner Ehre. Er versammelte seine Männer, griff die Burg an und vernichtete seinen Feind. Man sagt, die rosafarbene Hose sei immer noch im Besitz der Familie Aragwi und würde als Erinnerung an den Stolz dieses Mannes aufbewahrt.«

»Das klingt fast wie ein Märchen«, bemerkte Anna skeptisch.

»Ich versichere Ihnen, das ist eine wahre Begebenheit, die sich vor nicht mehr als hundert Jahren ereignet hat. Die Kaukasier sind ein sehr leidenschaftlicher Menschenschlag, und Auseinandersetzungen enden oft mit Gewalt und Blutvergießen.«

Er wurde von einem Kosaken unterbrochen, der mit einem Spähtrupp unterwegs gewesen war und berichtete, daß einige tausend Meter weiter der Weg durch einen Erdrutsch blockiert war.

»O nein!« Paul sprang auf die Füße und ging, mit Nikolai im Schlepptau, los, um sich selbst ein Bild von der Lage zu machen. Als er zuückkam, war seine Miene sehr ernst. »Leider ist es wahr, und es dürfte unmöglich sein, die Pferde über das Geröll zu führen. Die Frage ist nur, ob wir hierbleiben und warten, bis meine Männer die Gesteinsmassen zur Seite geräumt haben, oder ob wir einen anderen Weg einschlagen sollen, der aber sehr schmal und steil ist.«

»Wie lange würden die Männer brauchen, um den Weg freizubekommen?« wollte Nikki wissen.

»Das weiß Gott allein. Es sieht aus, als könnte das eine Woche dauern.«

Sie sahen sich entsetzt an. »Eine Woche! In dieser unwirtlichen Gegend!« rief Nikki aus.

»Was werden wir tun?« Maria wandte sich Paul zu.

Es war eine äußerst unangenehme Situation, denn es gab nur ein paar Bauernkaten in der Nähe und weit und breit keine Herberge. Sie besprachen sich und entschieden rasch – eigentlich gegen Pauls Willen –, lieber den riskanten Aufstieg zu wagen, als in dieser gottverlassenen Gegend ein paar Tage auszuharren.

Gleich nach der Mittagsrast machten sie sich auf den Weg, und obwohl sie nur langsam vorankamen, gab es keine großen Schwierigkeiten. Als sie jedoch den Paß erreichten, kamen sie auf einen gefährlichen Weg, zu dessen einer Seite ein Steilhang aufragte, während auf der andern ein tiefer Abgrund drohte. Die Pferde stolperten und rutschten über den steinigen Untergrund. Plötzlich ertönte ein Warnschrei von der Spitze des Zuges. Die Kosaken bedeuteten Anna und Maria, stehen zu bleiben, und schirmten sie ab, während sich Nikki weiterkämpfte, um zu Paul, der den Zug angeführt hatte, zu gelangen. Anna spähte an den breiten Rücken der Kosaken vorbei und sah, daß schwarze Reiter Stellung bezogen hatten und ihnen den Weg abschnitten. Sie konnte nicht abschätzen, wie viele es waren, aber die finsteren Gestalten wirkten aus der Nähe viel furchteinflößender als aus der Entfernung. In Sekundenschnelle hatten sie den Kosakentrupp umzingelt, so daß es kein Entkommen mehr gab. Mit einem grauenvollen Schlachtschrei stürmten sie los.

Im nächsten Moment waren Warga und Jakob an Annas Seite und drängten sie und Maria vom Weg ab und in einen Hohlraum hinter einem Felsbrocken.

»Was geschieht jetzt? Was sollen wir tun?« flüsterte Maria.

»Pst, nicht sprechen«, beschwor Warga sie. »Bleiben Sie in diesem Versteck und verhalten Sie sich so ruhig wie möglich. Die Horde darf Sie auf keinen Fall zu Gesicht bekommen. Achte auf sie«, fügte er leise zu Jakob gewandt hinzu. »Vielleicht wollen die Reiter nur die Frauen in ihre Gewalt bringen. Ich gehe zu Paul zurück.«

Sie kauerten zitternd in ihrem Versteck und hörten nur die markerschütternden Schreie, das Hämmern der Hufe und das Klirren der Waffen.

Jakob war unruhig, weil es ihn drängte, sich ins Schlachtgetümmel zu stürzen. Er beugte sich vor und flüsterte in Annas Ohr: »Bleiben Sie hier, Barina. Rühren Sie sich nicht von der Stelle, was auch immer geschieht. Ich komme gleich zurück.« Er verschwand hinter dem Felsbrocken.«

Es war grauenvoll, nicht zu wissen, was vor sich ging. Was war mit Paul und Nikki? Würden sie alle getötet werden? Pauls finstere Geschichten über die Grausamkeit der Tataren wirbelten durch Annas Kopf, bis sie es nicht mehr ertragen konnte.

»Ich muß sehen, was da draußen los ist«, raunte sie.

Maria klammerte sich an sie. »Geh nicht weg, um Gottes willen, bleib hier. Denk daran, was Warga gesagt hat.«

»Ich muß ... Ich muß einfach.«

Sie schlich um den Felsen und spähte zum Weg. Die Szene, die sich ihr bot, raubte ihr den Atem. Die Männer bekämpften sich zu Pferde – Schwert gegen Schwert. Nikki beugte sich gerade vor, um einen Schlag zu parieren, verlor einen Steigbügel und fiel seitlich vom Pferd. Paul trieb sein Pferd zwischen Nikki und seinen Gegner. Am Sattel des einen schwarzen Reiters baumelte etwas, das einem Menschenkopf grauenvoll ähnlich sah. Anna drückte sich an den Felsen, und in diesem Augenblick fühlte sie, wie sich ein Arm um ihre Taille schloß.

Sie wehrte sich verzweifelt und wirbelte herum. Ein finsteres habichtgleiches Gesicht sah sie grinsend an.

»Gadiani«, murmelte der Mann. »Die Prinzessin Gadiani..., ja?« Er warf den Kopf in den Nacken, lachte triumphierend und preßte Anna mit einem Arm an seine Brust, während er mit der andern Hand die Zügel seines Pferdes festhielt. Maria schrie vor Entsetzen, als er Anna herumschleuderte, um sie über seinen Sattel zu werfen. Er wäre mit ihr in den Bergen verschwunden, wenn ihn nicht im letzten Moment ein Schuß niedergestreckt hätte.

Der Tatar ließ nach einem fürchterlichen Schmerzensschrei die Arme sinken. Anna stieß sich von ihm ab, und er prallte gegen sein Pferd. Benommen beobachtete er, wie die anderen schwarzen Reiter in halsbrecherischer Geschwindigkeit über den Weg sprengten und verschwanden. Sie fühlte, wie ihre Knie weich wurden, und sank zitternd zu Boden. Im nächsten Augenblick war Paul an ihrer Seite,

»Mein Gott, habe ich Sie getroffen? Sind Sie verletzt?«

Sie schüttelte den Kopf, ohne ein Wort herauszubringen, und Paul zog sie auf die Füße. »Hat Warga Ihnen nicht gesagt, daß Sie in Ihrem Versteck bleiben sollen?«

«Er hat mich gekannt«, hauchte sie ängstlich und sah Paul an. »Er hat meinen Namen gesagt.«

»Sie müssen sich irren.«

»Nein, nein, er hat...«

«Es könnte möglich sein«, gestand er zögernd ein. »Sie

haben ihre Spione, und eine Gadiani würde ihnen eine Menge Lösegeld einbringen.«

»O Gott!«

»Keine Angst, ich bezweifle, daß sie es ein zweites Mal versuchen werden.« Er zog sie an sich und fragte sanft: »Können Sie sich auf den Beinen halten? Bleiben Sie bei Maria, solange ich mich um meine Männer kümmere.«

»Mir geht's gut. Machen Sie sich keine Gedanken um mich.«

Er lächelte und ging zu den Kosaken. Der heftige Kampf hatte kaum fünfzehn Minuten gedauert, und die Soldaten hatten keine großen Verletzungen davongetragen. Der Schaden war nicht gravierend, nur einer der Männer hatte einen bösen Schnitt im Bein abbekommen, und ein Maultier war gestohlen worden.

»Verdammt!« brüllte Nikki. »Dieses Maultier hat meine beste Uniform getragen. Die haben sie mitgenommen.«

»Besser die Uniform als deinen Kopf«, versetzte Paul mitleidlos. »Du kannst dich in Tiflis neu einkleiden.«

»Kann ich irgendwie helfen?« fragte Maria. Sie war blaß, aber bemerkenswert gefaßt.

»Das ist nicht nötig. Wir haben einige Erfahrung in Erster Hilfe, sonst würden wir in dieser Gegend nicht lange überleben«, sagte Paul düster. Er versorgte die Beinwunde und wies einen Soldaten an, sich neben dem Verletzten zu halten und darauf zu achten, daß er nicht vom Pferd fiel. Alle bereiteten sich zum Aufbruch vor, als Anna Pauls blutdurchtränkten Ärmel entdeckte.

»Sie sind verwundet!« rief sie.

»Das ist nichts, nur eine Schnittwunde.«

»Sie können nicht reiten, wenn Sie Blut verlieren. Ziehen Sie den Mantel aus und lassen Sie mich die Wunde ansehen.«

»Wir dürfen keine Zeit mehr vertrödeln«, wehrte er ungeduldig ab.

»Wenn Sie verbluten, werden wir überhaupt nicht ans Ziel kommen«, sagte Maria resolut.

»Unsinn«, schimpfte er, aber er zog mit Mariks Hilfe den Mantel aus, und Anna schnappte erschrocken nach Luft, als sie den häßlichen Schnitt sah, der sich vom Ellbogen bis zum Handgelenk zog. Sie hatten nicht genügend Verbandszeug, aber Maria holte leinene Taschentücher, und Anna riß einen Streifen von ihrem Unterrock ab, damit ihre Kusine die Wunde verbinden konnte.

»Anna, gib mir deinen Seidenschal«, bat Maria.

Trotz Pauls Protesten, weil sie seiner Meinung nach zuviel Wirbel um eine Kleinigkeit machten, verknotete Anna den Schal in seinem Nacken und machte ihm eine Armschlinge.

»Männer!« schalt Maria. »Sie haben nicht mehr Verstand als die Kaninchen. Was würden wir ohne Sie anfangen, können Sie mir das mal sagen? Halten Sie den Arm in der Schlinge und bewegen Sie ihn so wenig wie möglich, damit die Blutung zum Stillstand kommt. Können Sie mit einer Hand die Zügel halten?«

»Ich glaube schon«, maulte er, »und jetzt, Maria Petrowna, wenn sie mit all dem Theater fertig sind, sollten wir uns auf den Weg machen.«

Der Rest des Tages verlief ereignislos, und sie waren froh, als sie auf ihre ursprüngliche Reiseroute zurückkamen und das nächste Gasthaus erreichten.

Es war schon spät, aber zum Glück gab es noch freie Zimmer, und Anna und Maria gingen kurz nach dem Abendessen zu Bett. Paul hatte versprochen, am nächsten Morgen später als gewöhnlich aufzubrechen, und sie hofften, daß sie sich von den Erlebnissen dieses Tages erholen konnten.

Anna schlief schlecht. Sie träumte und schreckte plötzlich auf. In der Dunkelheit sah sie wieder das grinsende Gesicht des Tataren, der ihr solches Entsetzen eingejagt hatte, vor sich. Zum erstenmal begriff sie, daß Gregorij wirklich getötet worden war und daß ihr oder irgend jemandem sonst ohne weiteres dasselbe passieren konnte. Kurz nach sechs Uhr war sie hellwach und fand keine Ruhe mehr. Maria schlief noch tief und fest, und Anna zog sich leise an, wusch sich das Gesicht mit kaltem Wasser und band ihr Haar zurück. Dann schlüpfte sie durch die Tür und schlich die Treppe hinunter.

Es war ein wunderschöner Morgen, der Himmel war zartrosa gefärbt, und eine frische Brise vertrieb die weißen Wolken. Rund um die Herberge befanden sich grüne Bergwiesen, und Anna war überrascht, daß in dieser Höhe so viele Sträucher und Blumen blühten. Ein kleiner reißender Bach wand sich um die Felsen und sprudelte talwärts. Das Wasser war eiskalt und klar wie Kristall.

Anna sog dankbar die frische Morgenluft in ihre Lungen. Weit über ihr zog ein großer Adler mit ausgebreiteten Schwingen seine Kreise, als sie dem Bachlauf folgte. Sie war so in ihre Betrachtungen versunken, daß sie Paul erst im letzten Moment sah. Er saß, nackt bis zur Taille, auf einem Felsen, sein dunkles Haar schimmerte feucht, als hätte er gerade seinen Kopf ins Wasser getaucht. Er rührte sich nicht von der Stelle, als sie ohne Hast von hinten auf ihn zuging. Sie sah, daß die Bandagen an seinem Arm blutdurchtränkt waren, und bemerkte die häßlichen Narben auf seinem Rücken, die vermutlich von Wunden stammten, die vor noch nicht allzu langer Zeit verheilt waren. Sie starrte sie verwundert an. Männer, die einen so hohen Rang bekleideten, wurden doch nicht ausgepeitscht, aber diese Narben... Was war mit ihm geschehen? Sie blieb verwundert stehen. Er warf einen Blick über die Schulter und lächelte.

»Sie sind früh auf den Beinen. Ich hatte Jakob doch gebeten, darauf zu achten, daß Sie nicht gestört werden.«

»Ich konnte nicht schlafen.«

»Ich auch nicht.« Er streckte die Hand aus. »Ist das nicht ein schöner Morgen? Setzen Sie sich ein wenig zu mir.«

»Darf ich Ihnen erst eine Frage stellen?«

»Nur zu.« Er bückte sich, pflückte einen langen Grashalm und schob ihn zwischen seine Zähne.

»Auf unserem Weg nach Pjatigorsk haben wir etwa eine halbe Tagesreise von der Stadt entfernt Rast gemacht. Ich bin damals abends spazierengegangen und einem Mann in der landesüblichen Kleidung begegnet. Er war schwerverletzt und blutete. Später habe ich Jakob gebeten, nach ihm zu sehen und ihm zu helfen, aber der Mann war verschwunden.«

»Das war sehr fürsorglich von Ihnen.« Er warf den Grashalm weg und sah Anna an. »Um die Wahrheit zu sagen, ich erinnere mich nicht mehr genau, was sich in dieser Nacht ereignet hat.«

»*Sie* waren es also wirklich! Warum, Paul? Was ist Ihnen zugestoßen?«

»Ob Sie's glauben oder nicht«, sagte er leichthin, »ich habe spioniert.«

»Spioniert?« wiederholte sie ungläubig.

»Es ist sehr nützlich, zu wissen, wie die Stimmung bei den verschiedenen Volksstämmen ist. Manche von ihnen unterstützen uns, aber sie schwenken oft rasch auf Schamils Seite um. Ich kenne ihre Sprache und Sitten.«

»Aber ist das nicht schrecklich gefährlich?«

»Nicht mehr als auf dem Schlachtfeld.«

Seine beiläufige Art weckte in Anna den Verdacht, daß

er nicht gern darüber sprach, aber sie war immer noch neugierig. »Was hatten Sie in dieser Nacht vor?«

»Ich war auf dem Weg zu einem Treffen mit Marik und hätte ihn beinahe verpaßt.«

»Und dies?« Sie berührte zart mit einem Finger seinen vernarbten Rücken.

»Oh, das! Verzeihen Sie, das ist kein hübscher Anblick.« Er hob sein Hemd auf und zog es über den Kopf. »Ich fürchte, ich habe damals meine Rolle als Pferdehändler übertrieben«, fügte er mit einem Grinsen hinzu. »Sie dachten, daß ich sie übers Ohr hauen will. Die Sache war verdammt unangenehm, und ich wurde deswegen einige Wochen in Pjatigorsk aufgehalten.«

»Deshalb also...« Diese Seite an ihm war ihr neu, aber das Geständnis erklärte eine Menge. »Und ich dachte...«

»Was dachten Sie?«

»Daß alles etwas mit Gregorij zu tun hätte.«

»Wie kommen Sie darauf?« Und als sie nicht sofort antwortete, streckte er ihr erneut die Hand entgegen und forderte sie wieder auf: »Setzen Sie sich, und erzählen Sie mir, was Sie auf diese Idee gebracht hat.«

»Vermutlich war das ein dummer Gedanke«, sagte sie, während sie neben ihm Platz nahm. »Der Ring, den Sie manchmal tragen, hat mich darauf gebracht. Er ist dem, der Gregorij gehört hatte, sehr ähnlich... Ich dachte...«

»Sie haben mich für Gregorij gehalten.«

»Nur für einen Augenblick.«

»Es tut mir leid, daß ich Sie enttäuscht habe«, erwiderte er sarkastisch. »Den Ring hat mir meine Großmutter vererbt, und der gehörte zu meiner Verkleidung. Alle Angehörigen der Bergvölker tragen Schmuck – meistens gestohlenen.« Er machte eine kurze Pause. »In einer Hinsicht haben Sie recht: Die Sache hatte etwas mit Gregorij zu tun«.

Sie drehte sich blitzschnell zu ihm. »Was?«

»Uns kamen Gerüchte zu Ohren, daß er gefangengehalten wird. Ein Teil meiner Mission war, herauszufinden, wo er sich befinden könnte.«

»Wollten Sie ihn befreien?«

»Nicht allein, aber wir hätten einen Trupp zusammenstellen können.«

»Haben Sie etwas erfahren?«

»Es war zu spät. Er war schon tot.«

»Wie können Sie so sicher sein? Haben Sie ihn gesehen?«

»Nein, nicht direkt.« Er wandte seinen Blick von ihr ab. »Ich weiß es einfach, das sollte Ihnen genügen.«

»Nein, das genügt mir nicht«, widersprach sie vehement. »Wenn Sie wußten, daß er in der Gewalt dieser Bestien war, warum haben Sie ihm dann nicht geholfen? Irgend etwas hätten Sie doch sicher unternehmen können.«

»Nein, nichts.«

»Weshalb?« Als er nicht antwortete, flehte sie: «Bitte, Paul, ich muß alles erfahren.«

»Die Tataren sammeln die Köpfe ihrer Opfer als Trophäen. Ich habe Gregorijs Kopf am Sattelknauf eines Anführers gesehen.«

»O nein, nein..., wie grauenvoll!« Diese Eröffnung war beinahe zuviel für sie. Sie bedeckte ihr Gesicht mit den Händen, und ihr wurde fast übel.

»Es tut mir leid... Sie hätten mich nicht drängen dürfen. Ich wollte nicht, daß Sie das erfahren.«

»Armer Gregorij«, murmelte sie erstickt.

Paul sehnte sich danach, sie in die Arme zu nehmen, ihr über das rotgoldene Haar zu streichen und sie zu trösten. Er wollte sie beschützen – ein Wunsch, den er bis jetzt in seinem turbulenten Leben noch nie verspürt hatte. Er suchte nach den richtigen Worten, als sie ihn mit Tränen in den Samtaugen ansah.

»Warum haben Sie ihm das angetan? Warum?« fragte sie.

»So etwas geschieht häufig. Gregorijis Cousin, Daniel Gadiani, ist ein Vertrauter von Prinz Woronzow. Vielleicht dachten sie, daß Gregorij ihnen etwas über unsere Pläne verraten kann.«

»Und als er...«

»Ich bezweifle, daß er etwas Wichtiges wußte.«

»Diese Bestien haben ihn umgebracht.« Sie starrte blicklos in die Ferne und dachte an ihre erste Begegnung mit Gregorij, dem gutaussehenden charmanten jungen Mann... Und jetzt... Sein Kopf hing an einem Sattelknauf. Es war entsetzlich.

»Hat er Ihnen je von seinem Leben, das er hier führte, geschrieben?« fragte Paul sachte.

»Nein.« Sie brachte es nicht über sich, Paul davon zu erzählen, daß Gregorij sie ohne ein Wort verlassen hatte, statt dessen sagte er: »Er hat mir nur einmal geschrieben – vermutlich am Tag vor seinem Verschwinden. Er bat mich, nach Kumari zu kommen...« Fast, als hätte er gewußt, daß er ums Leben kommen könnte.«

»Und deshalb sind Sie hier?«

»Das ist einer meiner Gründe.«

Er überlegte, ob er ihr alles erzählen sollte, was er wußte, aber er verwarf den Gedanken, als er sich wieder einmal schmerzlich bewußt wurde, was für eine Rolle er gespielt hatte. Es würde sie nur noch mehr aufregen, vielleicht konnte er später mit ihr darüber sprechen.

Als sie sich erhob, stand er ebenfalls auf.

»Ich muß zurück«, sagte sie. »Maria wird sich schon fragen, wo ich abgeblieben bin.«

»Ich muß auch gehen. Die Reise dauert nicht mehr lange, wir sind bald in Tiflis. Es ist ein ziemlicher armseliger und bestimmt kein geeigneter Ort für alleinstehende Damen. Ich habe dort ein Haus und würde mich freuen, wenn Sie meine Gäste wären, bis Sie nach Kumari weiterfahren.«

»O nein, ich kann nicht...«

»Sie brauchen keine Angst zu haben, ich werde nicht oft dort sein«, sagte er und lächelte ironisch. »Ich bleibe nicht lange in Tiflis und werde die meiste Zeit bei meinen Männern verbringen.«

»Ihr Angebot ist sehr liebenswürdig, aber...«

»Nicht der Rede wert. Das Haus ist selten bewohnt, nur ein paar Bedienstete halten sich ständig dort auf.«

»Nein, das ist unmöglich«, sagte sie entschieden.

»Nichts ist unmöglich.« Er ergriff ihre Hand, drückte einen sanften Kuß auf die Handfläche und schloß ihre Finger darüber. »Überlegen Sie's sich.«

Sie zog ihre Hand zurück und seufzte leise, bevor sie weglief. Er sah ihr nach und fragte sich, ob er sich töricht benommen hatte, aber jetzt war er immerhin sicher, daß er sich nicht in ihr getäuscht hatte. Bei einer Reise wie dieser lernte man seine Begleiter ziemlich gut kennen.

Sie hatte Mut, Energie und Würde. Der Angriff am gestrigen Tag hatte sie zu Tode erschreckt, aber sie hatte ihre Furcht rasch besiegt. Er überlegte, wie sich Natalie in einer solchen Situation wohl verhalten hätte. Verdammt sollte sie sein für das, was sie ihm angetan hatte, für ihre betörende Schönheit und für ihren Betrug! Sie hatte ihn ins Verderben rennen lassen, und es war ihr egal, ob er lebte oder tot war. Und was sollte er jetzt tun? Vor sechs Monaten hatte er – aus Angst, daß er in seinem rasenden Zorn etwas Unüberlegtes tun könnte – Tiflis verlassen, und er war immer noch nicht darüber hinweg. Er verdrängte den unwillkommenen Gedanken und machte sich auf die Suche nach Warga. Im Augenblick gab es andere – wichtigere – Probleme zu bewältigen.

5

Anna hatte nicht vor, Pauls Gastfreundschaft in Anspruch zu nehmen, auch wenn Maria keinen Grund sah, das Angebot auszuschlagen.

»Mein Täubchen, wir sind zwei Frauen ohne männlichen Begleiter in einem fremden Land, das von Barbaren bewohnt wird, wenn das, was wir gehört haben, der Wahrheit entspricht. Ich kann nichts Unschickliches darin erkennen, wenn wir Graf Kuragins Schutz für ein paar Tage genießen – so lange, bis du zu Gregorijs Familie Kontakt aufgenommen und erfahren hast, wo Kumari überhaupt liegt.«

Anna hätte nicht einmal sagen können, warum ihr die Annahme von Pauls Angebot widerstrebte. »Das würde mich ihm zu sehr verpflichten«, sagte sie hartnäckig.

Maria warf ihr einen scharfen Blick zu. »Er hat sich doch keine Freiheiten dir gegenüber herausgenommen, oder?«

»Nein, selbstverständlich nicht.«

»Hat Nikki etwas verlauten lassen?«

»Nein, aber ich würde auch keinen Deut darauf geben, wenn er es getan hätte. Nikki wird mit seinen Pflichten im Palast vollauf beschäftigt sein.«

Maria schwieg. Sie wußte, daß jedes Argument Annas Standpunkt nur noch verhärten würde, und daß sie um jeden Preis von Paul unabhängig sein wollte.

Tatsächlich war Nikki außer sich über Pauls Vorschlag. »Paul ist nicht verheiratet, Anna«, entrüstete er sich. »Es wäre ungehörig, wenn du in sein Haus einziehen würdest.«

Seltsam, aber Nikkis Empörung hätte sie beinahe umgestimmt. »Ich bin kein kleines Kind mehr«, erwiderte sie frostig. »Sie scheinen zu vergessen, daß ich Witwe bin und Maria in meiner Begleitung ist.«

An diesem Morgen verließ Nikki die Gruppe, um in die Stadt vorauszureiten. »Wir werden uns wiedersehen«, sagte er ernst und ergriff Annas Hand. »Versprechen Sie mir das, Anna.«

»Natürlich. Wir können ja nicht sofort nach Kumari weiterreisen.«

Er war ein lieber Junge, und sie war sogar ein wenig traurig, als sie ihn davonreiten sah, aber am nächsten Tag schon sollten sie ihm folgen. Die lange Reise ging zu Ende, und in die Erleichterung darüber mischte sich auch Bedauern. Einige Wochen hatte sie in einer anderen Welt gelebt, aber jetzt mußte sie sich mit Gregorijs Tod und allem, was damit in Zusammenhang stand, auseinandersetzen.

Sie erreichten Tiflis, die Stadt im Tal der Kura und von hohen Hügeln umgeben, am späten Nachmittag. Nach der frischen Luft im Gebirge war die Hitze in diesem Talkessel drückend, als sie über die öden Weinfelder ritten. Anna war müde und durstig, ihr Haar war feucht vom Schweiß, und die dünne Bluse klebte an ihrer Haut. Am Stadtrand kamen sie an einer großen Karawanserei vorbei, die von einer niedrigen Steinmauer umgeben war. Erstaunt beobachteten sie die lärmende und farbenfrohe Szenerie: Innerhalb und außerhalb der Einfriedung tummelten sich Menschen aller Rassen und Nationalitäten, sie führten Kamele, Pferde, Esel und bepackte Maultiere mit sich. Es herrschte ein turbulentes Gedränge, und man hörte ein Dutzend verschiedene Sprachen.

»Woher kommen diese vielen Menschen?« fragte Anna.

Paul zuckte mit den Schultern. »Tiflis ist eins der großen Handelszentren auf dem Weg zum Osten. Hier kommen Karawanen mit chinesischer Seide, indischen Gewürzen, Silber und Teppichen aus Persien, Juwelen und Parfums an... Wenn Sie möchten, können Sie das alles auf dem Basar kaufen.«

In der Stadt gab es überraschende Kontraste. Gleich nachdem sie eins der Tore passiert hatten, ritten sie über den Gowolinskij-Prospekt, auf dem sich elegante Geschäfte und der prächtige Palast des Vizekönigs befanden. Die Gebäude waren so großartig wie die Prachtbauten in Rußland, und Anna warf Paul einen triumphierenden Blick zu.

»Haben Sie mir nicht erzählt, daß Tiflis eine armselige Stadt sei?«

Er lächelte und schwieg, weil sie gleich darauf durch enge Straßen kamen. Die Gossen quollen über vor Unrat, und aus den Fenstern und von den baufälligen Steinbalkonen flogen hin und wieder Abfälle auf die Straße. Der Gestank war beißend, und es herrschte ein heilloses Durcheinander: Kamele streckten ihre langen Hälse, Esel zogen rumpelnd Karren über das Kopfsteinplaster, Kinder tobten herum und spielten vor den Hufen der Pferde. Verkrüppelte Bettler hielten ihnen ihre Hände entgegen und wichen den Peitschen der Soldaten aus, die sie zu vertreiben suchten.

Instinktiv lenkte Anna ihr Pferd näher zu Paul, der eine Hand auf ihre Zügel legte. »Bleiben Sie in meiner Nähe. Tiflis ist eine sehr alte Stadt. Während der letzten tausend Jahre wurde sie von Mongolen, Persern, Griechen und Türken besetzt, und jetzt sind wir Russen hier. Aber wir sind nicht immer willkommen.«

Am Ende der Straße hielten sie vor einem heruntergekommenen Haus, an dessen Vorderfront ein Wirtshausschild im Wind schepperte. Auf den Stufen lungerten Männer herum – manche schliefen, andere hielten schmierige Spielkarten in ihren Händen. Auch hier waren viele Nationalitäten vertreten: Armenier, Türken, hakennasige Ägypter, schwarzhaarige Georgier in seidenen Pumphosen. Sie sahen den Neuankömmlingen entgegen, und einer von ihnen erhob sich langsam. Er streckte die Hand nach Annas Zügeln aus.

»Brauchen Sie ein Bett, Madame?« fragte er und grinste sie lüstern an. Pauls Peitsche zischte auf die schmutzige Hand. Der Bursche fluchte lautstark und zog sie hastig zurück, dann floh er die Treppe hinauf und riß die Tür auf.

«Das Hotel Marama«, sagte Paul. »Möchten Sie, daß ich hier nach Zimmern für Sie frage?«

Anna sah sich entgeistert um und preßte die Lippen zusammen. »Es muß doch noch anständigere Häuser geben.«

»Leider nein«, entgegnete er trocken. »Das Hotel Oriental ist verfallen, nur die Grundmauern stehen noch. Dann gibt es noch die Karawanserei, wenn Sie die Fliegen und das Ungeziefer nicht stören.«

»Sie sind abscheulich, Paul. Sie wußten, daß es hier keine ordentlichen Unterkünfte gibt.«

»Ich habe Sie gewarnt«, antwortete er mild, »mehr als einmal, aber sie wollten mir ja nicht glauben.«

Seine braunen Augen glitzerten belustigt, und das brachte sie in Rage. »Wenn das ein Scherz sein soll, dann ist es ein ziemlich geschmackloser«, versetzte sie ärgerlich.

Maria bemerkte Annas aufsässige Miene und befürchtete, daß ihre Kusine sich aus Trotz dafür entscheiden könnte, in diesem Rattenloch, wo sie Gefahr liefen, ausgeraubt oder sogar ermordet zu werden, Quartier zu nehmen. Deshalb unterbrach sie schnell das Streitgespräch.

»Wir können unmöglich in einem so heruntergekommenen Haus bleiben«, sagte sie entschieden. »Graf Kuragin, wenn Sie Ihr Angebot noch aufrechterhalten, wären wir sehr dankbar, wenn wir Ihre Gastfreundschaft für ein paar Tage in Anspruch nehmen dürfen.«

Er verneigte sich leicht. »Mein Haus steht Ihnen zur Verfügung. Erlauben Sie mir, Sie hinzubringen. Warga, begleite die Männer zu ihren Quartieren und erstatte mir am Abend Bericht. Jakob, kümmere dich um die Lasttiere und das Gepäck.«

Sie folgten ihm durch Alleen und kleine Straßen, und trotz ihrer Erschöpfung waren sie fasziniert von den fremdartigen Geräuschen und Gerüchen. Als sie die Altstadt hinter sich gelassen hatten, erschien es ihnen, als wären sie nach einem langen finsteren Tunnel endlich ans Tageslicht gelangt. Große weißgestrichene Häuser mit Steinbalkonen und Säulen neben den Portalen säumten das hochgelegene Flußufer und boten einen atemberaubenden Ausblick.

Paul hielt am Ende der Straße und stieg ab. »Das ist es.« Er half den Damen aus den Sätteln und führte sie die Außentreppe hinauf. Ein Tscherkesse in blauem Gewand öffnete die Tür und verbeugte sich tief. Sie durchquerten eine weitläufige Halle und kamen in einen großen luftigen Raum. Die Fenster waren geöffnet, und Markisen hielten das grelle Sonnenlicht ab.

Eine beleibte ältere Frau in einem schwarzen Kleid und mit gestärktem weißem Häubchen auf dem Kopf eilte durch die Halle und strebte auf Paul zu. Sie ergriff aufgeregt seine Hand und preßte sie an ihren ausladenden Busen, während sie gleichzeitig lachte und weinte.

»Endlich sind Sie wieder hier. Wir haben so sehr auf Sie gewartet, und schreckliche Nachrichten über Sie haben uns erreicht.« Sie schrie entsetzt auf, als sie sah, daß er den Arm in der Schlinge trug. »Was hat man Ihnen angetan?«

»Alles halb so schlimm, Anfisa«, beschwichtigte er sie

und tätschelte beruhigend ihre Schulter. »Mir geht es so gut wie nie. Anfisa, siehst du nicht, daß wir Gäste haben? Das sind Prinzessin Anna Gadiani und ihre Kusine Maria Petrowna. Ich möchte, daß sie es hier so bequem wie möglich haben, damit sie sich von der langen strapaziösen Reise erholen können. Ich hoffe, daß du einige Zimmer für Gäste gerichtet hast.«

»Das Haus ist immer für Sie und Ihre Freunde bereit«, sagte sie vorwurfsvoll. Anna spürte, daß die alte Frau sie taxierte, bevor sie einen Knicks machte. »Herzlich willkommen. Zweifellos möchten Sie sich erst ein wenig frisch machen und ausruhen. Ich sage den Mädchen, daß sie alles für Sie vorbereiten sollen.«

Sie lief geschäftigt hinaus, und ein weißhaariger Mann nahm ihren Platz an der Tür ein. Paul winkte ihn zu sich.

»Ist alles in Ordnung, Iwan?«

»Ja, Exzellenz.«

»Kümmere dich um die Pferde und laß das Gepäck der Damen in ihre Zimmer bringen.«

»Sofort, Exzellenz. Darf ich Ihnen sagen, wie glücklich wir sind, daß Sie wohlbehalten zurück sind?«

»Warum, um alles in der Welt, seid ihr alle so besorgt? Jetzt geh und tu deine Pflicht.«

Iwan verbeugte sich und ging. Paul grinste die Damen verlegen an. »Sie müssen ihnen nachsehen, daß sie so ein Aufhebens um meine Rückkehr machen. Anfisa war früher mein Kindermädchen und führt jetzt hier den Haushalt. Sie glaubt immer noch, daß ich sechs Jahre alt bin. Iwan war schon bei meinem Vater in Diensten, er hat mich von Arachino hierher begleitet.«

Anfisa kam zurück. »Nehmen Sie das Abendessen mit Ihren Gästen ein, Paul Dmitrijewitsch?«

»Nein, ich habe noch einiges zu erledigen. Ich komme sehr spät nach Hause.« Er wandte sich Anna und Maria zu. »Entschuldigen Sie mich bitte und fühlen Sie sich hier ganz wie zu Hause. Wenn Sie etwas brauchen, sagen Sie Anfisa Bescheid. Ich bin sicher, daß Sie heute früh schlafen gehen möchten, deshalb wünsche ich Ihnen jetzt schon eine gute Nacht.«

Er verneigte sich und verließ mit schnellen Schritten den Raum. Anfisa sah ihm nach und runzelte die Stirn. »Er verlangt sich selbst zuviel ab. Das hat er schon als Junge getan.« Plötzlich erinnerte sie sich an ihre Pflichten und sagte zu Anna: »Wenn Sie bitte mit mir kommen wollen, ich zeige Ihnen, wo Sie schlafen.«

Anna war sich nicht sicher, was sie erwartet hatte – eine kleine gemütliche Junggesellenwohnung vielleicht. In den Wochen, die sie gemeinsam verbrachten, hatte Paul nie den Eindruck erweckt, wohlhabend zu sein oder Wert auf Luxus zu legen; er hatte wie ein einfacher Mann gelebt und war weniger um seine Bequemlichkeit besorgt gewesen als Nikki. Aber dieses Haus war wirklich prächtig – nicht verschwenderisch oder extravagant, sondern ausgesprochen geschmackvoll und mit kostbaren hübschen Dingen eingerichtet. Die Zimmer, die Anfisa ihnen zuwies, waren sehr geräumig und hatten eine Verbindungstür. Der kühle Steinboden war mit wertvollen persischen Teppichen belegt, die in kräftigen Farben leuchteten und weich wie Samt waren. Chinesische Seidenmalereien, die zartrosa und fliederfarbene Blumen zeigten, schmückten die weißen Wände. In einer Ecke hing eine mit Juwelen besetzte Ikone, die die Jungfrau darstellte, und vor dem Heiligenbild brannte eine kleine Lampe.

Anna zog gerade ihre Unterröcke aus, als es an die Tür klopfte und einige Mädchen eine Badewanne und Eimer mit heißem Wasser hereinbrachten. Sie füllten die Wanne und blieben mit Seife, Schwämmen und Tüchern in den Händen stehen, um Anna behilflich zu sein.

»Vielen Dank«, sagte Anna. »Ich komme schon allein zurecht.« Sie scheuchte die kichernden Mädchen aus dem Zimmer.

Das heiße, mit orientalischem Parfum aromatisierte Wasser war herrlich, und es vertrieb die Erschöpfung. Anna schrubbte den Staub und den Schmutz der langen Reise von ihrer Haut und wusch ihr Haar. Sie genoß den lange entbehrten Luxus und stieg erst aus der Wanne, als sich das Wasser abkühlte. Dann wickelte sie sich in eins der Badetücher, die bereitlagen. Als sie trocken war, schlüpfte sie in ihren seidenen Morgenmantel und bürstete ihr feuchtes Haar.

Die Mädchen kamen zurück, um die Badewanne zu holen, und eine von ihnen fragte auf russisch, wo Anna das Abendessen einnehmen wollte.

»Oh, hier bitte«, sagte sie. »Wir essen beide hier«, fügte sie mit einer Geste auf Marias Zimmertür hinzu.

Das Mädchen nickte, zögerte aber noch, und ihre schwarzen Augen funkelten neugierig.

»Wie heißt du?« fragte Anna.

»Darinka. Soll ich Ihnen das Haar bürsten? Ich habe nie eine solche Haarfarbe gesehen – es schimmert wie Feuer.«

Anna schüttelte den Kopf und lächelte. »Es ist frisch gewaschen. Sagst du Maria Petrowna Bescheid, wenn das Essen fertig ist?«

»Ja, Madame.«

Als das Mädchen gegangen war, öffnete Anna die Glastür und trat auf den Balkon. Wie viele orientalische Häuser umschloß auch dies von drei Seiten einen gepflasterten Innenhof. In einem Flügel im Erdgeschoß müssen sich die Unterkünfte der Bediensteten befinden, dachte

Anna. In der Mitte des Hofes sprudelte ein kleiner Springbrunnen, dessen Wasser in einem Bassin aufgefangen wurde. In einer Ecke stand eine Linde mit weitausladenden Ästen. Ein großer Barsoi, ein russischer Windhund, schlief in ihrem Schatten. Überall standen große Tontöpfe, die mit Blumen aller Art bepflanzt waren.

Die sengende Hitze hatte sich gelegt. Anna lehnte sich an die schlanke Säule und betrachtet versonnen ihre Umgebung, als plötzlich ein fröhliches Kinderlachen die Stille unterbrach. Ein kleiner dunkelhaariger Junge, nicht älter als zwei oder drei Jahre, rannte auf den Hof, und Paul, gekleidet in Hemd und Breeches, folgte ihm. Quietschend vor Freude lief der Junge zwischen den Blumentöpfen herum, und Paul versuchte, ihn einzufangen. Er nahm das Kind in seine Arme, warf es in die Luft und fing es wieder auf. Ein junges schlankes Mädchen kam durch die Tür. Sie trug ein rotes, golddurchwirktes Seidengewand, und ihr langes dunkles Haar fiel ihr schimmernd bis zur Taille. Paul setzte sich auf die Steinbank und nahm den Jungen auf den Schoß. Das Mädchen ließ sich neben ihm nieder. Sie lachte, als der Junge nach einer Schachtel griff, die Paul über seinen Kopf hielt. Er bekam sie schließlich zu fassen und öffnete sie ungeduldig. Der Kleine stieß einen Freudenschrei aus, als er die Süßigkeiten entdeckte, und bückte sich, um dem Hund etwas davon abzugeben.

Es war lediglich eine häusliche Szene. Viele junge Männer, die Jahre im Kaukasus verbrachten, nahmen sich eine Mätresse, das wußte Anna, warum also sollte Paul Kuragin eine Ausnahme bilden? Weshalb reagierte sie so heftig, als sie beobachtete, wie er sich dem Mädchen zuwandte, wie sie zu ihm aufsah und wie zärtlich er mit dem Kind umging? Nach einer Weile setzte Paul den Jungen auf den Boden, strich sanft über die Wange des Mädchens und schlenderte ins Haus. Der Hund folgte ihm.

Anna ging in ihr Zimmer zurück, nahm die Bürste und attackierte ihr Haar mit kräftigen Strichen. Sie mochte ihn wie einen Freund, er war ein amüsanter Begleiter und ein Mann, der sie höflich und zuvorkommend behandelte. Das ist alles, ermahnte sie sich ärgerlich. Warum sollte er nicht ein Abendessen mit ihnen ablehnen, wenn er sich nach seiner Geliebten sehnte? Wenn es überhaupt seine Geliebte war. Weshalb war sie deswegen so beunruhigt? Sie war nicht in ihn verliebt. Sie hatte einmal einen unverzeihlichen Fehler begangen und war nicht bereit, sich noch einmal auf eine solche Torheit einzulassen. Hatte Gregorij ihr nicht so viel Kummer und Herzeleid bereitet, daß es für ein ganzes Leben reichte?

Vor sechs Wochen hatte sie noch nicht einmal etwas von Paul Kuragins Existenz geahnt. Die Tage, die sie miteinander verbracht hatten, waren vorbei. Er lebte sein eigenes Leben – genau wie sie. Sie legte die Bürste weg und starrte ihr Gesicht im Spiegel an. Ihre Gedanken waren bei dem Baby, das viel zu früh auf die Welt gekommen war und nur eine Stunde geatmet hatte – ihr Sohn, den Gregorij sich so sehr gewünscht hatte. Wäre alles anders gekommen, wenn das Kind am Leben geblieben und mit seinem Vater herumgetollt hätte wie der Junge – Paul Kuragins Sohn – im Hof? Sie verspürte einen schmerzhaften Stich in der Brust und verdrängte entschlossen die trüben Gedanken. Sie mußte die Vergangenheit vergessen und an die Zukunft denken. Sie würde in einigen Tagen dieses Haus verlassen und ein neues Leben anfangen. Sie band ihr Haar zurück und war froh, als Maria an die Tür klopfte und das Abendessen serviert wurde.

Anna bekam Paul einige Tage nicht zu Gesicht. Anfisa übermittelte ihr seine Bitte um Vergebung für seine Abwesenheit. »Er geht ein und aus wie ein Wirbelwind«, erklärte die alte Frau mißbilligend. »Er gönnt sich keinen Moment Ruhe, obwohl ihm sein verletzter Arm Schwierigkeiten bereitet.«

»Ich hoffe, er ist nicht krank?« fragte Maria besorgt.

Anfisa schnaubte. »Ich habe Iwan nach dem Doktor geschickt, aber Paul hält sich nicht an seine Anweisungen. ›Mir geht's gut‹, hat er gesagt und dem Arzt kaum Zeit gelassen, sich die Wunde anzusehen. Er bittet mich, Ihnen auszurichten, daß Sie, so lange Sie möchten, hierbleiben können.«

»Ich hoffe nur, wir machen Ihnen nicht zuviel Umstände«, sagte Maria.

»Um die Wahrheit zu sagen«, erklärte Anfisa in vertraulichem Ton, »ich bin froh, daß Sie hier sind. Ihr Besuch hält die Dienstboten in Trab, sie hatten die letzten zwei Jahre kaum etwas zu tun, weil der Graf immer nur ein paar Wochen hier verbracht hat.«

Maria, die mit allen Menschen blendend umgehen konnte, schloß schnell Freundschaft mit Pauls altem Kindermädchen. Anfisa erzählte ihr, daß Paul seine Kindheit allein unter der Obhut seines Onkels in Arachino verbracht hatte.

»Ich frage mich, warum er niemals geheiratet hat«, bemerkte Maria.

»Oh, an jungen Damen, die alles gegeben hätten, Gräfin Kuragina zu werden, herrschte kein Mangel, und Paul ist beileibe kein Heiliger. Er hatte einige Romanzen, bevor ihn der Zar hierher geschickt hat, aber keine Frau hat ihn lange genug gefesselt. Es ist höchste Zeit für ihn, sonst erben die Kinder seines Onkels alles, was ihm gehört. Letztes Jahr haben wir alle gedacht...« Sie brach ab, als hätte sie schon zuviel preisgegeben.

»Hat er eine Verlobte?«

Anfisa hob ihre mächtigen Schultern. »Ja... und nein.

Man hat sich alles mögliche erzählt. Über Paul sind immer wilde Geschichten im Umlauf. Aber die Sache hat sich damals zerschlagen, und ich war ganz gewiß nicht traurig darüber. Das wäre nie gutgegangen. Keine in dieser Stadt ist gut genug für ihn. Er hätte schon vor Jahren nach Rußland zurückkehren sollen.«

Es war eine Zumutung, daß sie so lange in seinem Haus blieben, aber während der ersten Tage waren sie froh, sich von den Anstrengungen der Reise erholen zu können, und später wußten sie nicht, was sie unternehmen sollten, um nach Kumari zu gelangen. Sie waren schon eine Woche in Tiflis, als Nikki vorsprach und ihnen eine Nachricht aus dem Palast überbrachte. Der Brief kam vom Sekretariat des Vizekönigs, und Prinz Michael Woronzow gab sich die Ehre, Anna in den Palast einzuladen, um sie persönlich willkommen zu heißen und seiner Gemahlin vorzustellen.

Anna las die Einladung langsam durch und runzelte die Stirn, bevor sie Nikki, der sie besorgt beobachtete, einen Blick zuwarf.

»Es findet ein Ball statt«, erklärte er. »Sie müssen die Einladung annehmen, Anna. Es ist fast so, als würde man zum Zaren zitiert. Alles hier dreht sich um den Hof des Vizekönigs, das habe ich schon gemerkt. Die Gesellschaft würde Sie niemals ohne seine Billigung akzeptieren.«

»Aber warum?« fragte sie aufbrausend. »Ich bin keine bedeutende Persönlichkeit und gebe nicht viel auf die Gesellschaft. Ich bin nicht hier, um mich bei Hofe zu amüsieren, ich will nur herausfinden, was mit Gregorij geschehen ist, und nach Kumari fahren, um seine Großmutter kennenzulernen. Was für einen Schaden könnte ich schon davontragen, wenn ich die Einladung ausschlage?«

»Vielleicht keinen, aber Sie scheinen nicht zu verstehen, daß die Gadianis eine sehr wichtige Familie sind. Sie sind die Prinzen von Kumari und haben einen großen Einfluß. Sogar Woronzow bemüht sich um die Gunst von Daniel Gadiani, und Sie, Anna, sind noch dazu Russin. Ich denke, es könnte für Sie lebenswichtig sein, daß Woronzow Ihnen wohlgesinnt ist, sonst könnten Sie Schwierigkeiten mit dem Erbe bekommen, das Gregorij Ihnen möglicherweise hinterlassen hat.«

»Darum mache ich mir keine großen Gedanken. Ich kann ganz gut ohne dieses Erbe leben«, erwiderte sie stolz. »Mein Vater ist nicht reich, aber wir sind auch keine Bettler.«

»Natürlich nicht, aber es könnte Ihnen helfen«, fuhr Nikki ernst fort. »Sie sind Prinzessin Gadiani, die Frau des letzten Erben und Prinzen von Kumari.«

Darüber war sie sich schon von allem Anfang an klargewesen, aber in Petersburg hatte sie dem keine große Bedeutung beigemessen. Sie hatte, ohne selbst richtig zu wissen, weshalb, das Gefühl, in eine Welt zu geraten, in der sie verloren war, und in Intrigen und Machenschaften verstrickt zu werden, mit denen sie nichts zu tun haben wollte. Sie fühlte sich wie eine Gefangene und wollte frei sein. Plötzlich lief ihr ein eisiger Schauer über den Rükken. Sie hätte Paul gern um Rat gefragt, aber er schien nie zu Hause zu sein, und sie wollte keine große Sache aus dieser Einladung machen.

Wovor fürchtete sie sich eigentlich? Man schrieb das Jahr 1846 und lebte nicht mehr im Mittelalter, und Georgien war ein zivilisiertes Land, das unter der Herrschaft Rußlands stand. Sie mußte tun, was man von ihr erwartete, und wenn sie zu einem Ball gehen sollte, dann mußte sie sich zu allererst Gedanken um ihre Garderobe machen.

»Was soll ich anziehen?« fragte sie Maria verzweifelt. »Ich weiß doch nicht, was hier als korrekt gilt. Vielleicht sollte ich Schwarz tragen – jetzt, da ich weiß, daß Gregorij tot ist.«

Maria überlegte einen Moment. »Weiß«, meinte sie schließlich. »Du bist jung, und die Umstände sind ungewöhnlich. Ja, du solltest Weiß tragen und vielleicht eine schwarze Stola oder schwarze Bänder im Haar.«

Ihre Kleider hatten sehr unter dem Transport auf dem Maultierrücken gelitten, und Anna starrte entgeistert auf den zerknitterten weißen Seidenstoff und die schlaffen Spitzenbordüren ihres Kleides.

»Was soll ich damit anfangen? In dieser kurzen Zeit macht mir doch keine Schneiderin ein neues Kleid!«

»Es ist wunderschön«, sagte Darinka ehrfürchtig, als Anna das Kleid in die Höhe hielt. »Ich könnte Bela fragen, sie ist sehr geschickt und wird es Ihnen so herrichten, daß es wie neu aussieht.«

»Bela? Wer ist das? Gehört sie zu den Dienerinnen?«

Darinka verzog das Gesicht. »Sie wäre nicht sehr erfreut, wenn sie hören würde, daß man sie zu den Dienerinnen zählt. Sie ist sehr stolz – eine Tatarin –, aber sie kann gut mit Nadel und Faden und mit Stoffen umgehen. Sie ist für die Wäsche in diesem Haushalt und für die Kleidung des Grafen zuständig. Soll ich sie zu Ihnen schicken?«

»Danke, das wäre wunderbar.«

Das Mädchen rannte hinaus, und schon nach ein paar Minuten klopfte jemand leise an die Tür und huschte ins Zimmer. Eine junge Frau in rotem, golddurchwirktem Gewand fragte in gebrochenem Russisch: »Sie wünschen, daß ich etwas für Sie tue, Madame?«

»Ja.« Anna drehte sich zu ihr um und starrte einen Augenblick das hübsche Gesicht und die niedergeschlagenen Lider an. Dann hielt sie dem Mädchen das Kleid entgegen. »Es war in einem Koffer verpackt, und ich fürchte, es ist ruiniert, wenn man nicht einiges ändert.«

»Lassen Sie mich sehen.« Das Mädchen berührte vorsichtig den zarten Stoff und strich über die Spitze. »Das Material ist wunderschön. Ich glaube, es ist nicht schwer, das Kleid in Ordnung zu bringen. Überlassen Sie das nur mir, ich habe schon oft die Kleidung von Graf Kuragins Gästen hergerichtet.«

Sie nahm das Kleid und ging zur Tür, aber Anna hielt sie auf.

»Habe ich dich nicht schon mit deinem kleinen Jungen im Hof gesehen?«

»Möglich.«

»Lebst du schon lange hier?«

»Seit Mitja geboren wurde.«

»Mitja – ein Kosename für Dmitrij, der Name von Pauls Vater.

»Wohnt dein Mann auch hier im Haus?«

Das Mädchen sah sie mit blitzenden schwarzen Augen an. »Mein Mann ist tot.«

»Das tut mir leid...«

»Es ist schon einige Zeit her... Er ist im Krieg umgekommen«, erklärte sie gleichmütig. »Gibt es sonst noch etwas, Madame?«

»Nein, vielen Dank.«

»Ich bringe das Kleid zurück, sobald es fertig ist.« Das Mädchen verließ den Raum so leise, wie es ihn betreten hatte.

»Manche der einheimischen Mädchen sind wirklich sehr hübsch«, stellte Maria fest. »Was hast du vorhin von einem Jungen gesagt?«

»Ich habe ihn im Hof mit dem Hund spielen sehen. Maria, glaubst du...« Sie brach ab, weil sie nicht über ihren Verdacht sprechen konnte.

»Was soll ich glauben?«

»Oh, nichts... Wir brauchen eine Menge Dinge, wenn

wir nicht wie die Landstreicherinnen aussehen wollen. Warum sehen wir uns nicht die Geschäfte in der Stadt an?«

»Das ist eine großartige Idee!«

Anfisa wollte nichts davon wissen, daß die beiden Frauen allein in die Stadt gingen. »Es lauern überall Gefahren. Sie müssen einen der Männer mitnehmen.«

»Das wird nicht nötig sein«, protestierte Anna, aber Anfisa war unerbittlich. Schließlich brachen sie auf und öffneten ihre Sonnenschirme, um sich gegen die grelle Sonne zu schützen. Jakob folgte ihnen in angemessenem Abstand.

Nachdem sie die Läden auf dem Gowolinskij-Prospekt erforscht hatten, war Anna begierig darauf, in die Altstadt und in das Viertel zu gehen, in dem die Handwerker ihre Waren feilboten. Es dauerte einige Zeit, bis sie Jakob zu einem solchen Unternehmen überreden konnten. Er hatte die Gabe, sofort alles über einen Ort, an dem er sich befand, zu erfahren, und er ließ die Damen nur widerstrebend in die gefährlichen kleinen Sträßchen gehen.

Sie verließen den eleganten, von Bäumen gesäumten Boulevard und tauchten in eine vollkommen andere Welt ein – in eine orientalische Welt, heiß, bevölkert und laut. Hier gab es keine feinen Ladengeschäfte, sondern nur offene Buden, in denen Silber-, Gold- und Kupferschmiede ihre Kunststücke vollbrachten. In jedem Haus hämmerten und klopften die Handwerker. Dunkelhäutige Männer in weißen Gewändern, Perser mit scharlachrot angemalten Fingernägeln, verschleierte Moslemfrauen in schwarzen weiten Kleidern feilschten und stritten mit schrillen Stimmen. Budenbesitzer vertrieben kreischende Kinder von ihren wertvollen Waren, und Gemüsekarren, und bepackte Maultiere drängten sich auf dem Weg zum Markt.

Auf den Tischen in den offenen Werkstätten lagen erlesene Schmuckstücke zwischen Schüsseln aus getriebenem Silber und verzierten Kupferkrügen. Aus den Parfumläden strömten feine Düfte, die sich mit dem Aroma von frisch geröstetem Fleisch und dem Geruch nach Süßigkeiten vermischten. Türkischer Honig mit Pistazien, geröstete Mandeln und hübsche kleine Kuchen, die mit Zuckerguß verziert waren, wurden an jeder Straßenecke angeboten.

Anna wanderte von einer Bude zur anderen, und sie war so fasziniert von all dem bunten Treiben, daß sie gar nicht bemerkte, wie weit sie sich von Maria und Jakob entfernt hatte. Sie blieb vor dem Verkaufstisch eines Waffenschmieds stehen und bewunderte die Schwerter mit den juwelenbesetzten Griffen und die Krummsäbel, die in mit Türkisen bestickten Samtscheiden steckten. Im Schatten einer Markise betrachtete ein Mann ein Schwert und ließ die Finger über die scharfe Stahlklinge gleiten. Sein Gesicht war nur halb zu sehen, aber plötzlich wurde Anna gewahr, daß diese schwarzen Augen eingehend sie musterten. Sie war so verstört von diesem intensiven Blick, daß sie den Dolch, den sie in die Hand genommen hatte, fallen ließ und rasch fortlief. Nach ein paar Minuten hielt sie atemlos vor einem Laden, in dem große Ballen mit den feinsten Stoffen ausgestellt waren, an. Sie schämte sich, weil sie in Panik geraten war, und nahm sich Zeit, die gold- und silberdurchwirkten Seidenstoffe und die Gaze, die es hier in allen Farben gab, anzusehen. Sie nahm eine schwarze Stola, die mit silbernen Sternen bestickt war, in die Hand. Der Stoff war so fein, daß er fast transparent wirkte. Dieser Schal war genau das, was sie für ihr weißes Ballkleid brauchte. Der Händler feilschte gerade mit einem anderen Kunden im Hinterzimmer, und Anna wartete, bis sie die Diskussion beendeten, um nach dem Preis zu fragen. Plötzlich hörte sie jemanden in ihrer Nähe eindringlich rufen. »Paul!«

Instinktiv trat sie ein paar Schritte zurück und überschattete ihr Gesicht mit dem Sonnenschirm. Ein paar Schritte von ihr entfernt stand, halb von ihr abgewandt, eine junge Frau in einem violetten Musselinkleid. Anna konnte das Gesicht unter dem Strohhut mit den langen violetten Samtbändern nicht erkennen, aber sie sah, wie die Frau eine behandschuhte Hand ausstreckte und Paul Kuragin stehen blieb und sich zu ihr umdrehte.

»Paul! Du bist also zurückgekommen«, sagte die Frau. »Wie lange bist du schon hier, und warum hast du uns bis jetzt noch keinen Besuch gemacht?«

»Meine liebe Natalie, du weißt gut genug, wie beschäftigt ich bin. Ich hatte keinen Moment Zeit.«

»Nicht einmal für mich?«

»Für niemanden, außer für den General. Was, um Himmels willen, tust du hier in diesem Viertel?«

»Ich suche nach etwas Besonderem. Die Geschäfte auf dem Gowolinskij-Prospekt langweilen mich, es gibt dort nichts wirklich Modisches. Oh, wie ich mich nach St. Petersburg sehne!« Sie beugte sich zu ihm und sah ihn verführerisch an, während sie in vertraulichem Ton fortfuhr: »Ich habe gehört, daß du gezwungen warst, das englische Mädchen, das der arme Gregorij heiraten mußte, hierher zu begleiten.« Sie legte eine Hand auf Pauls Arm. »Diese lange Reise..., wie schrecklich ermüdend für dich! Sag mal, Liebling, ist sie wirklich so unbeschreiblich dumm und gewöhnlich, wie Gregorij erzählt hat?«

»Ich konnte nichts Dummes oder Gewöhnliches an ihr finden«, erwiderte Paul steif.

»Oh, sei nicht so blasiert! Erinnerst du dich nicht, wie er uns immer mit den Geschichten über sie zum Lachen gebracht hat? Sie muß wirklich ungeschickt sein. Der arme Junge, es war so unfair, ihn zu zwingen, eine solche Person zu heiraten. Kein Wunder, daß er ihr davongelaufen ist.«

»Du hast kein Recht, so über sie zu urteilen«, widersprach er und machte eine ungeduldige Geste. Anna wich tiefer in den Schatten zurück, um nicht entdeckt zu werden. »Natalie, wo ist deine Kutsche?« erkundigte sich Paul.

»Am Ende der Straße, *mon cher.*«

»Ich begleite dich dorthin.«

»Aber ich habe mich noch gar nicht umgesehen...«

»Ich glaube, du hast genug gesehen.«

Er nahm sie am Ellbogen und führte sie zielstrebig durch die überfüllte Straße. Anna fühlte sich elend. Mit einem Schlag hatten die boshaften Bemerkungen dieser Frau ihre Zufriedenheit, die sie in den letzten Wochen wiedererlangt hatte, zunichte gemacht. Maria, die in der benachbarten Bude die Auslage bewundert hatte, kam zu ihr.

Anna legte die Stola, die sie die ganze Zeit über in der Hand gehalten hatte, weg und sagte unvermittelt: »Sollen wir gehen? Ich denke, wir haben für heute genug gesehen.«

»Ich dachte, es gefällt dir, einen Einkaufsbummel zu machen?« meinte Maria verwirrt.

»Es hat mir auch gefallen, aber es ist so schrecklich heiß hier. Ich bin müde und durstig, außerdem ist der Heimweg ziemlich weit.«

»Schön, mein Täubchen, wenn du willst.«

Maria nahm ihren Arm, und sie folgten Jakob. Sie hatten gerade das Ende der Straße erreicht, als sie eilige Schritte hinter sich hörten und Paul Kuragin sie einholte.

»Habe ich also doch richtig gesehen – Sie waren auf dem Markt, stimmt's? Ich wollte mich entschuldigen, daß ich Sie in der letzten Wochen so sträflich vernachlässigt habe.«

»Sie sollten sich unsretwegen keine Sorgen machen«, sagte Maria herzlich. »Ich kann mir vorstellen, daß Sie eine Menge Pflichten haben, die Ihre Zeit in Anspruch nehmen.«

»Das ist leider wahr. Ich mußte für einige Zeit die Stadt verlassen«, antwortete er, während er Anna nicht aus den Augen ließ. Er hatte ein kleines Päckchen in der Hand und überreichte es ihr. »Das möchte ich Ihnen schenken.«

»Was ist das?« fragte sie eisig. »Ein Friedensangebot?«

»Also haben Sie gehört, was sie gesagt hat. Es tut mir aufrichtig leid, aber Sie sollten sich nicht um Natalie kümmern. Sie plappert viel, ohne erst darüber nachzudenken.«

»Das habe ich bemerkt.«

»Und dies ist kein Friedensangebot.« Er lächelte sie aufrichtig an. »Es soll eine Art Ersatz sein. Sie erinnern sich doch, daß Sie mir freundlicherweise Ihr Seidentuch geliehen haben. Anfisa hat ihr Bestes getan, um es in Ordnung zu bringen, aber ich fürchte, es ist für immer ruiniert. Ich würde mich freuen, wenn Sie dies hier als Ersatz nehmen würden.«

»Das werde ich nicht tun«, versetzte sie und ging weiter. Sie konnte nicht erklären, daß plötzlich all das Elend und der Kummer, die sie versucht hatte zu überwinden, wieder über sie hereingebrochen waren. Und was alles für sie noch viel schlimmer machte, war die Tatsache, daß Paul Gregorij offenbar gekannt und all die schrecklichen Dinge, die er über sie verbreitet hatte, mitangehört hatte. Nie hatte er ein einziges Wort darüber verlauten lassen!

Paul blieb stehen und starrte das Päckchen in seiner Hand finster an.

»Geben Sie es mir«, sagte Maria beschwichtigend. »Das war sehr aufmerksam von Ihnen. Sie müssen Anna vergeben, sie ist heute offensichtlich nicht in bester Stimmung.«

»Es tut mir leid, wenn ich sie gekränkt habe, das lag nicht in meiner Absicht.«

»Nein, natürlich nicht. Ich werde mit ihr darüber sprechen.«

Maria nahm verlegen das Päckchen entgegen und lief Anna nach. »Also wirklich, Anna«, tadelte sie ihre Kusine, »mußtest du ihn so beleidigen? Er hat so viel für uns getan.«

»Ich weiß, ich weiß... Es ist nur... Oh, du verstehst das nicht.« Sie beschleunigte ihre Schritte. Am liebsten hätte sie sofort sein Haus verlassen. Sie wollte nach Kumari, ihr Versprechen, Gregorijs Großmutter zu besuchen, einlösen und so schnell wie möglich wieder nach Hause – nur weg von diesem beunruhigenden Ort, der ihr Freiheit verheißen hatte und sich jetzt als ein anderes Gefängnis erwies. Aber es war unmöglich, wegzulaufen wäre kindisch.

In ihrem Zimmer öffnete Maria das Päckchen. »O Anna, sieh nur! Es ist wunderschön. Wie hat er das nur erraten?« Sie schlang die zarte schwarze Stola um Annas Schultern. »Es ist haargenau das Richtige.«

Er mußte sie in dem Laden gesehen haben und zurückgegangen sein, um den Schal zu kaufen. Sie war gerührt über diese Geste, aber gleichzeitig erschreckte sie sie auch ein wenig. Wenn sie dieses Geschenk annahm, gab sie sich eine Blöße.

»Ich kann es nicht annehmen«, erklärte sie.

Selbstverständlich kannst du das! Was für ein Unsinn! Du ißt ja auch sein Essen, oder nicht? Das ist seine Art, dir zu danken – eine besonders charmante Art.«

»Na ja, vielleicht ...«

Unsicher betrachtete sie sich im Spiegel. Das Tuch umhüllte ihre Schultern wie eine hauchdünne Wolke, und es unterstrich die rotgoldene Farbe ihres Haars und ihre cremeweiße Haut. »Es ist sehr hübsch«, gab sie widerstrebend zu. Die spöttische Stimme der Frau dröhnte ihr erneut in den Ohren, und sie wurde wütend. Mit dem Zorn kehrte ihr Mut zurück. Sie würde nicht zulassen, daß sie noch einmal jemand so erniedrigte, wie Gregorij es getan hatte. Sie würde diesen kaukasischen Schönheiten beweisen, daß eine englische Bürgerliche ebenso viel wert war wie sie.

6

»Eine Zauberwelt«, hatte Anna einmal gesagt, als sie alle unter funkelnden Sternen um das Lagerfeuer gesessen und Pauls Geschichte über den Kaukasus gelauscht hatten. Aber inzwischen war ihr klargeworden, daß das, was ihr so zauberhaft erschienen war, einen Teil des orientalischen Lebens darstellte, das seit Menschengedenken von Intrigen, Gewalt und Angst bestimmt wurde. Zum erstenmal hatte Anna das beim Angriff der schwarzen Reiterhorde in den Bergen gespürt, und in den Augen des Mannes, der sie auf dem Markt so intensiv beobachtet hatte, war ihr wieder dieser unheimliche Schimmer aufgefallen. Selbst die in blaue Gewänder gehüllte Dienerschaft, die leise durch Pauls Haus huschte, und besonders Bela mit ihrem verhangenen Blick, machten den Eindruck, als würden sie Geheimnisse kennen, über die sie nicht zu sprechen wagten.

An dem Abend, den Anna im Palast des Vizekönigs verbrachte, spürte sie wieder dieses Schaudern. Man erzählte sich, daß die Woronzows mehr Reichtümer angehäuft hatten als die Zarenfamilie, und schon der Ballsaal war prachtvoller als alles, was Anna je gesehen hatte. An der Decke funkelten riesige Kronleuchter aus Kristall, und Unmengen von Blumen, zarte Orchideen, Lilien und Rosen in verschiedenen Rottönen, waren zu Säulen arrangiert worden, die bis zur Decke reichten. Die großen Orangenzweige, die mit cremeweißen Blüten übersät waren, hatte man eigens für diese eine Nacht von der Schwarzmeerküste hergebracht. Die Kulisse erschien Anna ebenso exotisch und farbenfroh wie die tausend geladenen Gäste. Ein Strom von Offizieren in prächtigen Uniformen, juwelenbehangene kaukasische Schönheiten mit kunstvollen Frisuren und weitausladenden Krinolinen und Prinzen und Herrscher aus fremden Ländern zogen zur Begrüßung an Woronzow und seiner Gemahlin vorbei. Diener in scharlachroten und weißen Livren trugen Tabletts herum, auf denen Gläser mit goldenem Wein oder für die, die der Lehre Mohammeds folgten, Zitronensorbets standen.

Als Anna an der Türschwelle stehenblieb und der Butler ihren Namen mit lauter Stimme verkündete, verebbte mit einemmal das Stimmengewirr, und die Blicke aller richteten sich auf sie. Paul, der neben anderen Offizieren stand, die den Vizekönig umringten, war wie vom Donner gerührt. Sie sieht aus wie eine Taube, dachte er, eine schneeweiße Taube inmitten von eitlen kreischenden Pfauen. Sie wirkte so rein und unberührt – Gott allein wußte, was für eine Hölle sie an Gregorij Gadianis Seite durchlebt hatte.

Er bemerkte das interessierte Glitzern in Woronzows Augen und erinnerte sich an das vertrauliche Gespräch, das er am Morgen mit dem Vizekönig geführt hatte.

»Das englische Mädchen könnte sehr nützlich für unsere Pläne sein, Kuragin«, hatte er gesagt.

»Sie weiß nichts, Euer Exzellenz, dessen bin ich sicher.«

»Vermutlich nicht, aber sie könnte den Fuchs in unsere Falle locken.«

»Wir würden sie dadurch in Gefahr bringen.«

»Nein, wir werden schon für ihre Sicherheit sorgen.« Woronzow warf Paul einen scharfen Blick zu. »Sie lebt in Ihrem Hause, aber Sie werden sich doch nicht ihretwegen zum Narren machen, hoffe ich.«

Paul straffte seine Schultern. »Sie brauchen nichts zu befürchten.«

»Gut. Wir möchten doch nicht, daß sich die Verrücktheiten vom letzten Jahr wiederholen«, fuhr Woronzow mitleidlos fort. »Der Zar hat vorgesehen, Sie wieder zum Oberst zu befördern. Wenn Sie sich noch so eine Affäre leisten, wird er Ihnen jeden Rang absprechen.«

»Ich weiß, Euer Exzellenz.«

»Und das würde Ihrem verdammten Kuragin-Stolz ziemlich zusetzen, wie? Ich stimme nicht immer mit der Meinung des Zaren überein, aber ich bin gezwungen, seinen Befehlen Folge zu leisten. Jetzt erzählen Sie mir mehr von Ihrem wahnwitzigen Vorhaben. Das interessiert mich sehr.«

Paul wurde aus seinen Gedanken gerissen, als er Anna auf sich zukommen sah. Ihre Absätze klapperten auf dem Parkett, und ihre glockengleiche Krinoline schwang bei jedem Schritt. Die silbernen Sternchen auf dem hauchdünnen schwarzen Tuch, das ihre Schultern bedeckte, funkelten im Kerzenlicht, und Kamelien schmückten ihren Ausschnitt und ihr Haar. Woher hatte sie diese Blüten? Vielleicht von Nikki. Der Junge schien sich in sie verliebt zu haben – bei diesem Gedanken verspürte Paul plötzlich, wie sich Eifersucht in sein Herz bohrte. Gleichzeitig empfand er einen absurden Stolz, weil sie sich so blendend präsentierte. Sie hatten gemeinsam Gefahren überstanden, und er glaubte, daß nur er allein wußte, welche Stärke und Entschlossenheit sich hinter dieser zarten Erscheinung verbarg. Sie versank in einen tiefen Hofknicks, Prinz Woronzow beugte sich vor und ergriff ihre Hand. Sie sah zu ihm auf und betrachtete sein zynisches Gesicht, das ergrauende blonde Haar und die stechenden blauen Augen.

»Meine liebe Anna Stepanowna«, sagte er huldvoll, »ich wünschte, Sie wären aus einem erfreulicheren Anlaß in unsere Stadt gekommen. Das grausame Schicksal Ihres Mannes hat uns alle tief getroffen. Wir werden alles tun, damit Sie Ihren Kummer vergessen.« Er führte sie zu seiner Gemahlin. Prinzessin Elisabeth lächelte vage und tätschelte Annas Wange mit ihrem Elfenbeinfächer.

Ein Mann trat vor, und für einen schwindelerregenden Augenblick glaubte Anna, daß Gregorij von den Toten auferstanden sei.

»Darf ich unter den ersten sein, die die Frau meines Cousins willkommen heißt?« flötete der Mann mit honigsüßer Stimme. Er war älter als Gregorij und hatte ein schmales, braunhäutiges Gesicht und einen dunklen Schnurrbart. Sein schwarzes tscherkessisches Gewand war reich mit goldener Stickerei verziert. Er beugte sich über Annas Hand und zog sie näher zu sich, dann berührte seine glattrasierte Wange die ihre. »Wir müssen uns oft sehen, wir haben uns so viel zu erzählen«, flüsterte er.

»Ja, natürlich.«

Daniel Gadiani verzog den Mund zu einem Lächeln, das jedoch seine sie durchbohrenden Augen nicht erreichte. Anna schauderte. Wo hatte sie diese Augen schon einmal gesehen? Man ließ ihr keine Zeit, darüber nachzudenken, denn andere kamen auf sie zu, um sie zu begrüßen, sie zu begutachten und ihr neugierige Fragen zu stellen. Paul spürte ihre Verwirrung und ergriff ihre Hand.

Er strich über ihre schwarze Stola. »Wie ich sehe, haben Sie mir vergeben.«

Sie klammerte sich einen Moment lang an ihn – er war der einzige Freund unter all diesen Fremden –, aber als der Vizekönig seine Offiziere um sich versammelte und in sein privates Arbeitszimmer beorderte, verließ er sie, und sie fühlte sich schrecklich einsam trotz der vielen Menschen.

Elisabeth Woronzowa drückte ihr kraftlos die Hand. »Kommen Sie, mein Kind, erzählen Sie mir etwas von England.«

»Leider war ich nie in England«, entgegnete Anna.

»Nie? Wie merkwürdig. Michael sagte doch, daß Sie Engländerin seien.«

»Mein Vater ist Engländer.«

»Tatsächlich? Wie faszinierend«, murmelte die Prinzessin und ging weiter, so daß Anna ihr folgen mußte, ebenso wie die anderen Damen, die sie aus den Augenwinkeln musterten und miteinander tuschelten.

In dem in Rot und Gold gehaltenen Salon ließ sich die Prinzessin matt auf ein Sofa sinken. Die Straußenfedern, die in ihrem Haar steckten, zitterten bedrohlich, und die große Perle auf ihrer Stirn purzelte beinahe herunter. Ein kleiner Negerjunge in silberner Livre brachte ihr einen *Tschibuk*. Sie zog ein paarmal an der persischen Pfeife, und der würzige Rauch kräuselte sich zur Decke.

Ein kleiner Affe in einem goldenen Jäckchen sprang kreischend von den schweren Samtvorhängen. Die Damen stießen spitze Schreie aus, als er zwischen ihren Krinolinen hindurchhuschte und es sich auf dem Schoß der Prinzessin bequem machte. Elisabeth strich ihm über das Köpfchen und fütterte ihn mit Trauben, die sie aus einer silbernen Schüssel pickte.

Das war eine Szene, die aus dem orientalischen Märchenbuch, das Anna als Kind gelesen hatte, hätte stammen können. Die Luft in diesem Raum war stickig und heiß, und Anna hatte das Gefühl, in eine Falle geraten zu sein. Sie sah sich verzweifelt nach einem Fluchtweg um und wünschte, sie könnte all dem entfliehen. Ihre Erleichterung war grenzenlos, als Nikki mit ein paar jungen Offizieren in den Salon kam. Er verbeugte sich vor der Prinzessin und nach ihrem gnädigen Nicken ergriff er Annas Hand und führte sie in den Ballsaal.

»O Nikki, ich bin so froh, Sie zu sehen«, flüsterte Anna dankbar.

»Das kann ich Ihnen nachfühlen.« Er grinste sie verschmitzt an. »Ich mußte schon mehr als einmal der Prinzessin Gesellschaft leisten.« Das Orchester intonierte einen Walzer. Nikki legte den Arm um ihre Taille. »Sollen wir?«

»O bitte.«

Es war lange her, daß sie mit so viel Freude und so ausgelassen getanzt hatte. Die jungen Männer scharten sich um sie, und Maria, die bei den älteren Damen saß, beobachtete sie zufrieden. Sie wünschte sich so sehr, daß ihre Kusine glücklich war, aber gleichzeitig machte sie sich Sorgen um sie. Maria hatte die Bitterkeit des Lebens selbst durchlitten und hoffte, daß Anna in Zukunft so etwas erspart blieb. Vor vielen Jahren hatte sich Anna unsterblich in Stepan Crispin verliebt, aber der hatte nur Augen für Nadja gehabt und sie zu seiner Frau gemacht. Maria hatte gelernt, mit dieser Enttäuschung und dem Bedauern, daß Anna nicht ihre Tochter war, fertig zu werden und das Beste aus ihrem Leben zu machen.

Später setzte sich Anna mit glänzenden Augen neben sie, um zu Atem zu kommen, und Maria lächelte sie an.

»Amüsierst du dich?«

»Ja, viel mehr, als ich vermutet hatte. Maria, ist das sehr verwerflich?«

»Nein, auf keinen Fall.« Sei vorsichtig, hätte sie am liebsten gesagt, warte, bis du sicher bist, daß man dich nicht ein zweites Mal verletzt. Aber Warnungen waren immer nutzlos – nur die eigene Erfahrung erteilte wertvolle Lehren.

Die Tanzfläche hatte sich geleert, die Gäste standen oder saßen an den Wänden. Prinz Woronzow und seine Frau betraten den Saal. Die Musiker stimmten eine seltsam rhythmische Weise an, und eine lange Reihe Tänzer kam durch die Tür. Die Frauen trugen luftige weiße Gewänder, und ihre Schleier wehten hinter ihnen her, als sie über das Parkett glitten. Die Männer, die Schamils schwarzen Reitern bestürzend ähnlich sahen, schritten kraftvoll voran.

»Das ist ein Werbungstanz«, flüsterte jemand in Annas Ohr.

Sie sah auf. Paul Kuragin stand hinter ihrem Stuhl.

»Der Tanz geht zurück in die Zeiten, in denen sich die Männer der Bergvölker ihre Frauen beim Schein der Lagerfeuer aussuchten.«

Die Musik wurde immer intensiver, und die Männer sprangen und stampften auf den Boden, während die Frauen ihnen auswichen. Der Rhythmus steigerte sich und wurde schneller und schneller, bis Anna den Atem anhielt. Die Darbietung war ungeheuer sinnlich, obwohl sich die Tänzer nie berührten. Anna spürte, wie die Trommelwirbel tief in ihrem Inneren vibrierten, und Pauls Hand, die auf ihrem Arm lag, brannte wie Feuer auf ihrer bloßen Haut.

Sie rutschte hin und her, um die Spannung zu lösen und sich zu beruhigen, und fragte leise: »Was haben Sie den ganzen Abend über gemacht?«

»Haben Sie mich vermißt? Sie werden es nie glauben«, sagte er lächelnd, »wir haben darüber diskutiert, wo wir neue Bergwerke eröffnen können, um genügend Kohle für die Dampfer auf dem Schwarzen Meer zu fördern, und wir haben uns Gedanken gemacht, ob wir mehr Baumwolle aus Amerika importieren sollen.«

»Auf einem Ball?« fragte Anna ungläubig.

»Es ist wahr, der Prinz ist sehr um das Wohl seines Landes besorgt.«

»Und der Krieg?« erkundigte sie sich spöttisch. »Haben Sie darüber auch gesprochen?«

»Selbstverständlich.«

Sie hatte ihn nie zuvor in seiner Paradeuniform gesehen, er sah blendend aus.

»Oberst Kuragin«, sagte sie, als sie die goldenen Streifen sah. »Sie sind befördert worden, warum haben Sie uns nichts davon erzählt?«

»Ich werde ständig befördert und degradiert – je nach Laune des Zaren«, erwiderte er gleichmütig.

Die Vorführung ging zu Ende. Die Tänzer verbeugten sich, während applaudiert wurde, und zogen sich zurück.

Das Orchester spielte wieder Tanzmusik, und die Menschen strömten aufs Parkett.

»Sind Sie hungrig?« fragte Paul. »Im Salon steht ein Buffet mit exzellenten Speisen: Hummer, Trüffel, Soufflés, Eiscreme ...« Als sie den Kopf schüttelte, setzte er hinzu: »Würden Sie sich mir in diesem Fall anvertrauen? Ich habe zwar seit einem Jahr nicht mehr getanzt, aber ich werde mir Mühe geben, Ihne nicht auf die Zehen zu treten.«

Sie lachte und ließ sich von ihm zu einer temperamentvollen Mazurka führen. Die Musik wurde immer schneller, und sie wirbelten über die Tanzfläche, bis sich Anna atemlos an ihn lehnte.

»Oh, es ist wundervoll!« rief sie.

»Das finde ich auch.« Er lächelte. »Heute nacht sehen Sie besonders hübsch aus, wissen Sie das?«

»Ich dachte, daß Sie nie Komplimente machen«, neckte sie ihn.

»Das ist kein Kompliment, sondern die reine Wahrheit.«

Sie bemerkte, daß er ernst wurde und sein Lachen verebbte, als Daniel Gadiani zielstrebig auf sie zukam.

»Ah, hier finde ich Sie endlich. Ich habe schon überall nach Ihnen gesucht, Anna. Ich möchte Ihnen meine Schwester vorstellen. Natalie, meine Liebe, das ist Anna, Gregorijs kleine Frau.«

Anna wußte sofort, daß sie der Frau vom Marktplatz gegenüberstand. Sie war sehr schön – sie hatte rabenschwarzes, seidiges Haar und trug ein goldenes Kleid. Ihre mandelförmigen dunklen Augen musterten Anna eingehend, bevor sie ihr einen Kuß auf die Wange hauchte.

»Liebste Anna, wir müssen uns unbedingt miteinander unterhalten. Ich bin mit Gregorij aufgewachsen. Wir waren zusammen, bis man ihn nach St. Petersburg gebracht hat. Damals habe ich eine ganze Woche nur geweint.« Sie ließ ein silberhelles Lachen hören. »Ich möchte alles über Ihre Reise erfahren. Es war sehr mutig von Ihnen, sich allein auf den Weg zu machen. Aber zum Glück haben Sie ja Begleitung gefunden. Paul läßt nichts über den Ritt verlauten.«

»Da gibt es nichts zu erzählen«, meinte Paul.

»Das behauptest du.« Sie klopfte spielerisch mit ihrem Fächer auf Pauls Arm. »Anna ist sicher anderer Meinung. Wo warst du den ganzen Abend, *mon cher*? Wir haben dich kaum zu Gesicht bekommen.«

»Der Prinz wollte mit mir sprechen.«

»Ich glaube dir kein Wort. Du bist uns aus dem Weg gegangen. Daniel, kümmere dich ein wenig um Anna. Ich habe ein Hühnchen mit Paul zu rupfen.« Sie schaffte es mühelos, den Eindruck zu erwecken, zwischen ihr und Paul bestünde ein vertrauliches Verhältnis.

Ihr Bruder reagierte sofort auf den Wink.

»Mein Liebes, dein Wunsch ist mir Befehl«, sagte er lächelnd und nahm Annas Arm. »Wir sollten die beiden allein lassen, damit sie ihre Differenzen beilegen können.« Er führte sie weg und kam auf Kumari zu sprechen. »Wann machen Sie sich auf den Weg, meine Liebe? Meine Großtante ist schon sehr alt, aber sie ist immer noch die Alleinherrscherin und kommandiert ihre Bediensteten herum wie eine Kaiserin. Sie vergißt, daß sich die Dinge geändert haben, und lebt noch in der Vergangenheit. Sie ist sehr exzentrisch und vielleicht sogar ein bißchen verrückt.«

Das klang beängstigend, aber noch stand Anna ihr ja nicht gegenüber. Während sie Daniels Geplauder zuhörte, war sie mehr und mehr davon überzeugt, daß er der Mann war, den sie auf dem Markt gesehen hatte. Das waren die schwarzen Augen, die sie so intensiv beobachtet hatten. Weshalb hatte er sie nicht angesprochen? Danach hätte sie ihn gern gefragt, aber seine selbstsichere Art schüchterte sie zu sehr ein. Er würde sicher leugnen, sie je zuvor gesehen zu haben, und sie würde sich nur lächerlich machen. Er war sehr liebenswürdig und amüsant. Anna gab ihm höfliche Antworten, während ihre Gedanken bei Paul und der Frau, die ihre Hand so besitzergreifend auf seinen Arm gelegt hatten, weilten.

Paul und Natalie standen sich lange schweigend gegenüber, bis Paul fragte: »Was willst du von mir? Möchtest du vielleicht tanzen?«

»Nein. Wie kannst du es wagen, so mit mir umzuspringen?« Die Augen, die ihm einst so sanft und liebevoll erschienen waren, funkelten ihn haßerfüllt an. »Weshalb behandelst du mich so schlecht? Du läßt mich wegen dieser dummen Göre sitzen, die schon Gregorijs Leben zerstört hat und jetzt hierherkommt, sich Prinzessin Gadiani nennt und Daniel alles nimmt, was von Rechts wegen ihm gehören sollte. Was ist in den vielen Nächten, die ihr zusammen in den Bergen verbracht hat, geschehen?«

Ihre Stimme war immer schriller geworden, bis Paul ihr Handgelenk umfaßte. »Natalie, um Himmels willen! Mach doch hier keine Szene, oder willst du, daß alle dich hören?«

»Warum nicht? Sie werden es ohnehin bald erfahren.«

»Was werden sie erfahren?«

»Daß du mich betrogen hast.«

»Oh, ich denke eher, du hast mich betrogen.«

Für einen Moment starrten sie sich schweigend an, dann zog Paul sie zu einer der Nischen, die mit einem Vorhang vom Saal abgetrennt waren, damit sich die Gäste zwischen den Tänzen ungestört ausruhen konnten.

»Du tust mir weh«, sagte sie vorwurfsvoll und rieb sich das Handgelenk. »Bist du zu ihr auch so grob?«

»Natalie, hör auf, mit mir zu spielen.«

»Ich habe keine Ahnung, wovon du sprichst.«

»Oh, ich denke, das weißt du ganz genau.«

»Ich weiß nur, daß du vor sechs Monaten ohne ein Wort zu irgendeiner närrischen Mission aufgebrochen bist, freiwillig, obwohl dazu überhaupt keine Notwendigkeit bestand. Du brauchst das gar nicht abzustreiten, Daniel hat mir davon erzählt. Und jetzt bist du zurück und tust so, als wäre ich Luft für dich.«

»Ist es wirklich nötig, daß ich dir erkläre, warum das so ist?« Er ging zum Fenster, zog die schweren Vorhänge zur Seite. Hinter den Dächern der Stadt sah er die mondbeschienenen Berge. Er öffnete das Fenster und sog dankbar die klare Nachtluft ein.

»Ich bin weggegangen, weil ich imstande gewesen wäre, dich umzubringen.« Sie schnappte hörbar nach Luft. Er drehte sich zu ihr um. »Warum hast du mich belogen, Natalie? Du hast mich immer und immer wieder hintergangen. Gregorij war dein Geliebter, nicht wahr? Du hast dich mit ihm amüsiert, als ich ins Feld gezogen war, und du hast nicht einmal damit aufgehört, als ich zurückkam. Du bist direkt aus seinem Bett zu mir gekommen – während du seine Küsse noch auf deinen Lippen geschmeckt hast... Ich wollte es lange nicht glauben und habe alle Hinweise ignoriert, bis ich merkte, daß alle über den vertrauensseligen Narren lachten, der alles für eine Hure aufs Spiel setzt: seine Karriere, seine Stellung in der Gesellschaft und seine Freundschaften...«

»Das ist eine Lüge«, wehrte sie sich leidenschaftlich, »eine verdammte Lüge.« Sie schlug wütend auf ihn ein, und der Ring an ihrem Finger ritzte die Haut an seiner Wange und hinterließ eine blutende Wunde. Er packte sie an den Schultern.

»Ich wünschte bei Gott, es wäre so, aber es ist die Wahrheit. Gestehe es ein, verdammt, oder muß ich es aus dir herausschütteln?«

Seine Finger bohrten sich in ihre Schultern, bis sie schrie: »Ja, ja, ja... Gregorij war mein Geliebter.«

Er hielt sie immer noch fest, und sie starrte ihn voller Haß an. Was sie sah, jagte ihr eine Höllenangst ein, und ihre Augen weiteten sich, als sie flüsterte: »Hast du deshalb...?«

»Gott möge mir vergeben.«

»O nein!« Sie sank auf das Sofa, und Tränen rannen haltlos über ihre Wangen. »O Gott, was wird jetzt aus mir?«

Früher hatten ihre Tränen sein Herz zum Schmelzen gebracht, aber jetzt ließen sie ihn kalt. Die Frau, die er so sehr verehrt hatte, hatte nie wirklich existiert. Er hatte sich in seiner Einsamkeit und seinem Hunger nach Liebe eine Frau erschaffen, die seinem Ideal entsprochen hatte, und sie auf ein Podest gestellt.

»Du brauchst nicht mehr zu heucheln, Natalie«, sagte er matt. »Du hast dir nie etwas aus mir gemacht. Du brauchtest mich nur, um deinen Stolz zu befriedigen. Du und dein Bruder, ihr seid ehrgeizig, aber mittellos. Ein Kuragin in der Familie wäre die Krönung eurer Pläne gewesen.« Er lachte schroff. »Ich habe nie viel auf meinen Namen oder mein Vermögen gegeben, aber dir war es das Wichtigste. Ich hätte dich kaufen können wie eins dieser armen Geschöpfe auf dem Basar, die sich selbst für ein paar russische Rubel anbieten.«

»Wie die Frau, die du in deinem Haus aufgenommen hast, mit ihrem Kind – mit deinem Kind.«

»Laß Bela aus dem Spiel«, warnte er sie düster. »Sie war nie meine Geliebte.«

»Ich glaube dir nicht.« Sie streckte die Hand nach ihm aus und fuhr mit sanfter, beschwörender Stimme fort: »Es ist alles wahr, Paul, aber ich habe dich geliebt, das schwöre ich. Du warst nur so weit weg, und Gregorij war hier... Wie kann ich dir das nur begreiflich machen? Wenn Vater nicht gestorben und Gregorijs Großmutter nicht gewesen wäre – sie hat mich immer gehaßt –, hätten wir geheiratet. Aber die Russen kamen und nahmen ihn mit. Ich wurde gegen meinen Willen zu diesem alten Mann gebracht... Ich war so unglücklich, bis du kamst.«

Er sah sie lange an. »Du hättest bestimmt großen Erfolg als Schauspielerin, die Männerwelt würde dir zu Füßen liegen. Vielleicht hast du sogar recht, aber es ist zu spät, es ist vorbei. Ich habe dich geliebt, und ich hätte alles aufgegeben, wenn du mit General Krylow über eine Scheidung gesprochen hättest. Ich wollte dich zu meiner

Frau machen, aber du konntest nicht warten. Du wolltest Gregorij und all die anderen Männer... Wie könnte ich dir jemals wieder vertrauen?«

»Jetzt ist alles anders, Paul. Der General ist tot, und ich bin frei, du mußt nichts mehr aufgeben.« Sie stand mit einer einzigen geschmeidigen Bewegung auf, schlang die Arme um seinen Hals und preßte sich an ihn. »Hast du alles vergessen, Liebling? Es könnte wieder so wie früher sein.«

Das schöne Gesicht war nur ein paar Zentimeter von seinem entfernt. Er roch ihr Parfum und fühlte den alten Zauber. Für einen Moment schwankte er, dann nahm er ihre Hände und schob sie entschlossen von sich weg.

»Es ist zu spät, Natalie, wir können nicht mehr zurück. Du wirst einen anderen reichen Narren finden, den du quälen und hintergehen kannst.«

»Es ist wegen des Mädchens, habe ich recht? Sie hat dich so verändert. Hast du ihr alles über Gregorij erzählt, damit sie dir weinend in die Arme sinkt?«

»Nein, das alles hat nichts mit Anna zu tun. Sie hat genügend Kummer, auch ohne daß sie von der Untreue ihres Mannes erfährt. Sie weiß nichts.«

»Ich akzeptiere deinen Entschluß nicht, Paul. Du schuldest mir etwas, und du wirst bezahlen, dafür wird Daniel schon sorgen, das schwöre ich.«

»Tu, was du willst. In ein paar Wochen gehe ich ohnehin von hier weg.«

»Wohin und für wie lange?«

»Für ein paar Monate, ein Jahr – vielleicht für immer.« Er zuckte mit den Achseln. »Das geht dich nichts mehr an.«

»Hast du denn gar kein Mitleid mit mir?«

»Oh, natürlich, aber Mitleid ist keine Liebe.«

»Verschwinde!« zischte sie, »laß mich allein und geh.«

»Gut.« Er fühlte sich von seinen widerstreitenden Gefühlen wie zerrissen. Er kannte jetzt Natalies wahres Gesicht, aber er konnte die Liebe, die sie einmal geteilt hatten, nicht vergessen, obwohl er wußte, daß alles nur eine Täuschung gewesen war. Er drehte sich um und verließ den Raum.

Natalie starrte ihm fassungslos nach. Im nächsten Moment griff sie nach einer kostbaren Vase, die auf dem Tisch stand, und schleuderte sie mit aller Wucht durch das Zimmer. Sie prallte gegen die Wand und zerbarst in tausend Scherben.

Natalies Zorn legte sich. Sie wandte sich dem Spiegel zu, um sich die Tränen mit einem Taschentuch abzutupfen. Plötzlich stand ihr Bruder neben ihr und betrachtete ihr Spiegelbild.

»Meine Liebe, wie ist es gelaufen? Bist du behutsam vorgegangen? Paul Kuragin ist kein Fisch, der leicht zu ködern ist.«

»Ich weiß, was ich tue, Daniel.«

»Das hoffe ich.« Seine Hand auf ihrer Schulter griff fester zu. »Du hast ihn schon einmal verloren. Er läßt sich kein zweites Mal hinters Licht führen.«

Sie hatte Angst vor ihrem Bruder, aber das wollte sie auf keinen Fall zeigen. »Überlaß das nur mir. Was hast du mit dem Mädchen vor?«

Er ließ sie los und strich über ein Oberlippenbärtchen. »Ich bin noch unentschlossen. Es hängt davon ab, was geschieht, wenn sie bei der alten Frau in Kumari ist. Vielleicht heirate ich die Kleine.«

»Das ist nicht dein Ernst.«

»O doch. Die Sache hat nur einen Haken: Ist sie wirklich verwitwet?« Natalie starrte ihn immer noch ungläubig an, und er fügte grinsend hinzu: »Du solltest besser mit mir in den Ballsaal zurückgehen. Die Leute werden sich schon fragen, was du so lange mit Paul in diesem Séparée treibst. »Komm!« Er hängte sich bei ihr ein und führte sie in den Saal.

Es war drei Uhr morgens, als Anna und Maria in Pauls Haus zurückkehrten. Iwan öffnete ihnen die Tür und reichte ihnen Kerzen, damit sie in ihre Zimmer fanden. Sie gingen langsam die Treppe hinauf, und Maria gab Anna einen Gutenachtkuß.

»Schlaf gut, mein Täubchen. Es war ein faszinierender Abend, nicht wahr?«

»Ja, faszinierend.«

»Gute Nacht.«

Maria verschwand in ihrem Zimmer. Anna stand allein im Korridor. Ihr Kopf schwirrte von den aufregenden Eindrücken und den vielen Tänzen, und sie bezweifelte, ob sie in dieser Nacht ein Auge zutun konnte. Sie wollte gerade nach dem Türknauf fassen, als sie entdeckte, daß die Tür auf der anderen Seite des Flurs einen Spalt offenstand, durch den Licht drang. Sie wußte nicht, wer in diesem Raum schlief, aber es war schon spät, und aus irgendeinem Grund erschreckte sie der Kerzenschein. Sie schlich zur Tür und spähte in den Raum. Die Kerzen in dem dreiarmigen Leuchter, der auf dem Nachttisch neben dem Bett stand, flackerten gefährlich. In diesem Moment fiel eine um und schlug mit einem leisen Geräusch auf dem Teppich auf.

Wer auch immer sich in diesem Zimmer befand, er mußte eingeschlafen sein und vergessen haben, die Kerzen zu löschen. Anna roch den Rauch. In Kürze konnte das ganze Haus in Flammen stehen. Sie zögerte keinen Augenblick, stieß die Tür auf und stürmte in den Raum. Sie hob die glimmende Kerze auf, trat die Glut aus, und bevor sie die anderen Kerzen ausblies, sah sie, daß Paul in

Hemd und Hose quer über dem Bett lag. Sein Haar war zerzaust und sein Gesicht gerötet... Sie hatte Gregorij oft genug in betrunkenem Zustand gesehen, um zu wissen, was los war. Das war verblüffend – Paul hatte nie den Eindruck eines zügellosen Mannes gemacht... Aber die Sache ging sie nichts an.

Leise ging sie zur Tür zurück. Im nächsten Moment stieß ihr Fuß gegen einen Gegenstand, und sie bückte sich, um ihn aufzuheben. Es war eine Miniatur in einem goldenen Rahmen. Er war zerbrochen und zersplittert, als hätte ihn jemand mit dem Absatz zermalmt. Das Licht ihrer Kerze fiel darauf.

Sie glaubte, Natalie zu sehen – dieselben feinen Gesichtszüge, das schwarze Haar, die glutvollen Augen. Dann fiel Anna auf, daß das Kleid der Mode von vor zwanzig oder dreißig Jahren entsprach. Sie drehte sich um und stieß dabei gegen ein Buch, das auf der Tischkante gelegen hatte und polternd zu Boden fiel.

Paul grunzte und hob den Kopf.

»Was ist los?« krächzte er. »Anfisa, bist du das?«

»Nein, es ist nicht Anfisa.«

»Wer dann, zum Teufel?«

»Anna.«

»Anna!« Er setzte sich auf. »Was, um Himmels willen, tun Sie hier?«

Sie wurde sich bewußt, daß sie noch immer die Miniatur in der Hand hielt, und murmelte verlegen: »Wir sind gerade erst nach Hause gekommen. Ich wollte gleich zu Bett gehen, aber dann bemerkte ich die flackernden Kerzen und den Rauch. Ich... ich dachte, es wäre besser, sie zu löschen.«

»Zum Teufel, das muß ich vergessen haben. Verdammt fahrlässig.«

Er sah sie neugierig an, und sie ging einen Schritt auf ihn zu, dann hielt sie ihm die Miniatur entgegen.

»Das habe ich auf dem Boden gefunden. Ich fürchte, es ist kaputt.«

Er schwang seine Beine über die Bettkante und stand auf. Als er die Miniatur in die Hand nahm und sie anstarrte, schwankte er ein wenig.

»Das ist meine Mutter. Sie starb, als ich sechs Jahre alt war. Man sagte mir, sie sei vom Pferd gestürzt. Sie liebte es über alles, zu reiten.«

«Wie schrecklich... Es tut mir leid.«

Eigentlich hätte sie sofort gehen müssen, aber sie rührte sich nicht von der Stelle, als er so leise, als führte er ein Selbstgespräch, weiterredete: »Sie war so schön, ich betete sie an. Lächerlich, nicht wahr? Ich habe sie wie die Heiligen auf den Ikonen, die in meinem Kinderzimmer hingen, verehrt – bis ich die Wahrheit herausfand. Sie hat Selbstmord begangen, weil sie ein Kind vom Diener meines Vaters unter dem Herzen trug. Der Diener war der uneheliche Bruder meines Vaters und hatte sogar versucht, ihn umzubringen. Sie hatte viele Liebhaber, viele Männer sind in ihr Bett gekrochen, sogar mein Onkel, den ich immer geliebt und respektiert habe. Manchmal frage ich mich, ob ich überhaupt der Sohn des Mannes bin, den ich Vater genannt habe«, fügte er düster hinzu. »Es ist verdammt unerfreulich, mit dem Gedanken, möglicherweise der Bastard eines dreckigen Landstreichers zu sein, leben zu müssen.«

Anna war schockiert und verstört. Sie wußte, daß er, wenn er nüchtern gewesen wäre, dieses Geständnis niemals über die Lippen gebracht hätte, eher wäre er gestorben. Er warf die Miniatur auf den Tisch und schien zum erstenmal zu registrieren, daß Anna neben ihm stand.

»Ich rede zuviel, wie ein verdammter Narr. Sie sollten besser zu Bett gehen.«

Blut sickerte aus einem langen Schnitt auf seiner Wange, und er machte einen so aufgewühlten Eindruck, daß sie zögerte.

»Sind Sie sicher, daß es Ihnen gutgeht?« fragte sie scheu.

»Ich bin betrunken«, brummte er, »das ist alles. Was ist los, möchten Sie nicht allein in Ihr Bett?«

Er faßte nach ihr und zog sie so heftig an sich, daß ihr die Kerze aus der Hand fiel und verlosch. Finsternis umhüllte sie, als er seinen Mund auf ihre Lippen preßte und sie hart und fordernd küßte. Für einen Moment, als sie seine Kraft und Männlichkeit, nach der sie sich so sehr gesehnt hatte, seit Gregorij sie im Stich gelassen hatte, spürte, verlor sie die Fassung. Aber dann wehrte sie sich und versuchte, sich aus seiner Umarmung zu befreien.

Er ließ sie so unvermittelt los, daß sie taumelte und beinahe gestürzt wäre.

»Gehen Sie schlafen, Anna, gehen Sie rasch, um Gottes willen«, befahl er barsch.

Sie rannte aus dem Raum und über den Korridor, dann riß sie die Tür zu ihrem Schlafzimmer auf, warf sie hinter sich ins Schloß und lehnte sich schweratmend dagegen. Trotz des Schocks empfand sie ein bittersüßes Gefühl, und sie begriff mit einemmal, daß sie sich wünschte, von ihm geliebt zu werden. Als er ihr so nah gewesen war, hatte sie ihn begehrt.

Allmächlich gewann sie ihre Fassung zurück, und ihr wurde bewußt, daß sie keine Kerze mehr hatte. Sie hatte sie in seinem Zimmer verloren und wagte nicht, nach einer anderen zu suchen. Sie ging zum Fenster und zog die Vorhänge zurück, so daß das fahle Mondlicht ins Zimmer fluten und sie ihre Umgebung erkennen konnte. Während sie in Gedanken versunken die nächtliche Szenerie betrachtete, verließ Paul das Haus und ging über den Hof. Er geht zu Bela, dachte Anna und verspürte einen schmerzlichen Stich, er sehnt sich nach seiner Geliebten. Aber er schlug eine andere Richtung ein und strebte den Stallungen zu. Anna schalt sich selbst eine Närrin, aber ihr Herz machte einen Freudensprung.

7

Anna erwachte am nächsten Morgen um elf Uhr, als Darinka anklopfte und Kaffee und einen Arm voll weißer Rosen ins Zimmer brachte. Er muß den ganzen Vorrat des Blumenhändlers auf dem Markt aufgekauft haben, dachte Anna lächelnd und las die Karte, die an dem Strauß steckte.

Ich bin Ihnen sehr zu Dank verpflichtet, weil Sie mich vor einer Feuersbrunst bewahrt haben.

Darinka betrachtete die Blumen voller Bewunderung. »Soll ich sie in eine Vase stecken, Madame?«

»Das mache ich selbst, wenn ich aufgestanden bin.«

Anna nippte an dem heißen Kaffee und dachte an die letzte Nacht. Sie fragte sich, ob Paul sich noch daran erinnern konnte, was er ihr über seine Mutter erzählt hatte, und ob er noch wußte, daß er ihr Einblicke in sein eigenes Leben gewährt und die Bitterkeit und die Enttäuschung eines Jungen geschildert hatte, der seine Mutter wie eine Heilige verehrt hatte. Gleichzeitig bemühte sie sich, nicht an ihre Reaktion auf seine kurze Umarmung zu denken.

Gleich nachdem sie sich angezogen hatte, ging Anna in Marias Zimmer, aber ihre Kusine schlief noch tief und fest. Eigentlich hatte Anna vorgehabt, ihr von ihren nächtlichen Erlebnissen zu erzählen, aber jetzt besann sie sich anders. Es war besser, all dem nicht zuviel Bedeutung beizumessen und den Vorfall schnell zu vergessen.

Sie stellte die Rosen in eine tiefblaue persische Vase, die Darinka ihr gebracht hatte, aber eine davon steckte sie am Ausschnitt ihres Kleides fest. Bald mußte sie dieses Haus verlassen und nach Kumari fahren. Daniel Gadiani hatte ihr am gestrigen Abend von Gregorijs Heimat erzählt.

»Kumari liegt eine ganze Tagesreise entfernt, und man muß ein ziemlich wildes Gebiet durchqueren«, hatte er gesagt. »Ich muß selbst bald dorthin. Vielleicht machen Sie mir die Freude, Sie begleiten zu dürfen.«

Es war nur vernünftig, dieses Angebot anzunehmen und ihm zu danken, obwohl sie viel lieber mit Maria allein geblieben wäre.

»Ich fürchte, jetzt, nach Gregorijs Tod, sind unsere Familienangelegenheiten ziemlich verworren«, hatte er mit einem reizenden Lächeln, das sein Mitgefühl ausdrücken sollte, hinzugefügt. »Besonders seit wir die Bestätigung haben, daß er wirklich ums Leben gekommen ist. Wir müssen uns über die Zukunft unterhalten, und wo könnten wir das besser tun als in Kumari im Beisein meiner Großtante?« Er seufzte. »Die alte Dame wird mich nicht unbedingt willkommen heißen.«

Vor der Begegnung mit Gregorijs Großmutter hatte sich Anna schon lange gefürchtet, aber jetzt konnte sie ihr nicht mehr aus dem Wege gehen und mußte ihr gegenübertreten. Anna öffnete ihre Schreibmappe und zog Gregorijs letzten Brief heraus, den sie seit ihrer Abreise von zu Hause nicht mehr gelesen hatte. Er war sehr kurz, und es schien, als sei er in aller Eile verfaßt worden.

Meine liebe Anna,

ich weiß sehr gut, daß ich Dir viel zugemutet habe und Du mir einiges zu vergeben hast. Die Zukunft ist ungewiß, und ich habe möglicherweise keine Gelegenheit mehr, Dir zu sagen, daß ich von tiefstem Herzen bereue, was wir uns angetan haben. Um eine Gefälligkeit möchte ich dich dennoch dringend bitten: Wenn Du diesen Brief erhältst, komme bitte in den Kaukasus und fahre nach Kumari. Ich weiß, daß das sehr viel verlangt ist, aber es ist von größter Bedeutung (die letzten beiden Worte waren so heftig unterstrichen, daß das Papier zerrissen war)!. *Falls ich aus irgendeinem Grund nicht zur Stelle sein sollte, wird Dir meine Großmutter alles erklären. Ich weiß, daß ich kein Recht habe, Dich um etwas zu bitten, aber ich tue es dennoch, weil ich hoffe, mich nicht in Dir zu täuschen. Ich flehe Dich um unsrer einstigen Liebe willen an: Bitte komm!*

Mit klopfendem Herzen betrachtete sie die verwegene Unterschrift. Sie hatte bittere Tränen vergossen, als sie die Nachricht erhalten hatte, und sich oft gefragt, ob er in einer leichtsinnigen Art beschlossen hatte, sich der Armee anzuschließen. Zwei Wochen nachdem der Brief angekommen war, hatte sie erfahren, daß Gregorij verschwunden war. Sie las die Zeilen noch einmal – jetzt wußte sie so viel mehr über den Kaukasus und die Spannungen zwischen den einzelnen Volksstämmen, die in diesem Land lebten, und plötzlich begriff sie, warum er sich so vage ausgedrückt hatte. Wahrscheinlich hatte er befürchtet, daß der Brief irgendwo abgefangen werden und sie dadurch in Gefahr geraten könnte.

Sie fröstelte ein wenig – vielleicht trieb ihre Phantasie zu wilde Blüten, und sie las mehr zwischen den Zeilen, als Gregorij beabsichtigt hatte. Viele Leute hatten mit ihr über ihn gesprochen, manche in bedauerndem Tonfall, andere ausweichend, aber immer hatte sie das Gefühl, daß man ihr etwas verschwieg. Sie hatte Daniel Gadiani offen darauf angesprochen, aber der hatte ihre Frage schulterzuckend abgetan.

»Ich wünschte, ich könnte Ihnen helfen, Anna, doch ich habe mich nicht in Tiflis aufgehalten, als es geschah. Ich weiß auch nur das, was man mir nach meiner Rückkehr erzählt hat.«

Sie faltete den Brief zusammen und steckte ihn sorgsam in ihre Mappe. Die Sonne flutete durch die Fenster, und Anna, die sich von der rastlosen Nacht noch nicht erholt hatte, bekam Lust, sich ein wenig in den Innenhof zu setzen, bis Maria aufstand und sie zusammen das Mittagessen einnehmen konnten.

Der kleine Junge spielte im Hof. Er rollte einen Ball über die Steinplatten und versuchte, den Hund dazu zu überreden, hinterherzulaufen. Anna setzte sich unter die Linde und beobachtete amüsiert die Grimassen des Jungen. Der Barsoi hatte es sich gemütlich gemacht und den Kopf auf die Pfoten gelegt; er dachte überhaupt nicht daran, in dieser Hitze dem Ball nachzujagen, und reagierte nicht einmal, als der Junge an seinem Halsband zerrte und mit den Füßen aufstampfte. Zu guter Letzt wurde Mitja wütend und warf den Ball, so weit er konnte, weg. Der Ball rollte vor Annas Füße, und sie warf ihn zurück.

»Mitja«, rief sie, »mach dir nichts draus, daß der Hund zu faul ist. Komm her und spiel mit mir.«

Das Kind sah sie scheu an, kicherte plötzlich und ließ den Ball auf sie zurollen. Aber dieses Spiel langweilte den Jungen schnell, und er rannte weg, um einen Moment später mit einem kleinen Holzkarren, der vollbepackt mit Spielzeug war, zurückzukehren. Er stellte ein Kästchen mit den verschiedensten Holztieren auf Annas Schoß und plapperte munter in einer Mischung aus Russisch und einer anderen Sprache, die Anna nicht verstand.

Anna stellte die Tiere paarweise auf der Bank neben sich auf, und das Kind hüpfte lachend auf und ab und klatschte fröhlich in die Hände.

»Mitja, komm sofort zu mir!« Bela stand in der Tür, und der Junge sah sie, verstört über den scharfen Ton in ihrer Stimme, an. Er schüttelte den Kopf und versteckte sich hinter Annas Rücken, als Bela ungeduldig auf ihn zukam und seine Hand ergriff. »Du mußt folgen, wenn ich nach dir rufe, und du darfst die Dame nicht belästigen.«

»Aber er hat mich nicht belästigt«, versicherte Anna schnell. »Ich habe ihn selbst aufgefordert, mit mir zu spielen.«

»Es ist Zeit zum Essen, und dann muß er seinen Mittagsschlaf machen. Es ist am Nachmittag für ihn hier draußen zu heiß.» Bela ging in Richtung Haus und zerrte den widerspenstigen Jungen mit sich.

»Bela, warte einen Moment. Ich möchte dir dafür danken, daß du mein Kleid so wunderbar hergerichtet hast. Es sah aus wie neu.«

»Ich freue mich, daß Sie mit meiner Arbeit zufrieden sind. Komm jetzt, Mitja.«

»Warum bleibst du nicht ein paar Minuten? Ich würde mich gern mit dir unterhalten.«

»Warum?« Das Mädchen blieb stehen und sah sie ärgerlich an. »Wenn Sie mich fragen wollen, ob ich das Bett mit dem Grafen teile, dann lautet die Antwort: nein.«

Bestürzt erwiderte Anna: »Aber ich hatte doch nicht vor, dich solche Dinge zu fragen.«

»Ich glaube, daß Sie genau das vorhatten«, versetzte das Mädchen stolz. »Alle Damen, die hierherkommen, möchten das wissen, auch wenn sie nicht direkt danach fragen.« Die schwarzen Augen funkelten. »Sie können nicht glauben, daß ein Mann zu einem weiblichen Wesen freundlich sein kann, ohne eine Gegenleistung zu verlangen.«

»Ich glaube das ohne weiteres«, sagte Anna leise. »Möchtest du mir nicht davon erzählen?«

Bela zögerte. »Ich weiß nicht... Warum sollte ich?«

»Oh, bitte. Graf Kuragin war auch zu mir freundlich, sehr freundlich, und ich würde gern mehr über ihn erfahren. Du hast mir erzählt, daß dein Ehemann im Krieg umgekommen ist.«

»Er war nicht mein Ehemann, er war mein Freund.« Sie kam einen Schritt näher und schob Mitja von sich. Der Junge lief weg und trat nach dem Ball. »Für eine Tatarin ist es nicht so einfach, einen Russen zu heiraten, müssen Sie wissen«, fuhr Bela widerstrebend fort. »Mein Vater haßt die Russen und möchte sie alle tot sehen.«

»Hat er die Heirat verboten?«

»Er hätte mich umgebracht...« Er hat mich oft geschlagen, aber Sergej hat mich geliebt, und ich habe ihn geliebt, bevor er weggegangen ist.«

»Und dann ist er ums Leben gekommen?«

Bela nickte. »In den Bergen. Mein Vater war wütend, als er erfahren hat, daß ich ein Baby erwarte. Ich habe Schande über meine Familie gebracht. Er hat mich angebrüllt und eine Hure genannt und schlimme Dinge zu mir gesagt, genau wie mein Bruder. Er hat mich aus dem Haus geworfen und mir verboten, je wieder zurückzukommen.«

Anna beugte sich ein wenig vor. »Was hast du dann gemacht?«

»Ich kam nach Tiflis und fand Arbeit im Basar.« Sie erschauderte. »Es war schrecklich. Sie ahnen ja nicht, was das für eine Frau bedeutet. Die Männer..., sie lassen einen nie in Ruhe. Ich dachte, ich müßte sterben.«

»Und was geschah dann?«

»Als Graf Kuragin zurückkam, ging er zu meinem Vater. Sie haben ihn angeschrien und beschimpft, aber er hat herausgefunden, wohin ich gegangen war. Er hat auf dem Basar gesucht, bis er mich gefunden hat. Dann hat er mich hierhergebracht, aber er hat nichts von mir dafür verlangt, gar nichts – nicht wie andere Männer.«

Anna schämte sich wegen ihres Argwohns. »Das war sehr großzügig von ihm.«

»Großzügiger, als Sie ahnen«, sagte Bela leise. »Ich bin eine Tatarin, und alle glauben, ich sei eine Spionin. Sogar der Vizekönig versucht den Grafen zu überreden, mich wegzuschicken, aber er weigert sich... Die schwarzhaarige Frau, die im letzten Jahr so oft hier war, hat mich vor ihm beschuldigt, aber er hat nur gelacht. Diese Frau hatte es auf ihn abgesehen, aber ich glaube, sie hat ihn sehr unglücklich gemacht.«

Spricht sie von Natalie? überlegte Anna.

Bela sah sich rasch um und kam noch einen Schritt näher. »Graf Kuragin war sehr gut zu mir«, flüsterte sie, »aber manchmal habe ich Angst um ihn.«

»Angst? Weshalb?«

»Mein Bruder ist sehr wütend, weil er mich in seinem Haus aufgenommen hat.«

»Wütend? Er sollte dankbar sein.«

»Er glaubt, daß der Graf...«

»... daß er dein Liebhaber ist?«

»Ja. Ich habe ihm geschworen, daß das nicht stimmt, aber er ist überzeugt, daß ich lüge. Eines Tages, sagt er, wird der Graf dafür bezahlen.«

»Hast du mit Graf Kuragin darüber gesprochen?«

»Ja, aber er beachtet die Drohnung gar nicht. Er sagt, das ist nur dummes Gerede. Es ist schon Monate her, seit Kamil hier war, aber ich habe immer noch Angst.«

»Ich bin sicher, daß dazu kein Grund besteht. Graf Kuragin kann sehr gut auf sich selbst aufpassen.« Anna griff nach Belas Hand. »Danke, daß du mir von dir erzählt hast. Vielleicht findest du eines Tages einen Mann, den du heiraten möchtest.«

»Ich will keinen, ich bin glücklich mit Mitja. Jetzt muß ich ihn aber ins Haus bringen, und auf Sie wartet bestimmt schon das Mittagessen.«

»Ja, das glaube ich auch.«

Anna sah Bela und dem Kind nach. Der Junge winkte ihr zu, und sie winkte zurück. Bela war also nicht Pauls Mätresse, aber was war mit Natalie? Sie war mit Prinz Krylow verheiratet gewesen – in diesem Land sind alle Prinzen, dachte Anna aufgebracht. Krylow war doppelt so alt wie Natalie und bis zu seinem Tod General der Grenadiere gewesen. Hatte Paul eine Affäre mit Natalie? Gestern abend hatte er sie mit verächtlichen Blicken bedacht, aber seine Stimme war honigsüß gewesen. Anna schüttelte den Kopf, sie durfte solche Gedanken nicht zulassen; es ging sie ja auch nichts an.

In den darauffolgenden Tagen hatte sie wenig Zeit zu grübeln. Die Gunst, die der Vizekönig ihr auf dem Ball erwiesen hatte, hatte eine ungeheuerliche Wirkung, und die Einladung zu einer Soire bei Prinzessin Elisabeth hatte Anna und Maria endgültig für die Tifliser Gesellschaft akzeptabel gemacht. Sie wurden mit weiteren Einladungen überschüttet, aber sie nahmen nur wenige an. Paul sahen sie nur sehr selten, und sie tauschten immer nur wenige höfliche Worte aus, wenn sie sich begegneten. Aber an diesem Morgen traf Anna ihn mit Mitja im Innenhof an.

Er sah auf den kleinen Jungen nieder und hielt beide Hände hinter dem Rücken. Das Kind bearbeitete ihn mit seinen winzigen Fäusten.

»Welche Hand willst du?« fragte Paul neckend.

Mitja überlegte und deutete auf eine Seite. Paul öffnete die leere Hand und lachte über das enttäuschte kleine Gesicht.

»Hier«, sagte er, »du brauchst nicht zu weinen.« Er reichte Mitja die rosafarbene Schachtel, die er in der anderen Hand gehalten hatte. »Lauf und gib deiner Mutter etwas davon ab.»

»Sie verwöhnen ihn«, sagte Anna. Er wirbelte herum und zog eine Miene wie ein Junge, den man bei einer Missetat ertappt hatte.

»Mitja liebt türkischen Honig.«

»Und ich bin nicht sicher, ob Sie das unterstützen sollten.«

»Warum nicht, wenn es ihn glücklich macht? Sehen Sie, ich selbst bin sehr streng erzogen worden.«

Sie lächelte. »Bela hat mir erzählt, wie gut Sie zu ihr gewesen sind.«

»Ich konnte wenig genug für sie tun. Sergej war ein guter Soldat und einer meiner Diener aus Arachino. Er wollte das Mädchen heiraten, aber der Prinz hatte jegliche ›Verbrüderung‹ mit dem Feind verboten. Ich mußte etwas unternehmen, um sie zu beschützen, nachdem Sergej umgekommen war.«

»Wissen Sie, was man über Sie spricht?«

Er warf ihr einen kurzen Blick zu. »Dann ist Ihnen der Klatsch also auch schon zu Ohren gekommen? Glauben Sie das alles?«

»Nein, das tue ich nicht.«

»Danke, daß Sie eine so gute Meinung von mir haben«, erwiderte er ironisch. »Die meisten meiner Bekannten sind nur allzu bereit, das Schlimmste von mir anzunehmen. Das ist sehr bedauerlich, aber, was zum Teufel, soll ich dagegen tun? Soll ich ihr eine eigene Wohnung einrichten? Das würde erst recht den bösen Zungen Auftrieb geben. Sie hier im Haus wohnen zu lassen erschien mir als die beste Lösung.«

»Bela sagt, daß ihr Bruder geschworen hat, Sie zur Rechenschaft zu ziehen.«

»O Gott, ja. Sie hat mir diese Geschichte auch erzählt

und angeboten, mein Haus zu verlassen, damit ich nicht in Gefahr gerate.«

»Ist die Drohung ernst gemeint?«

»Gütiger Himmel, nein. Kamil ist ein junger Hitzkopf und sucht immer Streit. Wenn ich mich von Ankündigungen wie dieser ins Bockshorn jagen lassen würde, dürfte ich nie mehr mein Haus verlassen. Belas Vater ist weitaus gefährlicher. Jetzt, da sie einen hübschen Sohn hat, möchte er sie wieder zurückhaben.«

»Aber warum hat er sie dann erst fortgejagt?«

»Das verstehen Sie nicht, Anna. Für einen Mann seiner Sorte sind Töchter eine Handelsware. Er würde sie an einen anderen Halunken verhökern, der sie verprügelt und als billige Arbeitskraft ansieht. Ich könnte niemals jemanden zu einem solchen Leben verdammen. Wenn ein anständiger Mann ihr den Hof macht, werde ich ihr eine Mitgift geben. Das bedeutet einem Mädchen in ihrer Lage sehr viel und hebt ihr Selbstwertgefühl.«

Er war so vermögend, daß Geld für ihn keine große Rolle spielte, das wußte Anna, trotzdem war dieser Gedanke ungewöhnlich großzügig.

»Aber jetzt haben wir genug über Bela gesprochen«, sagte er leichthin und nahm Annas Arm. »Haben Sie einen Moment Zeit? Ich würde Ihnen gern die beiden Pferde zeigen, die ich gekauft habe.«

Sie gingen zusammen durch den Bogengang zu den Stallungen und blieben vor einer Box stehen. Ein hübscher schmaler Kopf stubste Paul an und schnupperte an seiner Schulter.

»Oh, es ist ein wunderschönes Tier«, rief Anna, »beide sind schön!«

»Ich war sicher, daß sie Ihnen gefallen. Sie haben Araberblut in sich. Würden Sie gern mal auf einem von ihnen reiten?«

»Wenn Sie sie mir anvertrauen wollen.«

»Sie vergessen, daß ich Sie oft im Sattel beobachtet habe.« Er tastete in seiner Jackentasche nach Zucker und gab ihn den Pferden. »Wann wollen Sie nach Kumari aufbrechen?«

»Ich weiß es noch nicht genau, aber ich denke, daß das noch eine oder zwei Wochen dauern wird. Daniel Gadiani hat mir angeboten, sich gemeinsam mit mir auf den Weg zu machen.«

Paul runzelte die Stirn. »Sie überraschen mich. Ich dachte, daß er mit der alten Prinzessin nicht gerade gut auskommt.«

»Warum?«

Er zuckte mit den Achseln. »Eine alte Familienfehde vielleicht. Vertrauen Sie ihm nicht zu sehr, Anna.«

»Weshalb raten Sie mir das?«

»Dafür gibt es einen speziellen Grund, ich kenne die Gadianis nur ein bißchen besser als Sie.«

»Sie vergessen, daß Gregorij mein Mann war«, erwiderte sie steif.

Er sah ihr direkt in die Augen. »Das habe ich keineswegs vergessen. Haben Sie nichts von ihm gelernt?«

Sie wußte, was er meinte: der Charme, der sich mit einemmal in rasende Wut verwandeln konnte, die Versprechungen, die nie eingehalten wurden, die Eifersuchtsszenen...

Als sie keine Antwort gab, fuhr Paul fort: »Ich hoffe, daß ich bald ein paar Tage frei habe. Würden Sie dann mit mir ausreiten?« Sie zögerte, und er lächelte schief: »Ich denke, wir kennen uns gut genug, um einen Tag miteinander verbringen zu können, meinen Sie nicht?«

Die feine Ironie seiner Worte verfehlte ihre Wirkung nicht. »Ich würde sehr gern mitkommen.«

»Gut. Das ist ein Versprechen, und ich werde darauf bestehen, daß Sie es einhalten.«

Aber bevor sie das Versprechen einlösen konnte, geschah etwas, das Anna in Verwirrung stürzte. Verwundert hatte sie zur Kenntnis genommen, daß Paul nie bei einem der Konzerte oder Gesellschaften anwesend war, zu denen sie ständig eingeladen wurden, aber ein- oder zweimal erwähnte jemand seinen Namen, und einige der anwesenden Damen warfen ihr neugierige Blicke zu. Aber Anna hatte schon immer die Phantasie der Klatschtanten beflügelt, das war in St. Petersburg auch nicht anders gewesen. Sie hielt sich fern von allem und war sich deshalb nicht im klaren, was über sie geredet wurde – bis zu dem Morgen, an dem sie mit Maria im neuen botanischen Garten des Vizekönigs spazierenging. Die Blumenbeete, die ihren Weg säumten, waren prachtvoll und leuchteten in allen Farben, nur um in der Sommerhitze bald zu verbrennen. Mitja rannte ihnen voraus und zog seine Mutter mit sich, als sie Natalie in Nikkis Begleitung trafen. In ihrem cremefarbenen Kleid und mit dem Sonnenschirm aus feinster Spitze sah Natalie sehr hübsch aus, und es war kein Wunder, daß Nikki ihr bewundernde Blicke zuwarf.

Natalie begrüßte Anna überschwenglich. »Wir sind noch immer nicht dazu gekommen, uns ausführlich zu unterhalten, wie wir es ausgemacht hatten«, sagte sie zuckersüß. «Sie und Maria Petrowna müssen zu mir kommen und einen ganzen Tag bei mir verbringen.«

»Oh, vielen Dank, aber wir sind im Augenblick ziemlich beschäftigt.«

»Ja, natürlich. Jeder, der aus der Hauptstadt in unsere kleine Gesellschaft kommt, ist herzlich willkommen.« Der Blick aus ihren schwarzen Augen huschte von Anna zu den anderen. »Was haben Sie mit Paul gemacht?« fragte sie Anna. »Ich war davon überzeugt, daß er Sie überallhin begleitet.«

»Wir sehen ihn leider nur sehr selten«, sagte Maria ruhig. »Er hat sehr viel zu tun.«

»Wirklich? Wie seltsam. Im letzten Jahr, als er seinen Urlaub hier verbrachte, war er sehr gesellig. Ich denke, er hat etwas vor. Was meinen Sie, Nikki?« Sie lehnte sich an ihn und bedachte ihn mit einem vertraulichen Blick. »Finden Sie heraus, was es ist. Sie sind in der Garde des Prinzen, und es dürfte Ihnen nicht schwerfallen, mehr zu erfahren.«

»Ich fürchte, daß man mir solche Dinge nicht anvertrauen würde.«

»Das glaube ich nicht. Ich kenne euch Männer, ihr steckt alle unter einer Decke und verratet uns kein Wort über eure Pläne. Ich merke schon, daß Sie noch eine Menge lernen müssen, aber da sind Sie bei mir in den richtigen Händen. Jetzt seien Sie ein guter Junge und bringen Sie mich zu meiner Kutsche. Auf Wiedersehen, Anna, vergessen Sie unsere Abmachung nicht. Besuchen Sie mich bald.«

Sie hakte sich bei Nikki ein, Anna und Maria sahen ihnen nach.

»Der Junge spielt mit dem Feuer«, bemerkte Maria trocken.

»Oh, ich weiß nicht. Sie ist sehr attraktiv.«

»Und skrupellos. Jemand sollte ihn vor ihr warnen.«

»Er ist jung, aber kein Narr. Er weiß sicher, daß sie sich nur mit ihm amüsiert.«

Anna mochte Nikki, aber sie machte sich keine großen Gedanken um ihn, bis er einige Tage später bei ihr vorsprach. Sie ging in den Salon, um ihn zu begrüßen, und zuerst redete er nur über Alltägliches, so daß sich Anna schon fragte, weshalb er sich die Mühe gemacht hatte, zu ihr zu kommen. Aber plötzlich kam er auf den eigentlichen Grund seines Besuches zu sprechen.

»Anna, Sie sollten dieses Mädchen und den Jungen nicht mitnehmen, wenn Sie ausgehen. Das schickt sich nicht. Sie wissen doch, was man sich über sie erzählt.«

»Was erzählt man sich denn?«

Er wirkte ein wenig unsicher. »Ich werde diese Dinge nicht wiederholen.«

»O Nikki, um Himmels willen! Halten Sie mich für ein Kind? Wie auch immer, diese Gerüchte sind nichts als Lügen. Ich weiß alles über Bela, sie hat sich mir selbst anvertraut.«

»Und Sie glauben ihr?«

»Warum sollte ich das nicht tun? Sie sollten sich schämen, daß Sie mit diesem abscheulichen Klatsch zu mir kommen. Wenn das alles ist, was Sie mit mir zu besprechen haben, dann sollten Sie jetzt besser gehen.«

»Es ist nicht alles.« Er zögerte und wandte den Blick von ihr ab. »Anna, ich habe Sie gewarnt, bevor Sie in dieses Haus gezogen sind. Sie sollten nicht hierbleiben. Man tuschelt schon ... über Sie und Paul.«

»Was?« rief sie aufgebracht. »Ich glaube Ihnen kein Wort.«

»Es ist wahr. Natalie hat mir erzählt ...«

»Natalie? Was hat sie damit zu tun?«

»Sie macht sich Sorgen um Sie, Anna, und sie kennt hier Gott und die Welt ... Natürlich auch Paul. Sie kennt ihn länger als Sie, Anna. Sie müssen mich anhören.«

»Weshalb sollte ich mir diese widerwärtigen Gerüchte anhören?«

»Natalie meint es nur gut, Anna, und sie ist immerhin Gregorijs Kusine.«

»Und das gibt ihr das Recht, mich über mein Verhalten zu belehren?« Sie wurde immer wütender. »Wenn irgend jemand solche schändlichen Dinge über mich behauptet, dann soll er nur kommen und sie Paul ins Gesicht sagen, er hat bestimmt eine passende Antwort parat.«

»Sie sollten ihm nicht zuviel Vertrauen entgegenbringen, Anna.«

»Ich habe meine Gründe dafür, und ich möchte keine Lügen über ihn hören.«

»Anna, bitte ...«

»Nein.« Sie preßte die Hände auf ihre Ohren. »Ich habe genug. Gehen Sie jetzt!«

»Gut. Es tut mir leid, ich wollte Sie nicht kränken.«

»Himmel!« rief sie zornig. »Ich weiß, daß Sie das nicht wollten, aber das alles ist so ungerecht. Ich dachte, Sie und Paul wären Freunde.«

»Das stimmt. Aber ... ich fühle mich für Sie verantwortlich.«

»Das brauchen Sie nicht. Ich kann auf mich selbst achtgeben.«

»Sind Sie böse mit mir?«

»Nein, ich bin nicht böse, aber Sie sollten jetzt wirklich gehen.«

Er ergriff ihre Hand und küßte sie. »Na schön.«

Sie überließ ihm für einen Moment ihre Hand. »Nikki, Sie sind doch nicht in Natalie verliebt, oder?«

»Sind Sie eifersüchtig?« fragte er mit einem kleinen boshaften Grinsen.

»Natürlich nicht.«

»Also gut ... Ich bin nicht so töricht, mich in sie zu verlieben.«

»Darüber bin ich sehr froh.«

»Anna«, er hielt einen Moment inne, bevor er fortfuhr: »Es gibt noch etwas, was Sie wissen sollten.«

»Was?«

»Springen Sie mir aber bitte nicht gleich an die Kehle. Ich habe gehört, daß Natalie und Paul vor etwa einem Jahr das Hauptgesprächsthema in dieser Stadt waren.«

»Warum auch nicht?« entgegnete sie ruhig. »Natalie ist eine sehr schöne Frau.«

»Es macht Ihnen nichts aus?«

»Um Himmels willen, was sollte mir das ausmachen?«

»Nichts, nur... Oh, gut. Ich wollte es Ihnen nur sagen.« Er lächelte sie an, und impulsiv streckte sie ihm noch einmal ihre Hand entgegen.

»Lieber Nikki, es ist nett von Ihnen, daß Sie sich um mich ängstigen, aber mir geht es gut, wirklich.«

Sie meinte es ernst, aber als Nikki gegangen war, machte sie sich doch Gedanken über das Gespräch und fragte sich, ob an den Gerüchten etwas Wahres dran sein könnte und ob Paul Natalie deshalb in den letzten Wochen gemieden hatte. Anna war schockiert über ihre Boshaftigkeit und wütend, daß sie diesen schändlichen Klatsch über sie verbreitete. Sie war so empört, daß Nikkis gutgemeinte Hinweise genau das Gegenteil von dem bewirkten, was er angestrebt hatte. Als Paul an einem der nächsten Tage im Haus erschien, während sie und Maria frühstückten, und fragte, ob er ihr die Sehenswürdigkeiten von Tiflis zeigen dürfe, stimmte sie sofort zu. Sollten doch die Leute reden, was sie wollten. Sie war niemandem Rechenschaft schuldig und konnte tun, was ihr beliebte.

Die ganze Woche sah sie Paul täglich. Sie hatte es nicht geplant, aber irgendwie ergab eins das andere. Ein- oder zweimal begleitete Maria sie, aber sie ermüdete rasch in der Sommerhitze, und deshalb zogen sie oft allein los. Anna bat Paul, ihr den ältesten Teil der Stadt zu zeigen, in den sie sich niemals allein getraut hätte. Sie gingen durch schmale mit Kopfsteinen gepflasterte Straßen, die von baufälligen Häusern mit windschiefen Holztreppen und kleinen Balkonen gesäumt waren. Alle, selbst die ärmsten Familien, schmückten ihre Häuser mit Blumen und bunten Tüchern. In diesem Viertel wohnten Armenier, Juden und Türken.

Paul führte Anna auf die andere Seite der reißenden Kura in den alten persischen Stadtteil, kaufte einem Greis eine Kette mit in Silber gefaßten Türkisen ab und schenkte sie ihr.

Sie protestierte, daß sie kein so wertvolles Geschenk annehmen könne, aber er meinte nur: »Verderben Sie dem alten Mann den Spaß nicht, Anna. Er ist glücklich, und ich bin es auch. Wenn Sie die Kette nicht mögen, geben Sie sie Bela.«

Der alte Mann brummte etwas, als Paul die Kette um ihren Hals legte, und hob ehrfürchtig die Hände. Anna sah Paul fragend an, weil sie den Mann nicht verstanden hatte.

»Er sagt, daß Ihr Gesicht so strahlend ist wie der Mond und daß Sie mein Trost und mein Juwel, das Wasser, das mir Leben spendet, sein müssen.«

»Gütiger Himmel, warum sagt er all diese Dinge über mich?«

»Er zitiert aus *Der Recke im Tigerfell*. Das ist ein großes mittelalterliches Epos aus dem Kaukasus. Wahrscheinlich kann er nicht mal lesen, aber er kann ganze Passagen daraus auswendig aufsagen.« Er lächelte sie belustigt an. »Darf ich sagen, daß ich ihm in vielem zustimme?«

»O Paul, Sie machen sich über mich lustig.«

»Ganz und gar nicht, das versichere ich Ihnen.« Er nahm ihren Arm. »Und jetzt bin ich durstig. Sollen wir eine Erfrischung zu uns nehmen?«

Paul kaufte Melonenstücke auf dem Markt, und sie verzehrten das kühle saftige Fruchtfleisch. Sie lachten, als Paul ihr und dann sich selbst den Saft vom Kinn wischte.

Als sie zur Sionie-Kathedrale gingen, erzählte Paul ihr vom Sultan Jelal-eddin, der eine Brücke von seinem

Haus zur Kathedrale errichten ließ, nur um immer, wenn es ihm einfiel, persönlich den Gottesdienst der verhaßten Christen stören zu können. Die Kirche war kühl und düster.

Anna fröstelte ein wenig in ihrem dünnen Musselinkleid und lehnte sich an eine der mächtigen Steinsäulen. Sie sah Paul an und faßte Mut.

»Paul, beantworten Sie mir eine Frage?«

»Wenn ich kann. Was möchten Sie wissen?«

»Ich möchte etwas über Sie erfahren.«

Seine Augenbrauen zuckten in die Höhe, während er ihr einen Blick zuwarf. »Was gibt es über mich schon zu erfahren?«

»Sie sind nicht wie Nikki und die anderen Armeeoffiziere, nicht wahr?«

»Nein«, stimmte er nach einer Weile zu. »Vor einigen Jahren war ich wie sie und habe Befehle befolgt und getan, was man mir vorschrieb.« Er nahm ihren Arm, als sie langsam das Kirchenschiff durchquerten. »Dieser Krieg ist anders als alle anderen Kriege, Anna, das haben Sie sicherlich schon gemerkt. Wir kämpfen in bergigem Gelände und müssen uns immer wieder neue Strategien ausdenken. Überall gibt es Widerstandsnester, und wenn es Schamil gelingen sollte, die Volksstämme zu vereinen, ist er unschlagbar. Deshalb werden von Zeit zu Zeit Truppen ausgeschickt, die die Rebellen ausfindig machen sollen.«

»War das Ihre Aufgabe, bevor Sie nach Pjatigorsk kamen?«

»Nicht genau, aber die Informationen, die ich gesammelt und ans Hauptquartier weitergeleitet habe, haben es möglich gemacht, daß Woronzow den Zusammenschluß von ganz Kabardien verhindern konnte.«

»Und dieses Mal?«

»Darüber kann ich Ihnen nichts erzählen, jedenfalls

noch nicht. Je weniger Leute etwas darüber wissen, desto besser. Wenn ich Glück habe, kann ich unserer Sache einen großen Dienst erweisen, wenn nicht ...»

»Sie könnten getötet werden.«

»Ich hoffe nicht, so zu enden.«

»Warum, Paul, warum übernehmen Sie solche Aufgaben?«

Er zuckte mit den Schultern. »Ich weiß es nicht. Warum tut man überhaupt etwas? Ich liebe es, unabhängig und auf mich allein gestellt zu sein, dann kann ich meine eigenen Entscheidungen treffen, wenn es nötig wird. In St. Petersburg sind die Soldaten gezwungen, wie Sklaven des Zaren zu leben; hier in den Bergen sind die Männer frei wie Adler.«

Seine Stimme hatte einen ärgerlichen Unterton, der Anna an ihren Vater und seine Kämpfe gegen die Obrigkeit erinnerte.

Paul brachte ein schiefes Lächeln zustande. »Es ist nicht gerade ein bequemes Leben, aber es ist interessant. Warum, um alles in der Welt, müssen wir gerade jetzt über solche Dinge reden? Wir sollten uns amüsieren und den Tag genießen. Ich habe Hunger ... Würde mir Maria Petrowna den Kopf abreißen, wenn ich Sie in eins meiner Lieblingsrestaurants einladen würde?«

»Maria ist nicht meine Wächterin, und ich liebe es auch, unabhängig zu sein.«

»Die liberale Engländerin, wie? Das Restaurant ist absolut respektabel, aber Sie werden dort niemanden von der feinen Gesellschaft finden. Macht Ihnen das etwas aus?«

»Nicht ein bißchen.«

Paul führte sie in eine große verräucherte Höhle in der Altstadt, aber das Lokal war sauber und ordentlich. Der Wirt kannte Paul offensichtlich gut. Er verbeugte sich vor ihm, brachte sie an einen Tisch in einer Nische und breitete ein weißes Tischtuch aus.

»Hier gibt es die besten Schaschliks, die man im ganzen Land finden kann«, flüsterte Paul, und er hatte recht. Die Lammstücke, die auf Holzkohlefeuer gebraten wurden, schmeckten ebenso köstlich wie das frsiche, noch warme Vollkornbrot. Außerdem gab es gefüllte Auberginen mit Tomaten und Gurke, geröstetes Kitz und kühlen Wein aus schlanken Karaffen. Der Kellner hatte eine tiefrote wunderschöne Rose neben Annas Teller gelegt, bevor er die Speisen auftrug.

»Das ist Achmeds Art, seine Bewunderung für meine Begleiterin auszudrücken«, erklärte Paul.

Anna stieg die Röte ins Gesicht, als sie die Rose an ihrem Kleid befestigte. »Wie viele andere Frauen haben Sie schon hierhergebracht?«

»Ob Sie's glauben oder nicht – Sie sind die erste.«

»Sie sah ihm in die Augen. »Nicht einmal Natalie?«

»Ganz gewiß nicht«, erwiderte er kurz.

Sie aßen noch, als ein Mann in der Tür erschien. Als er auf sie zukam, sah Anna, daß es Nikki war.

»Ich hab' dich überall gesucht«, sagte er und warf Paul einen düsteren Blick zu. »Ich war in deinem Haus, und Anfisa hat mir gesagt, daß du Anna die Altstadt zeigst. Es war teuflisch schwer, dich ausfindig zu machen. Der Prinz wünscht dich sofort zu sehen.«

»Verdammt! Gut, Nikki, danke.«

Der junge Mann sah sich angewidert um. »Hältst du es für richtig, Anna an einen Ort wie diesen zu bringen?«

»Wieso? Was ist falsch an diesem Restaurant? Das Essen ist vorzüglich. Setz dich und leiste uns ein wenig Gesellschaft.«

»Ich muß zurück zu meinen Pflichten«, entgegnete Nikki distanziert.

»Wie du willst«, sagte Paul unbeteiligt. »Sag Woronzow, daß ich heute nachmittag zu ihm komme.«

»Sein Befehl lautet, daß du sofort kommen sollst.«

»Zuerst esse ich zu Ende, und dann bringe ich Anna nach Hause.«

»Schön, es ist deine Entscheidung.«

Nikki verneigte sich leicht vor Anna, nickte Paul zu und ging.

Paul lächelte. »Ich fürchte, er verachtet mich. Nikki ist sehr korrekt.«

»Paul, glauben Sie nicht, daß es besser wäre, wenn Sie mit ihm gingen?«

»Ich renne nie gleich los wie ein folgsamer Hund.« Er hob sein Glas. »Auf die Unabhängigkeit.«

Er hatte es ganz und gar nicht eilig. Er aß seelenruhig zu Ende, trank noch ein Glas Wein und bestellte Kaffee. Er dankte dem Wirt, als er bezahlte, und ergriff Annas Arm. Sie schlenderten über die Hauptstraße und nahmen eine Droschke, die sie nach Haus brachte.

An der Tür hielt er einen Moment ihre Hand fest. »Morgen reiten wir aus, das heißt, wenn Sie meine Gesellschaft überhaupt noch ertragen können.«

»Ich würde mich sehr freuen, aber was ist mit Woronzow und seinen Befehlen?«

»Die Befehle können warten. Ich werde bestimmt nicht abkommandiert«, erklärte er gleichmütig, »jedenfalls nicht morgen.«

Er küßte ihre Finger, und sie sah ihm nach, als er die Stufen hinunterging und in die Droschke stieg, ehe sie ins Haus trat.

»Ich habe mich um dich geängstigt, als du nicht zum Mittagessen nach Hause gekommen bist«, sagte Maria.

»Paul hat mich in ein wunderbares Lokal eingeladen. Das Essen war einfach köstlich.« Anna beschrieb alles bis ins Detail, und als sie endete, waren ihre Wangen vor Begeisterung gerötet.

»Offensichtlich hast du dich gut amüsiert, aber meinst du nicht, daß du zu oft mit ihm zusammen bist?«

»Maria, was meinst du damit? Ich habe ihn gar nicht so oft gesehen, und du warst doch meistens dabei. Aber wie auch immer, er muß ohnehin bald weg.«

»Hat er dir das erzählt?«

»Nikki hat nach ihm gesucht, und er brachte einen Befehl vom Prinzen in das Restaurant. Paul ist jetzt auf dem Weg in den Palast.«

»Ich hoffe, du bist vorsichtig.«

»Vorsichtig? Wobei?«

»Du weißt, was ich meine. Paul Kuragin ist ein faszinierender Mann, charmant, gutaussehend und ganz anders als alle anderen, aber wir wissen sehr wenig von ihm.«

»Ich dachte, du magst ihn.«

»Das tue ich auch, aber ich bin nicht in ihn verliebt.«

»Ich auch nicht.«

»Bist du sicher?« Maria beugte sich vor und tätschelte Annas Hand. »Mein Täubchen, du hast eine schlimme Zeit mit Gregorij erlebt... Nein, du brauchst das nicht abzustreiten. Ich weiß, was du durchgemacht hast, ich bin ja nicht blind. Ich möchte nicht, daß du noch einmal in eine solche Falle gerätst.«

»O Maria, bitte...« Anna wandte sich ab.

»Ich meine es ernst. Vielleicht ist er nur auf ein kurzes Vergnügen aus.«

»Du verstehst nichts«, versetzte Anna und drehte sich um. »Paul hat sich immer höflich und wie ein Freund mir gegenüber verhalten. Ich genieße seine Gesellschaft, und ich denke, er genießt die meine. Ich bin kein junges Mädchen, das Jagd auf einen Ehemann macht. Ist es denn nicht möglich, daß eine Frau mit einem Mann Freundschaft schließt?«

»Oh, ohne weiteres, aber in Maßen, und solange du klug bist und weißt, was du tust.«

»Ach Maria, verdirb doch nicht alles. Ich weiß, daß er eine äußerst gefährliche Mission zu erfüllen hat, und vielleicht kommt er nie mehr zurück.«

»Das ist genau der Punkt«, meinte Maria. »Verlier nur nicht den Kopf bei dieser Sache. Du hast es schon einmal getan.«

»Das ist schon lange her. Jetzt ist es ganz anders.« Sie kniete sich neben den Sessel ihrer Kusine. »Habe ich nicht wenigstens ein kleines bißchen Glück verdient?«

»Doch, mein Täubchen, du sollst nur nicht verletzt werden.«

»Wenn mir jemand weh tut, dann ist das allein meine Schuld, aber mach dir keine Sorgen, mir geschieht schon nichts.«

Maria legte ihre Hand auf Annas Haar und betete, daß sie recht haben möge.

8

Im verschwenderisch eingerichteten Arbeitszimmer des Prinzen sagte Paul leise: »Diese letzten Details machen unsere Vorbereitungen komplett. Jetzt können wir aufbrechen, die Männer halten sich schon bereit. Ich mache mich übermorgen auf den Weg.«

»Warum nicht sofort?«

»Erst muß ich noch gewisse Angelegenheiten erledigen.«

»Ich verstehe.« Woronzow warf einen Blick auf die Papiere, die auf seinem Schreibtisch lagen. »Vermutlich sind Sie sich darüber im klaren, daß das ein ausgesprochen tollkühner Plan ist. Ich bin immer noch der Meinung, daß ich das Unternehmen hätte verbieten sollen.«

»In diesem Fall, Exzellenz, hätte ich das Vorhaben ohne Ihren Segen in Angriff genommen.«

Der Prinz lächelte kühl. »Ich glaube tatsächlich, daß Sie das fertiggebracht hätten. Sie sind ein verdammt selbständiger Bursche. Dennoch muß ich Sie bitten, keine unnötigen Risiken einzugehen; es täte mir leid, wenn wir Sie verlieren würden.«

»Wir sind alle entbehrlich.«

»Das ist wahr, aber manche sind eben entbehrlicher als andere«, erklärte er ungerührt. »Noch eines: Wann begibt sich Anna Stepanowna nach Kumari?«

»Etwa in einer Woche, soviel ich weiß.« Paul zögerte einen Moment, bevor er fragte: »Meinen Sie, daß es klug ist, ihr diese Reise zu gestatten, Exzellenz?«

»Das Mädchen ist nicht in Gefahr. Das Kind ist viel eher ein Problem.« Der Prinz zog ein makelloses Taschentuch hervor und wischte sich damit über das Gesicht. »Die Hitze heute nachmittag ist wirklich unerträglich. Ich sollte froh sein, wenn ich für ein paar Wochen dieser Stadt den Rücken kehren kann.« Er drehte sich Paul wieder zu. »Sie wissen so gut wie ich, daß wir Daniel Gadiani in Verdacht hatten, mit Schamil zusammenzuarbeiten – ebenso wie er für uns arbeitet –, aber wir haben keine Beweise dafür. Der Mann ist unberechenbar wie eine Schlange, und eine falsche Bewegung von uns genügt, ganz Kumari gegen uns aufzubringen. Die Bevölkerung von Kumari mag ihn vielleicht nicht besonders schätzen, aber er ist immerhin ein Gadiani, und er steht in der Erbfolge des Hauses Gadiani.

Wenn Gregorijs Tod von den Anwälten bestätigt wird, dann könnte Daniel der Haupterbe sein, fürchte ich, und die Leute von Kumari sind sehr loyal. Sie werden ihm folgen, wenn er sich Schamil anschließt, und das würde bedeuten, daß uns der Weg zum Kaspischen Meer abgeschnitten wird. Wir hätten eine große Schlacht vergebens ausgefochten, und was, zum Teufel, der Zar dazu sagen würde, daran wage ich gar nicht zu denken.«

Paul schwieg. Der Prinz ließ sich in seinen Sessel zurücksinken und trommelte ungeduldig mit den Fingern auf seinen Arm. »Die alte Prinzessin wird Daniel Widerstand leisten, daran besteht kein Zweifel, aber sie ist exzentrischer als ein Äffchen. Ich bin verdammt sicher, daß sie etwas im Schilde führt, aber Gott allein weiß, was. Die Gadianis haben mehr Stolz als Luzifer persönlich, und man muß sie behandeln wie rohe Eier. Möglicherweise verschafft uns ja der Besuch des Mädchens ein wenig Klarheit, und er bietet mir einen Vorwand, einen kleinen Soldatentrupp, der sie gegen unvorhergesehene Angriffe schützen soll, nach Kumari zu schicken. Die Männer haben Instruktionen, alles genau zu beobachten und Bericht zu erstatten. Sobald unser Freund Daniel etwas unternimmt, haben wir ihn. Sie hatten doch nicht angenommen, daß ich das Leben eines unschuldigen russischen Mädchens aufs Spiel setze?«

Der Prinz ist kalt wie ein Fisch, und es ist ihm durchaus zuzutrauen, daß er jeden, sogar sich selbst, für seine Ziele opfern wird, warum also nicht eine unbedeutende junge Frau, deren Vater noch dazu Engländer ist? dachte Paul.

Woronzow musterte ihn eingehend. »Haben Sie Interesse an Anna Stepanowna?«

»Nicht mehr als an jedem anderen«, antwortete Paul vorsichtig, »aber in gewissem Sinn steht sie unter meinem Schutz. Ich halte sie für eine willensstarke Frau mit Charakter und wäre nicht gerade erfreut, wenn sie Daniel Gadianis Intrigen ausgesetzt wäre.«

»Diese Angst dürfte unbegründet sein. Möglicherweise ist es ein Glück für sie, daß sie keinen Sohn hat, der Daniels finstere, ehrgeizige Pläne durchkreuzen könnte.«

»Sollte ich sie nicht vorwarnen?«

»Das würde ich nicht empfehlen, es sei denn, Sie machen sie generell auf mögliche Gefahren, die ihr drohen könnten, aufmerksam. Der leiseste Hinweis könnte Daniel Gadiani hellhörig machen.« Der Prinz nahm die Karaffe vom Tisch und füllte zwei Gläser mit geeistem Wein. Eins davon schob er Paul zu. »Jetzt sollten wir auf das Wichtigste trinken, auf Ihren Erfolg«, sagte er lächelnd.

»Auf meinen Erfolg.« Sie stießen mit den Gläsern an und tranken. Kurze Zeit später verließ Paul den Vizekönig. Er ging durch die langen, düsteren Korridore des Palasts hinaus in die Hitze der Straßen, und zum erstenmal, seit er Natalies Betrug entdeckt hatte, spürte er, daß er leben wollte, als er den Tod nicht mehr herbeisehnte. Ausgerechnet jetzt begab er sich auf eine lebensgefährliche Mission, aus der er sich nicht mehr ehrenvoll zurückziehen konnte.

Es war ein strahlender Morgen, als Anna aus dem Haus trat und zu Paul, der mit den Pferden auf sie wartete, ging. Jetzt im Juli brannte die Sonne so heiß hernieder, daß Anna keine Jacke angezogen hatte. Sie trug eine weiße Musselinbluse, ihren dunkelroten Reitrock und ein silbernes Kopftuch, das ihr Haar bedeckte.

»Sie sehen aus wie ein Zigeunermädchen«, stellte Paul lächelnd fest und reichte ihr die Hand, um ihr in den Sattel zu helfen.

Iwan brachte ihnen einen Picknickkorb und hielt Paul einen Brief, der auf einem silbernen Tablett lag, entgegen. »Die Nachricht ist gerade eingetroffen, Durchlaucht, der Bote wartet auf eine Antwort.«

Paul erbrach das Siegel und überflog stirnrunzelnd die Zeilen. Er steckte den Brief in seine Tasche und sagte kurzangebunden: »Keine Antwort«, dann schwang er sich in den Sattel.

»Haben Sie Nachricht vom Prinzen bekommen?« fragte Anna, als er sein Pferd neben das ihre lenkte.

»Nein.«

Er trieb sein Pferd vorwärts, und sie holte ihn ein. »Wohin reiten wir?«

»Habe ich das noch nicht gesagt? Nach Mzcheta, das war früher einmal die Hauptstadt von Georgien. Ich glaube, es wird Ihnen dort gefallen.«

Sie wandten sich in Richtung Norden. Als sie die Stadt hinter sich gelassen hatten und auf die hügelige Landschaft zuritten, wurde die Luft frischer. Paul warf Anna einen fragenden Blick zu, und als sie nickte, berührte er mit der Reitgerte die Flanke seines Pferdes und trieb es in den Galopp. Sie jagten an erntereifen Maisfeldern und Äkkern vorbei, auf denen Sonnenblumen ihre großen goldenen Köpfe dem Himmel entgegenreckten. Es war wunderbar, und als Anna ihr Pferd zügelte, merkte sie, daß ihr das Tuch vom Kopf gerutscht war. Sie lachten beide, und Anna war erfüllt von einem überwältigenden Glücksgefühl.

In der Kathedrale, in der die Könige von Georgien seit dem 4. Jahrhundert gekrönt und beigesetzt worden waren, war es kalt und dunkel. Hoch oben war in eine der steinernen Mauern eine einzelne Hand, die ein Winkeleisen hielt, eingemeißelt. Dieses Relief erinnerte an das Schicksal des Baumeisters, der es gewagt hatte, um die gleiche junge Frau zu buhlen, die der König favorisiert hatte. Zur Strafe für seine Vermessenheit hatte ihm der König die Hand abschlagen lassen.

»Das ist der Kaukasus«, sagte Paul, »Schönheit und Grausamkeit in einem Atemzug.«

Sie standen nebeneinander und sahen dem Strom der Pilger zu – Bettelmönche in zerschlissenen Kutten und mit langen grauen Bärten, Kranke und hübsche junge Frauen mit ihren Kindern legten Blüten auf den Boden.

»Warum kommen sie hierher, Paul?«

»Das ist die *Sweti-Zchoweli*, die lebenspendende Säule.«

»Wieso spendet die Säule Leben?«

»Als die Kirche zu Beginn der Christianisierung des Landes errichtet wurde, standen die Arbeiter eines Tages vor einem unlösbaren Problem: Sie konnten die schwere Säule nicht hochhieven und in Position bringen, deshalb beteten sie ihren neuen Gott an und flehten um Hilfe. Am nächsten Morgen sahen sie, wie die Säule auf wundersame Weise durch die Luft schwebte und sich langsam in das Fundament senkte.«

»Und diese Leute glauben immer noch an dieses Wunder?«

»Es scheint so.«

Erstaunt beobachtete Anna, wie ehrfürchtig die Menschen den Stein berührten, als könnten sie den Geist Gottes mit den Fingerspitzen in sich aufnehmen. Ein kleiner Junge stolperte und stürzte die Stufen hinunter. Die Wiesenblumen, die er in der winzigen Hand gehalten hatte, waren über die Steine verstreut, und Anna lief sofort zu dem Kind und hob es auf.

Paul betrachtete ihr anmutiges, leicht gerötetes Gesicht, als sie den Jungen tröstete und sein Gesicht mit ihrem Taschentuch abwischte. Als die Mutter auf sie zueilte, reichte sie ihr das Kind. Anna ist so impulsiv und voller Leben, dachte er, und so wissensdurstig. Er kam sich schon manchmal wie ein Reiseführer vor, wenn er ihre zahllosen Fragen beantwortete. Paul spürte in diesem Moment erneut, wie sehr er sich zu ihr hingezogen fühlte – eine Empfindung, gegen die er schon seit ihrer ersten Begegnung in Pjatigorsk ankämpfte.

Als sie aus der Kathedrale kamen, überließen sie ihre Pferde der Obhut eines Bauernjungen und gingen zu Fuß durch die alte Stadt – durch enge Straßen und über den Marktplatz mit den Gemüse- und Obstständen. Die Luft war erfüllt von dem Duft nach Weihrauch, Leder und süßem Honig. Paul kaufte ein kleines Glas Honig.

»Den müssen Sie kosten«, sagte er. »Er schmeckt anders als jeder andere Honig, und die Menschen hier sind berühmt dafür. Der Honig spielt eine so große Rolle in dieser Gegend, daß die Bienen als heilige Tiere gelten. Es ist ein Verbrechen, eine Biene zu töten.«

Als sie zum Flußufer kamen, wo sie eigentlich ihr Picknick einnehmen wollten, stießen sie auf eine Gesellschaft aus Tiflis, die es sich schon auf der Weise gemütlich gemacht hatte.

»Sollen wir uns zu ihnen gesellen oder lieber flüchten?« fragte Paul.

Anna glaubte, Natalie entdeckt zu haben, und antwortete schnell: »Flüchten!«

Hand in Hand kehrten sie zu den Pferden zurück und beschlossen, zur Dschwari-Kirche, der einsamen Kirche des Heiligen Kreuzes in den Hügeln, zu reiten.

Der steile Anstieg war in der Mittagshitze sehr beschwerlich, aber der atemberaubende Ausblick entschädigte sie für alle Mühen. Im Tal wanden sich die silbern glitzernden Flüsse Kura und Aragwi durch die Felder und Wiesen, und über der ganzen Landschaft lag ein goldener Dunstschleier, der alle Farben dämpfte.

Sie betraten den von einer Kuppel gekrönten Innenraum und betrachteten das Kreuz, das der heilige Nino aus Weinstöcken gezimmert und mit seinem eigenen Haar zusammengeflochten hatte.

»Er lebte im vierten Jahrhundert und bekehrte die Menschen zum Christentum. Man sagt, er sei deswegen zum Märtyrer geworden«, erklärte Paul.

Als sie wieder in die Sonne hinausgingen, meinte Anna verträumt: »Ich denke, wir haben uns heute schon lange genug in Kirchen aufgehalten. Wollen wir uns hier ein wenig hinsetzen und den Blick genießen?«

»Warum nicht?« Paul holte den Picknickkorb und band die Pferde an. Der große Steinbogen, der mit Engelsstatuen verziert war, ragte hoch über ihnen auf. Anna nahm Platz und lehnte sich an die von der Sonne erwärmte Mauer. Paul zog seine Jacke aus und ließ sich neben Anna im Gras nieder.

Sie aßen Anfisas Walnußpastete und köstlichen sahnigen Käse, dann tauchten sie das frische selbstgebackene Brot in den Honig, der ein herrliches Aroma verbreitete.

Anna konnte sich kaum erinnern, jemals von solcher Zufriedenheit und solchem Frieden erfüllt gewesen zu sein, und beide sprachen zunächst nur wenig, um den unbekannten Zauber, der sich über sie gelegt hatte, nicht zu zerstören. Nach einer Weile begann Paul von seinem früheren Leben in Arachino und von dem riesigen Familienbesitz zu erzählen.

»In jedem Herbst lud mein Vater eine Menge Leute zur Jagd ein, und nach seinem Tod hat mein Onkel diese Tradition fortgesetzt. Einmal schenkte er mir ein Bärenjunges, das er gefunden hatte, und ein Jahr später mußte ich es wieder in die Freiheit entlassen. Als ich vierzehn war, schoß ich meinen ersten Wolf.«

Er hatte seine Kindheit im Wohlstand verbracht, aber Anna dachte an den Rebellen, der den Mut gehabt hatte, den Zaren zu verspotten, und dafür in den Kaukasus verbannt worden war, an den Mann, der einsame Missionen verfolgte, bei denen keine Regeln galten außer denen, die er selbst aufgestellt hatte. Und sie dachte auch an den Mann, der Natalies Geliebter gewesen war. Marias Warnung kam ihr in den Sinn, aber sie verdrängte den Gedanken rasch wieder. Warum sollte sie sich mit solchen Dingen belasten, wenn sie so glücklich war? Über die Zukunft konnte sie sich später Sorgen machen.

Dieser Nachmittag war wie verzaubert. Sie fühlten sich einander so nahe, daß Anna jegliche Scheu verlor und über Dinge sprach, die sie noch nie jemandem anvertraut hatte. Sie erzählte von Gregorij – bedauernd und voller Trauer, aber ohne Zorn.

Die sengende Hitze war erträglicher geworden, als Paul sich aufsetzte und seine Arme um die Knie schlang. »Haben Sie ihn sehr geliebt, Anna?«

Sie antwortete nicht sofort, dann sagte sie nachdenklich, während sie die Tauben beobachtete, die die Krümel, die sie übriggelassen hatte, aufpickten: »Ich dachte, daß ich ihn immer lieben würde, aber ich war zu jung. Vermutlich war ich nur in das Bild verliebt, das ich mir von ihm gemacht hatte, und als ich merkte, daß er in Wirklichkeit ein ganz anderer Mann war, fühlte ich mich sehr verletzt, und es war mir unmöglich, ihn so zu akzeptieren, wie er war.«

»Hat er…, war er Ihnen untreu?«

»Ich weiß es nicht. Manchmal hegte ich den Verdacht, und dann gerieten wir in Streit. Es ist so schmerzlich und kränkend, wegen einer anderen Frau zurückgestoßen zu werden. Nachdem mein Baby gestorben war, fühlte ich mich sehr einsam, und ich war so unglücklich, daß ich mir das Leben nehmen wollte.«

Paul wollte etwas sagen, aber sie fügte schnell hinzu:

»Oh, keine Sorge, ich habe es nicht versucht – ich bin zu feige dafür.«

»Was für ein gefühlloser Mensch er gewesen sein muß.«

»Das dachte ich damals auch, aber jetzt mache ich mir selbst Vorwürfe, weil ich nicht mehr Verständnis für ihn aufgebracht habe.«

»Sie sind sehr großmütig. Ich kann Betrug und Lügen niemals vergeben«, erwiderte er mit einer solchen Bitterkeit, daß Anna sich fragte, ob er an seine Mutter oder an die Qualen, die Natalie ihm bereitet haben mußte, dachte. Selbst in diesem Moment des Vertrauens brachte sie nicht den Mut auf, ihn auf das, was er in der Nacht nach dem Ball gesagt hatte, anzusprechen, aber sie spürte, daß das Band, das sie miteinander verband, dadurch nur noch stärker wurde.

»Anna«, sagte er eindringlich und wandte sich ihr zu. »Anna, es gibt etwas, was ich Ihnen sagen muß...«

In diesem Augenblick stieß ein Adler vom Himmel herab, und sie duckten sich instinktiv, als der schwarze Schatten über sie hinwegschoß. Die Tauben flogen wie eine weiße Wolke in die Luft. Der große Vogel erhob sich ohne Beute wieder in die Höhe, und Anna beobachtete, wie er vor der Sonne seine Kreise zog.

»Oh, war das nicht wunderbar?« rief er. »Ich bin so froh, daß sich die kleinen Vögel retten konnten.« Sie sah Paul an. »Verzeihen Sie, worüber wollten Sie sprechen?«

»Das ist nicht so wichtig. Es wird allmählich spät, wir sollten uns auf den Rückweg machen.« Er stand auf, nahm seine Jacke und reichte ihr die Hand. Nachdem sie die Reste ihrer Mahlzeit zusammengepackt hatten, gingen sie den schmalen Weg hügelabwärts zu ihren Pferden.

Auf der einen Seite des Pfades fiel das Gelände steil zum Fluß hin ab, und der Untergrund war hartgebacken von der Sonne und glatt wie Gras. Anna drehte sich um, um einen letzten Blick auf die moosgrünen Steinmauern zu werfen, und dabei rutschte sie aus. Sie taumelte, und Paul griff nach ihr und riß sie zurück, so daß sie gegen ihn prallte. Plötzlich lag sie in seinen Armen, und für einen atemlosen Augenblick rührten sich beide nicht von der Stelle. Anna sah die Schweißperlen auf seiner Stirn und fühlte, daß sein Herz unter dem dünnen Leinenhemd heftig pochte. Im nächsten Moment küßte er sie, und dieses Mal war sein Kuß so warm und süß, daß Anna ihn freudig erwiderte.

»Es ist zu früh, Paul, es ist zu früh«, flüsterte Anna.

»Viel zu früh, aber ich muß weggehen, ich muß dich allein lassen ...«

»Du wirst zurückkommen.«

»Dessen kann man nie ganz sicher sein.«

»Du mußt zurückkommen.«

Der Gedanke, daß er in kürzester Zeit in tödlicher Gefahr schweben könnte, war kaum zu ertragen.

»Du mußt zurückkommen«, wiederholte sie, und Paul küßte sie mit einer Eindringlichkeit, die sie beide beinahe überwältigte. Der Schrei eines Vogels, der plötzlich aufflog, riß sie aus ihrem Zauber.

Schweigend ritten sie den Hügel hinunter. Beide waren sich bewußt, daß sie heute eine Barriere niedergerissen hatten und nichts mehr so sein würde wie vorher.

Erst als sie die Straße, die nach Tiflis führte, erreicht hatten, sagte Anna: »Daniel Gadiani gibt heute abend eine Gesellschaft: Er hat Maria und mich eingeladen, wirst du auch dort sein?«

»Ich hatte nicht vor, hinzugehen. Morgen bei Tagesanbruch muß ich mich auf den Weg machen.«

Er tastete nach dem Brief in seiner Jackentasche, an den er den ganzen Tag nicht gedacht hatte. Zur Hölle damit! Er hatte in seinem ganzen Leben noch nie solche Ge-

fühle empfunden – nicht für Natalie und auch nicht für irgendeine andere Frau. Es grenzte an Wahnsinn, aber er mußte sie noch einmal sehen, auch wenn es nur für ein paar Minuten war. Sie mußte die Wahrheit erfahren, bevor er wegging.
»Ich komme«, sagte er.

Die schönen Zigeunermädchen wirbelten und tanzten zu einer volkstümlichen Weise durch Daniel Gadianis Salon. Das Haus, in dem er mit seiner Schwester wohnte, lag am Stadtrand und war üppig im persischen Stil möbliert, roséfarbene Seidentapeten bedeckten die Wände, und das parfümierte Öl in den Silberlampen verströmte einen süßlichen Duft. Anna hätte nicht erklären können, warum ihr diese Atmosphäre Unbehagen bereitete. Vielleicht war sie nur müde von dem langen Ausritt in der sengenden Hitze. Sie hatte leichte Kopfschmerzen, und die schwüle Luft und die Pflicht, höfliche Konversation treiben zu müssen, erschöpften sie zusätzlich.

Die Tanzdarbietung endete in einem turbulenten Wirbel, die scharlachroten Röcke der Mädchen flogen hoch, und die goldenen Armreifen klimperten, bevor die Mädchen in einen tiefen Knicks sanken, um den donnernden Applaus entgegenzunehmen. Die Gäste unterhielten sich wieder, und Natalie ließ sich in den Sessel, der neben dem von Anna stand, sinken.

»Ich hatte bis jetzt noch gar keine Gelegenheit, mich mit Ihnen zu unterhalten. Warum haben Sie sich uns heute mittag beim Picknick nicht angeschlossen?« fragte sie mit süßer Stimme. »Nikki war sehr enttäuscht. Dieser charmante Junge betet Sie an.«

»Ich wollte mir die Dschwari-Kirche ansehen.«

»Wirklich? Sie sind in dieser Gluthitze den steilen Hügel hinaufgeklettert, nur um ein paar alte Steine zu sehen? Mein liebes Kind, Sie müssen tatsächlich eine echte Kunstliebhaberin sein, daß es Ihnen nicht einmal etwas ausmacht, sich mit Paul in aller Öffentlichkeit allein zu zeigen. Ich fürchte, nicht jedermann war überzeugt, daß Sie nur wegen Ihrer Kunstbegeisterung die Flucht vor uns ergriffen haben.«

»Ich kümmere mich nicht darum, was andere Leute über mich denken.«

»Eine sehr mutige Haltung, aber sie ist nicht unbedingt klug.« Natalie legte eine Hand auf Annas Arm. »Immerhin sind Sie eine Gadiani. Ich wollte eigentlich kein Wort darüber verlieren, aber ich kenne die Gesellschaft von Tiflis. Jeder kennt hier jeden, und die meisten waren wirklich schockiert, sie so oft in Pauls Begleitung anzutreffen, noch dazu ganz allein.«

Anna drehte sich weg. »Wir waren nicht immer allein, meine Kusine hat uns oft Gesellschaft geleistet, und außerdem bin ich niemandem Rechenschaft schuldig. Ich bin sicher, daß ich tun kann, was ich möchte.«

»Oh, natürlich, aber in gewissen Grenzen. Vielleicht ist so etwas in den Kreisen, in denen sich Ihr Vater in Moskau bewegt, nicht so üblich, aber...«

»Ich bitte Sie, lassen Sie meinen Vater aus dem Spiel.«

»Ich wollte nicht despektierlich sein, aber er lebt bestimmt in einem ganz anderen Milieu. Sie möchten doch sicherlich Ihrem guten Namen keine Schande machen, und ich weiß nur zu gut, wie schnell das gehen kann.« Sie seufzte. »Paul kann sehr überzeugend sein, und dabei ist er so gedankenlos. Ich selbst habe sehr unter seiner Sorglosigkeit gelitten. Es fällt mir nicht leicht, darüber zu sprechen, aber jetzt bin ich offensichtlich gezwungen, Sie zu warnen. Ehe er im letzten Jahr die Stadt verlassen hatte, waren wir uns einig und so gut wie verlobt. Ich konnte seine Rückkehr kaum erwarten, und als er schließlich wieder hier war...« Ihre Stimme bebte. »Ich habe versucht, meine Gefühle zu verbergen, zu schweigen und mich so zu benehmen, als wäre nichts geschehen; aber mein Bruder hat mich durchschaut, und er ist außer sich vor Zorn. Ich habe wirklich Angst, daß er drastische Schritte unternehmen wird.«

Anna spürte, wie sich ihr Herz verkrampfte. Das hatte Maria schon angedeutet, und sie hatte sich geweigert, diese Gerüchte zu glauben. »Paul verläßt Tiflis«, erklärte sie mit spröder Stimme. »Er hat Befehle vom Prinzen.«

Natalie lächelte traurig. »Das behauptet er, und genau dasselbe hat er mir vor einem Jahr auch gesagt. Er läuft davon, meine Liebe, er flieht vor seinen Pflichten.«

Anna sprang auf die Füße und starrte Natalie an. »Paul hat mir gegenüber keinerlei Pflichten«, sagte sie kühl. »Wir sind Freunde und nichts sonst. Was er Ihnen angeblich schuldet, geht mich nichts an.«

Anna ließ Natalie einfach sitzen und ging weg. Plötzlich empfand sie, trotz ihrer heftigen Worte, Unsicherheit, und der überfüllte Raum und die dumpfte Luft wirkten wie eine Bedrohung. Sie fühlte sich grenzenlos allein, obwohl sich die Menschen um sie herum drängten. Sie machte sich auf die Suche nach Maria, um dieses Fest unter irgendeinem Vorwand so schnell wie möglich zu verlassen. Plötzlich stand Paul auf der Türschwelle und ließ seinen Blick über die Menge schweifen, bis er Anna entdeckt hatte. In dem Moment, in dem Anna ihn sah, war sie getröstet, und sie gingen, ohne auf die Menschen, die sie umgaben, zu achten, aufeinander zu. Anna erschien es, als ob sie ein Jahr getrennt gewesen wären, obwohl sie sich erst vor ein paar Stunden voneinander verabschiedet hatten.

Er nahm ihren Arm. »Ich muß dich sprechen, Anna.«

Sie erschrak über den drängenden Unterton in seiner Stimme. »Ist etwas passiert?«

»In gewisser Weise. Laß uns von hier weggehen.«

Einige der anderen Gäste begrüßten Paul, aber er antwortete nur kurzangebunden, als er Anna durch den Raum zu einer Nische führte, die hinter einem Vorhang verborgen war. Die hohen Fenster waren geöffnet, und die frische, kühle Nachtluft flutete in das kleine Zimmer. Eine Lampe, die neben dem gepolsterten Sofa auf einem Schemel stand, verbreitete ein schummriges Licht.

»Anna, ich habe nur ein paar Minuten Zeit, meine Männer erwarten mich.«

»Mußt du schon jetzt aufbrechen?«

»Ja, unsere Pläne haben sich ein wenig geändert.«

Das fahle Licht zauberte tiefe Schatten auf sein Gesicht, und Anna konnte seine Miene nicht deuten – sie sah nur, daß er die Stirn runzelte. Der strenge Zug um seinen Mund ängstigte sie ein bißchen.

»Was ist los, Paul?«

Seine Hände umklammerten die Lehne des Sofas. »Es gibt etwas, was ich dir schon vor langer Zeit hätte sagen müssen – etwas, was du wissen mußt. Ich hatte vor, heute nachmittag mit dir darüber zu sprechen, aber dann habe ich es nicht fertiggebracht. Ich habe mich wie ein Feigling benommen.«

Annas Herz setzte einen Schlag aus. »Geht es um Natalie?« flüsterte sie.

»Natalie?« Er klang überrascht. »Nur indirekt...«

In diesem Augenblick wurde der Vorhang beiseite geschoben und Daniel Gadiani betrat das Zimmer. Er zog sorgfältig den Vorhang wieder zu, um sie von den anderen Menschen abzuschirmen.

»Ich habe nicht erwartet, Sie hier zu sehen, Paul, nicht nach der Nachricht, die ich Ihnen heute morgen zukommen ließ.«

»Ich wollte auch nicht herkommen, aber ich mußte Anna sehen.«

»Ist ein solches Treffen denn nötig? Sie wohnt doch immerhin in Ihrem Haus.«

»Diese Andeutung halte ich für äußerst geschmacklos.«

»Das bleibt Ihnen überlassen, aber es entspricht doch der Wahrheit, daß Sie sie in Ihrem Haus aufgenommen haben, oder nicht?«

Verwirrt sah Anna von einem zum andern. »Worüber sprechen Sie eigentlich?« wollte sie wissen, aber die beiden Männer beachteten sie nicht.

Paul ließ Daniel Gadiani nicht aus den Augen. »Ich habe den Befehl, Tiflis noch heute nacht zu verlassen.«

»In der Tat? Wie günstig. Das ist eine blendende Entschuldigung, die Forderung, die ich Ihnen zugeschickt habe, auszuschlagen. Jetzt ist mir klar, warum Sie sich nicht die Mühe gemacht haben, auf meine Nachricht zu antworten«, sagte er mit schneidendem Sarkasmus, der Paul in Rage brachte.

»Ich duelliere mich nicht mit Ihnen, Gadiani, auf gar keinen Fall.«

»Ihre Haltung Gregorij gegenüber war völlig anders«, entgegnete Daniel Gadiani spöttisch.

»Das war etwas anderes.« Paul wandte sich Anna zu. »Ich denke, du solltest uns jetzt allein lassen, diese Sache betrifft nur Prinz Gadiani und mich.«

»Im Gegenteil«, widersprach Gadiani, »es betrifft Anna ganz entschieden. Ich bin der Meinung, sie sollte endlich die Wahrheit erfahren. Anna, Sie haben mich einmal gefragt, warum Gregorij am Morgen vor seinem Tod allein ausgeritten ist. Er war auf dem Weg zu einem Treffen mit Paul Kuragin, und Paul Kuragin hat ihn getötet.«

Sie war so geschockt, daß sie zunächst keinen Ton über

die Lippen brachte. »Ist das wahr?« hauchte sie schließlich nach einer Weile.

»Daß wir uns duelliert haben, ja, das ist wahr«, gestand Paul widerstrebend ein, »aber er ist nicht durch meine Hand gestorben.«

»Ob Sie ihn mit einem Schuß zur Strecke gebracht oder verletzt zurückgelassen haben, macht keinen großen Unterschied«, sagte Daniel Gadiani. »Die unbestreitbare Wahrheit ist, daß Sie sich ohne Sekundanten und Zeugen duelliert haben, und die Tatsache, daß ein Prinz von Kumari von einem russischen Offizier ermordet worden ist, könnte diplomatische Folgen nach sich ziehen. Der Vizekönig hat die Sache vertuscht, aber der Zar hat Sie immerhin degradiert und mit einer gefährlichen Mission betraut, nicht wahr?«

Anna konnte Pauls Schweigen nicht ertragen. »Warum..., warum hast du dich mit ihm duelliert? Was hat dir Gregorij getan?«

»Es gab einen Grund«, erwiderte er ausweichend und warf ihr einen flehentlichen Blick zu, als Daniel Gadiani boshaft lachte.

»Männer geraten wegen vieler Dinge in Streit, Anna, besonders wenn sie betrunken sind... Meist geht es um Glücksspiele, Pferde oder sogar um Frauen.«

»Ich suche keine Entschuldigung für mein Verhalten, Anna. Es ist geschehen, und ich bedaure diesen Vorfall. Ich wollte mit dir darüber sprechen, das schwöre ich. Immer und immer wieder hatte ich es vor, und heute abend bin ich nur hergekommen, um dir alles zu erzählen.«

»Aber in all den Wochen, die wir zusammen verbracht haben, hast du geschwiegen. Weshalb hast du mich belogen? Du hast mir erzählt, daß er von Schamil gefangengenommen wurde und daß du ihm helfen wolltest, bis du... ihn... bis du selbst gesehen hast, daß er tot ist.«

»Ich habe dich nicht belogen. Du mußt mir glauben, Anna, und mir vertrauen. Es war nicht so, wie Gadiani sagt.«

»Wie war es denn?« fragte sie bitter. »Wie kann ich dir noch irgend etwas glauben?« Sie fühlte, wie all ihre Hoffnungen und Träume, die sie in den letzten Wochen genährt hatte, in sich zusammenfielen wie ein Kartenhaus, das eine sorglose Hand zerstört hatte. Sie drehte sich zu Gadiani um. »Ich würde jetzt gern nach Hause gehen.«

»Natürlich.« Er zog den Vorhang auf, schnippte mit den Fingern und sprach mit einem Diener, der zu ihm eilte.

»Anna, bitte«, sagte Paul leise. »Ich bitte dich, verdamme mich nicht. Warte, bis du alles, die volle Wahrheit, erfahren hast...«

Sie wandte ihm den Rücken zu. »Ich habe dir schon einmal geglaubt, aber du hast mich belogen. Du hast alles zerstört, alles! Wie kann ich dir jemals wieder Vertrauen entgegenbringen?«

»Anna, hör mich an...« In diesem Augenblick kam Daniel Gadiani zurück.

»Also«, sagte er kalt, »jetzt müssen wir noch die Tatsache erörtern, daß Sie die Ehre meiner Schwester aufs gröbste verletzt haben.«

Paul schenkte Anna einen gequälten Blick, ehe er ruhig entgegnete: »Ich schulde Natalie gar nichts, das weiß sie sehr gut, und Sie selbst wissen es auch.«

»Ich weiß nur, was Natalie mir anvertraut hat. Es gibt bestimmte Versprechungen, die ein Gentleman einzulösen hat, oder er muß die Konsequenzen tragen. Werden Sie sich bei Morgengrauen mit mir treffen, oder möchten Sie öffentlich als Feigling und Mörder beschuldigt werden?«

»Fahren Sie zur Hölle, Gadiani!« stieß Paul heftig hervor. »Zu jeder anderen Zeit wäre es mir die größte Freude, mich mit Ihnen vor den Stadttoren zu treffen, um Ihnen eine Kugel zu verpassen, aber es gibt wichtigere Dinge, um die ich mich kümmern muß. Unsere Auseinandersetzung muß bis zu meiner Rückkehr warten.«

»Wenn Sie überhaupt je zurückkommen«, lautete die höhnische Antwort. »Ich werde Sie erwarten.«

Einen Moment starrten sie sich wütend an, dann sagte Paul: »Gib gut acht auf dich, wenn du nach Kumari reist, Anna. Denk immer daran, daß es sogar im Garten Eden eine Schlange gab.« Er riß den Vorhang zur Seite und bahnte sich einen Weg durch die Menschenmenge ins Freie.

»Was hat er wohl mit dieser seltsamen Bemerkung gemeint?« murmelte Gadiani. »Eine merkwürdige Anspielung.«

»Ich denke, ich weiß, was er meint«, sagte Anna matt. »Würden Sie jetzt wohl so freundlich sein und für mich Maria Petrowna suchen? Ich möchte nach Hause fahren.«

Paul durchquerte den Garten und ging auf Warga zu, der ihn mit den Pferden erwartete. Er verfluchte sich selbst, weil er so viele Gelegenheiten ungenutzt hatte verstreichen lassen. Aber wie hätte er Anna alles erklären können? Gregorij war ihr Ehemann gewesen, der Mann, den sie einst geliebt hatte. Wie hätte er Natalies Intrigen und seine quälende Eifersucht beschreiben können? Gott möge ihm vergeben, aber an dem Morgen, an dem er Natalies Liebhaber gegenübergestanden war, wollte er ihn töten, und nur ein Wunder hatte ihn davor bewahrt, ein Mörder zu werden.

Er war so in Gedanken versunken, daß er die schleichenden Schritte im Gebüsch nicht hörte, bis ihn sein Angreifer von hinten ansprang und auf die Knie zwang. Er kämpfte verbissen, und plötzlich sah er, wie ein Messer im Mondlicht aufblitzte. Im nächsten Moment lag er auf dem Rücken und umklammerte die Hand, die den Dolch festhielt. Zentimeter für Zentimeter näherte sich die scharfe Klinge seinem Hals, bis er den kalten Stahl auf seiner Haut spürte. Dann war alles vorbei. Sein Widersacher wurde hochgehoben, wehrte sich mit all seinen Kräften gegen den Griff, der ihn zurückhielt, und verschwand in der Dunkelheit. Warga half seinem Herrn aufzustehen.

»Sind Sie in Ordnung, Oberst?«

»Ja, bis auf ein paar blaue Flecken, aber ich war verdammt nah dran, mehr abzukriegen. Vielen Dank, Warga.«

»Der verfluchte Halunke ist mir entwischt«, brummte der Kosake.

»Laß ihn. Er ist nicht wichtig.«

Die Männer standen mit ihren Pferden und den Lasttieren bereit. Paul schwang sich in den Sattel, und der Trupp setzte sich in Bewegung. Paul hatte nur einige kurze Blikke auf seinen Angreifer werfen können, aber er hätte beschwören können, daß es Kamil, Belas Bruder, gewesen war, und das gab ihm zu denken. Hatte der Junge seine eigenen Ziele verfolgt oder stand er in Diensten von Daniel Gadiani? Hatte Gadiani seinen Handlanger geschickt, nachdem das Duell nicht zustande gekommen war? Wieviel wußte er von ihrem Plan? Diese Frage quälte ihn am meisten, und es sollte noch eine lange Zeit dauern, bis er die Antwort darauf erhielt.

TEIL 2

Kumari

Wer hat nie geliebt?
Wen hat die Glut nicht verzehrt?
Wer hat nie Schmerz erlitten?
Weshalb dieser Lust entfliehen?
Weißt du nicht,
daß niemand eine Rose ohne Dornen pflückt?

Schota Rustaweli

9

In dieser Nacht lag Anna die meiste Zeit wach in ihrem Bett. Wie hatte sie nur so dumm sein können? Hatte sie denn überhaupt keine Lehren aus ihren bisherigen Erfahrungen gezogen? Sie hatte sich für so unverletzlich und klug gehalten und sich in all den Wochen in einem glücklichen Traum verloren. Sie hatte ihm grenzenloses Vertrauen entgegengebracht, aber er hatte sie enttäuscht und belogen, wie er Natalie getäuscht und belogen hatte, und vielleicht auch andere ... Wie konnte sie nur jemals wieder einer Sache sicher sein? Sie war wütend auf ihn auf sich selbst, und dennoch, trotz ihres Zorns, konnte sie nicht umhin, sich an tausend Kleinigkeiten zu erinnern – an seine freundliche Art, sein ironisches Lächeln, das gemeinsame Lachen, die Ahnung, daß auch er in seinem Leben gelitten hatte und enttäuscht worden war –, an diese Gemeinsamkeit, die ihrer Freundschaft so viel Tiefe verliehen hatte. Wenn er nur nicht weggegangen wäre ... Wenn sie mehr Zeit gehabt hätten ... Sie vergrub ihr Gesicht in ihrem Kissen. Sie wußte, auch wenn sie es sich nicht eingestehen wollte, daß sie sich hoffnungslos verliebt hatte und daß sie, egal wie schmerzhaft es auch sein mochte, versuchen mußte, diese Liebe zu überwinden.

Die schwüle Luft schien sich förmlich auf ihren Körper zu pressen, und sie konnte es nicht mehr länger in ihrem Bett aushalten. Sie stand auf und trat auf den Balkon. Eine leichte Brise brachte ihr Nachthemd zum Flattern, und die Steinplatten fühlten sich kalt unter ihren nackten Füßen an. Am schwarzen Himmel funkelten unzählige Sterne, doch in dieser Nacht schien kein Mond. Überrascht stellte Anna fest, daß ein schwacher Lichtschein aus Belas Zimmer drang, und sie fragte sich besorgt, ob Mitja etwas fehlte. Aber nach einer Weile beobachtete sie, wie der Schatten eines Mannes aus der Tür schlüpfte. Für einen schrecklichen Augenblick dachte sie, es könnte Paul sein, dann jedoch erkannte sie, daß dieser Mann kleiner und schmächtiger war. Sie wich zurück, um nicht gesehen zu werden. Vielleicht hatte Bela entgegen all ihrer Beteuerungen einen Liebhaber? Anna fröstelte trotz der Wärme und fühlte sich grenzenlos allein. Sie dachte an Paul und an die Küsse, die sie am heutigen Nachmittag, der ihr hundert Jahre zurückzuliegen schien, getauscht hatten.

Der Schatten huschte an der Wand entlang und verschwand, das Licht in Belas Zimmer ging aus. Plötzlich faßte Anna einen Entschluß: Sie würde morgen oder übermorgen nach Kumari aufbrechen, und zwar ohne Daniel Gadiani oder eine Eskorte, die er ihr zur Verfügung stellen würde. Es war völlig ausreichend, wenn Jakob sie begleitete. Nachdem sie diese Entscheidung gefällt hatte, ging sie ein wenig ruhiger ins Bett zurück und döste schließlich ein. Sie stand, noch immer fest entschlossen, ihr Vorhaben durchzuführen, zeitig auf.

Sie hatte Maria nichts von den Vorfällen in Daniel Gadianis Haus erzählt, weil sie es nicht ertragen hätte, zugeben zu müssen, daß die Warnungen ihrer Kusine gerechtfertigt gewesen waren. Während des Frühstücks, das sie auf der Veranda einnahmen, erklärte Anna: »Ich mache mich schon morgen, wenn es möglich ist, auf den Weg nach Kumari.«

»Ist das nicht ein bißchen übereilt? Hat dein Cousin gestern abend mit dir über die Reise gesprochen?«

»Nein, und ich habe nicht vor, auf ihn oder auf irgend jemanden sonst zu warten. Ich bin durchaus imstande, meine eigenen Entscheidungen zu treffen, und ich werde allein reisen.«

»Mein Täubchen, meinst du, daß das klug ist?«

»Ich bin es leid, daß man mich das ständig fragt. In all der Zeit, die wir hier verbracht haben, ist keine Nachricht eingetroffen, daß jemand angegriffen oder von einer Gefahr bedroht wurde. Ich muß ja nicht einmal über das Gebirge reiten. Paul meinte, daß Kumari nur etwa siebzig Kilometer entfernt und die Straße dorthin leicht passierbar ist. Wenn wir bei Morgengrauen mit ein paar Ersatzpferden aufbrechen, können wir bis zum Abend das Ziel erreichen.«

»Ich bezweifle, daß ich das könnte«, erwiderte Maria.

Anna streckte ihre Hand über den Tisch. »Du brauchst nicht mitzukommen. Du hast schon so viel für mich getan, und diese Reise wäre für dich viel zu anstrengend, besonders da dir die Hitze so zusetzt. Ich muß nach Kumari, weil ich es versprochen habe und weil es Gregorijs Wunsch war.« Sie empfand Schuldgefühle, da sie so viele Tage hatte verstreichen lassen, ohne an die Dringlichkeit, die sie aus seinem letzten Brief herausgelesen hatte, zu denken. »Ich werde ein paar Tage dort bleiben«, fuhr sie fort, »und wenn ich zurückkomme, machen wir uns auf den Weg nach Moskau.«

»Hängt das nicht von der Erbschaftsangelegenheit ab?«

»Bis das geklärt ist, können Monate vergehen. Die Anwälte werden sich darum kümmern.«

»Ich weiß nicht«, wandte Maria zweifelnd ein, »wäre es nicht besser, du würdest mit Paul Kuragin darüber sprechen und ihn um Rat fragen?«

»Er ist nicht mehr hier. Der Prinz hat ihm befohlen, sich heute nacht auf den Weg zu machen.«

»Ich dachte, ich hätte ihn gestern abend gesehen. War er da, um sich zu verabschieden?«

»Ja, so könnte man es nennen.«

Maria ahnte, daß hinter Annas plötzlichem Entschluß mehr steckte, als sie zugeben wollte, aber sie drängte sie nicht, ihr eine Erklärung abzugeben. »Mein Täubchen, ich denke nicht, daß ich unter diesen Umständen noch länger in diesem Haus bleiben kann, ich möchte Pauls Gastfreundschaft nicht über Gebühr ausnutzen.«

»Es ist ja nur für ein paar Tage, Maria, höchstens für eine Woche.»

»Trotzdem wäre es nicht recht.«

Anna runzelte die Stirn. An dieses Problem hatte sie nicht gedacht. Anfisa unterbrach ihre Überlegungen. Sie hatte mit Darinka, die begann, den Tisch abzuräumen, den Raum betreten und sah aufgeregt von Maria zu Anna.

»Vielleicht wissen Sie schon, daß Graf Paul heute nacht das Haus verlassen hat? Aber er hat mir noch die Anweisung gegeben, Ihnen auszurichten, daß Sie hierbleiben können, solange sie es wünschen. ›Du und Iwan, ihr werdet dafür sorgen, daß es die Damen so bequem wie möglich haben‹, hat er zu mir gesagt. Er wäre sehr böse mit mir, wenn ich es zulassen würde, daß Sie irgendwo sonst in Tiflis Quartier nehmen.«

»Danke, Anfisa, das Angebot ist sehr großzügig.«

»Immer wieder geht er weg«, jammerte Anfisa, »und ich bete zu Gott, daß er wohlbehalten heimkehren möge, aber diesmal habe ich wirklich Angst um ihn.«

»Was ist diesmal so anders?« erkundigte sich Maria freundlich.

»Sie kennen ihn nicht so gut wie ich. Sein Gesichtsausdruck... wie im letzten Jahr. Damals hatte ich auch so schreckliche Angst.« Sie gab sich Mühe, ihre Fassung zurückzugewinnen. »Ich muß damit aufhören.«

»Er ist doch zurückgekommen«, tröstete Maria die alte Frau. »Warum sollte er dieses Mal nicht gesund und munter nach Hause kommen?«

»Ja, das stimmt, und ich weiß, daß ich nicht so gottlose Dinge sagen sollte, Maria Petrowna, aber es ist nun einmal so, daß sich seine eigene Mutter nie um ihn gesorgt hat. Vom ersten Augenblick an war er für mich wie ein eigenes Kind.«

»Ich verstehe.« Maria drängte das alte Kindermädchen, sich zu ihnen zu setzen und eine Tasse Kaffee mit ihnen zu trinken. Als sie sich ein wenig beruhigt hatte, brachte Anna die Sprache auf Kumari. Anfisa war schokkiert über Annas Entschluß, die Reise allein anzutreten, und erst nach einem langen Streitgespräch schlug sie schließlich vor: »Wenn Sie nicht davon abzubringen sind, sollten Sie wenigstens Marik mitnehmen.«

»Marik? Er ist doch bestimmt bei seinem Herrn.«

»Nein. Der Graf hat ihn zurückgelassen und ihm die Anweisung gegeben, sich zu Ihrer Verfügung zu halten. Marik ist schon so lange wie Paul hier im Kaukasus, und er kennt das Land sehr genau.«

Anna mußte zugeben, daß Paul wirklich um ihre Sicherheit besorgt war, und sie war froh, daß ein so zuverlässiger und umsichtiger Mann wie Marik sie begleiten würde.

»Na, siehst du«, sagte sie lachend zu Maria, »ich habe einen hervorragenden Beschützer, und ich werde in kürzester Zeit zurückkehren.«

Den Rest des Tages verbrachten sie mit Reisevorbereitungen. Anna packte nur die nötigsten Dinge und ein paar Kleider in eine kleine Reisetasche, als es an ihre Tür klopfte. Sie rief: »Herein«, und Bela betrat ihr Zimmer.

»Darf ich Sie einen Moment sprechen, Madame?«

»Natürlich, was gibt es?«

»Wissen Sie, wohin Graf Paul gegangen ist?«

»Nein«, erwiderte Anna erstaunt. »Er erfüllt eine geheime Mission, die der Vizekönig befohlen hat.«

»Oh, ich dachte, er hätte Ihnen vielleicht erzählt...«

»Warum sollte er?« Anna drehte sich zu Bela um und musterte sie prüfend. Das Mädchen war sehr blaß, und auf einer Wange war ein tiefer Schatten, wie ein blauer Fleck, zu sehen. Anna erschrak. »Ist irgend etwas geschehen?«

»Ich weiß es nicht... Mein Bruder war gestern spät in der Nacht hier. Er hat ständig Fragen über Graf Paul und Sie gestellt. Ich habe ihm nichts gesagt. Ich schwöre, daß ich nichts verraten habe, aber er hat nicht aufgehört.« Sie tastete ihre Wange ab.

»Hat er das getan?«

»Ja, er war sehr wütend auf sich selbst, glaube ich, und er hat mich geschlagen. Das ist typisch für Kamil. Sein Mantel war zerrissen – irgend etwas muß ihm passiert sein. Ich habe ihn gefragt, ob er sich geprügelt hat, aber er hat mir nicht geantwortet.«

»Was willst du mir mit all dem sagen?«

»Er hat mir Angst eingejagt. Ich dachte, wir sollten Graf Paul eine Warnung zukommen lassen.«

»Eine Warnung wovor?«

»Ich bin mir nicht sicher«, sagte Bela mit tränenerstickter Stimme, »aber ich fürchte, Kamil weiß etwas, und Graf Paul könnte in Gefahr sein.«

»Wir können ihn nicht erreichen«, sagte Anna beschwichtigend, »er kann überall in den Bergen sein.«

Das Mädchen holte tief Luft. »Vielleicht benehme ich mich dumm, und er würde mich nur auslachen, aber ich mußte mit jemandem darüber sprechen. Falls Sie ihn sehen sollten, würden Sie ihm dann von Kamil erzählen?«

»Ich glaube nicht, daß ich ihn noch einmal treffen werde. Ich reite nach Kumari, und später mache ich mich auf den Weg nach Rußland.«

»Oh, ich dachte, daß...« Das Mädchen brach ab und drehte sich zur Tür. »Es tut mir leid, daß ich mich so dumm benommen habe.«

»Es war ganz und gar nicht dumm. Es ist gut, daß du so besorgt bist, aber ich bin sicher, daß Graf Paul weiß, was er tut.«

»Ja, natürlich. Gute Nacht, Madame.«

»Gute Nacht.«

Anna versuchte, nicht mehr an diese Unterhaltung zu denken. Was konnte dieser ungestüme Junge Paul oder ihr schon antun? Belas Erklärungen waren so vage und undurchsichtig gewesen, aber dennoch waren ihre Nerven angespannt, und plötzlich sehnte sie sich nach ihrem Vater und nach den alltäglichen Dingen, mit denen sie sich zu Hause beschäftigte. In ein paar Tagen, dachte sie, oder im äußersten Fall in einer Woche liegt das alles hinter mir.

Als sie am nächsten Morgen um vier Uhr aufbrachen, war der Himmel leicht rosa gefärbt. Anna klammerte sich an Maria, um sie zum Abschied zu küssen, und fühlte sich mit einemmal einsam. Marias Sinn fürs Praktische würde ihr sehr fehlen. Anfisa und Iwan kamen zu den Ställen, um ihr eine gute Reise zu wünschen und ihr noch einmal einzuschärfen, vorsichtig zu sein. Als Anna mit ihren beiden Begleitern die Kura überquerte und in nordöstlicher Richtung durch das dunstige Tal ritt, dachte sie an einen anderen Morgen, als Gregorij dieselbe Straße entlanggeritten war, um sich mit Paul Kuragin zu treffen und den Tod zu finden.

Es war ein langer und weit anstrengenderer Ritt, als Anna

erwartet hatte, aber sie hielt eisern durch, ertrug die Hitze, den Staub und die Erschöpfung und war froh, daß sie keine Zeit und keine Energie mehr hatte, über die Vorkommnisse der letzten Tage zu grübeln. Nachdem sie ein paar niedrige Hügel hinter sich gelassen hatten, kamen sie auf eine weite Ebene und ritten durch kleine Dörfer, die von Maisfeldern umgeben waren, und nach einer Weile durchquerten sie kilometerlange Weingärten.

»Das ist Kumari«, verkündete Marik und deutete mit seiner Reitpeitsche auf eine lange Reihe von Pappeln in der Ferne und auf die blauschimmernden Berge. »Das alles gehört Prinz Gadiani.«

Sie hatte sich nie eine Vorstellung von diesem Land gemacht, das für sie ein Märchenland oder ein richtiges kleines Königreich gewesen war, das sie eines Tages mit Gregorij zusammen regieren würde. Es war schon fast dunkel, als sie die hübschen Tore, die in den Park führten, erreichten, so daß sie kaum etwas erkennen konnte, während sie über den gewundenen Weg ritten. Nur das weitläufigere niedere Haus schimmerte weiß in der Ferne, und als sie näher kamen, sah Anna, daß die großen Glastüren im Erdgeschoß, durch die man auf eine riesige Veranda gehen konnte, geöffnet waren.

Ein Butler hieß sie mit angemessener Zurückhaltung willkommen, aber als Anna ihren Namen nannte, verbeugte er sich tief und informierte sie, daß sich die Prinzessin schon zurückgezogen habe. Aber er versicherte, daß man sofort ein Zimmer herrichten und den Männeren eine Unterkunft zuweisen würde, wenn die Pferde versorgt waren.

Anna war zu erschöpft, um sich genauer umzusehen, sie war nur dankbar, als man sie in einen großen luftigen Raum führte und ihr Wasser brachte, damit sie sich waschen konnte. Man servierte ihr auch einen Imbiß, aber sie war zu müde, um zu essen, und sank erleichtert ins Bett.

Am Morgen kam eine Dienerin mit Kaffee, gebutterten Brötchen und einem Teller mit Trauben in ihr Zimmer und übermittelte ihr den Wunsch Ihrer Hoheit, der Prinzessin, sie so schnell wie möglich begrüßen zu dürfen.

Gregorijs Großmutter war ganz anders, als Anna sie sich vorgestellt hatte. Sie war sehr klein und kaum mehr als Haut und Knochen. Ihre zierliche Gestalt war in unzählige purpurrote, mit Goldfäden bestickte Tücher und Schleier gehüllt, aber die strahlenden schwarzen Augen in dem dunklen, faltigen Gesicht wirkten lebendig und klug. Der Raum, in dem sie Anna empfing, war mit erlesenen Gegenständen östlicher und westlicher Herkunft eingerichtet: Auf dem Boden lagen üppige persische Teppiche, die Möbel waren hübsch bemalt und vergoldet, kostbare Seidenmalereien hingen an den Wänden, und vor einem Fenster stand ein großer silberner Käfig, in dem prachtvolle bunte Vögel ihr Morgenlied zwitscherten. Ein großer schlanker Hund lag neben dem Sofa, auf dem die Prinzessin inmitten von schillernden Kissen mit kerzengeradem Rücken saß.

»Du bist also Gregorijs Frau«, sagte sie scharf, als Anna auf der Türschwelle stehenblieb. »Komm her. Näher, näher«, befahl sie, während Anna zögernd den Raum durchquerte. Sie streckte blitzschnell einen mageren Arm aus und faßte nach Annas Handgelenk, um sie direkt vor sich zu ziehen. Dann betrachtete sie eine Ewigkeit, wie es Anna schien, ihr Gesicht, bevor sie sie wieder freigab.

»Stabile Knochen«, sagte sie schließlich. »Er hat eine gute Wahl getroffen.«

Die Luft in diesem Zimmer war sehr heiß, und es war ziemlich düster, da die Fensterläden teilweise geschlossen waren, um die Sonnenstrahlen fernzuhalten. Mit ihren raschen fahrigen Bewegungen, den Diamanten in den Ohrläppchen, den großen Rubinen, die den Schleier auf dem weißhaarigen Kopf festhielten, und den mit zahllosen Ringen geschmückten dürren Fingern erinnerte die Prinzessin Anna an einen der exotischen Vögel, die sie im botanischen Garten des Vizekönigs gesehen hatte.

»Ich bin so glücklich, daß ich endlich hier bin«, sagte Anna linkisch.

»Tatsächlich? Du hast lange genug gebraucht«, lautete die schroffe Antwort, dann verzog die Prinzessin die Lippen zu einem kleinen Lächeln. »Gut, gut, das liegt in der Natur der Dinge, und eine alte Frau hat nicht besonders viel Anziehungskraft. Du darfst mir einen Kuß geben, mein Kind.«

Die trockene lederne Wange roch nach Sandelholz. Die seltsam jugendlichen und strahlenden Augen musterten Anna noch einmal kritisch.

»Du bist sehr schön, aber anders als die anderen Schönheiten. Sicher ist ihm das sofort ins Auge gefallen. Wir hatten so etwas nie erwartet, weißt du, er hätte jemanden von seiner Art heiraten sollen.«

»Es wäre vermutlich besser gewesen, wenn er es getan hätte«, erwiderte Anna scharf.

Die Augen der Prinzession blitzten, und sie ließ ein unerwartetes Kichern hören. »Das ist wenigstens ehrlich. Es war nicht so, wie du es dir erträumt hattest, wie? Hat er dich schlecht behandelt?« Als Anna nicht sofort antwortete, fuhr sie ungeduldig fort: »Mach dir nichts draus. Der Junge ist tot, und wir müssen an die Zukunft denken. Ist Daniel Gadiani mit dir gekommen?«

»Nein.«

»Du bist allein gereist.«

»Zwei Diener haben mich begleitet.«

»Das war sehr mutig, meine Liebe. Ich vermute, du hast Daniel kennengelernt, nicht wahr?«

»Ja.«

»Magst du ihn?«

»Ich kenne ihn kaum.«

»Er kann sehr liebenswürdig sein, das weiß ich«, sagte sie mit unverhohlener Geringschätzung. »Er wird sicher auch bald kommen; daran habe ich keinen Zweifel. Er hat Angst davor, daß ich mich mit dir zu ausführlich unterhalte.«

»Weshalb sollte er deswegen Angst haben?«

»Das wirst du noch früh genug erfahren. Wenn er kommt, werde ich ihn nicht empfangen, ich wäre froh, wenn du dich daran erinnern würdest.«

»Wenn Sie es wünschen.«

»Ich habe seinen Vater ebenso verabscheut wie ihn, und seine Schwester ist eine Hure.«

»O nein«, widersprach Anna bestürzt.

»Aber ja. Als sie noch ein Kind war, gestattete ich Natalie, einige Zeit in diesem Haus zu verbringen, und ich weiß genau, was sie ist. Ich bin nicht so weit vom Schuß, daß mich der Klatsch nicht erreicht, oder zu alt, um die Lügen von der Wahrheit unterscheiden zu können.«

Was sie wohl von Paul dachte? Die schwarzen Augen beobachteten sie aufmerksam, und Anna sah schnell zur Seite. Irgendwie hatte sie das Gefühl, daß die alte Frau sie auf Herz und Nieren prüfen wollte und ihre geheimsten Gedanken, die sie von allen anderen Menschen verbergen wollte, lesen konnte. Das verwirrte sie. Möglicherweise hatte Daniel Gadiani recht, und die Prinzessin war wirklich verrückt. Anna war erleichtert, als eine Dienerin mit einer silbernen Kaffeekanne hereinkam. Gleich hinter ihr huschte ein kleiner schwarzhaariger Junge ins Zimmer. Er mochte etwa fünf Jahre alt sein. Er rannte durchs den Raum und hielt nur kurz inne, um Anna anzustarren.

»Wo sind deine Manieren, Wanja?« tadelte die alte Dame. »Das ist Anna, Gregorijs Frau. Du erinnerst dich doch an Gregorij, oder?«

»Ja, Großmama. Er hat mir Sukij geschenkt. Ich bin gekommen, um sie zu holen.« Schüchtern streckte das Kind eine Hand aus. »Herzlich willkommen in Kumari.«

»Das ist schon besser, Wanja«, lobte die Prinzessin und winkte hoheitsvoll mit der Hand. »Du kannst jetzt gehen, meine liebe Anna. Wir beide haben noch viel zu besprechen, aber dafür haben wir später noch Zeit. Du kannst heute abend wiederkommen und mit mir zusammen das Abendessen einnehmen.«

Das Kind lief zu dem schlafenden Hund, kniete sich nieder und schlang den Arm um den Hals des Tiers. Die Dienerin schenkte Kaffee ein. Anna, die so unverhofft entlassen worden war, verließ den Raum, und als sie die breite Treppe erreichte, war sie gleichermaßen verwirrt und belustigt.

»Wirklich«, murmelte sie leise, »es ist, als ob man bei einer königlichen Hoheit Audienz hätte. Selbst die Zarin ist nicht so gebieterisch.« Sie fragte sich, wer das Kind wohl gewesen sein mochte. Der Junge hatte die Prinzessin Großmama genannt, aber sie konnte sich nicht daran erinnern, daß Gregorij je von einem Jungen, der in diesem Haus lebte, gesprochen hatte.

Die nächsten Tage verliefen merkwürdig. Anna sah die Prinzessin morgens und abends, aber sie sprachen nur über Nichtigkeiten. Die alte Dame stellte Fragen über Rußland, über St. Petersburg und Moskau und über Annas Eltern. Anna beantwortete alles, so gut sie konnte, und gab dabei mehr von sich selbst preis, als sie ahnte. Im Gegenzug erzählte die Prinzessin von den vergangenen

Tagen in Kumari, als Gregorijs Großvater das kleine Land, das schon damals unter der Oberherrschaft Rußlands stand, regiert hatte. Anna begriff immer mehr, daß die winzige, juwelenbehangene Gestalt der Mittelpunkt des Hauses war, um den sich alles drehte. Sie war über alle Einzelheiten, die sich in den Weinbergen abspielten, informiert, wußte genau, wieviel die Lese erbracht hatte, und führte Buch über die Weinbestände, die zum Verkauf standen. Die alte Dame nahm Beschwerden entgegen, sorgte für Gerechtigkeit und verbrachte lange Stunden gemeinsam mit ihrem Sekretär im Arbeitszimmer.

Anna hatte tagsüber eine Menge Zeit, das Haus und den Park zu erforschen. Sie wanderte durch die verlassenen Räume, in denen die Möbel mit großen Tüchern bedeckt waren; auf den Kandelabern und den goldgerahmten Spiegeln lag eine dicke Staubschicht, und sie staunte, als sie in die große Halle kam, in der ein langer Tisch stand, an dem etwa hundert Gäste Platz gefunden hätten. Eine riesige Schar von Dienern schwärmte durchs ganze Haus; sie starrten Anna neugierig an, verbeugten sich höflich, wenn sie ihr begegneten, und traten beiseite, um sie passieren zu lassen, aber bis auf den Butler sprach niemand von ihnen russisch.

Kumari war so weit weg von jeder Stadt, daß es gezwungen war, sich selbst zu versorgen. In dem weitläufigen Küchentrakt herrschte ständig geschäftige Aktivität. Blecherne Milchkannen wurden über den Steinboden gerollt, große Bottiche waren mit Rahm gefüllt, Eier wurden verrührt, Messer geschärft, und immer wieder briet Fleisch an Spießen über einem Feuer. All dieser Aufwand wurde nur betrieben, um die Prinzessin, einen kleinen Jungen und jetzt auch Anna zu versorgen.

Der Park war sehr gepflegt. Große Rasenflächen, die täglich bewässert wurden, erstreckten sich bis zum Fluß.

Im Rosengarten tummelten sich unzählige Bienen, die in Strohkörben gehalten wurden, und abends, wenn Anna bei geöffneten Fenstern im Haus saß, konnte sie dem melancholischen Lied der Nachtigallen lauschen, die in den Linden und Akazien saßen.

In solchen stillen Augenblicken dachte sie an Paul und erinnerte sich an das, was er ihr von Arachino und den heißen Sommern erzählt hatte. Einmal war er als Kind von seinem Pony gestürzt und mußte fast ein Jahr auf dem Rücken liegend verbringen.

»In diesem Jahr kam meine englische Gouvernante nach Arachino«, hatte er gesagt. »Du erinnerst mich an sie, nur war ihr Haar dunkler und ein wenig röter. Mir erschien sie damals wunderschön, und ich verliebte mich sofort in sie. Ich nahm mir fest vor, sie zu heiraten, wenn ich erwachsen war, aber mein Onkel Andrej kam mir zuvor.«

»Er hat deine Gouvernante geheiratet?«

»Ja.«

Wenn Paul von seiner Kindheit sprach, klang seine Stimme ungewöhnlich weich und sanft, und Anna ahnte, daß er sehr einsam sein mußte und seine Ironie nur als Schutzschild diente, der seine Sehnsüchte und Träume verbarg. Er lächelte, als er hinzufügte: »Die Hochzeit hat damals einen ziemlichen Aufruhr verursacht, aber Onkel Andrej hat sich nie um andere gekümmert und ist immer seinen eigenen Weg gegangen.«

Ein Rebell wie sein Neffe, dachte Anna und überlegte, ob Andrej der Onkel gewesen war, der eine Affäre mit Pauls Mutter gehabt hatte.

Was hatte die Prinzessin wohl gemeint, als sie Natalie eine Hure genannt hatte? War das die Ursache für Pauls Verbitterung? Hatte sie seine Liebe verraten, wie einst seine Mutter seinen Vater hintergangen hatte? Warum, oh, warum hatte er Gregorij getötet? Als ihre Gedanken an diesem Punkt angekommen waren, stand sie auf, blies die Kerzen aus und ging zu Bett.

Manchmal beobachtete sie, wie das Kind mit dem Hund im Park umhertollte. Der Junge war immer noch sehr scheu, wenn er Anna sah, und wenn sie ihn ansprach, murmelte er nur ein paar Worte und lief, so rasch er konnte, weg. Sie hörte, daß er sich lebhaft mit der Dienerschaft in der Landessprache unterhielt, aber in Gegenwart der Prinzessin sprach er immer russisch.

Der Park reichte bis zu einem kleinen Fluß, an dessen Ufer ein gemauertes Sommerhäuschen stand. Anna kam an den Nachmittagen mit einem Buch hierher, um zu lesen und zu träumen.

Hinter dem jenseitigen Flußufer erhoben sich die majestätischen Berge, die in der Sommerhitze flimmerten und während des Sonnenuntergangs in rosafarbenes Licht getaucht waren – dieser Anblick war so wundervoll, daß es ihr schwerfiel, sich Schamil und seine schwarzen Reiter vorzustellen, die dort ihr Unwesen trieben. Und irgendwo dort war auch Paul und erfüllte seine gefahrvolle Mission.

Anna hatte noch nicht herausgefunden, weshalb Gregorij sie so eindringlich gebeten hatte, hierherzukommen, sie hatte nur das vage Gefühl, daß sie geprüft wurde und daß die Fragen der Prinzessin ein bestimmtes Ziel verfolgten, aber sie hatte keine Ahnung, wie dieses Ziel aussah. Sie hielt sich jetzt schon eine Woche in Kumari auf, und so erholsam und schön es hier auch war, Anna konnte nicht ewig bleiben. Sie beschloß, die Prinzessin direkt zu fragen, was sie von ihr erwartete, und gerade, als sie diese Entscheidung getroffen hatte, erhielt sie einen Brief.

»Er ist von Prinz Gadiani«, sagte der Butler, als sie das Schreiben vom Silbertablett nahm und das Siegel erbrach.

»Es tut mir leid, daß Sie sich entschlossen haben, allein nach Kumari zu reisen«, schrieb Daniel Gadiani. »Ich wäre sehr glücklich gewesen, wenn ich Sie hätte begleiten dürfen. Ich hoffe, daß Sie die Eröffnungen, die ich Ihnen während unserer letzten Begegnung machen mußte, nicht zu sehr aus der Fassung gebracht haben...« Anna überflog den Brief. Es schien, daß Daniel Gadiani Tiflis in ein paar Tagen verlassen wollte. »Ich weiß sehr gut, daß mich die Prinzessin nicht unbedingt in Kumari willkommen heißen wird, aber ich möchte mich gern, auch um Gregorijs willen, persönlich von Ihrem Wohlbefinden überzeugen. Ich habe Ihnen ja schon einmal gesagt, daß der alten Dame nicht immer zu trauen ist.«

Also wirklich, dachte Anna ungehalten, einer warnt mich vor dem anderen. Sie tun alle so geheimnisvoll, als ob sie sich selbst schützen müßten.

An diesem Abend sagte Anna, nachdem der Junge der alten Dame eine gute Nacht gewünscht hatte: »Ich habe einen Brief von Daniel Gadiani erhalten.«

Der vogelartige Kopf ruckte zu ihr. »Was schreibt er?«

»Er kündigt an, daß er in ein paar Tagen hier vorsprechen wird.«

»In diesem Fall wäre es das Beste, wenn du rasch abreisen würdest«, erwiderte die Prinzessin entschieden. »Ich hätte es gern gesehen, wenn du länger hiergeblieben und Wanjas Vertrauen oder sogar seine Zuneigung gewonnen hättest – das wäre sehr gut für euch beide.«

»Was hat Wanja mit mir zu tun?« fragte Anna verwundert.

»Eine ganze Menge. hat Gregorij dir nie von ihm erzählt?«

»Nein, nie. Gregorij hat mich in seinem letzten Brief gebeten, hierherzukommen, und geschrieben, daß Sie mir alles erklären könnten, falls ihm etwas passiert sein sollte. Aus diesem Grund bin ich hier.«

»Er hat niemals gebilligt, was sein Vater getan hat«, sagte die Prinzessin, »aber er wußte, daß er sich den Tatsachen eines Tages stellen mußte – jetzt bist du an seiner Stelle gezwungen, diese Aufgabe zu übernehmen. Geh zur Tür, Anna, und vergewissere dich, daß uns niemand belauscht.«

»Wieso sollte uns jemand belauschen?«

»O meine Liebe, wo hast du nur gelebt, daß du dir eine solche Unschuld bewahrt hast? Das Haus ist voller Diener, und wie kann ich sicher sein, daß sie mir alle treu ergeben sind? Wenn der Preis hoch genug ist, kann sogar die treueste Seele bestochen werden.«

Sie ist tatsächlich ein wenig verrückt, dachte Anna belustigt und ging zur Tür, spähte auf den Korridor und schloß sie wieder. »Es ist niemand da.«

»Gut. Geh jetzt zu der Truhe, dort wirst du eine Schatulle finden.«

Die große rotlackierte Truhe war mit wundervollen Schnitzereien verziert, und als Anna sie öffnete, strömte ihr der leichte Duft eines exotischen Parfums entgegen. Sie legte die gefalteten Seiden- und Samtstoffe beiseite, bis ihre Finger die harten Kanten der Schatulle ertasteten. Als sie sie herausnahm, sah sie, daß das Kästchen aus purem Silber war. Anna brachte es zum Tisch.

»Ist es dies?«

Die Prinzessin kramte einen winzigen Schlüssel aus ihrer Tasche und öffnete die Schatulle.

Anna hielt die Luft an. Das Kästchen war bis zum Rand mit Juwelen gefüllt: Rubine, Saphire, Smaragde, Perlenketten, Armbänder, Ringe und Broschen.

»Sie gehören dir«, sagte die Prinzessin.

»Mir? Aber... das ist doch Unsinn. So etwas kann ich unmöglich annehmen.«

»Selbstverständlich kannst du das. Dieser Schmuck ist ein Teil meiner Aussteuer, und ich kann damit tun, was mir gefällt. Ich habe keine andere Möglichkeit, dir für das zu danken, was du tust. Du kannst die Juwelen verkaufen, ich kenne zwar ihren Wert nicht, aber sie bringen bestimmt einen erklecklichen Erlös.«

Anna schüttelte ungläubig den Kopf, sie fühlte sich, als wäre sie in eine andere Welt, in die Welt eines orientalischen Märchens geraten. »Aber Sie schulden mir keinerlei Dank. Was immer Gregorij von mir erwartet hat, ich werde es tun, weil er mein Mann war und weil es meine Pflicht ist.«

Die Prinzessin seufzte. »Das sagst du jetzt, aber du wirst vermutlich nicht mehr so bereit sein, seine Wünsche zu erfüllen, wenn du gehört hast, worum es sich handelt. Setz dich, meine Liebe.«

Anna zog einen mit Samt bezogenen Stuhl heran und nahm neben dem Sofa Platz. Durch das geöffnete Fenster strömte die nach Sommer duftende Nachtluft, und über dem Raum lag tiefes Schweigen – sogar die Vögel in dem großen Käfig waren still und hatten die Köpfe unter ihre Flügel gesteckt.

»Alles hat vor langer Zeit begonnen«, sagte die Prinzessin, »als dem herrschenden Prinzen von Kumari Zwillinge, zwei Söhne, geboren wurden. Einer dieser Söhne, Alexander, war Gregorijs Großvater und mein Ehemann. Er kam zehn Minuten vor seinem Bruder Josef auf die Welt, und war deshalb dazu bestimmt, das Land und die Reichtümer seiner Vorfahren zu erben. Sein Bruder verfolgte ihn sein Leben lang mit Eifersucht und Niedertracht.«

»War Josef Daniel Gadianis Großvater?«

»Ja.«

»Möchten Sie ihn deshalb nicht empfangen?«

Die Prinzessin lächelte matt. »Das ist eine persönliche Abneigung. Ich verabscheue Daniels und Natalies Lebensweise.« Sie schwieg einen Moment und fügte dann bedächtig hinzu: »Ich habe eigentlich nichts gegen Daniel in der Hand und keine Beweise für seine Feindseligkeit, aber ich weiß, was sein Großvater und sein Vater uns angetan haben, und deshalb fürchte ich ihn.«

»Weshalb fürchten Sie ihn, und was hat Wanja mit all dem zu tun?«

»Du wirst alles erfahren, hab ein wenig Geduld, mein Kind. Es fällt mir nicht schwer, dir das alles anzuvertrauen, aber ich muß diese Geschichte auf meine Art erzählen. Während die beiden Brüder Alexander und Josef heranwuchsen, geriet der gesamte südliche Kaukasus unter russische Vorherrschaft, und viele Menschen leisteten Widerstand. Die kaukasischen Volksstämme sind sehr stolz, und es war nicht leicht, sie unter ein fremdes Joch zu zwingen. Alexander gab nur widerwillig seine Unabhängigkeit auf, aber er war ein weitsichtiger Mann und erkannte die Vorteile. Du mußt wissen, meine liebe Anna, daß wir jahrhundertelang den Angriffen von Persern, Türken und Griechen standhalten mußten, die unser Land verwüsteten und in Schutt und Asche legten. Mit den Russen als Unterstützung konnten wir auf Frieden und Sicherheit hoffen, und deshalb gab Alexander nach.«

»Aber Josef war nicht damit einverstanden, oder?«

»Nein. Er hatte sich schon als Junge betrogen gefühlt, und als er erwachsen wurde, stellte ihm sein Vater ein eigenes Haus und eigene Ländereien zur Verfügung, aber das genügte ihm nicht. Er gierte nach Macht, und in dieser Zeit des Umbruchs sah er seine Chance für gekommen. Er schmiedete Ränke und schloß sich den rebellischen Bergvölkern an. Mein Sohn, Gregorijs Vater, war erst sechzehn Jahre alt, als Alexander in einer Schlacht gegen die marodierenden Rebellen, die unser Land überfielen, getötet wurde.«

»Und Sie waren hier auf sich allein gestellt?«

»Das war nichts Neues für mich. Alexander ist oft mit den Russen ins Feld gezogen, aber dennoch war es diesmal anders. Hier in Kumari erscheint alles so friedlich, aber das Land liegt direkt an der Grenze, und seinerzeit wurde sie nicht so streng verteidigt wie heute. Kannst du dir vorstellen, was es bedeutet, in ständiger Angst leben zu müssen? Es gab Zeiten, in denen ich kaum wußte, wie wir den nächsten Tag überstehen sollten, und zweimal wurden wir aus dem Haus gejagt und waren gezwungen, mitsamt den Dienern und den Kindern Zuflucht in den Wäldern zu suchen, bis die Russen einrückten und die Eindringlinge aus unserem Land vertrieben. Bei der zweiten Flucht starb Gregorijs Mutter an den Folgen der Strapazen und Aufregungen.«

»Wie hat er das verkraftet?«

»Es war sehr schwer für ihn, und mir wurde eines Tages klar, daß der Junge nicht in diesem Haus bleiben konnte. Ich schickte Gregorij nach St. Petersburg, wo er unter dem Schutz des Zaren stand und in Sicherheit war.«

»Sie müssen sehr aufgebracht gewesen sein, als sie hörten, daß er mich geheiratet hat.«

»Eher enttäuscht als aufgebracht. Wir hofften auf einen Erben.«

»Das tut mir leid...«

Die Prinzessin streckte die Hand aus und tätschelte Annas Wange. »Wir dürfen nicht mit Gott hadern. Mein Sohn war nicht so stark und klug wie sein Vater, aber er war kein Narr. Er hat Vorkehrungen getroffen. Vor sechs Jahren heiratete er noch einmal, aber er hielt diese Ehe geheim, sogar vor mir. Das Mädchen war eine Waise, die ich unter meine Obhut genommen hatte und die hier aufgewachsen war. Als ich erfuhr, daß sie ein Kind erwartete, machte ich ihm bittere Vorwürfe, aber er verschwieg mir noch immer, daß er mit ihr verheiratet war. Erst nach seinem Tod kam die Wahrheit ans Licht. Wanja ist Gregorijs Halbbruder und jetzt rechtmäßiger Erbe von Kumari.«

»Als Sie von Ihrem Enkel erfahren haben, schrieben Sie Gregorij einen Brief und baten ihn, zurückzukommen.«

»Ich fürchtete um Wanjas Sicherheit. Alle glaubten, daß er ein Bastard und nicht erbberechtigt sei, aber ich konnte nicht sicher sein, daß die Wahrheit nicht doch nach außen gedrungen war. Mein Sohn ist immerhin ermordet worden.»

»Ermordet? Aber Gregorij hat behauptet, daß sein Vater...«

»... bei einem Reitunfall ums Leben gekommen ist«, ergänzte die Prinzessin. Sie beugte sich vor, ihre dürren Finger umklammerten Annas Handgelenk und zogen sie näher zu sich. »So hieß es offiziell, aber ich weiß es besser. Er war ein ausgezeichneter Reiter, und er kannte die Berge von klein auf. Als man ihn ins Haus brachte, versuchten sie, mich daran zu hindern, ihn noch einmal zu sehen. Da wußte ich, daß man ihn ermordet hatte.«

Anna starrte sie ungläubig an, und die alte Dame erkannte die Zweifel in ihrem Gesichtsausdruck. »Du denkst, daß ich übertreibe, aber was weißt du schon von diesem Land? Es ist noch nicht lange her, da wurden die drei Prinzen von Awari niedergemetzelt, weil sich ihre Mutter weigerte, die Allianz mit den Russen zu lösen. Ein Kind ist so verletzlich. Ich wollte, daß Gregorij Wanja nach Rußland bringt, und als er hier ankam, erzählte er mir von dir. ›Meine Frau ist sehr mutig‹, sagte er, ›und loyal. Sie wird für Wanja sorgen und ihn von hier wegbringen. Du brauchst keine Angst um ihn zu haben, Großmama.‹«

Anna wandte den Kopf ab. Trotz allem, was zwischen ihnen geschehen war, hatte Gregorij noch eine so hohe Meinung von ihr gehabt, daß er ihr den Erben von Kumari anvertrauen wollte.

»Ich habe Gregorij beschworen, vorsichtig zu sein, aber er hat zu lange in St. Petersburg gelebt und den Haß und die Angst vergessen, von denen die Menschen im Kaukasus beherrscht werden. Er war auf dem Weg hierher, um das Kind zu holen, aber er kam nie in Kumari an. Mich erreichte nur die Nachricht, daß er spurlos verschwunden und möglicherweise ermordet worden sei, wie sein Vater und sein Großvater.«

»Nein, so war es nicht«, erwiderte Anna unglücklich. »Er starb bei einem Duell. Als ich in den Kaukasus kam, war ich fest entschlossen, die Wahrheit über seinen Tod herauszufinden, aber ich erreichte nichts. Erst ein paar Tage, bevor ich hierher kam, erfuhr ich alles.«

»Ein Duell?« fragte die Prinzessin erstaunt. »Mit wem?«

»Einem russischen Offizier?«

»Warum haben sie sich duelliert?«

»Ich weiß es nicht. Sie gerieten in Streit, wie es bei Männern oft üblich ist.«

»Nein, nein, meine Liebe. Man mag dir das ja erzählt haben, aber ich kann es nicht glauben. Irgend jemand muß erfahren haben, was Gregorij vorhatte, und wollte ihn daran hindern. Er wußte selbst, daß sein Leben bedroht war.«

Anna klammerte sich an diese Bemerkung wie an einen Strohhalm. Vielleicht hatte Paul sie doch nicht belogen, zumindest nicht ganz und gar, und möglicherweise hatte sie ihn zu Unrecht beschuldigt, für Gregorijs Tod verantwortlich zu sein. Aber daran durfte sie jetzt nicht denken.

»Warum haben Sie sich nicht an Prinz Woronzow gewandt und ihn gebeten, für Wanjas Sicherheit zu sorgen?« fragte sie.

Die Prinzessin lehnte sich gegen die Kissen. Plötzlich wirkte sie sehr erschöpft. »Dafür gibt es viele Gründe. Ich bin zu alt, um eine Reise nach Tiflis zu unternehmen, aber vor allem habe ich gelernt, keinem Menschen zu trauen, auch nicht den Russen.«

»Sie würden einem Kind niemals etwas zuleide tun«, rief Anna aus.

»Wahrscheinlich nicht, aber sie würden ihn zu einem der ihren machen, wie sie es mit Gregorij getan haben. Oh, ich habe sehr deutlich bemerkt, was aus ihm geworden ist – er hat seine Herkunft völlig vergessen. Kumari oder die Menschen, die hier leben, haben ihm nichts bedeutet, und mit Wanja würde dasselbe geschehen. Sie würden ihn bei Hofe verhätscheln und ihn zu ihrer Marionette machen, während sie an seiner Stelle dieses Land regieren. Das kann ich nicht zulassen. Kumari gehört den Gadianis, und es wurde seit fünfhundert Jahren vom Vater an den Sohn weitervererbt. Kannst du das verstehen?«

»Ja, ich denke schon«, erwiderte Anna unsicher, »aber was kann ich tun?«

»Ich möchte, daß du für den Jungen sorgst, als wäre es dein eigener Sohn. Ich weiß alles über dich, mein Kind; Gregorij und andere haben mir viel von dir erzählt. Ich habe einiges über deinen Vater, deine Erziehung und Ausbildung erfahren, und jetzt habe ich dich persönlich kennengelernt, und ich bin sicher, daß ich eine gute Wahl treffe, wenn ich dir Wanja anvertraue. Ich stelle dir genügend Geld zur Verfügung, damit du seine und deine Bedürfnisse befriedigen kannst, und wenn die Zeit reif ist, wird er nach Kumari zurückkehren.«

Anna sah die Prinzessin nachdenklich an. Diese Aufforderung kam gänzlich unerwartet, und sie wußte, daß eine enorme Verantwortung auf ihren Schultern lasten würde, wenn sie einwilligte, aber gleichzeitig spürte sie, daß sie diese Aufgabe gern erfüllen würde. Sie würde ihrem Leben einen Sinn verleihen und die Leere und ihre Einsamkeit vertreiben.

Die Prinzessin beobachtete sie aufmerksam. »Hast du Angst davor?«

»Nein, es ist nur...«

»Du denkst, daß all die Schauermärchen nur der Phantasie einer törichten alten Frau entsprungen sind, einer Phantasie, die durch die Familienfehden und Tragödien entstanden ist und jeder Grundlage entbehrt.«

»Nein, das denke ich nicht«, widersprach Anna beschämt, weil die alte Dame so mühelos ihre Gedanken erraten hatte.

»O doch, und es ist nur natürlich, daß du das glaubsts, aber du brauchst dir keine Sorgen um mich zu machen. Ich bin nicht verrückt, und ich habe Papiere, die Wanjas eheliche Geburt bestätigen. Du wirst all diese Dokumente an dich nehmen.« Plötzlich umfaßte sie Annas Hand und flüsterte eindringlich: »Du mußt bald aufbrechen. Mit jedem Tag wird die Gefahr bedrohlicher, jetzt, da Gregorij tot ist. Wenn dem Jungen etwas zustößt oder wenn er entführt wird, stehen all die Menschen, die uns vertrauen, unter Daniels Herrschaft.«

»Sie glauben, daß Daniel eine Bedrohung darstellt?«

»Ich weiß nicht, ob er hinter all dem steckt; das einzige, was ich mit Sicherheit sagen kann, ist, daß Neid und Machtgier unser Leben zerstört wie ein Gift und daß Wanja ebenso in Gefahr schwebt wie einst Gregorij und sein

Vater. Ich möchte, daß Wanja Kumari verläßt, bevor Daniel es verhindern kann.«

»Wäre es nicht am besten, wenn ich Jakob nach Tiflis schicken und eine Militäreskorte vom Vizekönig anfordern würde?«

»Prinz Woronzow würde ganz sicher den Grund für deine Forderung erfahren wollen, und Daniel steht ihm sehr nahe... Er würde alles daran setzen, daß du das Land nicht mit dem Kind verlassen kannst.« Mit einemmal wurde die Stimme der alten Dame frostig. »Verlange ich zuviel von dir? Wenn ja, dann sag es mir sofort, damit ich eine andere Lösung finden kann.«

Anna zögerte immer noch, dann hob sie stolz den Kopf. »Ich werde das tun, was Sie von mir erwarten, und den Jungen zu mir nehmen.«

»Ich wußte doch, daß ich mich nicht in dir getäuscht habe. Gregorij sagte: ›Wenn Anna etwas verspricht, dann hält sie es auch.‹ Morgen werden wir alles für eure Abreise vorbereiten. Du wirst dich still und unauffällig mit deinen beiden Dienern und zwei von meinen Männern auf den Weg machen. Hier im Haus werden wir allen erzählen, daß du den Jungen nach Tiflis bringst, weil er sich einer medizinischen Behandlung unterziehen muß, das erregt bestimmt keinen Verdacht. Es wird mir sehr schwerfallen, mich von ihm zu trennen. Er war meine ganze Freude, etwas, wofür es sich zu leben lohnte.«

Anna ergriff die Hand der Prinzessin. »Ist es wirklich nötig, daß Sie ihn wegschicken? Vielleicht ist er hier bei den vielen Menschen, die auf ihn achtgeben, genauso sicher.«

»Nein. Ich darf nicht schwach werden, wenn ich stark sein muß. Das einzige, was zählt, ist Kumari, und eine alte Frau, die schon so lange gelebt hat, hat keinerlei Bedeutung.« Sie seufzte und sah in diesem Moment so zerbrechlich und schwach aus wie nie zuvor. »Ich bin sehr müde. Komm morgen früh zu mir, Anna, wir haben noch sehr viel zu erledigen.«

Anna folgte einem Impuls und drückte einen Kuß auf die faltige Wange, bevor sie den Salon verließ. Als sie die Treppe hinaufging, sah sie eine Männergestalt im trüben Lichtschein. Der Mann drehte sich um, und das Licht fiel auf sein Gesicht. Für einen Augenblick glaubte Anna, den Mann wiederzuerkennen, der vor ihrer Abreise aus Tiflis nachts aus Belas Zimmer geschlichen war, aber der Mann ging in Richtung Küchentrakt, und Anna war sicher, daß sie sich getäuscht hatte. In diesem Haus gab es viele Bedienstete, und es war unmöglich, alle zu kennen.

In ihrem Schlafzimmer brannten bereits die Kerzen, und ihr Nachthemd lag ausgebreitet auf ihrem aufgeschlagenen Bett. Alles war ruhig und still wie gewöhnlich. Jetzt, da die Prinzessin nicht mehr in der Nähe und Anna der altmodischen Atmosphäre des Salons entflohen war, erschien ihr die Geschichte, die sie heute gehört hatte, wie ein Melodram aus vergangenen Zeiten. Sie dachte daran, wie sehr sich ihr Vater über diese bizarre Szenerie, in der Gewalt und Mord, Neid und Haß die Hauptrollen spielten, amüsiert hätte ... Und dennoch, so wie die Prinzessin die Vorfälle geschildert hat, erschienen sie irgendwie plausibel.

Sie erfrischte sich das Gesicht mit kaltem Wasser und zog sich aus. Was hatte sie schon zu befürchten? Sie mußte nur die kurze Reise nach Tiflis hinter sich bringen, und dort erwartete sie Maria, die sie unterstützen würde. Sie mußte diese Herausforderung annehmen und Wanja nach Moskau bringen. Ihr Vater würde ihr mit Rat und Tat beiseite stehen, und sie konnte das Versprechen, das sie Gregorij gegeben hatte, erfüllen. Und vielleicht konnte das Kind, das sein Halbbruder war, ihre Sehnsucht nach einem Kind stillen.

10

Jakob schlug vor, einmal während der Reise nach Tiflis zu übernachten.

»Das Kind ist noch klein, Barina, und der Ritt ist sehr anstrengend. Wir müssen in jedem Fall in der Mittagshitze eine Rast einlegen.«

Zu Annas Überraschung war Jakob für den vaterlosen Jungen schon zu einer Art Held geworden, und Anna war erleichtert darüber. Sie hatte keinerlei Erfahrungen mit kleinen Kindern, und jetzt, da sie die Verantwortung für Wanja übernommen hatte, fühlte sie sich mit einemmal überfordert.

Wanja war den Tränen nahe, als er sich von seiner Großmutter und dem Kindermädchen verabschiedete. Er hatte sein ganzes kurzes Leben in Kumari verbracht, und plötzlich nahmen ihn Fremde mit, und er mußte sein Spielzeug, seinen Hund, die Kätzchen, die Ponys und alles andere, was ihm ans Herz gewachsen war, zurücklassen. Aber er war ein Gadiani, und Gadianis weinten nie und fürchteten sich vor nichts, und der Junge versuchte, tapfer zu bleiben, als sie ihn ein letztes Mal an sich drückte.

»Sei schön brav und tu immer, was Anna dir sagt, Wanja, das mußt du mir versprechen. Wir werden uns bald wiedersehen.« Sie strich ihm über das dunkle Haar, aber dann stieß sie ihn abrupt von sich und wandte sich ab. »Geh jetzt«, flüsterte sie mit erstickter Stimme, »geh schnell.«

Anna zögerte noch einen Augenblick, dann nahm sie den Jungen an der Hand und führte ihn aus dem Zimmer. Jakob, der vor dem Haus wartete, warf einen Blick auf das bekümmerte kleine Gesichtchen und sagte: »Komm schon, mein Junge, du bist doch ein richtiger Mann, und jetzt kannst du uns zeigen, was für ein geschickter Reiter du bist.« Er hob ihn in den Sattel des Ponys und winkte Anna zu. »Wenn er müde wird, nehme ich ihn zu mir.«

Zwei Männer aus Kumari begleiteten sie. Marik hatte die Mappe mit den Dokumenten, von denen die Prinzessin gesprochen hatte, und das restliche Gepäck auf ein Maultier geladen.

Als Anna aufstieg, kam Jakob noch einmal darauf zu sprechen, daß sie in der kommenden Nacht ein Lager in einem abgelegenen Tal aufschlagen sollten.

»Es ist sicherer für uns, Barina, wenn wir nicht allzu oft mit anderen Menschen zusammentreffen, die zuviel Interesse an uns zeigen und neugierige Fragen stellen könnten.«

Anna hatte ihm nur erzählt, daß sie Wanja mit nach Tiflis nahmen, weil er vom Leibarzt des Vizekönigs wegen seiner schwachen Lunge untersucht werden sollte. Aber Jakob war kein Dummkopf, und Anna war sicher, daß er die Wahrheit ahnte, obwohl er nichts darüber verlauten ließ. Es war nicht seine Schuld, daß er die Lage falsch einschätzte. Der dunkle junge Mann, den er in der Küche von Kumari getroffen hatdte, war bemerkenswert gut über die günstigsten Lagerplätze an der Straße nach Tiflis informiert gewesen und hatte ihm einige Ratschläge gegeben.

Sie hielten am frühen Abend an einem kleinen Bahnhof an, und Wanja, der fast den ganzen Nachmittag über vor Jakob im Sattel gesessen und gedöst hatte, war quicklebendig und rannte aufgeregt herum. Er hatte noch nie eine Mahlzeit im Freien zu sich genommen oder in einem Zelt geschlafen. Er half Marik, Holz zu sammeln, und beobachtete aufmerksam, wie Jakbo zwei Stöcke aneinander rieb, um das Feuer zu entfachen.

»Er wird bestimmt nicht einschlafen können.« Anna seufzte, als sie dem Jungen mit einem feuchten Tuch das Gesicht und die Hände abwischte.

»Lassen Sie ihn noch ein wenig herumtollen, die frische Luft wird ihn schnell müde machen«, empfahl Jakob, und Anna hoffte, daß er recht behielt.

Die Männer setzten sich etwas abseits an ihr Lagerfeuer und aßen, während Wanja an Annas Hand zerrte und rief: »Ich möchte sehen, wohin der Bach fließt!«

»Wir gehen ein Stück am Ufer entlang, würde dir das gefallen?«

Er stieß einen Freudenschrei aus und lief sofort los. Ab und zu blieb er stehen, um mit einem Stock im Schlamm zu stochern oder Steine ins Wasser zu werfen.

Am Ufer des Baches wuchs dichtes Gebüsch, und Anna lief schneller, um den Jungen im Auge zu behalten. »Wanja«, schrie sie, »Wanja, sei vorsichtig und lauf nicht zu weit weg!«

Sie erhielt keine Antwort, und plötzlich packte sie die nackte Angst. Sie lief los, und als sie das Dickicht hinter sich gelassen hatte, hörte sie ihn aufgeregt rufen: »Anna, Ana, komm schnell, schau!«

Dann sah sie ihn. Er stand auf einer schmalen Brücke, und bei ihm war der junge dunkelhaarige Mann, den Anna in der Nacht zuvor in Kumari gesehen hatte.

»Schau, Anna!« rief der Junge wieder. »Sieh dir an, was mir der Mann geschenkt hat.« Er hielt einen kleinen Dolch in die Höhe. »Es ist ein *Kinjal*, und er ist für mich – er gehört wirklich mir.«

»Wanja, komm sofort hierher. Es ist sehr gefährlich, du wirst noch ins Wasser fallen.«

Anna trat auf die wacklige Brücke, aber der junge Mann hob Wanja hoch und lief mit ihm auf die andere Seite des Bachs. Der Junge brüllte vor Angst, und Anna stolperte über den gefährlichen Steg. Sie schrie, so laut sie konnte, nach Jakob. Wanja wehrte sich nach Kräften gegen den Mann, der ihn immer noch festhielt, und Anna versuchte verzweifelt, sie einzuholen. Sie rutschte im Schlamm aus und fiel auf die Knie. Im nächsten Augenblick schwärmten finstere Gestalten aus dem Wald und umringten sie.

Anna schrie noch einmal aus Leibeskräften um Hilfe, dann wurde ihr etwas auf den Kopf geworfen. Sie kämpfte, um sich von dem erstickenden Stoff der *Burka* zu befreien, aber kräftige Hände preßten ihr die Arme an den Körper, und dann spürte sie, wie ein dicker Strick um sie gebunden wurde. Unter dem dunklen Stoff konnte sie nichts mehr sehen.

Sie hörte Rufe, eilige Schritte und dann einen dumpfen Schlag. Jakob und die anderen Männer mußten sie gefunden haben, aber sie waren nur zu viert, und Anna glaubte, daß ein Dutzend Männer sie angegriffen hatten. Sie wurde zu Boden gerissen, ihr Fuß stieß gegen etwas. Sie hörte ein Schnauben. Sie fühlte, wie sie hochgehoben und quer über einen Pferderücken geworfen wurde. Ein Mann stieg hinter ihr auf und hielt sie fest, während das Pferd angaloppierte.

Nie zuvor in ihrem Leben hatte sie so eine schreckliche Angst gehabt, und sie war nicht einmal in der Lage, sich zu rühren oder zu schreien. Am schlimmsten war, daß sie keine Ahnung hatte, was mit Wanja, Jakob und den anderen geschehen war. Sie war sich nur über eines im klaren: Schamils Reiter hatten sie angegriffen, und irgendwie mußte diese Aktion etwas mit Daniel Gadiani zu tun haben.

Wie hatten sie und die Prinzessin nur so naiv sein können? Hatten sie wirklich angenommen, einem so gerissenen Feind entgehen zu können? Weshalb hatte sie keine Vorkehrungen getroffen, um der Gefahr, an die sie nie ernsthaft geglaubt hatte, entgegenzuwirken? Sie hatte das Gefühl, sehenden Auges in eine Falle geraten zu sein.

Sie hatte den jungen finsteren Mann, den sie im Haus der Prinzessin gesehen hatte, zu Recht verdächtigt, und wenn sie ihrem Instinkt gefolgt wäre und die Prinzessin gewarnt hätte, wären Wanja und sie jetzt nicht in Gefahr gewesen.

Der Ritt erschien ihr endlos. Ihr wurde übel von dem muffigen Geruch unter dem schweren Stoff, ihr Körper war geschunden und schmerzte, und sie wurde ständig hin und her geschleudert. Sie konnte kaum noch einen klaren Gedanken fassen und mußte all ihren Mut zusammennehmen, um nicht in dumpfer Hoffnungslosigkeit zu versinken. Manchmal kam es ihr so vor, als ob sie bergauf reiten würden, dann wieder spürte sie, daß das Pferd über steinigen Boden rutschte. Einmal hörte sie das Plätschern von Wasser, und sie spürte, daß ihre Füße und die Röcke naß wurden.

Sie hätte nicht sagen können, wie lange sie unterwegs gewesen waren, als sie merkte, daß das Pferd in einen langsamen Trott verfiel. Sie hörte einen Schrei, und der Reiter stieg ab und hob sie auf den Boden. Ihre Füße und Beine waren taub, so daß sie kaum aufrecht stehen konnte. Das Seil, mit dem sie gefesselt war, wurde gelöst, und jemand zog ihr die *Burka* vom Kopf. In den ersten Sekunden war sie so erleichtert, wieder frische Luft atmen zu können, daß sie beinahe die Besinnung verlor. Als sie sich wieder gefaßt hatte, sah sie sich vorsichtig um. Es war ziemlich dunkel, und Anna hatte Schwierigkeiten, ihre Umgebung zu erkennen, aber sie sah, daß sie auf einer Ebene standen, die von hohen Bergen umschlossen war. Die Gegend wirkte öde, nur eine alte verfallene Steinhütte befand sich in der Nähe. Neun oder zehn Männer standen neben ihren Pferden und schienen auf etwas zu warten, und plötzlich kam Anna zu Bewußtsein, was tatsächlich geschehen war.

»Wo ist das Kind?« fragte sie wütend. »Was haben Sie mit dem Jungen gemacht?«

Niemand sagte ein Wort, aber nach einer Weile trat einer der Männer vor, und sie sah, daß er Wanja in den Armen hielt. Er stellte den Jungen auf den Boden und gab ihm einen Schubs. Wanja stolperte auf sie zu und begrub sein tränenüberströmtes Gesicht in ihren Röcken. Sie kniete sich hin und zog ihn in ihre Arme, um ihn zu trösten.

»Wohin bringen Sie uns?« fragte sie.

Einer der Männer lachte, ein anderer stolzierte auf sie zu, zerrte sie auf die Füße, tätschelte ihr Gesicht und sagte etwas, was die anderen so erheiterte, daß sie grölten. Der Mann wich sofort zurück, als eine Gestalt in der Tür der Hütte auftauchte.

Eine Geste genügte, um die Reiter zum Schweigen zu bringen, dann ging der Mann auf Anna zu und sagte: »Kommen Sie.«

»Ich gehe nirgendwohin, ehe Sie mir nicht sagen, warum wir entführt worden sind und wohin Sie uns bringen.«

Er starrte sie an. Er war groß und kräftig, und im Grunde sah er sogar ganz gut aus, bis auf die lange Narbe, die sich über eine Wange zog.

Er antwortete ihr auf russisch. »Sie werden alles zur rechten Zeit erfahren. Ich empfehle Ihnen und dem Jungen, erst einmal ein wenig zu schlafen. Wir haben noch einen weiten Weg vor uns.«

Sie merkte, daß es sinnlos war, mit ihm zu streiten. Ihr Leben lag in seiner Hand, und Hilfe war nicht in Sicht. Soweit sie sehen konnte, hatten die Reiter niemanden sonst mitgebracht, und auch der dunkelhaarige junge Mann war nicht hier. Was hatten sie mit Marik und Jakob gemacht? Waren sie tot? Anna war todmüde, und ihr ganzer Körper schmerzte. Sie hatte entsetzliche Angst um Wanja und fürchtete sich vor odem, was noch auf sie zukam, aber der Mann hatte recht: Sie mußten sich ausruhen, wenn sie sich die Chance bewahren wollten, diesen Alptraum zu überleben.

»Komm, Wanja«, sagte sie und ging auf die Hütte zu.

Der Mann hob die *Burka* auf und folgte ihr. Er reichte ihr den Mantel und sagte: »Decken Sie den Jungen damit zu. Die Nächte in den Bergen sind sehr kalt.« Dann schloß er die Tür hinter ihnen.

Die Hütte war leer bis auf einen Strohhaufen in einer Ecke. Anna erkannte sofort, daß das Stroh von Ungeziefer wimmelte, und bedeckte es mit dem Umhang. Als Wanja zu weinen begann, nahm sie ihn in die Arme und redete beschwichtigend auf ihn ein, bis er einschlief. Anna lag noch lange wach und lauschte dem Lachen und den Stimmen der Männer; erst als weit und breit Stille herrschte, fiel sie in einen unruhigen Schlaf, aus dem sie bei Morgengrauen geweckt wurde.

Der Mann, mit dem sie am Abend zuvor gesprochen hatte und der offenbar der Anführer war, half ihr auf ein Pferd und fesselte sie an den Sattel. Wanja setzte er vor sich und hielt ihn fest. Einer der Männer ergriff Annas Zügel und zog ihr Pferd hinter sich her, als sich die ganze Gruppe in Bewegung setzte.

In den folgenden Wochen war Anna oft erstaunt, wieviel ein menschlicher Körper ertragen konnte. Wenn ihr vorher jemand gesagt hätte, daß sie und ein fünfjähriger Junge in der Wildnis, ohne anständige Mahlzeiten, überleben konnten, hätte sie ihm niemals geglaubt, aber sie aßen das kaum genießbare getrocknete Fleisch und das in Wasser aufgeweichte Getreide und wurden nicht einmal krank davon. Zuerst hatte sich Wanja geweigert, etwas von dem unappetitlichen Zeug anzurühren, und einer der

Männer brachte ihr Ziegenmilch, aber als der Hunger den Jungen zu sehr quälte, aß er wie Anna die Dinge, die man ihnen gab. In den meisten Dörfern, durch die sie kamen, wurden sie mit gehässigen Blicken bedacht, aber ein paar Frauen hatten Mitleid mit dem Kind. Anna war dankbar für jeden Apfel, jede Brotkrume und die kleinen Fleischstücke, die Wanja zugesteckt wurden. Die Reise war fürchterlich – eine unendliche grauenvolle Wiederholung der ersten Stunden. Sie kletterten Steilhänge hinauf und führten die Pferde über die schwierigen Passagen, bis ihre Hände und Knie aufgeschürft und blutig waren. Sie durchwanderten Schluchten und kämpften sich durch dichtes Gestrüpp, und während der ganzen Zeit wurden sie von Fliegen und Moskitos geplagt. Sie übernachteten an Plätzen, die ihnen einigermaßen Schutz boten – in Berghütten, in unbenutzten Scheunen oder in Ruinen. Die meisten Nächte verbrachten sie jedoch im Freien auf dem nackten Erdboden. Anna und Wanja schmiegten sich eng aneinander, aber sie zitterten dennoch in der Kälte.

So rauh und grob die Männer auch oft waren, Wanja behandelten sie freundlich. Sie brachten ihm bei, wie er den kleinen Dolch handhaben mußte, und rissen sich darum, ihn vor sich im Sattel reiten zu lassen. Einmal fand Anna ihn inmitten der Männer, die am Lagerfeuer saßen und ihre seltsam melancholischen Lieder sangen, vor. Der Junge beobachtete die Reiter, während sie zu Allah beteten und sich gen Osten verneigten. Einmal ertappte Anna ihn dabei, wie er sie nachahmte, sich auf den Boden kniete, ein paar Worte murmelte und seinen Kopf immer wieder senkte. Sie merkte, wie leicht ein kleines Kind zu beeinflussen war und wie schnell es sich an eine fremde Lebensweise gewöhnen konnte.

Immer wieder stellte sie dem Anführer, der, wie sie herausgefunden hatte, Kezia Mahommed hieß, Fragen, aber er gab ihr stets dieselbe Antwort: Sie würde schon merken, wenn sie das Ziel ihrer Reise erreicht hatten.

Eines Tages mußten sie einen russischen Außenposten passieren, da ihnen ein Soldatentrupp den Weg abgeschnitten hatte. Anna sah die vertrauten Uniformen und schöpfte neue Hoffnung, aber Kezia hatte keinerlei Schwierigkeiten. Er vertraute auf die Reitkunst seiner Männer und sprengte durch die Gruppe der russischen Soldaten. Annas verzweifelte Hilferufe wurden vom blutrünstigen Triumphgeheul der Reiter übertönt, die ihre Krummsäbel über ihren Köpfen schwangen und im wilden Galopp davonpreschten. Anna war am Boden zerstört und wußte, daß ihre Lage hoffnungsloser denn je war.

In dieser Nacht kamen sie in ein Tal, in dem saftiges grünes Gras und bunte Blumen wuchsen. Die Luft war noch warm, und zum erstenmal seit vielen Tagen zog Anna dem Jungen das Hemd aus und wusch ihn im Fluß. Ihr Reitrock war zerrissen und schmutzig und ihre Bluse schweißdurchtränkt. Sie trocknete Wanja ab und sagte ihm, daß er ganz ruhig am Ufer sitzen bleiben solle, bis sie ihn wieder abholen würde. Dann ging sie stromaufwärts, um außer Sichtweite der Männer zu kommen, und zog ihre Bluse aus. Das Wasser war eisig kalt, aber sehr erfrischend. Anna tauchte ihren Kopf in die Strömung und wusch den Staub und den klebrigen Schweiß von ihrer Haut. Als sie sich mit ihrem Unterrock, so gut sie konnte, trocken rieb, hörte sie plötzlich ein Geräusch. Ein Mann stand nur ein paar Meter von ihr entfernt und verschlang sie mit Blikken.

Sie bedeckte ihre Blößen mit dem Unterrock und schrie wütend: »Gehen Sie weg! Verschwinden Sie!«

Er murmelte etwas, rührte sich aber nicht von der Stelle. Ein anderer Reiter rief etwas, und er wandte widerstrebend den Blick von ihr und lief rasch zu ihrem Lagerplatz zurück.

Zitternd vor Angst zog sich Anna an. Bis jetzt hatte sie keiner der Männer angerührt, auch wenn sie sie oft neugierig beobachtet hatten. Die Luft in dem fensterlosen Schuppen, in dem sie mit Wanja die Nacht verbrachte, war stickig und heiß, und Anna hätte am liebsten die Tür weit aufgerissen, aber das wagte sie nicht. Es gab keinen Riegel, mit dem sie sie hätte verschließen können, doch sie fand ein Stück Holz, das sie unter die Klinke klemmte. Sie richtete notdürftig ein Bett für Wanja her und legte sich neben ihn.

Sie wurde wach, als die Tür mit Gewalt aufgestoßen wurde, aber bevor sie auch nur eine Bewegung machen konnte, kniete ein Mann neben ihr und drückte sie zu Boden. Der ekelerregende Gestank nach abgestandenem Schweiß stieg ihr in die Nase, und sie hörte seine heftigen Atemstöße. Er riß ihre Bluse auf, und einen Augenblick später spürte sie, wie sich sein bärtiges Gesicht an ihre Brüste preßte. Sie wehrte sich nach Kräften und schrie, bis sich seine nassen Lipen auf die ihren senkten. Seine Hände glitten gerade in dem Moment unter ihre Röcke, als er zurückgerissen und auf die Füße gezerrt wurde. Ein Fußtritt beförderte ihn durch die offene Tür. Ängstlich und noch immer zu Tode erschrocken sah sie Kezia an, der sie mit vor Wut blitzenden Augen anstarrte.

Anna versuchte ihre Brüste zu bedecken. Sie brachte kein Wort über die Lippen. Jetzt war es also soweit – das, was sie schon am ersten Tag an befürchtet hatte, traf jetzt ein. Ihr Alptraum wurde Wirklichkeit. Einer nach dem anderen würde über sie herfallen. Kezia stand eine Ewigkeit, wie es ihr schien, vor ihr, dann drehte er sich um und verließ den Schuppen. Kurze Zeit später kam er wieder und warf ihr ein weißes Hemd zu.

»Ziehen Sie das an«, sagte er mit rauher Stimme, bevor er ging und die Tür hinter sich schloß.

»Was wollte der Mann?« murmelte Wanja, als Anna sich hinkniete, um das Hemd anzuziehen.

»Nichts. Er hat ein Geräusch gehört und wollte nur nachsehen, ob alles in Ordnung ist.«

»Wann gehen wir wieder heim nach Kumari, Anna?«

»Bald, mein Liebling, bald. Versuch noch ein bißchen zu schlafen.«

Nach dieser Nacht achtete Kezia darauf, daß sie immer von zwei Männer bewacht wurde. Was immer er auch mit ihr in Zukunft vorhatte, er bewahrte sie davor, daß seine Männer sich mit ihr vergnügten.

11

Anna sah Karimat durch einen dichten Regenschleier, und auf den ersten Blick hätte man meinen können, daß in dieser heruntergekommenen Siedlung, die an einem steilen Hang klebte, keine Menschenseele zu finden war.

Die Abenddämmerung brach herein, als sie in das Dorf ritten, und Anna merkte, daß die auf Felsen gebauten Hütten größer waren, als sie vermutet hatte, und daß sie um einen kleinen Platz angeordnet waren.

Es hatte aufgehört zu regnen, aber ein eisiger Wind fegte von den Bergen herab. Männer, Frauen und Kinder kamen aus den Häusern und betrachteten sie neugierig, aber Kezia wies sie schroff zurück. Anna und das Kind wurden in einen kleinen, kargen Raum gedrängt. Anna war erschöpft und zitterte vor Kälte, und sie spürte, daß sie diese Strapazen nicht mehr länger durchhalten konnte.

Sie wandte sich zu Kezia um und beschwerte sich: »Der Junge und ich, wir sind durchnäßt bis auf die Haut. Hat Imam Schamil vor, uns umzubringen? Wenn er das im Sinn hat, dann machen Sie unserem Leben schnell ein Ende und ersparen Sie uns weitere Qualen, wir können so nicht mehr weitermachen. Wir brauchen trockene Kleider, Decken und eine warme Mahlzeit.«

Er war offensichtlich entrüstet über ihre heftigen Worte, und als sie eine Pause machte, um Luft zu holen, starrte er sie wortlos an und verließ den Raum. Niedergeschlagen sah sie sich um. Ihre neue Bleibe war armselig, aber immerhin lagen ein paar Matratzen auf dem Boden, und es gab hier einen Tisch und zwei Stühle. Verglichen mit unseren anderen Herbergen, dachte Anna matt, ist das schon ein Fortschritt. Durch das kleine Fenster konnte man die Berge sehen, und Anna wußte, daß irgendwo dort oben auf den wolkenumhangenen Gipfeln das Fort stand, in dem Schamil mit seinen Frauen und Kindern lebte, wenn er nicht unterwegs war. Sie fragte sich, ob sie dorthin gebracht werden sollten und wie lange sie in diesem erbärmlichen Ort bleiben müssen. Es war sehr kalt in der Kammer, und Wanjas Zähne klapperten. Sie mußte etwas unternehmen, und das schnell. Gerade als sie an die verschlossene Tür hämmern wollte, wurde sie aufgerissen, eine alte Frau kam herein und warf ein großes Kleiderbündel auf den Boden. Sie beäugte die beiden Gefangenen eine Weile, ehe sie sich wieder zur Tür wandte und ging.

Es war eine merkwürdige Kollektion, abgetragen und nicht unbedingt sauber, aber sie fanden zwei rauhe Dekken und ein paar ganz anständige Kleidungsstücke, die besser als gar nichts waren. Anna zog dem Jungen ein trockenes Hemd und frische Hosen an, sie fischte auch eine kleine Jacke und ein Paar Stiefel, die ein bißchen zu groß für ihn waren, aus dem Bündel. Sie stopfte ein paar Lumpen in die Stiefel, bevor sie sie ihm über die Füße streifte.

Wanja steckte seinen *Kinjal* in den Gürtel und stolzierte auf und ab. »Schau mich an, Anna. Sehe ich jetzt wie Kezia aus? Ich bin ein Tatar.«

»Nein, das bist du nicht«, sagte sie schnell und hielt ihn fest. »Du bist ein Gadiani, Wanja, vergiß das nie!«

Das Kind sah sie verwirrt an. »Warum bist du so böse?«

»Ich bin nicht böse.« Sie machte sich Vorwürfe, weil sie ihm die unschuldige Freude verdorben hatte, und schlug rasch vor: »Willst du mir helfen, ein paar Kleider für mich auszusuchen?«

Wanja kicherte, als er eine rosafarbene Hose aus dem Bündel zerrte und ihr eine lange Bluse und einen Schal reichte. Die Schuhe waren entweder zu groß oder zu klein, und deshalb schlüpfte sie in ein Paar offene Sandalen. Die alte Frau kam zurück und brachte ihnen eine Kupferschüssel, einen Krug mit Wasser und ein paar saubere Leinentücher, mit denen sie sich abtrocknen konnten. Kezia mußte sich ihre Worte wirklich zu Herzen genommen haben, denn kurze Zeit später standen zwei Schüsseln mit Zwiebelsuppe auf ihrem Tisch. Sie war zwar sehr dünn, aber immerhin heiß, und zusammen mit den Brotfladen und dem trockenen Ziegenkäse war das eine luxuriöse Mahlzeit, wie sie sie schon lange nicht mehr genossen hatten.

An diesem Abend nahm sich Anna vor, sollte sie jemals dieser Hölle entrinnen und wieder in einem anständigen Bett schlafen und normale Mahlzeiten zu sich nehmen können, Gott jeden Abend auf Knien für diese Gnade zu danken.

Für ein paar Tage, in denen sie sich von den Strapazen der letzten Wochen erholten, erschien ihnen der armselige

kahle Raum wie ein Paradies, aber diese Zufriedenheit dauerte nicht lange an. Schon bald hatten sie das Gefühl, daß die Zeit dahinschlich, und für den fünfjährigen Jungen wurde es von Minute zu Minute unerträglicher, in einem Raum, ohne Spielzeug und ohne Beschäftigung eingesperrt zu sein. Auch Anna konnte kaum die Zeit totschlagen, und ohne den täglichen Kampf ums nackte Überleben, den sie während des anstrengenden Ritts ausgefochten hatte, verfiel sie immer mehr ins Grübeln. Die quälende Ungewißheit, was die Männer mit ihnen vorhaben mochten, brachte sie an den Rand des Wahnsinns, und in mancher Nacht durchlebte sie noch einmal die Entführung und den langen, grauenvollen Ritt.
Ein paarmal träumte sie von Paul, und als er in ihrer Vorstellung auf sie zukam, zitterte sie vor Freude, aber als er sie in die Arme nahm, verwandelte er sich plötzlich in den schmutzigen Halunken, der versucht hat, sie zu vergewaltigen. Sie schreckte aus dem Schlaf und lag bebend und schweißüberströmt auf ihrer harten Matratze.

Es wurde immer schwieriger, Wanja bei Laune zu halten. Sie spielte einfache Kinderspiele mit ihm und erzählte ihm Geschichten, die ihr Vater ihr früher erzählt hatte, und als ihr nichts mehr einfiel, begann sie von vorn.

Gegen Ende der Woche entdeckte sie durch Zufall, daß die alte Frau, die sie versorgte, ein paar Brocken Russisch sprach. Ihr Name war Fatimah, und sie war als Kind von den Reiterhorden entführt worden. Das war schon so lange her, daß sie keine Erinnerung an ihr früheres Leben und ihre Heimat mehr hatte, aber die wenigen russischen Worte, die Anna zu ihr sagte, bewirkten, daß ihre Muttersprache wieder zum Leben erwachte. Anna erfuhr von Fatimah, daß das ganze Dorf auf die Ankunft von Imam Schamil wartete.

Sie fand auch noch andere Dinge heraus: Kezia Mahommed war der Cousin des großen Mannes und genoß deshalb großes Ansehen unter der Bevölkerung. Eines Tages, als Fatimah ihnen das Essen brachte, kam eine Frau in die Hütte und blieb auf der Türschwelle stehen, um Anna eingehend zu mustern. Sie war groß und in ein purpurfarbenes Gewand gehüllt. Der goldene Schleier war mit zwei großen Edelsteinen in ihrem Haar befestigt. Sie warf Wanja einen giftigen Blick zu und kam einen Schritt näher, um Anna von Kopf bis Fuß zu taxieren. Sie schnaubte mißbilligend und sagte etwas in einem scharfen, angriffslustigen Tonfall, ehe sie kehrtmachte und ging.

Die alte Frau kicherte, und Anna fragte: »Wer war das?«

»Amira, Kezias Frau. Sie ist krank vor Neid.«

»Worauf ist sie neidisch?«

»Darauf.« Fatimah berührte Annas rotgoldenes Haar. »Und auf den Jungen. Sie hat keinen Sohn.«

»Aber Wanja ist nicht mein Kind.«

Die alte Frau grinste. »Ihr Mann redet oft von Ihnen, und das macht sie wütend.«

»Warum tut er das? Ich habe ihn nicht einmal gesehen, seit wir hier angekommen sind.«

Fatimah warf ihr einen verschmitzten Blick zu. »Amira hat Angst, daß er den Imam um Erlaubnis fragen wird, Sie zu seiner zweiten Frau machen zu dürfen.«

»O nein, das ist doch lächerlich.«

Aber war es tatsächlich so lächerlich? Plötzlich erinnerte sich Anna an seine Blicke, und der Gedanke daran, zu einem so elenden Leben gezwungen zu werden, verursachte ihr Übelkeit. Sie mochten sie ja für eine Gefangene halten, aber sie würde sich niemals ergeben, lieber wollte sie sterben und sich über die Felsen in die Tiefe stürzen. Es war eine verrückte Idee, die aus der Hoffnungslosigkeit geboren war, aber Anna blieb nicht lange so mutlos. Solange sie lebte, gab es immer Hoffnung, und sie mußte an Wanja denken. Sie machte sich Sorgen um ihn: Das Leben in Gefangenenschaft forderte von dem Jungen, der an die Freiheit und die frische Luft gewöhnt war, seinen Tribut. Er war blaß und lustlos, aß nicht mehr und lag nur noch auf seiner Matratze oder starrte regungslos aus dem Fenster. Anna konnte das nicht mehr länger mit ansehen, und sie faßte einen Entschluß. Wenn Kezia wirklich Interesse an ihr hatte, dann konnte sie Vorteil daraus schlagen, und als die alte Frau das nächstemal zu ihnen kam, verlangte sie, Kezia zu sprechen.

»Das Kind ist krank. Ich muß mit ihm reden.«

Fatimah sah sie zweifelnd an, aber Anna blieb beharrlich, und zu guter Letzt versprach die alte Frau, Kezia die Nachricht zukommen zu lassen. Er kam am folgenden Morgen und blieb im Türrahmen stehen. Er hatte seine grobe Kleidung abgelegt und trug ein kostbares Gewand, das deutlich machte, daß er ein wichtiger Mann in Schamils Gefolgschaft war.

»Was fehlt dem Jungen?« erkundigte er sich kurz angebunden.

»Ihn quält, daß er sich nicht bewegen kann. Er ist in einen kleinen Raum eingesperrt, kommt nie an die frische Luft und hat keinerlei Beschäftigung – nicht einmal ein winziges Spielzeug. Wenn wir wenigstens Bücher hätten, könnte ich ihm Unterricht erteilen.«

»Bücher?« fragte er verblüfft. »Was tut ein Junge mit Büchern?« Er ging zum Fenster. »Da draußen ist ein Weg. Ich werde den Befehl geben, daß man Sie jeden Tag dort spazierengehen läßt, wenn Sie mir versprechen, daß Sie mit niemandem sprechen und keinen Versuch unternehmen, zu fliehen.«

Sie ging auf ihn zu und stellte sich neben ihn. »Bin ich ein Vogel«, erwiderte sie spöttisch, »der über die Berge fliegen kann, oder gibt es hier jemanden, der meine Sprache spricht?«

»Gut«, sagte er. »Sehen Sie zu, daß Sie Ihr Wort halten.« Er sah sie an und streckte die Hand aus, um ihr goldenes Haar zu berühren. Sie wagte nicht, sich zu bewegen, aber innerlich zitterte sie wie Espenlaub. Plötzlich drehte er sich auf dem Absatz um und ging hinaus.

Am Nachmittag wurden sie hinter die Hütte auf den schmalen Weg geführt, der auf einer Seite von einer steil abfallenden Schlucht begrenzt war. Anna erschien dieser Pfad wie ein Geschenk des Himmels nach den vielen Tagen, die sie eingesperrt in dem engen Raum verbracht hatten. In dieser Höhe war die Luft kühl, aber die Sonne strahlte vom Himmel. Wanja lief aufgeregt auf und ab, und als sie nach einiger Zeit wieder in ihre Hütte kamen, fanden sie einen Ball, ein paar kaputte Spielsachen und ein Buch auf dem Tisch liegend vor, das sich als Journal für Damenwäsche entpuppte. Wie das Magazin in diese Wildnis geraten sein konnte, wagte sich Anna gar nicht vorzustellen, aber es wurde zu einem wertvollen Lehrbuch für sie. Sie betrachtete die Hemden, Korsetts, Unterröcke und Nachtgewänder, und Anna brachte dem Jungen französische und englische Wörter bei.

Einige Tage später wurden, als sie gerade spazierengingen, andere Gefangene ins Dorf gebracht. Anna und das Kind mußten sich mit dem Rücken an eine Häuserwand pressen, um die etwa zwanzig russischen Soldaten, die über den kleinen Platz geführt wurden, passieren zu lassen. Die Uniformen der Männer waren nur noch Lumpen, so daß Anna kaum erkennen konnte, zu welchem Regiment sie gehörten. Die Soldaten waren mit schweren Ketten aneinandergefesselt und stolperten in einer Reihe durch den Ort. Einer von ihnen hinkte so stark, daß er sich nicht auf den Beinen hätte halten können, wenn er nicht von einem anderen Mann gestützt worden wäre.

Woher die Soldaten kamen, konnte Anna nicht einmal erahnen, aber sie sah deutlich, daß sie kein Lösegeld wert waren und nie mehr auf Freiheit hoffen konnten. Sie empfand Mitleid mit den armen Kreaturen.

Am folgenden Tag erfuhr sie, aus welchem Grund die Männer hergebracht worden waren: Sie sollten eine Mauer neben dem Weg, auf dem Anna und Wanja täglich spazierengingen, errichten, damit das Dorf vor Angreifern, die von der Bergseite kommen könnten, geschützt war. Einige der Soldaten waren schon bei der Arbeit und gruben einen Wall, um die Grundsteine legen zu können. Anna sehnte sich danach, ein paar Worte mit ihnen zu wechseln, aber sie dachte an Kezias Warnung und fürchtete, daß sich die Bedingungen für alle nur verschlechtern würden, wenn sie ihr Versprechen nicht einhielt. Es war jedoch schwer, Wanja von den Männern fernzuhalten. Er ließ von einem zum anderen, stellte Fragen und war glücklich, wenn sie ihm antworteten.

Am Ende der Reihe befand sich der Mann, der Anna am Tag zuvor aufgefallen war, weil er so stark hinkte. Er arbeitete nicht und lehnte an der Wand. Wanja rannte zu ihm und sagte etwas. Der Mann richtete sich auf, und plötzlich umklammerte er mit beiden Händen die Schultern des Jungen, bückte sich und sah ihm ins Gesicht. Wanja erschrak und stieß einen leisen Schrei aus. Anna eilte zu ihm.

»Was geht hier vor? Was ist geschehen? Ich bitte Sie, jagen Sie dem Jungen keinen Schreck ein.«

Der Mann ließ seine Hände sinken und drehte sich zu ihr um. Er war erbärmlich mager, aber trotz des Bartes und der totenbleichen Haut erkannte Anna Gregorij auf den ersten Blick. Der Schock war so groß, daß keiner von beiden ein Wort herausbrachte, und schon eine Sekunde später kam der Aufseher auf sie zu.

»An die Arbeit!« brüllte er und ließ seine Peitsche durch die Luft zischen.

Anna wollte schon protestieren, aber Gregorij schüttelte kaum merklich den Kopf und formte mit den Lippen das Wort »morgen«, bevor er den Spaten aufhob und sich an die Arbeit machte.

»Wer war der Mensch?« fragte Wanja und hielt ihre Hand fest.

Sie getraute sich nicht, ihm die Wahrheit zu sagen. »Oh, nur ein russischer Soldat.«

»Warum hat er mich so komisch angesehen? Er hat mich nach meinem Namen gefragt.«

»Vielleicht erinnerst du ihn an seinen Sohn oder seinen kleinen Bruder.«

Zum Glück akzeptierte Wanja diese Erklärung. Bis sie wußte, was Gregorij widerfahren war, wagte Anna nicht, seine Identität zu enthüllen. Sie mußte mit ihm sprechen, ohne die Aufmerksamkeit der Tataren auf sich zu lenken.

In dieser Nacht konnte sie nicht schlafen, und durch ihren Kopf wirbelten unzählige Fragen, auf die sie keine Antwort wußte. O Gott, wie seltsam es war, Gregorij wiedergefunden zu haben, und noch dazu hier... Also hatte Paul ihn doch nicht getötet, und er hatte auch nicht seinen Kopf am Sattelknauf eines schwarzen Reiters gesehen. Sie empfand grenzenlose Dankbarkeit, als ihr klar wurde, was das bedeutete, und gleichzeitig überkam sie Traurigkeit. Gregorij, ihr Mann, war am Leben, und sie war jetzt mehr denn je an ihn gebunden, weil er so schwach und krank war. Die zarten Gefühle, die sie Paul entgegenbrachte, mußten der Traum eines einzigen Sommers bleiben. Es war vorbei, und sie durfte nicht einmal mehr daran denken. Sie begrub ihr Gesicht in der groben Decke und weinte hilflos um das, was sie verloren hatte. Sie vergaß, daß sie ebenso wie Gregorij eine Gefangene war und daß es möglicherweise für sie beide keinerlei Zukunft mehr geben könnte.

Sie brauchte mehrere Tage, bis sie sich zusammenreimen konnte, was genau geschehen war. Da sie niemanden auf sich und Gregorij aufmerksam machen wollte, konnte sie während ihres Spaziergangs nie länger als ein paar Minuten mit ihm sprechen, wobei sie so tat, als würde sie die Schlucht betrachten. Sie sprachen Französisch, eine Sprache, die niemand, der sie zufällig hätte belauschen können, verstand.

Am ersten Tag flüsterte sie: »Man hat mir gesagt, daß du tot bist.«

»Ich bin so gut wie tot..., in der Beziehung.« In seiner Stimme lag so viel Verzweiflung, daß sie sich zu ihm umdrehen und ihn trösten wollte, aber sie ignorierte den Impuls, um sich und ihn nicht noch mehr zu gefährden.

»Was ist passiert? Daniel sagte, daß du dich mit Paul Kuragin duelliert hast.«

Ein schiefes Lächeln breitete sich auf seinem ausgemergelten Gesicht aus. »Dann hast du Paul also kennengelernt. Er ist ein ausgezeichneter Schütze, und ich habe mich oft gefragt, ob er nicht genau wußte, daß er dieses eine Mal sein Ziel verfehlt hat.«

»Du meinst...?« Einer der Wachmänner kam in ihre Nähe und betrachtete sie argwöhnisch, so daß Anna gezwungen war, weiterzugehen. Sie hätte weinen mögen vor Enttäuschung.

Bei der nächsten Gelegenheit fragte sie: »Warum habt Ihr euch duelliert?«

Er warf ihr einen kurzen Blick zu. »Hat er dir das nicht gesagt?« Sie schüttelte den Kopf. »Es ging um eine Kleinigkeit.«

Anna wußte genau, daß er sie anlog. »Was ist geschehen?«

»Was glaubst du denn?« sagte er ungerührt. »Wir schossen aufeinander, und ich wurde getroffen. Ich muß das Bewußtsein verloren haben, und als ich zu mir kam, war ich allein.«

»Er hat dich verwundet zurückgelassen, wie konnte er nur so grausam sein?«

Gregorij zuckte mit den Schultern. »Vielleicht hatte er vor, jemanden zu mir zu schicken.«

»Was hast du getan?«

»Ich schaffte es aufzustehen. Mein Pferd war immer noch dort, wo ich es angebunden hatte. Ich kann mich an nicht mehr viel erinnern, nur daran, daß ich nicht weit kam, bis ich umzingelt war.«

»Von Schamils Reitern?«

»Wenn ich darüber nachdenke, glaube ich, daß sie schon längere Zeit im Hinterhalt gelegen und auf mich gewartet haben. Ich hatte eine Menge Blut verloren, aber ich versuchte dennoch, zu fliehen. Sie waren zu viele. Ich wurde wieder ohnmächtig, und als ich aufwachte, war ich mitten in den Bergen.«

»Als Gefangener?«

»Was sonst?«

»Aber warum?«

»Kannst du dir das nicht vorstellen? Mein geliebter Cousin Daniel, der mich mit offenen Armen im Kaukasus empfangen hat, sah eine glänzende Gelegenheit, mich loszuwerden, ohne daß der Schatten eines Verdachts auf ihn fiel.«

»Dann hatte deine Großmutter also recht...«

»Es ist nicht so leicht, Großmama hinters Licht zu führen. Hast du ihr nicht geglaubt?«

»Die ganze Geschichte erschien mir so... unwahrscheinlich.«

Er starrte auf seine von der Arbeit schwielige Hand. »O Gott, Anna, was habe ich dir nur angetan? Ich hätte niemals auch nur im Traum daran gedacht, daß sie dir oder dem Kind ein Leid zufügen.«

»Das ist nicht deine Schuld.« Sie vergaß jede Vorsicht und legte eine Hand auf die seine. Er beugte den Kopf und berührte ihre Finger mit den Lippen. Wanja stürmte auf sie zu, und als Anna sich zum Gehen umdrehte, sah sie Kezias Frau, die am Ende des Weges stand und sie beobachtete.

In dieser Nacht setzten heftige Regenfälle ein, die zwei Tage lang unaufhörlich vom Himmel prasselten, so daß Anna ihre Hütte nicht verlassen konnte. Aber sie beobachtete die russischen Soldaten, die, bis auf die Haut durchnäßt, ihre Arbeit fortsetzten, durch das kleine Fenster. Sie versuchte, die spärlichen Informationen, die sie bis jetzt erhalten hatte, zu einem Ganzen zusammenzufügen, und allmählich erkannte sie ein etwas klareres Muster. Daniel Gadiani hatte alles darangesetzt, Paul in Mißkredit zu bringen, und Vorkehrungen getroffen, seine Pläne in die Tat umzusetzen. Aber es gab noch so viel, was Anna nicht verstand.

Als ihnen wieder gestattet wurde, ins Freie zu gehen, erschrak Anna, weil Gregorij todkrank aussah. Seine Haut war grau, und auf den Lumpen, die seine Schenkel bedeckten, sah sie frische Blutflecken.

»Was ist mit deinem Bein passiert?« flüsterte sie.

»Ich bin gestürzt«, entgegnete er dumpf, »als ich versuchte zu fliehen. Ich abe es mir an den Felsen aufgerissen, und die Wunde heilt nicht.«

»Ist sie behandelt worden?«

Er lachte, und Anna wurde sich bewußt, wie absurd diese Frage war. Warum sollten sie sich um einen Gefangenen kümmern, dessen Leben für sie keinerlei Wert besaß?«

»Wenn ich ein paar saubere Tücher finde, könnte ich dein Bein verbinden«, sagte sie.

»Besser nicht. Wenn sie feststellen, daß du so viel für mich tust, schöpfen sie Verdacht und bestrafen dich.«

Beide hatten in diesem Moment alle Vorsichtsmaßnahmen außer acht gelassen, und sie bemerkten nicht einmal, daß sich der Aufseher von hinten genähert hatte, bis seine Peitsche durch die Luft sauste und auf Gregorijs Rücken aufschlug.

Anna wirbelte voller Entrüstung herum. »Wie können Sie es wagen? Sehen Sie nicht, daß er krank ist?«

Der Tatar starrte sie aus schmalen Augen an und hob erneut die Peitsche. Er hätte sie ins Gesicht geschlagen, wenn Gregorij nicht sein Handgelenk gepackt hätte.

»Laß sie in Ruhe, verdammter Schurke!«

Der Mann stieß ihn von sich, so daß Gregorij an die frischgemauerte Wand prallte, und plötzlich stand Kezia, der den Fortschritt der Arbeiten inspiziert hatte, direkt vor Anna. Zwei Männer waren in seiner Begleitung.

»Was geht hier vor sich?« erkundigte er sich schroff.

Der Aufseher sprudelte wütende Worte hervor, die Anna nicht verstand, aber Kezia brachte ihn mit einer Geste zum Schweigen. »Was tun Sie hier?« fragte er Anna.

Anna empfand Mitleid für Gregorij und war zugleich wütend. »Ich habe versucht, diesen Mann davon abzuhalten, einen Gefangenen auszupeitschen, der ohnehin schon verwundet ist. Er wird verbluten.«

»Was?« Kezia bedachte sie mit einem finsteren Blick.

»Ich hätte nie gedacht, daß Sie so unmenschlich sein können«, klagte sie ihn an. »Sogar ein Tier zeigt mehr Gefühle.«

Kezias Begleiter sahen sie erstaunt an, und der Aufseher grinste. Kezia wies seine Männer zornig zurecht, ergriff Annas Hand, zerrte sie hinter sich her und stieß sie in die Hütte.

»Sind Sie von Sinnen, einen solchen Ton mir gegenüber anzuschlagen, wenn alle Welt es hören kann? Keine andere Frau würde es je wagen, die Stimme gegen mich zu erheben.«

»Dann sind sie Dummköpfe«, versetzte sie, aber als sie sein wutverzerrtes Gesicht sah, hielt sie es für besser, zu schweigen.

Er umfaßte ihre Schultern mit einem eisernen Griff. »Was bedeutet Ihnen dieser Mann? Meine Frau hat mir erzählt, daß Sie schon einmal mit ihm gesprochen haben. Weshalb?«

Offensichtlich hatte er keine Ahnung, wer Gregorij war, und Anna versuchte Zeit zu gewinnen. »Ich hatte gedacht, daß Sie nichts auf das Geschwätz von Weibern geben. Schließlich habe ich Augen im Kopf, und als ich sah, wie sehr dieser Mann sich quält, hatte ich Mitleid, und mir wurde übel.«

Er ließ die Hände sinken. »Sind Sie so zartbesaitet, daß Ihnen beim Anblick von ein bißchen Blut schlecht wird?« erwiderte er verächtlich. »Dagegen gibt es ein Heilmittel: halten Sie sich von ihm fern und gehen Sie ihm aus dem Weg.«

Anna bemühte sich, Ruhe zu bewahren. Sie durfte Kezia nicht zeigen, wie sehr sie das Schicksal des Gefangenen berührte. »Ist das alles, was Sie dazu zu sagen haben? Fatimah könnte sich um ihn kümmern, sie hat Erfahrung in der Behandlung von Wunden, das hat sie selbst gesagt. Sogar Ihnen müßte klar sein, daß er besser arbeiten kann, wenn er gesund ist, und Sie wollen doch, daß die Mauer fertig wird, ehe der Winter kommt.«

Er antwortete nicht sofort, dann zuckte er mit den Achseln. »Es ist richtig, daß die Arbeiten langsamer vorangehen, als ich es mir wünsche. Ich muß verrückt sein, daß ich auf Sie höre..., die alte Frau wird nach dem Gefangenen sehen, aber das ist alles. Haben Sie mich verstanden?«

»Ja. Ich danke Ihnen.«

»Ich möchte keinen Dank. Ich bin froh, wenn der Imam eintrifft und ich die Verantwortung an ihn weitergeben kann«, sagte er und verließ die Kammer.

Niemand hielt Anna zurück, als sie darauf bestand, Fatimah am nächsten Tag zu begleiten. Kezia und seine Männer hatten an diesem Morgen das Dorf verlassen, und ganz Karimat schien erleichtert zu sein, daß sie fortgeritten waren.

Gregorij befand sich an seinem Platz, aber er arbeitete nicht. Er saß auf dem Boden und lehnte an einer Hauswand. Sein Kamerad, der neben ihm stand, sah sich vorsichtig um und legte zaghaft eine Hand auf Annas Arm. »Er kann sich nicht mehr auf den Beinen halten«, flüsterte er, »aber er hat uns gebeten, ihn hierherzubringen. Er sagt, daß er im Freien sterben möchte.«

»Er wird nicht sterben. Wir sind hier, um ihm zu helfen.«

Fatimah brachte heißes Wasser und ein paar saubere Tücher und Kleider. Anna kniete sich neben sie, als sie die blutverschmierten Fetzen von Gregorijs Bein schnitt. Beim Anblick der eitrigen Wunde wurde ihr übel, aber sie blieb standhaft und hielt die Wasserschüssel, während die alte Frau die Wunde auswusch. Gregorij biß die Zähne zusammen, um die höllischen Schmerzen ertragen zu können; Anna wollte Fatimah zurückhalten, als sie begann, eine moosgrüne Paste auf das rohe Fleisch zu streichen, aber die alte Frau ließ sich nicht beirren und legte einen frischen Verband an.

»Das ist eine gute Salbe«, sagte die alte Frau, »wir benutzen sie immer, wenn die Männer verwundet nach Hause kommen. Sie reinigt die Wunde und heilt. Der Mann sollte liegenbleiben und nicht herumlaufen«, fuhr sie fort, »das heißt, wenn sie ihn lassen.« Sie nahm die Wasserschüssel und die schmutzigen Stoffetzen und humpelte davon. Anna blieb an Gregorijs Seite.

Nach einer Weile rührte sich Gregorij ein wenig. »Ich konnte nicht in dem dreckigen Loch bleiben, in dem wir während der Nächte eingesperrt sind.« Aus trüben Augen sah er Anna an. »Dies ist dein Werk, oder? Wie hast du das fertiggebracht, Anna?«

»Ich habe Kezia Mahommed gesagt, daß er sich grausamer benimmt als ein Tier.«

Gregorij lächelte leicht. »Das hat ihm sicherlich nicht gefallen, von einer Frau beschimpft zu werden. Ich habe beobachtet, wie er dich ansieht. Er begehrt dich, meine Liebe.«

Anna brachte ein kleines Lachen zustande. »Unsinn! Er hat schon eine Frau.«

»Aber keine wie dich.«

»Ich bin bestimmt nichts Besonderes in diesen Kleidern und so, wie ich aussehe.«

»Eine Frau wird nicht nach ihrer Kleidung beurteilt.« Er veränderte seine Position und stöhnte vor Schmerz. Anna streckte die Hand aus und legte sie auf seine Wange. Er umfaßte ihre Finger. »Warum tust du das für mich? Du hättest mich sterben lassen können.«

»Das werde ich nicht tun«, erwiderte sie schlicht.

Er hielt noch immer ihre Hand. »Anna, ist es zu spät, dich um Verzeihung zu bitten?«

Wie oft hatte er diese Worte, die immer bedeutungsloser geworden waren, schon gesagt?

»Mach dir keine Gedanken darüber. Es gibt jetzt für uns wichtigere Dinge.« Sie beugte sich näher zu ihm und flüsterte: »Gregorij, was sollen wir tun?«

»Was *können* wir tun?« Er lehnte sich wieder erschöpft an die Wand. Er sah so elend aus, daß sie Angst bekam. »Wir sprechen morgen darüber«, sagte sie schnell.

Er richtete sich mühsam auf. »Nein, du hast recht, Anna. Wir wissen nicht, wieviel Zeit uns noch bleibt. Ich habe immer wieder über alles nachgedacht, seit ich weiß, daß du hier bist. Hör mir gut zu, Anna. Dein Vater ist Engländer, und diese Tatsache mußt du ausnutzen. Schamil ist darauf erpicht, England für seine Sache zu gewinnen, er würde nichts wagen, was diplomatische Komplikationen nach sich ziehen könnte. Wenn er hier eintrifft, mußt du darauf bestehen, mit ihm zu sprechen und ihm weismachen, daß dein Vater sehr einflußreich ist. Du mußt ein wenig übertreiben. Wenn er ein Lösegeld für dich fordert, wird meine Großmutter die Summe bereitstellen.«

»Selbst wenn er mich anhört, ich kann Wanja nicht im Stich lassen, und dich auch nicht.«

»Du könntest dazu gezwungen sein. Aber du kannst Prinz Woronzow Informationen zuspielen, dann wird er erkennen, was für ein Mensch Daniel ist, und der Verrat, den er begangen hat, würde offensichtlich. Wenn ich mich nicht so dumm angestellt hätte, wüßte der Vizekönig längst Bescheid, und all das wäre nie geschehen.«

»Was meinst du damit?«

»Ich hatte schon seit einiger Zeit den Verdacht, daß Daniel ein doppeltes Spiel treibt, aber ich habe geschwiegen... wegen Natalie...«

»Natalie?«

Gregorij wich ihrem Blick aus. »Sie hat mir leid getan. Immerhin ist sie seine Schwester.« Schnell fügte er hinzu: »Es ist sinnlos, jetzt noch darüber nachzudenken. Wie viele Wochen ist es her, seit du entführt worden bist?«

Sie dachte nach – ihr erschien es, als sei seit ihrer Abreise aus Kumari eine endlos lange Zeit verstrichen, aber in

Wirklichkeit war es erst ein paar Wochen her. »Etwa sechs Wochen.«

»Dann hat Woronzow schon seine Späher ausgesandt, die nach dir suchen.«

An diesem Tag konnten sie ihr Gespräch nicht mehr weiterführen. Anna wagte es nicht, Wanja, der in der Hütte eingesperrt war, länger allein zu lassen.

Kezia kehrte in den nächsten Tagen nicht zurück, und Gregorij kam wieder ein wenig zu Kräften. Jedesmal, wenn sie ihn sah, erfuhr Anna ein wenig mehr, und einmal erklärte er ihr, was ihm widerfahren war, nachdem er gefangengenommen worden war.

»Ich habe schnell begriffen, daß Schamil Daniels Versprechungen nicht traut. Sicherlich war mein Cousin davon überzeugt, daß ich den Tod finden würde, aber Schamil hat ihm diesen Wunsch nicht erfüllt, mich als Unterpfand bei sich behalten, und mir angeboten, mich ihm anzuschließen. In diesem Fall hätte ich Kumari regieren können, und wenn ich nach seinem Willen gehandelt hätte, wäre ich frei gewesen.«

»Und du hast dich geweigert?«

»Ich bin vielleicht nicht sehr viel wert, aber ich habe meinen Stolz. Ich würde niemals meine Landsleute oder Rußland verraten.«

»Und deine Haltung hat ihn wütend gemacht?«

»Ich weiß es nicht. Er ist ein Mann, der seine Gefühle niemals preisgibt, und es ist unmöglich, seine Gedanken zu erraten. Er hat mich an die Wand gestellt, und seine Männer hatten die Gewehre bereits angelegt, aber im letzten Moment gewährte er mir einen Aufschub. ›Ich gebe Ihnen Zeit, über alles noch einmal nachzudenken‹, sagte er zu mir.« Gregorij schloß für einen Moment die Augen und fuhr leise fort: »Ich weiß nicht mehr, wie oft ich mir inzwischen gewünscht habe, daß er seine Männer nicht zurückgehalten hätte.«

»O Gregorij...« Sie dachte daran, was er durchgemacht haben mußte – ihr junger, charmanter Ehemann, der nie zuvor in seinem Leben Leid oder Elend kennengelernt hatte. »Diese Monate müssen schrecklich für dich gewesen sein.«

»Bedaure mich nicht. Ich wollte nie bemitleidet werden.«

»Du bist begnadigt worden, und Paul glaubte, daß man dich getötet hätte.«

»Paul?«

»Er hatte die Aufgabe, herauszufinden, wo man dich festhält, und er dachte, daß er zu spät gekommen sei.«

»Glaubst du ihm das?«

»Ja, jetzt glaube ich es.«

»Warum sagst du das? Wie gut kennst du ihn, Anna?«

»Ich bin mit ihm und seinen Kosaken von Pjatigorsk nach Tiflis geritten.«

»Ich verstehe.« Er sah sie fragend an. »Weißt du, daß er Natalies Geliebter war?«

»Ja, das weiß ich.« Sie wich seinen Fragen aus. Sie wollte nicht mit ihm über Paul sprechen und kam zu ihrem Hauptthema, wie sie sich aus der aussichtslosen Lage befreien konnten, zurück.

Am Ende der Woche mußte Gregorij, obwohl er noch krank und fiebrig war, die Arbeit an der Mauer wieder aufnehmen. Die Gefangenen kamen nur langsam voran, weil sie erschöpft und ausgehungert waren. Kezia war seit etwa zehn Tagen weg, als Anna merkte, daß im ganzen Dorf Aufregung und Aktivität herrschte. Die Wachen waren aufmerksamer als sonst, trieben die Gefangenen an und gönnten ihnen kaum ein paar Minuten Pause. Erst als die Nacht hereinbrach, verstand Anna, weshalb sich alle so merkwürdig verhielten.

Kezia kam an der Spitze einer Reitertrupps über den

steilen Weg auf das Dorf zu. Jeder Reiter trug ein schwarzes Banner in der Hand, und als sie den Ort erreichten, nahmen sie zu beiden Seiten der Straße Aufstellung, um dem riesigen Mann auf dem stolzen Pferd, das mit einer scharlachroten Satteldecke bedeckt war, Platz zu machen. Auf dem Platz zügelte er sein Pferd, und im flakkernden Licht der Fackeln, die zwei Männer hielten, sah Anna den eindrucksvollen Mann mit dem weißen Umhang und den blitzenden Dolchen, die in seinem Gürtel steckten. Er sah genauso aus, wie Paul ihn beschrieben hatte: Sein Gesicht war aschfahl, seine dunklen Augen funkelten, und sein Bart war rot gefärbt. Hinter ihm stand einer seiner Gefolgsleute und hielt eine silberne Axt, das Symbol für Macht und Autorität, in den Händen. Keiner der Männer rührte sich von der Stelle, als er die Hand hob und den Platz überschaute.

»Allah ist groß«, sagte er mit tiefer Stimme.

»Allah ist gütig«, antworteten ihm die Männer im Chor.

Das also war Imam Schamil, der Löwe von Daghestan, der ihr Schicksal in seinen Händen hielt. Einen Augenblick später ritt er weiter, und seine Männer folgten ihm.

12

Drei Tage vergingen in nervenzermürbender Spannung. Anna erwartete jeden Augenblick, daß sie abgeholt und zu Schamil gebracht würde, und sie wußte nicht, ob sie erleichtert oder besorgt sein sollte, weil nichts geschah. Sie war mit Wanja in dem kleinen Raum eingesperrt, da es als absolut unschicklich galt, wenn sich eine unverschleierte Frau den zurückkehrenden Kriegern zeigte, die in Karimat umherstolzierten und ihre Waffen und Kriegstrophäen zur Schau trugen. Wanja hatte sich erkältet und war reizbar und lustlos, und Anna wußte nicht mehr, wie sie ihn bei Laune halten sollte.

Als Fatimah am vierten Morgen nach Schamils Ankunft mit dem Frühstück zu ihnen kam, sprudelte sie förmlich über vor Neuigkeiten. Schamils Reiter hatten einen großen Sieg errungen, und bei der Schlacht waren hundert Russen getötet worden. Am folgenden Tag sollte eine Triumphfeier stattfinden, erzählte die alte Frau; ein ganzes Schaf und eine Ziege sollten über offenem Feuer gebraten werden, und andere Leckereien wurden vorbereitet. Der Imam persönlich hatte angeordnet, daß dieses Fest mit Tanz und Gesang gefeiert werden solle, und er würde den Bewohnern und Kriegern die höchste Ehre angedeihen lassen und selbst anwesend sein, ehe er mit einigen Auserwählten nach Dargo-Wedin aufbrach.

»Aber heute möchte er Sie und das Kind sehen«, plapperte Fatimah aufgeregt weiter. »Das ist eine große Ehre, und Sie müssen sich hübsch machen.«

Der Moment war gekommen, und obwohl Anna in den letzten Tagen an kaum etwas anderes gedacht hatte, fühlte sie sich gänzlich unvorbereitet. Sie wußte nicht, welchen Handel Daniel Gadiani mit dem Anführer der Moslems abgeschlossen hatte und welche Rolle sie bei dieser Intrige spielte. Ihr leuchtete ein, warum man Wanja entführt hatte, aber was man mit ihr vorhatte, war ihr vollkommen rätselhaft. Sie versuchte sich an alles zu erinnern, was Gregorij ihr geraten hatte, aber ihr war nicht klar, welche Bedeutung ein Mann wie Schamil einem Literaturprofessor der Moskauer Universität beimessen könnte, selbst wenn dieser Professor Engländer war. Wenn sie die Erlaubnis erhielt, ihrem Vater, dem Vizekönig oder Prinzessin Gadiani zu schreiben, würde es Wochen oder sogar Monate dauern, bis die Antwort dieses abgelegene Dorf erreichen würde. Und dann müßte vorher noch geklärt werden, welche Lösegeldforderung Schamil für ihre Freilassung stellen würde. Ihr Vater war kein reicher Mann, und es war bekannt, daß die Tataren den Wert von Geld nicht einschätzen konnten. Sie glaubten, daß alle Russen märchenhaft reich seien und forderten enorme Summen. Fatimah hatte ihr einmal erzählt, daß die Männer um eine gefangengenommene Frau kämpften, wenn kein zufriedenstellender Handel zustande kam, und es gab meist mehrere Rivalen, wenn die Frau hübsch und jung war.

All diese Gedanken wirbelten ihr durch den Kopf, als sie versuchte, sich selbst und Wanja für die bevorstehende Begegnung herzurichten. Sie kämmte Wanja, so gut sie konnte, das Haar und versuchte ihre Kleidung ein wenig zu säubern. Aber es verging noch eine ganze qualvolle Stunde, bis Kezia kam, um sie abzuholen. Er hatte einen schwarzen Schleier mitgebracht und händigte ihn ihr aus.

»Bedecken Sie Ihr Gesicht«, sagte er. »Es wäre unschicklich, wenn Sie unverschleiert vor den Imam Schamil treten würden.«

»Aber ich bin Christin«, protestierte sie. »Ich folge nicht den Gesetzen des Islam.«

»Ich dulde keinen Widerspruch«, erwiderte er streng. »Möchten Sie den Zorn des Imam auf sich ziehen?«

Sie verhüllte ihr Gesicht wie die anderen Frauen. Kezia ergriff Wanjas Hand und führte sie zum anderen Ende des Dorfes zu einem großen Haus. Die zwei Wachen am Eingang salutierten, und sie betraten einen Saal, der das ganze Erdgeschoß einnahm.

Einige Männer standen in Gruppen in einer Ecke zusammen, aber Annas Blick galt nur Schamil, der so würdevoll und herrisch in einem Sessel saß, daß man hätte meinen können, dies wäre ein Thron. Der Vollstrecker mit der silbernen Axt hatte wie immer hinter ihm Aufstellung genommen, und andere dunkelhäutige Gefolgsmänner standen in der Nähe.

Ein Mann lag vor Schamil auf dem Boden und streckte die Arme aus. Kezia legte eine Hand auf Annas Schulter und schob sie ein wenig zur Seite. Der Bittsteller flehte mit schriller Stimme um Gnade, aber Schamils steinerne Miene zeigte keinerlei Mitleid. Er hob seine Hand, daraufhin zerrten zwei seiner Männer den Verurteilten auf die Füße und schleppten ihn aus dem Saal. Der Gefolgsmann mit der Axt folgte ihnen.

»Was hat er getan?« flüsterte sie.

»Er hat einen unserer Männer bestohlen, und deshalb wird ihm die rechte Hand abgeschlagen«, erklärte Kezia gleichmütig.

»O nein!« stöhnte Anna entsetzt über diese Barbarei.

»Er hat sein Recht verwirkt, mit den schwarzen Reitern in den Krieg zu ziehen, so lautet das gerechte Urteil des Imam. Kommen Sie.«

Kezia führte sie in die Mitte des Saals und trat zur Seite. Eine volle Minute fixierte Schamil sie mit seinen seltsamen schmalen Augen, dann verkündete er mit tiefer Stimme: »Kezia Mahommed hat mir anvertraut, daß er Gefallen an Ihnen findet, und um die Erlaubnis gebeten, Sie zu sener Frau machen zu dürfen.«

Anna war so erschrocken über diese Eröffnung, die von einem Dolmetscher übersetzt worden war, daß sie all ihre Vorsätze vergaß und ohne nachzudenken hervorsprudelte: »Das könen Sie nicht zulassen, es ist unmöglich! Sie beleidigen mich mit diesem Vorschlag, und ich werde mich niemals damit einverstanden erklären, niemals!«

Seine Antwort war eisig, aber er erhob nicht die Stimme. »Kezia ist mein Cousin und ein siegreicher Kämpfer. Es ist eine Ehre, von ihm auserwählt zu werden. Würden Sie es vorziehen, auf dem Sklavenmarkt verkauft zu werden?«

»Sie verstehen nicht.« Ungestüm riß sich Anna den Schleier vom Gesicht, und die Männer im Saal schnappten empört über diese Dreistigkeit nach Luft. »Ich bin Prinzessin Gadiani, und mein Mann, Gregorij Gadiani, ist der Prinz von Kumari. Ich kann nicht die Frau eines anderen werden.«

Schamil brachte sie mit einer Handbewegung zum Schweigen. »Ich bin mir über ihre Identität durchaus im klaren, aber Ihr Mann ist tot.«

»Er ist nicht tot. Er ist hier... als Gefangener.«

»Ruhe!« donnerte Schamil und wandte sich Kezia zu. »Wenn das stimmt, warum hat man mir dann diese Information vorenthalten?«

»Es gibt viele Gefangene hier, aber ich kenne ihre verdammten Namen nicht«, erwiderte Kezia mürrisch.

»Bring die Gefangenen zu mir.«

Schamil schnippte mit den Fingern, und zu Annas Entsetzen trat Daniel Gadiani aus der Menge. Zu spät erkannte sie, daß sie einen verhängnisvollen Fehler gemacht hatte. Sie mußten angenommen haben, daß Gregorij ums Leben gekommen war, und jetzt hatte sie diese Bestien auf ihn aufmerksam gemacht und möglicherweise dadurch sein Todesurteil besiegelt.

Daniel verbeugte sich vor Schamil und raunte ihm etwas zu. Der Imam nickte. Erst jetzt erinnerte sich Anna an Gregorijs Ratschläge, und sie trat einen Schritt vor.

»Mein Vater ist Engländer, und man hat mich unrechtmäßig und ohne Grund meiner Freiheit beraubt. Sie können mich nicht gefangenhalten und müssen mir gestatten, meiner Familie zu schreiben.«

»Engländer? Stimmt das?« fragte Schamil, und Anna wußte, daß sie seine Aufmerksamkeit erregt hatte. Er strich nachdenklich über seinen Bart und beobachtete sie aus zusammengekniffenen Augen.

»Dieser Mann hat keinerlei Bedeutung«, warf Daniel ein, aber Schamil beachtete ihn nicht.

»Wir werden diese Angelegenheit neu überdenken. Was ist mit dem Kind? Ist der Junge Ihr Sohn?«

»Wanja ist der Halbbruder meines Mannes.«

»Ein uneheliches Kind, das keine Rechte hat«, versicherte Daniel schnell.

»Ist das wahr? Er ist ein hübscher, kräftiger Bursche.« Über das strenge Gesicht huschte ein Lächeln, und Schamil streckte eine Hand aus. »Komm, mein Junge. Fürchtest du dich vor mir?«

Wanja zögerte und sah Anna hilfesuchend an. Aber ein Gadiani weinte nie und zeigte keine Angst. Er trat vor, und Schamil hob ihn auf seine Knie und zog einen Dolch aus seinem Gürtel.

»Was ist das?«

»Das ist ein *Kinjal* wie meiner.« Der Junge lachte, ergriff die Waffe, wie es ihm die Männer beigebracht hatten, und stieß die Klinge in die Luft.

Schamil fing die kleine Hand auf. »Willst du mir drohen?« Er lächelte düster. »Bringt sie weg. Ehe ich nach Dargo-Wedin aufbreche, werde ich meine Entscheidung, was mit den beiden geschehen soll, bekanntgeben.« Er hob die Hand zum Zeichen, daß die Audienz beendet war, dann erhob er sich und verließ, gefolgt von seinen Männern, den Saal.

Kezia brachte sie zu ihrem kleinen Gefängnis zurück.

»Sie haben sich wie eine Närrin benommen«, sagte er, als sie in der Hütte waren.

»Das weiß ich selbst. Sie brauchen mich nicht daran zu erinnern.«

»Hassen Sie mich so sehr?«

»Das ist es nicht.« Auf seine Weise war er sogar sehr freundlich zu ihr gewesen, und deshalb versuchte sie, ihm ihre Haltung verständlich zu machen. »Ich bin eine verheiratete Frau, und mein Mann ist da draußen unter den Gefangenen.«

»Er ist es nicht wert, daß Sie für ihn um Gnade bitten. Jeder Mann, der es zuläßt, in Gefangenschaft seines Feindes zu geraten, ist ein Feigling.«

»Er ist kein Feigling. Er hat dem Tod mutig ins Auge gesehen, als er erschossen werden sollte, aber er wurde begnadigt. Soll er sich selbst das Leben nehmen?«

»Ich würde mich in mein Schwert stürzen, bevor ich mein Leben in russischer Gefangenschaft fristen müßte. Aber wie auch immer, er wird nicht mehr lange am Leben bleiben.«

»Was soll das heißen?«

»Er ist krank, und wir können keine Männer durchfüttern, die nicht arbeiten können.«

»Sind alle Tataren so grausam?« rief sie entrüstet.

Er zuckte mit den Schultern. »So ist unser Leben.«

»Was wird der Imam beschließen?«

»Das werden wir bald erfahren. Er trifft die Entscheidungen, und wir gehorchen.« Plötzlich ließ er seine gleichgültige Maske fallen und trat einen Schritt auf sie zu, um sie in seine Arme zu ziehen. Sein Kuß war hart und fordernd. Sie wehrte sich vehement dagegen, und nach einer Weile wich er zurück.

»Ich könnte dich glücklich machen. Du würdest alles haben, was du dir wünschst..., schöne Kleider, Juwelen...«

»All die Dinge, die Sie auch Amira schenken.«

»Sie ist nichts im Vergleich zu dir. Du hast Mut, das habe ich in all den Wochen gemerkt. Du würdest mir schöne, tapfere Söhne schenken. Warum stößt du mich zurück?«

»Weil ich nicht Ihre Frau werden kann«, erwiderte sie in hellster Verzweiflung. »Für mich wäre das wie ein Gefängnis, und ich würde lieber sterben, als mich in ein solches Schicksal zu fügen.«

Er starrte sie einen Moment mit wutblitzenden Augen an, dann stürmte er hinaus und schlug die Tür hinter sich zu.

Während des Nachmittags war das ganze Dorf in Aufruhr. Alle waren mit den Vorbereitungen für das Fest, das am nächsten Tag stattfinden sollte, beschäftigt. Anna und Wanja durften ihre Hütte nicht verlassen, und als Fatimah ihnen das Essen brachte, fragte Anna, was draußen vor sich ging.

»Zwei Händler sind eingetroffen. Ein ganzes Jahr waren keine Hausierer hier, und die Frauen sind außer sich, weil sie so schöne Seidenstoffe und andere Kostbarkeiten mitgebracht haben.«

»Ob ich wohl auch hinausgehen und mir die Sachen ansehen darf? Ich war so lange eingesperrt.« Wenn sich hinausgehen darf, dachte sie, kann ich nach Gregorij suchen und ihm erzählen, was geschehen ist.

Sie mußte bitten und betteln, bis Fatimah einwilligte, die Tür nicht zu verschließen.

»Es wird schon nicht viel schaden«, brummte die alte Frau schließlich mißmutig. »Aber bleiben Sie nicht lange weg. Wenn die Männer herausfinden, was ich getan habe, werden sie mich töten.«

»Sie werden es nicht merken, das verspreche ich. Ich bleibe nur ein paar Minuten und komme sofort zurück.«

Sie legte Wanja auf die Matratze und beschwor ihn, sich ganz ruhig zu verhalten, bis sie zurückkam. Sie gab ihm einen Kuß und schlüpfte durch die Tür.

Anna sah, daß sich die Frauen in einer Ecke des Platzes zusammengedrängt hatten und aufgeregt schnatterten.

Pferde und ein Maultier sowie zwei Männer, die ihre Waren feilboten, befanden sich bei ihnen. Die beiden Männer hatten riesige Turbane, die ihnen bis zu den Augenbrauen reichten, auf den Köpfen. Anna bedeckte ihr Haar und ihr Gesicht mit einem Schleier und schloß sich den Frauen an. Sie hoffte, daß sie sich später unbemerkt davonschleichen und nach Gregorij suchen konnte.

Die Frauen waren so sehr mit Feilschen beschäftigt, daß sie kaum Notiz von Anna nahmen. Sie betrachtete einige der Waren genauer, die auf einem Tisch ausgebreitet waren, und der größere der beiden Händler, der einen dichten Schnurrbart hatte, zeigte ihr einen edlen Seidenstoff und strich sanft über die Falten. Anna zuckte erschrocken zusammen, als sie den großen quadratischen Onyxring an seiner gebräunten Hand sah. Der Mann drehte sich zu ihr um, und Anna begegnete dem Blick aus seinen glänzenden braunen Augen. Ihr Herz machte einen Satz. Das konnte nicht sein, und doch! Paul war hier! Aber wie konnte er wissen, daß sie hier gefangengehalten wurde? Er hatte doch Tiflis vor ihr verlassen und war in den Bergen gewesen, als sie entführt worden war. Sie fragte sich, ob Warga der andere Mann war, der ihr gerade den Stoff um die Schultern legte, vor ihr herumtänzelte und Grimassen zog, um die Frauen zum Lachen zu bringen. In diesen Kleidern und mit dem Schleier hatte Paul sie sicher nicht erkannt, und Anna nutzte es aus, daß die Frauen von den Faxen des kleinen Mannes abgelenkt wurden. Sie schob ihren Schleier ein wenig zur Seite und zupfte an Pauls Ärmel. Seine Augen weiteten sich vor Staunen, aber er sagte kein Wort. Statt dessen holte er eine Satteltasche hervor.

»Hier gibt es noch mehr feine Sachen«, prahlte er und stellte die Tasche auf den Boden. Er hockte sich auf den

Boden, und Anna kniete sich neben ihn, als er den wertlosen Plunder auspackte.

»Was, in Gottes Namen, tust du hier?« raunte er auf englisch, während sie sich beide über die Tasche beugten.

»Daniel Gadiani hat mich entführen lassen, als ich mit einem kleinen Jungen, Gregorijs Halbbruder, von Kumari nach Tiflis unterwegs war.«

»Hat dir der Prinz keine Militäreskorte zur Verfügung gestellt?«

»Ich habe ihn nicht darum gebeten. Wieso bist du hier?«

»Mach dir darüber keine Gedanken. Kannst du dich frei bewegen? Können wir irgendwo miteinander sprechen?«

»Ich werde in einer der kleinen Hütten festgehalten. Es gibt nur ein Fenster, das zur Schlucht hinausführt.«

»Ich versuche, heute nacht dorthin zu kommen.«

Er legte seine Hand auf die ihre, und diese kurze Berührung machte ihr neuen Mut.

Paul sah auf und rief: »Sehen Sie hier, meine Damen. Kämme in allen Farben.« Er drückte einen davon in Annas Hand, als wären sie sich handelseinig geworden, und hob die Tasche hoch, um sich den anderen Frauen zuzuwenden.

Anna zupfte ihren Schleier zurecht und sah sich rasch um. Amira stand ein wenig abseits von den anderen Frauen, und aus den Schlitzen ihres Schleiers funkelten ihre schwarzen Augen und beobachteten Anna aufmerksam. Es wäre Wahnsinn gewesen, die Aufmerksamkeit dieser Frau auf sich zu lenken und jetzt nach Gregorij zu suchen. Anna gab dieses Vorhaben auf und schlenderte betont unbekümmert zu ihrer Hütte zurück.

Als Fatimah kam, um die Tür zu versperren, schenkte Anna ihr den Kamm, und die alte Frau kicherte erfreut.

»Ich habe Amira gesehen. Hat sie den Händlern etwas abgekauft?« fragte Anna beiläufig.

»Um Himmels willen, nein. Für die ist doch nichts gut genug. Der Imam persönlich hat Kezia schon eine Rüge wegen ihrer Verschwendungssucht erteilt, und einmal war er so wütend, daß er ihre Sachen aus dem Haus bringen und verbrennen ließ, aber Amira kümmerte das keinen Deut. Sie weiß, daß ihr Mann ihr alles kauft, was sie sich wünscht.« Sie grinste Anna an. »Es ist wirklich ein Glück für Sie, daß er ein Auge auf Sie geworfen hat. Ein feiner Mann, der Sie da in sein Bett holt...«

»... das er mit Amira teilt«, versetzte Anna trocken.

»Was ist dabei? Gebären Sie ihm einen Sohn, dann wird er Ihnen die Sterne vom Himmel holen. Das ist bestimmt besser als der Sklavenmarkt oder ein Herr, der Sie grün und blau schlägt.«

Die Geschwätzigkeit der alten Frau ging ihr auf die Nerven, und Anna war froh, als sie die Tür hinter sich zumachte. Zum Glück schlief Wanja, aber Anna fand keine Ruhe. Sie ging aufgeregt in dem kleinen Raum auf und ab. Sie hatte keine Ahnung, weshalb Paul hier war und wie er ihr helfen konnte, aber schon allein das Wissen, daß er sich in ihrer Nähe aufhielt, war so wundervoll, daß sie es kaum fassen konnte. Sie zweifelte nicht einen Augenblick daran, daß er es schaffen würde, heute nacht zu ihr zu kommen, aber es war noch zu früh, und sie wußte nicht, wie sie die Stunden bis zur Dunkelheit überstehen sollte.

Noch war es hell draußen, aber die Schatten in dem kleinen Raum wurden schon tiefer. Anna stand lange am Fenster und beobachtete, wie die Gipfel der Berge von der untergehenden Sonne erst in rosarotes, dann in goldenes und schließlich in tiefviolettes Licht getaucht wurden.

Später zündete sie die Kerze an und bemühte sich, ihre Ungeduld zu bezähmen.

Sie hörte ein Geräusch an der Tür, und ihr Herz schlug bis zum Hals. Fatimah kam nie so spät am Abend noch einmal zu ihnen. Hatte Amira schließlich doch herausgefunden, daß Paul nicht der war, der er vorgab zu sein, und Kezia davon in Kenntnis gesetzt? Sie sprang auf die Füße und schnappte erschrocken nach Luft, als sich die Tür öffnete und Daniel Gadiani in die Kammer huschte. Schon allein sein Anblick brachte sie so in Rage, daß sie den Schreck rasch überwand.

»Weshalb sind Sie hergekommen?« fragte sie eisig. »Ich habe nicht den Wunsch, mit Ihnen zu sprechen.«

»Sie werden Ihre Meinung ändern, wenn Sie hören, was ich zu sagen habe«, entgegnete er aalglatt.

Er ging zu der Matratze und betrachtete das gerötete Gesicht des schlafenden Jungen. »Ein kleiner Krieger, wie? Schamil hat viel für Kinder übrig – eine seltsame Schwäche für einen Tyrannen und Mörder, meinen Sie nicht?«

»Eine Schwäche, die Sie offensichtlich nicht haben«, erwiderte sie bissig. »Würden Sie mir jetzt bitte sagen, was Sie zu mir führt, und mich dann allein lassen?«

»Sie haben außergewöhnlichen Mut, meine Liebe. Ich habe nie zuvor eine Frau wie Sie getroffen. Woher kommt dieser Stolz; ist das das englische Blut, das in Ihren Adern fließt? Aber ich fürchte, daß Ihnen diese arrogante Haltung nicht weiterhelfen wird.« Er setzte sich auf die Tischkante, und das flackernde Licht der Kerze zauberte beängstigende Schatten auf sein kantiges Gesicht.

Anna nahm auf einem Stuhl Platz und verschränkte die Hände im Schoß, um ihrer Angst Herr zu werden und ihre angespannten Nerven zu beruhigen.

Er musterte sie aufmerksam und fragte: »Wieviel hat Gregorij Ihnen erzählt?«

»Genug. Ich weiß, daß Sie hofften, Schamil würde ihn umbringen, damit Sie seinen Platz in Kumari einnehmen können.«

»Den Platz, der mich rechtmäßig zusteht«, zischte er mit angsteinflößender Heftigkeit. »Seit drei Generationen hat man uns um unser Recht betrogen, und während Gregorij in St. Petersburg ein Leben im Luxus geführt hat, mußte ich mein Dasein unter den armseligsten Bedingungen fristen – in einem Land, das mir gehören würde, wenn es auch nur die geringste Gerechtigkeit in dieser Welt gäbe. Mir haben die Russen nie ihre Gunst gewährt.«

»Haben Sie denn überhaupt die Gunst von irgend jemandem verdient?«

Einen Augenblick lang glaubte sie, er würde sie schlagen, aber er hielt sich zurück und grinste grimmig. »Ich habe ja schon gesagt, wie sehr ich Ihren Mut bewundere, aber ich rate Ihnen, es nicht zuweit zu treiben.« Er neigte sich plötzlich über sie, und sein Gesicht kam dem ihren so nah, daß sie zurückzuckte. »Was hat Ihnen die alte Dame aus Kumari anvertraut, damit Sie es dem Vizekönig übergeben?«

Sie sah ihn erstaunt an – er wußte also nicht genau über Wanja Bescheid. Irgendwie mußte sie Zeit gewinnen.

»Haben Ihnen Kezias Männer nicht alles gebracht, was sie bei mir gefunden haben?«

»Nein, verdammt! Diese Dummköpfe haben die Männer mit dem Maultier entkommen lassen!«

Jakob und Marik sind ihnen entkommen! Anna dachte fieberhaft nach. Wenn Daniel erfuhr, daß Wanja der rechtmäßige Erbe von Kumari war, wenn Gregorij etwas passierte, würde er ihn vernichten. Ein Unfall oder eine

Krankheit könnte den Jungen schnell das Leben kosten. Sie tastete sich langsam vorwärts, indem sie sagte: »Ich hatte eine kleine Schatulle mit Juwelen bei mir, alten Familienschmuck. Die Prinzessin hat mich gebeten, ihn in Tiflis zu verkaufen.«

Er runzelte die Stirn. »Und das war alles?«

Sie zwang sich, ihm in die Augen zu sehen. »Was sonst hätte ich noch mitnehmen sollen?«

»Was ist mit dem Kind?«

»Der Junge war krank während des Winters. Die Prinzessin hat sich Sorgen um ihn gemacht und wollte, daß er vom Leibarzt des Vizekönigs untersucht wird.«

Er starrte sie lange an, dann stand er auf, ging im Zimmer umher und schwang plötzlich zu ihr herum. »Ich glaube Ihnen nicht.«

»Aber es ist die Wahrheit.«

»Kamil hat mir andere Dinge erzählt.«

»Kamil?« Sie erinnerte sich an den dunkelhaarigen Mann, der Wanja von ihr weggelockt hatte. »Er war also Ihr Spion.«

»Er hat etwas gegen die Russen und besonders gegen Paul Kuragin . . . wegen seiner Schwester.«

»Ist er hier?«

»Er ist nicht mehr wichtig.« Er näherte sich ihr wieder, umfaßte ihre Schultern und zog sie hoch. »Haben Sie überhaupt begriffen, in welcher Lage Sie sich befinden? Erwarten Sie nicht zuviel von diesen Leuten. Für Schamil sind Sie nicht mehr als ein Handelsobjekt, und wenn ich ihn erst einmal davon überzeugt habe, daß Sie wenig Wert für ihn haben, wird er Sie, ohne einen weiteren Gedanken zu verschwenden, Kezia überlassen. Möchten Sie das? Wollen Sie seine Frau, sein Spielzeug, sein, das mit seinen anderen Frauen im Harem eingesperrt ist und ihm stets zu Willen sein muß?« Er hob mit einer Hand ihr Kinn an. »Ich habe einen besseren Vorschlag. Vergessen Sie den kleinen Wanja und heiraten Sie mich, dann können wir gemeinsam über Kumari herrschen.«

Ihr ganzer Körper bebte, aber sie bemühte sich, ihre Stimme ruhig klingen zu lassen. »Lieber würde ich Kezias Sklavin sein.«

»Sie sind eine Närrin!« Er ließ sie so unvermittelt los, so daß sie gegen die Tischkante fiel. »Meinen Sie tatsächlich, daß ich den Rest meines Lebens in diesen Bergen verbringen möchte? Schamil würde mich schon morgen über die Klinge springen lassen, wenn es ihm in den Kram paßt. Ich bin ihm nicht mehr verpflichtet als den Russen, und ich tue, was mir gefällt.«

»Und Sie dienen beiden Parteien, um einen Vorteil für sich herauszuschlagen.«

»Wenn es nötig ist. Das ist die einzige Möglichkeit, zu überleben und zu etwas zu kommen.«

Sie holte tief Luft. »Sie scheinen zu vergessen, daß Gregorij noch am Leben ist.«

Er zuckte mit den Achseln. »Seine Tage sind gezählt. Einem Gefangenen kann sehr schnell etwas passieren, außerdem ist er krank, und er wird keine Woche Zwangsarbeit überleben.«

Seine unverhohlene Grausamket machte sie so wütend, daß sie ihm am liebsten ihre Verachtung ins Gesicht gespuckt hätte, aber sie wußte, daß das unklug gewesen wäre. Sie glaubte nicht, daß er sich seiner Sache so sicher war, wie er vorgab. Schamil war kein Dummkopf, und wenn er ahnte, welche Stellung Wanja tastsächlich einnahm, könnte er den Jungen bei sich behalten und als Druckmittel gegen Daniels Betrügereien einsetzen.

Daniel Gadiani betrachtete sie mit einem unangenehmen Lächeln. »Glauben Sie nur nicht, daß Paul Kuragin hier auftauchen und Sie retten wird. Er ist ein Träumer und hat sich das verrückte Ziel gesetzt, den großen Schamil gefangenzunehmen; aber er hat verdammtes Glück, wenn man ihm und seinen Kosaken nicht die Kehlen aufschlitzt.«

Jetzt kannte sie wenigstens den Grund für Pauls Anwesenheit, und sie war entsetzt über seine Verwegenheit. »Woher wissen Sie das?« wollte sie wissen.

»Ich habe überall meine Informanten.«

»Wo ist Paul Kuragin jetzt?«

»Das weiß Gott allein, aber das spielt im Augenblick auch gar keine Rolle.« Mit einemmal sah er sie argwöhnisch an. »Haben Sie etwas von ihm gehört? Gibt es irgendwelche Nachrichten über ihn?«

»Ich bin hier seit Wochen eingesperrt, wie sollte mich da eine Nachricht erreichen?«

Jetzt wußte sie, was sie zu tun hatte. Obwohl sie ihm gern gezeigt hätte, wie widerwärtig sie ihn fand, beschloß sie, ihn hinzuhalten und sich für den Moment geschlagen zu geben, bis sie mit Paul gesprochen hatte. Sie sank auf den Stuhl.

»Ich habe so entsetzliche Angst... Ich kann keinen klaren Gedanken mehr fassen..«, hauchte sie verzweifelt und vergrub ihr Gesicht in den Händen.

Er beugte sich zu ihr, um ihre Worte besser verstehen zu können. Sie spürte seinen heißen Atem auf ihrer Haut und roch sein seltsam süßliches Parfum. »Gregorij hat nie zu schätzen gewußt, was er an dir hat, meine Liebe. Er hat sein Glück mit Füßen getreten. Glaub mir, Anna, ich würde das nie tun. Ich kenne viele Arten, eine Frau zu erfreuen.« Er nahm ihre Hände von ihrem Gesicht und zwang sie, ihn anzusehen. Dann küßte er sie. Seine Lippen waren kalt, und ein Schauer lief ihr über den Rücken. Sie mußte sich sehr beherrschen, um ihn nicht von sich zu stoßen, und ihr fiel ein Stein vom Herzen, als er sich zurückzog und sagte: »Schamil wird erst nach der Siegesfeier aufbrechen. Vorher komme ich noch einmal zu dir.«

Sie blieb reglos sitzen, bis er die Tür hinter sich geschlossen hatte, dann ließ sie den Kopf auf die Tischplatte sinken. Sie zitterte wie Espenlaub, und es dauerte einige Zeit, bis sie sich wieder gefaßt hatte. Sie versuchte, ihre Gedanken zu ordnen, damit sie Paul, sollte er kommen, in aller Ruhe von den Vorgängen berichten konnte.

Die Stunden krochen mit quälender Langsamkeit dahin, und allmählich schwand all ihre Hoffnung und wich der Verzweiflung. Es war schon vollkommen dunkel, und im Dorf war alles ruhig, aber Paul war noch immer nicht da. Es mußte irgend etwas passiert sein. Die schrecklichsten Möglichkeiten schossen ihr durch den Kopf: Paul war entdeckt worden.., er hatte es sich anders überlegt und beschlossen, seine eigene Mission zu erfüllen und sie und Wanja ihrem Schicksal zu überlassen. Daniel Gadiani würde wiederkommen, und sie wußte nicht, welche Antwort sie ihm geben sollte. Sie fröstelte, als sie die Kerze ausblies und sich auf der Matratze ausstreckte.

Lange nach Mitternacht hörte sie ein leises Geräusch am Fenster und sprang augenblicklich auf. Die Nacht war stockfinster, und am Himmel war nicht ein einziger Stern zu sehen. Sie öffnete das Fenster, und starke Hände rissen es auf. Paul kroch durch die schmale Öffnung, und Anna lief zum Tisch, um die Kerze anzuzünden, aber er hielt sie auf.

»Wenn man zu dieser Stunde Licht bei dir sieht, schöpfen sie vielleicht Verdacht.«

Er tastete nach ihrer Hand und zog sie zum Fenster. Sie konnte ihn in der Finsternis kaum sehen, aber sie fühlte sich sofort getröstet, weil er ihr so nah war.

»Erzähl mir, was geschehen ist, schnell!« drängte er.

Sie berichtete ihm von Kumari, dem Jungen, dem Familienzwist und von Daniel Gadianis Machenschaften, aber irgend etwas hielt sie davon ab, Gregorij zu erwähnen.

»Ich bin sicher, daß Prinz Woronzow einiges von diesen Vorfällen ahnt«, meinte Paul nachdenklich. »Aber er konnte nichts unternehmen, ohne dazu aufgefordert zu werden. Du hättest ihn um seine Unterstützung bitten müssen, er war darauf vorbereitet, dir zu helfen.«

»Jetzt weiß ich, daß das klüger gewesen wäre. Aber damals erschien mir das alles so unwahrscheinlich, und die Prinzessin war dagegen, daß ich ihm eine Nachricht schikke. Ich dachte, daß sie übertreibt, ich konnte nicht glauben, daß mir Gefahr droht.«

»Na ja, jetzt ist es ohnehin zu spät, und das Wichtigste ist, daß du von hier wegkommst.«

»O Paul, glaubst du, daß das möglich ist?« flüsterte sie.

»Es muß möglich sein. Wenn sie dich nach Dargo-Wedin bringen, und das werden sie tun, wenn sich Schamil bis dahin nicht entschieden hat, was er mit dir tun soll, dann ist jeder Gedanke an eine Flucht aussichtslos. Das Fort ist streng bewacht.«

»Paul, ich weiß, weshalb du hier bist...«

»Von wem weißt du das?«

»Von Daniel Gadiani, er war heute hier. Er glaubt, daß du niemals erfolgreich sein wirst.«

»Was er glaubt, ist völlig gleichgültig«, erwiderte er barsch. »Was hat er sonst noch gesagt?«

Sie wandte sich ab und sagte betont heiter: »Es scheint, daß ich mich entscheiden muß, entweder ihn zu heiraten oder Kezia überlassen zu werden.«

»Dieser verdammte Schuft! Er ist schon zu lange ungeschoren davongekommen.« Er zog sie näher zu sich und flüsterte: »Hör mir jetzt gut zu. Wir, Warga und ich, haben unser Lager im Tal aufgeschlagen. Die Kosaken liegen etwa zwei Kilometer entfernt in Deckung. Die Schlucht ist steil, aber nicht unüberwindbar. Ich bin heute nacht über diesen Weg hergekommen, und wir werden Seile mitbringen, um dir und dem Kind den Abstieg zu erleichtern. Morgen während des Festes wird das ganze Dorf auf den Beinen sein, auch die Wachen, und ich hoffe, daß sie in dieser Nacht nicht so wie sonst aufpassen. Ich weiß nicht, wann genau ich kommen kann. Wir müssen eine günstige Gelegenheit abwarten, aber du mußt dich bereithalten. Bleib auf jeden Fall hier in der Hütte, und wenn sie dich zum Fest abholen wollen, erfinde eine Ausrede. Irgendwie werden wir dich und das Kind über die Mauer und ins Tal bringen, und mit etwas Glück entdecken sie erst am nächsten Morgen, daß du geflohen bist. Aber zu diesem Zeitpunkt sind wir schon bei meiner Truppe. Hast du alles verstanden?«

»Ich denke schon, aber da ist noch etwas...«

»Was?«

»Gregorij ist hier.«

»Was?« Sie spürte, wie sich sein Körper anspannte, und als er ihr Gesicht zudrehte, sah sie, daß seine Augen aufblitzten. »Das ist unmöglich, Gregorij ist tot. Wer hat behauptet, daß er hier ist – etwa Daniel?«

»Nein, ich habe ihn gesehen und mit ihm gesprochen. Er ist einer der Gefangenen, die die Mauer bauen.«

»Guter Gott! Anna, ich kann ihn nicht mitnehmen..., dich und das Kind, ja, aber nicht Gregorij.«

»Paul, du mußt ihn befreien. Er ist krank und hat so viel Schreckliches erlebt. Ich kann ihn nicht einfach seinem Schicksal überlassen.«

»Wir wissen jetzt, wo er ist, und wenn wir von hier wegkommen, können wir dem Vizekönig eine Nachricht schicken. Er wird mit Schamil verhandeln.«

»Sie werden ihn nie freilassen, niemals. Daniel wird dafür sorgen, daß er stirbt. Wir müssen ihm helfen, Paul.«

»Nein, wir können nichts für ihn tun«, erwiderte er entschieden und fügte beschwichtigend hinzu: »Anna, das mußt du verstehen. Die Gefangenen werden streng bewacht. Wie soll ich ihn aus dem Haus, in dem sie festgehalten werden, bringen? Schon allein der Gedanke, so etwas versuchen zu wollen, ist verrückt.«

»Du könntest...«

»Soll ich alles verderben? Wäre es hilfreich, wenn wir alle gefangengenommen werden? Ich werde nichts dergleichen tun.«

»Du haßt ihn, stimmt's? Es ist deine Schuld, daß er hier ist. Du hast einmal versucht, ihn zu töten, und du hast ihn im Stich gelassen, als er verletzt war. Jetzt tust du es wieder. Wenn er nicht mit uns kommt, bleibe ich auch hier.«

Er zog sie heftig an sich. »Du liebst ihn immer noch, obwohl er dir so viel Kummer bereitet hat. Er bedeutet dir mehr als ich, das Kind oder das Leben meiner Männer.«

»Nein, das ist nicht wahr.« Sie begann zu weinen. »Du hast ihn nicht gesehen... Er ist mein Mann...«, schluchzte sie.

»Er hat alle Rechte auf dich verspielt«, brummte Paul zornig. »Er war Natalies Liebhaber, wußtest du das? Er hatte schon in St. Petersburg eine Affäre mit ihr, während du dein Kind erwartet und verloren hast, und in Tiflis wußten alle, daß er Natalies Geliebter war. Er hat sie mir weggenommen und darüber gelacht. Er hat mich zum Narren gemacht. Das war der Grund für das Duell, und ich wünschte, ich hätte ihn damals getötet.«

Anna sank auf die Knie und weinte haltlos. Die entsetzliche Nervenanspannung der letzten Stunden forderte jetzt ihren Tribut, und nach einer Weile beugte sich Paul zu ihr und nahm sie in die Arme.

»O Gott, es tut mir leid, ich wollte dir das nie erzählen... Bitte, hör auf zu weinen, Anna. Das alles ist Vergangenheit – aus und vorbei. Sch, sei still, beruhige dich, du weckst sonst noch den Jungen auf.«

»Ja, ich weiß.« Sie bemühte sich krampfhaft, ihr Schluchzen zu unterdrücken.

»Hör zu«, flüsterte Paul, »ich kann dir nichts versprechen, aber sich werde tun, was ich kann. Vielleicht fällt Warga etwas ein. Du sagst, daß Gregorij krank ist, wie schlimm ist es? Kann er gehen?«

»Sein Bein ist verletzt, aber sein Zustand hat sich schon etwas gebessert.«

»Ich vermute, daß er reiten kann, wenn es uns gelingt, ihn ins Tal zu bringen.« Paul drehte sich zum Fenster. »Ich muß jetzt gehen. Wir sollten das Schicksal nicht über Gebühr herausfordern.«

Sie klammerte sich an ihn – es fiel ihr schwer, ihn gehen zu lassen. Er lächelte, beugte sich zu ihr und küßte sie sanft auf die Lippen.

»Bete, daß alles gutgeht«, sagte er, bevor er sich durch das Fenster zwängte und in der Dunkelheit verschwand.

Als Paul die Hälfte des Steilhangs überwunden hatte, tauchte plötzlich Warga aus der Finsternis auf.

»Ist alles arrangiert, Oberst?«

»Ich glaube schon. Es dürfte nicht so schwierig werden, wie ich befürchtet hatte. Die Prinzessin und das Kind werden aus dem Fenster klettern, und wir bringen sie mit Hilfe von Seilen über den Hang ins Tal.«

»Gut.«

Während sie sich Schritt für Schritt talwärts kämpften, sagte Paul: »Es gibt nur eine Schwierigkeit, mit der ich nicht gerechnet habe: Gregorij Gadiani ist unter den Gefangenen.«

»Das kann nicht sein!« rief Warga. »Ich habe ihn selbst gesehen, er war tot! Vor Monaten, im Frühling habe ich ihn gesehen.«

»Wir müssen uns getäuscht haben, Warga. Anna hat mit ihm gesprochen. Er ist hier, und er ist verletzt.«

»Wie, zum Teufel, können wir ihn da herausbringen!? Wir können keine Wunder tun.«

»Wir müssen es versuchen«, brummte Paul grimmig. »Morgen siehst du dich um und findest heraus, wo die Gefangenen nachts eingesperrt sind und ob sie bewacht werden. Das dürfte nicht allzu schwierig sein, wenn das ganze Dorf wegen der Feier auf den Beinen ist.«

Warga sah seinen Herrn prüfend an. »Müssen wir das wirklich tun? Kann diese Sache nicht warten, bis wir unsere Aufgabe erfüllt haben? So eine Gelegenheit bekommen wir nie wieder. Schamil nimmt nicht mehr als ein halbes Dutzend Männer mit nach Dargo-Wedin. Wenn wir ihn in unserer Gewalt haben, können wir zurückkommen und die Prinzessin befreien. Und die ganze verdammte Gesellschaft da oben, wenn es sein muß.«

»Warga, das haben wir doch schon alles besprochen. Du weißt genausogut wie ich, daß die Chance, Schamil lebend zu erwischen, äußerst gering ist. Ich würde die Gelegenheit nutzen, wenn es nur um uns ginge; aber wenn unser Plan scheitert, schneiden sie den Gefangenen die Kehle durch, bevor sie sich selbst umbringen. Und dasselbe tun sie, wenn wir Erfolg haben. Wir können nicht das Leben der Prinzessin und das des Jungen aufs Spiel setzen.«

»Die Männer werden nicht damit einverstanden sein, daß wir unsere Pläne geändert haben. Sie warten schon so lange darauf, zuschlagen zu können.«

»Die Männer werden meine Befehle befolgen«, sagte Paul streng. »Wenn die Prinzessin in Sicherheit ist, kommen wir zurück.«

»Wenn alles gutgeht«, murmelte Warga leise. Verdammte Frauenzimmer, dachte er. Seiner Meinung nach waren Frauen nur für zwei Dinge gut: Sie sollten den Männern Vergnügen bereiten und ihnen starke Söhne gebären. Aber sein sonst so überlegener und vernünftiger Herr war so blind vor Liebe, daß er bereit war, ein Vorhaben, das sie seit Monaten geplant und vorbereitet hatten, aufzugeben, nur um diese eine Frau zu befreien. Und was noch schlimmer war, der Oberst hatte auch vor, den Ehemann der Frau, die er liebte, zu retten. Und damit gefährdete er das Leben seiner Männer. Jeder andere Mann würde diesen Bastard verrotten lassen, dachte Warga finster. Er würde die Russen nie verstehen, niemals.

13

Anna saß noch lange, nachdem Paul gegangen war, da und bemühte sich verzweifelt, ihre widerstreitenden Gefühle unter Kontrolle zu bringen. Sie war selbst überrascht, daß Gregorijs Untreue sie so sehr verletzte. Während all dieser schrecklichen Wochen, in denen sie mit dem Verlust ihres Babys fertig werden mußte, hatte er in Natalies Armen gelegen. Oh, wie grausam und herzlos er gewesen war! Und sie selbst hatte es ihm so leicht gemacht, sie zu hintergehen. Sie erinnerte sich wieder an all die Kränkungen und Zurückweisungen. Warum nur hatte sie Paul so inständig angefleht, Gregorij zu helfen? Sie wußte, wieviel sie von Paul verlangte: Sie erwartete von ihm, daß er sein Leben riskierte, um einen Mann zu befreien, den er verachtete und verabscheute – ihren Ehemann. Sie bedeckte ihr Gesicht mit den Händen. Paul zu sehen und mit ihm zu sprechen, hatte sie mit einer überwältigenden Freude erfüllt, und doch hatte sie alles getan, um diese Freude für immer im Keim zu ersticken. Aber wie konnte sie Gregorij in einem solchen Elend zurücklassen, wenn auch nur die kleinste Chance bestand, ihn zu retten? Sie könnte es sich niemals verzeihen, wenn sie ihn im Stich ließe, und die Selbstvorwürfe würden die Liebe, die sie für Paul empfand, zerstören. Die Erinnerung an Gregorij würde für immer zwischen ihnen stehen. Erschöpft und niedergeschlagen zog sie sich aus und legte sich auf die Matratze.

Aber sie konnte nicht schlafen. In dem einen Moment war sie voller Hoffnung, und im nächsten überkam sie die tiefste Verzweiflung, und sie dachte an hundert unvorhergesehene Zwischenfälle, die ihr Vorhaben vereiteln könnten.

Kurz nach Tagesanbruch brachte Fatimah das Frühstück und plapperte unaufhörlich von dem bevorstehenden Fest. Wanja war heute ungewöhnlich gereizt, und Anna versuchte mit ihm zu spielen, aber er verlor rasch die Lust.

»Ich hasse es, hier zu sein!« schrie er. »Ich hasse es, ich möchte nach Hause zu meiner Großmama!«

Erschüttert von seinem Ausbruch gab Anna ihm einen heftigen Klaps. Er schluchzte verzweifelt und sank wie ein Häufchen Elend auf seine Matratze. Anna bedauerte sofort ihre Reaktion und machte sich Vorwürfe. Die Nerven des Jungen waren genauso überreizt wie die ihren. Sie nahm ihn in die Arme und flüsterte ihm tröstende Worte ins Ohr. Am liebsten hätte sie ihm gesagt, daß sie bald dieses verhaßte Gefängnis verlassen würden; aber das wagte sie nicht, weil sie fürchtete, er könnte etwas ausplaudern, wenn Fatimah das nächstemal zu ihnen kam.

Am späten Nachmittag erschien Kezia Mahommed. Er blieb auf der Türschwelle stehen und verkündete kühl: »Der Imam wünscht, daß ich das Kind zu ihm bringe.«

»Das ist nicht möglich«, sagte Anna schnell. »Wanja geht es nicht gut.«

»Was fehlt ihm?«

»Er ist erkältet und hat Fieber. Sie brauchen ihn nur anzusehen.«

»Krank oder nicht, alle Befehle des Imam müssen sofort befolgt werden.«

»Dann muß ich mit ihm gehen.«

Er bedachte sie mit einem finsteren Blick, dann zuckte er mit den Schultern. »Also gut, kommen Sie.«

Sie verschleierte ihr Gesicht und folgte ihm. Alle Männer und Frauen waren auf dem Platz versammelt, auf dem Schamil in einem Sessel thronte. Er winkte Anna huldvoll zu und hob Wanja auf seine Knie. Amira stand dicht hinter ihm und bot dem Jungen Süßigkeiten an. Wanja sah Anna fragend an, und sie nickte. Es war besser, jetzt niemanden zu beleidigen, da ihre Flucht so kurz bevorstand.

Als der Imam aufstand, Wanja auf den Boden stellte und ihm eine Hand auf die Schulter legte, wollte Anna auf ihn zugehen, aber Kezia hielt sie zurück.

»Der Imam hat beschlossen, daß sich ab sofort meine Frau um den Jungen kümmern soll. Sie brauchen keine Angst zu haben, sie wird gut für ihn sorgen.«

Anna starrte ihn entsetzt an. »Aber das können Sie nicht tun!«

»Es ist schon alles vorbereitet.«

»Nein, nein!« Sie bahnte sich einen Weg durch die Menge und fiel vor Schamil auf die Knie. Sie streckte flehentlich die Hände aus und beschwor ihn: »Sie dürfen ihn mir nicht wegnehmen, ich flehe Sie an. Es wäre ein zu großer Schock für ihn. er ist noch ein Kind und er hat keinen Vater und keine Mutter mehr. Ich bin die einzige, die ihm geblieben ist. Bitte, lassen Sie ihn bei mir bleiben.«

Auf dem Platz herrschte Totenstille. Schamil sah Anna

mit steinerner Miene an, ohne eine Spur von Mitgefühl zu zeigen. Für einen grauenvollen Augenblick glaubte Anna, daß sie ihr Leben verwirkt hätte. Dann löste sich Wanja aus dem Griff des Imam, lief zu ihr und schmiegte sich an sie wie ein gehetztes Tier, das Schutz sucht. Sie hielt ihn fest und wartete atemlos auf die kommenden Ereignisse.

Schließlich sagte Schamil langsam: »Sie können ihn noch einen Tag bei sich behalten, aber Sie müssen ihn auf die Trennung und auf sein neues Leben vorbereiten.«

Anna kam taumelnd auf die Füße, aber bevor sie weggehen konnte, stellte sich Amira ihr in den Weg. Sie faßte nach Wanjas Arm und versuchte, ihn an sich zu zerren.

»Du hast es mir versprochen! Er soll mir gehören!« kreischte sie und sah ihren Mann anklagend an.

Im nächsten Augenblick schlugen die beiden Frauen wie die Wahnsinnigen aufeinander ein, während Kezia tatenlos das Schauspiel beobachtete und lachte.

Verzweifelt versuchte Anna ihre Angreiferin von sich zu stoßen, aber Amira war stark und größer als sie. In ihrer Wut, die durch den Neid auf die Rivalin noch genährt wurde, zerkratzte sie Annas Gesicht und riß an den rotgoldenen Haaren.

Schamil persönlich schritt ein und trennte die beiden Frauen.

»Aufhören!« donnerte er. »Hör auf, Amira, hast du überhaupt kein Schamgefühl?« Selbst Amira wagte es nicht, sich dem Imam zu widersetzen, wenn er zornig war. Sie wich keuchend zurück und hob ihren Schleier auf, der ihr vom Kopf gefallen war.

»Kezia, bring deine Frau weg!« befahl Schamil streng. »Ich kann ein so schändliches Benehmen nicht dulden.«

Kezia hob Amira grinsend hoch, warf sie über seine Schulter und trug sie weg. Amira schrie gellend und wehrte sich mit Händen und Füßen. Anna nahm Wanjas

Hand und lief mit ihm die Straße hinunter zu der Hütte. Zum erstenmal war sie froh, daß sie in diesem Gefängnis eingesperrt und vor weiteren Angriffen sicher war.

Den ganzen Abend über hörte Anna Lärm und Gelächter, die sich ständig wiederholenden Melodien der Flöten und das Stampfen der Füße, als der Tanz begann. In ihrem Gesicht brannten noch immer die Kratzspuren von Amiras Fingernägeln. Anna spähte aus dem Fenster, aber an der Mauer war niemand zu sehen, nicht einmal die Gefangenen. Vielleicht waren sie eingesperrt und mit Ketten gefesselt. Weder Paul noch Warga könnte dann etwas für Gregorij tun. O Gott, endete dieser Tag denn nie?

Fatimah brachte das Abendessen – heute gab es ausnahmsweise Fleisch und frisches Brot, aber Anna brachte kaum mehr als einen Bissen herunter. Wanja spürte ihre Nervosität und weigerte sich einzuschlafen, nachdem sie ihn zu Bett gebracht hatte. Es war schon finstere Nacht, als draußen Schüsse fielen. Annas Herz setzte einen Schlag aus. Immer wieder peitschten Schüsse durch die Luft, und Anna war wie gelähmt vor Angst und hörte nicht einmal, als das Fenster, dessen Riegel sie aufgelassen hatte, aufgeschoben wurde.

»Mach das Licht aus«, flüsterte Paul.

Ein Stein sank ihr vom Herzen, als sie sich beeilte, Paul zu gehorchen. »Was bedeuten diese Schüsse?«

»Sie amüsieren sich, indem sie ihre Schießkünste beim Fackelschein beweisen. Mit ein bißchen Glück jagen sie sich gegenseitig Kugeln in die Köpfe. Jetzt ist genau der richtige Moment für uns, dieser Lärm könnte die Toten aufwecken. Schnell, hol das Kind.«

Als sie ihn hochhob, murmelte Wanja verschlafen: »Wohin gehen wir?«

»Nach Hause, Liebling. Wir gehen nach Hause. Komm.«

Paul schob das Kind durch das Fenster, und jemand nahm es in Empfang.

»Jetzt du«, sagte er.

Sie stieg auf den Stuhl und zwängte sich mit Pauls Hilfe durch die Öffnung, ehe er selbst nachkam und das Fenster schloß. Als sich ihre Augen an die Dunkelheit gewöhnt hatten, sah sie, wie steil der Abhang jenseits der Mauer abfiel. Paul nahm ihren Arm.

»Hab keine Angst«, beruhigte er sie. »Es ist nicht so schlimm, wie es aussieht.«

»Wo ist Gregorij?«

»Warga kümmert sich um ihn. Ich gehe voran, damit ich dich auffangen kann, wenn du ausrutschst.« Er zeigte ihr, wohin sie die Füße setzen mußte, um festen Halt zu haben. »Halt dich an dem Seil fest und gehe langsam und Schritt für Schritt vorwärts.«

»Was ist mit Wanja?«

»Einer meiner Männer bringt ihn nach unten. Sie haben es bestimmt schon fast geschafft.«

Sie hätte nie gedacht, daß sie diese Steilwand überwinden könnte, aber Paul hielt sie, wenn sie unsicher wurde, und redete ihr auf dem ganzen Weg gut zu. Stück für Stück kamen sie vorwärts. Schließlich erreichten sie das Tal, und sie stand auf einer Wiese. In der Nähe hörte sie das Plätschern von Wasser und das Schnauben von Pferden. Einer der Kosaken kam mit Wanja auf sie zu. Der Junge schlang seine Arme um sie und fragte aufgeregt: »Gehen wir wirklich heim, Anna?«

»Ja Liebling, bald.«

Er hüpfte auf und ab und jauchzte vor Freude.

»Machen wir uns gleich auf den Weg, Oberst?« fragte der Kosak.

Paul sah zur Steilwand. »Wir bleiben noch ein paar Minuten; wenn Warga bis dahin nicht hier ist, Grischka, bringst du die Prinzessin und den Jungen zu der Truppe. Ich bleibe hier und warte auf ihn.«

»Ich würde auch lieber bleiben«, sagte Anna schnell. »Glaubst du, daß Warga Gregorij gefunden hat?«

»Ich habe keine Ahnung.«

Die Minuten verstrichen, und Annas Spannung wuchs. Im Tal war alles still, und die Schüsse aus dem entfernten Karimat drangen leise zu ihnen herüber.

»Du solltest dich jetzt auf den Weg machen, Anna«, schlug Paul schießlich vor. »Je eher du von hier wegkommst und bei meinen Männern bist, desto besser.«

»Nein, ich möchte noch warten.«

Sie standen dicht nebeneinander, und Anna spürte, daß er wütend war. Zwischen ihnen hatte sich eine Kluft aufgetan, die ihr unüberwindlich erschien.

Plötzlich sagte Grischka: »Ist das dort nicht Warga, Oberst?«

Sie starrten angestrengt auf den Punkt, auf den Grischka deutete, und sahen, daß sich etwas in die Tiefe bewegte, aber in der Finsternis konnten sie nicht ausmachen, ob es eine oder zwei Personen waren.

Die Tataren hatten die russischen Gefangenen als Zielscheiben für ihre Schießkünste verwendet. Sie schossen nicht direkt auf sie, aber sie zwangen sie, an einer Wand Aufstellung zu nehmen und zielten beim tanzenden Licht der Fackeln direkt über ihre Köpfe.

Warga schlich sich während des schaurigen Spektakels durch die Menge. »Diesen Teufeln fallen immer wieder neue Gemeinheiten ein«, murmelte er vor sich hin.

Um ihn herum herrschte so viel Lärm und Gedränge,

daß er sich näher zu den Gefangenen schieben konnte. Niemand nahm Notiz von dem Händler, der die Schießkünste der schwarzen Reiter bewunderte und die Gefangenen genau betrachtete. Er fand Gregorij am Ende der Reihe und wartete, bis der Tumult seinen Höhepunkt erreicht hatte. Dann huschte er auf ihn zu und berührte seinen Arm. »Kommen Sie«, flüsterte er.

Gregorij öffnete den Mund, um etwas zu sagen, aber der Kosake zischte: »Keine Diskussionen. Wenn Sie aus diesem Höllenloch fliehen wollen, dann halten Sie den Mund und kommen Sie.«

Überrascht ergriff Gregorij die Gelegenheit beim Schopf und huschte in den Schatten hinter der Mauer. Warga beschleunigte seine Schritte.

»Beeilen Sie sich!«

»Ich tue mein Bestes.«

Warga legte Gregorijs Arm um seine Schulter und stützte ihn, damit sie schneller vorankamen. »Wir haben keine Zeit zu verlieren.«

»Wer, zum Teufel, sind Sie?«

»Das ist jetzt unwichtig.«

Als sie hinter den Hütten ankamen, keuchte Gregorij: »Ich komme nie diesen steilen Hang hinunter.«

»Ihre Frau und der Junge haben es geschafft.«

Gregorij spähte verzweifelt in die Tiefe. »Das kann ich nicht.«

»Sie müssen. Kommen Sie.«

Warga band das Seil los und ließ es ins Tal fallen. Es gab keinen Grund, ihren Verfolgern zu zeigen, wie sie entkommen waren.

»Ich gehe zuerst. Hierher, geben Sie mir Ihre Hand!« befahl Warga.

Der Umstand, daß Gregorij während der Gefangenschaft so viel Gewicht verloren hatte, war in dieser Situation ausgesprochen hilfreich, denn Warga mußte ihn den ganzen Weg über stützen und festhalten.

Anna sah ihnen mit vor Entsetzen weitaufgerissenen Augen entgegen, und jeden Moment dachte sie, sie würden stürzen. Langsam aber sicher bewegten sich die dunklen Gestalten in die Tiefe, und erst kurz vor dem Ziel machte Warga einen falschen Schritt, so daß die beiden die letzten Meter über das Gras rollten. Der Kosak stand sofort auf, aber Gregorij krümmte sich auf dem Boden.

Anna wollte zu ihm eilen, doch Paul hielt sie auf. »Ich kümmere mich um ihn.« Er beugte sich über Gregorij. »Sind Sie verletzt?«

»Nur außer Atem.«

»Gut. Kommen Sie, stehen Sie auf.« Paul reichte ihm die Hand und half ihm.

»Mein Gott, Kuragin! Das kann doch nicht möglich sein!« rief Gregorij, als sie sich von Angesicht zu Angesicht gegenüberstanden. Dann brach er in schallendes Gelächter aus. »Ausgerechnet Sie! Das ist verdammt komisch. Was, zum Teufel, machen Sie hier?«

»Das tut nichts zur Sache«, versetzte Paul kurz. »Viel wichtiger ist, ob Sie reiten können.«

»Ich werd's versuchen.«

»Kommen Sie. Warga, hilf ihm! Und jetzt zu dir, Anna. Wir konnten keinen Damensattel auftreiben.«

»Das macht nichts, ich komme auch so zurecht«, versicherte sie.

Er hob sie auf den Rücken eines Pferdes und schwang sich auf das seine. Grischka reichte ihm den Jungen. Paul setzte ihn vor sich in den Sattel, bevor er sich zu den anderen umdrehte.

»Nach etwa zwei Kilometern stoßen wir zu meinen Männern. Wir sollten zusehen, daß wir so weit wie möglich von Karimat wegkommen, ehe der Tag anbricht. Reitet mir nach und seid, um Himmels willen, vorsichtig; der Weg ist sehr gefährlich.«

Sie brauchten fast eine Stunde, bis sie zu dem Versteck der Kosaken kamen, die sich in einer uneinsehbaren Felsspalte verschanzt hatten. Sie mußten, um sie zu erreichen, einen steilen Weg, der mit Geröll bedeckt war, überwinden.

»Er glaubt wohl, wir seien Bergziegen«, brummte Gregorij, als sein Pferd zum drittenmal stolperte und ein höllischer Schmerz durch sein verletztes Bein jagte.

»Besser eine Bergziege als von den Kugeln der Tataren durchlöchert zu werden«, fauchte Warga hinter ihm.

Gegen drei Uhr morgens kamen sie zu der Felsspalte. Die Kosaken umringten sie und starrten Anna, die immer noch die abgetragene Hose und die schmutzigen Lumpen anhatte, neugierig an, während sie Warga und Grischka mit Fragen bestürmten, bis Paul sie zum Schweigen brachte. »Seid leise. Wir sind noch lange nicht in Sicherheit.«

Sie stiegen von ihren Pferden. Wanja schlief schon halb, und Paul drückte ihn Warga in die Arme.

»Hört zu«, sagte Paul, als sich alle um ihn versammelt hatten. »Es ist zu gefährlich, in der Dunkelheit weiterzureiten. Wir dürfen kein Risiko eingehen und müssen die abseits gelegenen Wege benutzen. In zwei Stunden wird es hell, und ich würde allen empfehlen, sich bis dahin auszuruhen, besonders Anna und Gregorij. Ich reite mit Grischka zurück, um zu sehen, ob die Flucht durch einen unglücklichen Zufall entdeckt wurde. Wenn wir aus irgendeinem Grund nicht zurückkehren, dann weiß Warga, was zu tun ist.«

»Ist das klug?« unterbrach Gregorij ihn. »Wäre es nicht besser, wenn wir alle zusammenblieben?«

»Ich weiß, was ich zu tun habe«, erwiderte Paul barsch.

»Die Tataren werden Ihre Abwesenheit entdecken, wenn sie die Gefangenen in ihre Quartiere zurückbringen.«

»Den anderen Russen wird schon etwas einfallen, sie werden mich decken.«

»Darauf können wir uns nicht verlassen.«

»Wenn Schamils Männer schon nach uns suchen, könnten sie Ihnen leicht hierher folgen«, beharrte Gregorij.

»Haben Sie Angst um Ihre Haut, Gadiani?« fragte Paul spöttisch.

»Keine Sorge. Nachdem wir uns schon die Mühe gemacht haben, Sie dort rauszuholen, gebe ich Sie nicht so schnell wieder her.«

Gregorijs Gesicht wurde knallrot. »Verdammt, Kuragin. So lasse ich nicht mit mir reden!«

»Gregorij, bitte...«, Anna legte beschwichtigend eine Hand auf seinen Arm.

Paul schwang sich in den Sattel und ritt, von Grischka gefolgt, davon.

Gregorij sah ihm mit einem finsteren Blick nach. »Für wen, zur Hölle, hält er sich?«

»Er hat eine Menge für uns riskiert, Gregorij, und wir sind alle erschöpft – Paul ebenso wie wir«, sagte Anna.

Die Nacht war kalt, und Anna fror erbärmlich in ihren dünnen Sachen. Die Kosaken hatten ein kleines Feuer angezündet, und Warga breitete *Burkas* auf dem Boden aus.

»Wärmen Sie sich am Feuer«, sagte er, »und ruhen Sie sich aus, wie es Ihnen der Oberst geraten hat. Wir haben einen langen Tag vor uns.«

Er wickelte Wanja in eine Decke und legte ihn neben Anna. Der kleine Junge murmelte etwas, schlief aber sofort wieder ein. Anna deckte sich mit einem Mantel zu, und Gregorij ließ sich neben ihr nieder und streckte die Hände dem Feuer entgegen.

»Himmel, das tut gut. Ich kann gar nicht glauben, daß

ich frei bin, Anna. Was ist geschehen, und wie, in Gottes Namen, kommt Kuragin hierher? Hat Woronzow ihn zu einer Befreiungsaktion abkommandiert?«

»Nein. Es war reiner Zufall. Er hatte ganz andere Pläne, als er nach Karimat kam.«

»Und er hat sie um deinetwillen aufgegeben?«

»Nicht nur meinetwegen, auch wegen Wanja.«

»Das sieht Paul gar nicht ähnlich. Er geht über Leichen, wenn es sein muß, das habe ich am eigenen Leib erfahren.«

»Das kann ich nicht bestätigen.«

»Woher wußte er, daß ich hier bin?«

»Ich habe es ihm gesagt.«

Gregorij legte sich auf den Rücken und verschränkte die Hände hinter dem Kopf. »Das ist wirklich verdammt komisch. Als ich ihn das letztemal sah, wollte er mich töten, jetzt spielt er den Helden und riskiert sein Leben, um mich zu befreien. Ich frage mich nur, warum er das tut.«

»Er hat seine Gründe.«

»Was hat er dir erzählt?«

»Eine Menge Dinge, über die ich jetzt nicht sprechen möchte.«

Sie drehte sich von ihm weg, kuschelte sich in den dikken Mantel und zog Wanja in ihre Arme.

»Ist er in dich verliebt?«

»Um Himmels willen, Gregorij, was soll das? Warum sollte er in mich verliebt sein?«

»Weil du zu einer richtigen Schönheit geworden bist, Anna. Das habe ich sofort bemerkt, als ich dich in diesem dreckigen Loch da oben gesehen habe.«

»Gregorij, bitte, red keinen Unsinn.«

»Das ist kein Unsinn.«

Er betrachtete sie aus halbgeschlossenen Augen. Es ist wahr, dachte er, sogar in diesen schmutzigen Lumpen und mit dem zerzausten Haar sieht sie wunderschön aus. Kein Wunder, daß Kezia sie in seinem Bett haben wollte . . , und jetzt Paul. Sie war nicht mehr das hübsche Kind, das er geheiratet hatte, sondern eine reife Frau, die das Leid kennengelernt und es überwunden hatte. Plötzlich überfiel ihn quälende Eifersucht bei dem Gedanken, daß sich andere Männer nach dem verzehren könnten, was er selbst so achtlos weggeworfen hatte.

Bei Morgengrauen standen sie auf. Die Landschaft war in einen dicken weißen Nebel gehüllt, und die Männer und Pferde waren nur schemenhaft zu sehen. Sie bewegten sich wie Gespenster durch den Dunst. Warga brachte ihnen heißen Tee, und Anna merkte erst jetzt, wie lange sie nichts mehr zu sich genommen hatte. Sie nippte dankbar an der wärmenden Flüssigkeit und aß ein paar der harten Kekse. Sie tunkte die Biskuits in den Tee und gab sie Wanja.

Plötzlich tauchte Paul aus dem Nebel auf. Er hatte seine Verkleidung als Hausierer aufgegeben und sich die braune Farbe vom Gesicht gewaschen. Jetzt trug er wie seine Männer die grobe Kleidung eines Bergbauern, und abgesehen von ihren Waffen wies nichts darauf hin, daß sie Soldaten waren.

»Der Nebel wird sich klären, sobald die Sonne kräftiger wird«, sagte er fröhlich. »Ich hoffe, du konntest ein wenig schlafen, Anna.«

Gregorij stand mühsam auf. Sein Gesicht wirkte müde und schimmerte grau in dem fahlen Morgenlicht. »Was hat sich letzte Nacht in Karimat abgespielt, als Sie zurückkamen?« erkundigte er sich.

»Nicht viel. Alles war ruhig, und wir hatten uns schon entschlossen, wieder wegzureiten, als wir sechs oder sieben Männer aus dem Dorf reiten sahen. Aber es gab keinen Alarm. Ich bin nicht sicher, ob das nicht eine reine Routinepatrouille war. Aber selbst wenn sie nach Anna und Ihnen suchen sollten, dann haben sie die falsche Richtung eingeschlagen. Vermutlich denken sie, daß wir schon viel weiter weg sind, und mit etwas Glück werden wir ihnen ausweichen können.« Er musterte sie scharf. »Das Problem ist nur, woher ich anständige Kleider für Sie und Anna beschaffen soll. In dieser Jahreszeit kann es sehr kalt werden, und wir müssen mit jedem Wetter rechnen – sogar mit Schnee. Warga durchsucht schon unsere Satteltaschen. Wir können natürlich keine Pariser Mode bieten, aber ich hoffe, daß wir ein paar warme Sachen finden.«

Anna nahm das Kleiderbündel von Warga entgegen und zog sich hinter einen Felsen zurück, der sie vor neugierigen Blicken schützte. Eine Quelle sprudelte aus dem Boden, deren Wasser sich in einem kleinen Steinbecken zu ihren Füßen sammelte.

Anna streifte die zerrissenen Kleider ab, die sie schon so lange Zeit getragen hatte, und wusch sich in dem eiskalten Wasser. Dann zog sie ein Paar viel zu große Hosen, ein grobes Leinenhemd und eine dicke bestickte Jacke an – es war ein absonderlicher Aufzug, aber die Kleider waren in jedem Fall wärmer und praktischer, als die, die man ihr in Karimat zur Verfügung gestellt hatte. Ihre Stimmung hob sich beträchtlich, und sie ging fröhlich und vergnügt zu den Männern zurück. Sie stemmte eine Hand auf die Hüfte und stolzierte vor ihnen auf und ab.

»Na, wie sehe ich aus?«

»Wunderbar.« Paul lächelte. »Nur deine Füße gefallen mir noch nicht. Wir müssen ein Paar ordentliche Stiefel auftreiben, Warga.«

Warga kramte wieder in einer Tasche und förderte rote Lederstiefel mit goldenen Quasten zutage.

»Gütiger Himmel!« rief Gregorij aus. »Solche Dinger tragen doch nur Huren!«

»Sie haben einmal einer Zigeunertänzerin gehört«, brummte Warga düster.

»Mir ist es egal, wem sie gehört haben«, meinte Anna und setzte sich auf den Boden, um sie anzuziehen. »Die Hauptsache ist, sie passen.« Sie streckte ihre Beine aus und fügte hinzu: »Ich muß die Zehen ein bißchen ausstopfen, aber das ist besser, als wenn sie zu klein wären. Soll ich mir noch die Haare abschneiden, daß ich wirklich wie ein Junge aussehe?«

»Nein«, erwiderte Paul schnell, »das ist nicht nötig. Wir haben bestimmt noch eine Mütze, die du aufsetzen kannst.«

Der persische Mantel und die Hose, die man Gregorij zur Verfügung gestellt hatte, mußten einem Mann gehört haben, der doppelt so breit gewesen war. Er band einen Strick um seine Taille, damit ihm die Hose nicht über die Hüften rutschte, und sah mit trübsinniger Miene an sich hinunter. »Das ist nicht gerade St. Petersburger Stil, aber zur Hölle damit. Anna sieht gut aus, nicht wahr, Paul? Sie ist zum Anbeißen hübsch, unser kleines Soldatenliebchen.« Er ergriff Annas Hand, wirbelte sie herum und riß sie in seine Arme, ehe er sie ungestüm küßte. Er schwankte und wäre gefallen, wenn Anna ihn nicht festgehalten hätte.

Pauls gute Laune war mit einemmal verflogen. »Ich denke, Sie sollten Ihr feuriges Temperament lieber bezähmen, bis wir am Ende unserer Reise angelangt sind.«

»Verdammt, Sie haben recht, aber nach den vielen Monaten in der Hölle fühlt es sich herrlich an, frei zu sein.«

»Daran zweifle ich nicht, wir wollen nur hoffen, daß wir uns die Freiheit bewahren können ... Jetzt sollten wir besprechen, was wir tun werden. Ich habe vor, zur russischen Grenzstation im Südkaukasus zu reiten. Wir müßten es eigentlich in vier oder fünf Tagen bis dahin schaffen.«

»Fünf Tage!« rief Anna. »Die Tataren haben viel länger gebraucht, als sie mich herbrachten.«

»Vermutlich mußten sie Umwege machen, um den russischen Patrouillen auszuweichen. Es ist gut möglich, daß wir dasselbe tun müssen, wenn Schamils Reiter unterwegs sind. Wenn wir die Garnison erreicht haben, wird eine Militäreskorte dich und Gregorij nach Tiflis bringen.«

»Was ist mit Ihnen?« wollte Gregorij wissen.

»Ich habe andere Pläne.«

»Was für Pläne?«

»Darüber müssen wir uns im Moment keine Gedanken machen. Heute reiten wir bis zu einer kleinen Bergsiedlung, die ich kenne. Die Leute dort sind neutral und weder für noch gegen Schamil. Ich habe den Verdacht, daß man ihnen nicht hundertprozentig trauen kann, aber dieses Risiko müssen wir eingehen. Wir brauchen dringend Nahrungsmittel für uns alle und Milch für den Jungen. Auf den ersten Blick sehen wir aus wie ganz normale Händler, die ihre Ware verhökern wollen, aber überlassen Sie Warga und mir das Feilschen. Ich glaube nicht, daß wir Verdacht erregen werden. Sind alle bereit?« rief er. »Wir brechen auf!«

Es war ein langer, anstrengender Tag. Die Sonne machte sich rar, und von den Bergen fegte ein kalter Wind. In den höhergelegenen Regionen war sogar schon Schnee gefallen, aber sie kamen dennoch gut voran. Auch Anna hielt sich trotz des wochenlangen Eingesperrtseins erstaunlich gut, und das wundervolle Gefühl, die Freiheit wiedererlangt zu haben, war das beste Mittel gegen die Erschöpfung. Am späten Nachmittag, als sie im Gänsemarsch in einer langen Reihe durch einen engen Hohlweg ritten, brach Gregorij zusammen. Er wäre vom Pferd gefallen, wenn Grischka nicht sofort reagiert und ihn aufgefangen hätte. Anna schloß schnell zu ihnen auf. Die Kosaken hielten an, und Paul, der den Zug angeführt hatte, drängte sich an den anderen vorbei, um zu ihnen zu kommen.

»Was ist los?«

Gregorij war wieder zu sich gekommen und versuchte, sich aufzurichten. »Es geht schon wieder. Lassen Sie uns weiterreiten.«

Paul sah ihn durchdringend an. »Nach meiner Schätzung dauert der Ritt noch etwa zwei Stunden. Glauben Sie, daß Sie das schaffen?«

Gregorij brachte ein mattes Lächeln zustande. »Ich werde es schaffen müssen, nicht wahr?«

Paul holte eine Flasche aus seiner Tasche, schraubte den silbernen Verschluß ab und reichte sie Gregorij. »Nehmen Sie einen Schluck.« Gregorij setzte die Flasche an und nach kurzer Zeit kam ein wenig Farbe in sein Gesicht.

»Möchten Sie die Flasche bei sich behalten?«

»Nein.«

»Gut.« Paul steckte sie wieder weg. »Wir heben das Zeug für den nächsten Notfall auf. Grischka, halt dich dicht neben ihm und sag mir Bescheid, wie er zurechtkommt.«

Er trabte wieder an die Spitze. Anna warf einen Blick auf Gregorijs vom Schmerz gezeichnetes Gesicht und ritt Paul nach.

»Er ist sehr krank, Paul. Können wir nicht hier ein Lager aufschlagen?«

»Das wäre äußerst unklug. Hier haben wir keinerlei Deckung, und wir könnten nicht einmal Feuer machen. Außerdem ist es besser für ihn, wenn er sich zusammennehmen muß. Wenn er sich gehenläßt, ist es aus mit ihm... Und mit uns wahrscheinlich auch.«

»Du bist gefühllos.«

»Nicht gefühllos, nur realistisch.«

»Bist du böse mit mir?«

»Warum sollte ich böse sein? Geh zurück zu deinem Mann, Anna, und halt ihn bei Laune, er braucht dich.«

Anna merkte, daß sich die Lage zuspitzte, aber sie konnte jetzt nichts an der Situation, in der sie sich befanden, ändern. Paul benahm sich unvernünftig, aber gleichzeitig tat er alles, was in seiner Macht stand, um ihnen zu helfen – sie konnte ihm nichts vorwerfen. Anna sehnte sich danach, ihm zu sagen, wie sehr sie ihn liebte und daß Gregorij ihr nichts mehr bedeutete, aber wie konnte sie das tun, wenn er sie so auf Distanz hielt und ihr keine Gelegenheit gab, ihm näherzukommen?«

Gregorij hielt mehr recht als schlecht durch, bis sie das Tagesziel erreicht hatten. Es war schon dunkel, als sie in das Dorf – eine armselige Siedlung mit einigen Dutzend Hütten – kamen. Ein paar Schafe grasten auf einer Wiese und drei oder vier Hennen scharrten auf der lehmigen Straße nach Würmern. Sie hielten vor dem ersten Häuschen und Paul ging allein zum Dorfältesten, um ihn zu fragen, ob sie hier Quartier nehmen dürften.

Kurze Zeit später kam er zurück. »Wir können in einer leeren Scheune übernachten«, sagte er.

Sie folgten ihm bis zum anderen Ende des Dorfes und zügelten ihre Pferde vor einem Holzschuppen.

»Tragt Prinz Gadiani hinein!« befahl Paul.

»Ich kann selbst laufen«, widersprach Gregorij sofort.

»Dies ist nicht die richtige Zeit, den Helden zu spielen«, gab Paul zurück. »Paßt gut auf ihn auf.«

Er half Anna beim Absteigen, und sie betraten nach den Männern die Scheune. Die Kosaken legten Gregorij auf einen Strohhaufen. Er stöhnte und warf sich hin und her – offensichtlich hatte er große Schmerzen. Anna kniete sich neben ihn, und Paul musterte ihn kurz.

»Ich sehe mir Ihr Bein besser mal an«, sagte er.

»Was können Sie schon ausrichten? Der Ritt hat mich nur sehr angestrengt, morgen geht's mir sicher besser.«

»Sie reden wie ein verdammter Narr.« Er kniete neben Anna nieder, und Gregorij funkelte ihn böse an.

»Lassen Sie mich in Ruhe! Ich brauche Sie nicht!«

Paul beachtete seine Proteste gar nicht. »Hilf mir«, sagte er zu Anna.

Sie zogen Gregorij gemeinsam die Hose aus, und Paul entfernte den Verband von seinem Schenkel. Die Wunde hatte sich entzündet und eiterte stark. Ein ekelerregender Gestank machte sich breit. Der Schenkel war bis zum Knie dick angeschwollen, die Haut dunkelrot. Gregorij wimmerte vor Schmerz, als Paul vorsichtig auf die Schwellung drückte.

»Ich bin zwar kein Arzt, aber selbst ich kann sehen, daß sich die Wunde böse infiziert hat. Wir müssen sie aufschneiden, bevor sich die Infektion ausbreitet.«

»Kannst du das tun?« fragte Anna ängstlich.

»Es gibt ja sonst niemanden, der es tun würde«, entgegnete er schroff. »Willst du mir helfen oder soll ich einen meiner Männer rufen?«

»Nein, ich mache das.«

Sie trafen Vobereitungen, so gut sie konnten. Warga brachte eine Laterne, ein paar Stoffstreifen und eine Schüssel mit heißem Wasser. Paul zog seinen Dolch aus der Scheide.

»Halt ihn fest!« befahl er Warga.

»Nehmen Sie Ihre verdammten Hände von mir!« knurrte Gregorij wütend und biß die Zähne zusammen.

»Schön, ganz wie Sie wollen.«

Paul hielt die Klinge in die Flamme und schnitt das geschwollene Fleisch der Länge nach auf. Anna hielt die Schüssel, als er den Eiter aus der Wunde drückte und das Blut abwischte. Er goß ein bißchen von dem Brandy aus der Flasche auf die schwärende Wunde und legte einen frischen Verband an. Gregorij zitterte vor Kälte und Schmerz. Paul breitete die Decke, die Warga gebracht hatte, über ihn und setzte ihm die Flasche an die Lippen.

»Trinken Sie, das wird Sie wärmen und Ihnen vielleicht helfen, den Schmerz zu ertragen.«

Danach stand er auf. »Die Suppe wird bald fertig sein«, sagte er zu Anna. »Sorg dafür, daß er ein wenig davon ißt und schnell schläft.«

Warga schaffte die Schüssel und die schmutzigen Bandagen weg, und Anna folgte Paul zur Tür. Es war wundervoll, die frische Luft einzuatmen nach dem widerlichen Geruch nach Eiter und Blut.

»Wie schlimm steht es um ihn?«

»Schlimm genug, aber seine Schmerzen dürften nach dem Schnitt erträglicher werden. Wenn wir die Garnison erreicht haben, wird sich ein Militärarzt um ihn kümmern. Was mir zu schaffen macht, ist die Tatsache, daß wir gezwungen sind, ein oder zwei Tage hierzubleiben, wenn er sich nicht auf dem Pferd halten kann.«

»Würde das etwas ausmachen?«

»Jede Verzögerung bedeutet erhöhte Gefahr. Na, wie auch immer, die Leute haben versprochen, uns morgen ein paar Eier und Milch zu bringen. Eine kräftige Mahlzeit wird ihm guttun.«

»Paul, es tut mir leid, daß ich all diese Schwierigkeiten verursacht habe.«

In dem trüben Licht konnte sie erkennen, daß er lächelte. »Es ist eigentlich nicht direkt deine Schuld, oder? Die Dichter würden das die Macht des Schicksals nennen. Ich müßte mich im Grunde schon an solche Verwicklungen gewöhnt haben. Mach dir keine Sorgen, ich werde euch beide in Sicherheit bringen, wenn es menschenmöglich ist. Und jetzt geh und leg dich hin. Du mußt vollkommen erschöpft sein.«

»Gütiger Himmel! Bei all dem habe ich Wanja ganz vergessen. Wo ist er?«

»Er ist bei meinen Männern und amüsiert sich prächtig. Keine Angst, ich passe schon auf ihn auf. Gute Nacht, Anna.«

Sie ging zu Gregorij zurück. Warga hatte die Laterne dagelassen, und Anna rückte sie näher zu Gregorijs Lager.

»Worüber habt ihr gesprochen?« fragte er.

»Über dich.« Sie half ihm, sich aufzusetzen, und stopfte ihm einen zusammengerollten Mantel in den Rücken, damit er es bequemer hatte. »Paul denkt, daß wir ein oder zwei Tage hier verbringen müssen, bis du wieder zu Kräften gekommen bist.«

»Er bereut sicherlich, daß er mit mitgenommen hat. Er hätte mich lieber in Karimat verrotten lassen.«

»Red keinen Unsinn.«

»Dir wäre auch lieber, ich wäre dort geblieben, stimmt's?« Er tastete ungeschickt nach ihrer Hand. Sie wehrte sich nicht gegen die Berührung, aber sie war froh, daß Grischka in diesem Augenblick hereinkam und sie Gregorijs Frage nicht beantworten mußte. Der Kosak stellte ihnen zwei Teller mit heißer Suppe und eine halbe Tasse Wodka hin. Anna wußte, daß die Männer ihnen etwas von ihrer eigenen Ration abgegeben hatten, und empfand tiefe Dankbarkeit.

Sie überredete Gregorij, etwas von der Suppe zu essen und ein paar Schlucke Wodka zu trinken, und nach einer Weile übermannte ihn der Schlaf.

Obwohl Anna jeden Knochen in ihrem Leib spürte und ihre Muskeln von dem anstrengenden Ritt schmerzten, blieb sie an Gregorijs Seite sitzen. In seiner augenblicklichen Verfassung war er verletzlich wie ein kleines Kind; aber wenn sie Tiflis je erreichten und er sich wieder erholt hatte, würde alles anders, das wußte sie. Er würde Forderungen an sie stellen, und sie hatte keine Ahnung, wie sie ihm entkommen konnte. Er war noch immer ihr Mann und hatte gewisse Rechte. Lange Zeit später streckte sie sich auf einem Strohhaufen auf der anderen Seite der Scheune aus, aber ihre Gedanken kreisten noch immer um ihr Dilemma, und sie schlief erst nach Stunden ein.

14

Anna wachte sehr früh auf. Durch die Ritzen in der Holztür drang das fahle Licht der Morgendämmerung. Es war erbärmlich kalt in der Scheune, und die Luft roch nach modrigem Gras und Stroh und nach dem Tierfutter, das in einer Ecke aufbewahrt wurde. Die ganze Nacht über waren Ratten und Mäuse zwischen den Futtersäcken hin und her gehuscht.

Anna stand auf, um nach Gregorij zu sehen. Er schlief noch tief und fest, sein dunkles Haar war feucht vom Schweiß. Er wirkte in diesem Moment so jung und verletzlich wie der hübsche Junge, den sie geheiratet hatte, und plötzlich empfand sie grenzenloses Bedauern, daß seither so viel geschehen war und sie keine Möglichkeit hatten, noch einmal von vorn zu beginnen und alles anders zu machen. Das Feuer ihrer Liebe war zu Asche verbrannt und konnte nie wieder neu entfacht werden. Das war ihr in dieser Nacht bewußt geworden, als er aufgewacht war, sie gebeten hatte, ihm Wasser zu bringen, und versucht hatte, sie in seine Arme zu nehmen. Es hatte ihr Mühe bereitet, ihre Abscheu zu verbergen und sich ihm auf freundliche Weise zu entziehen. Jetzt wußte sie mit absoluter Sicherheit, daß sie nie wieder bereitwillig das Bett mit ihm teilen konnte.

Sie zog ihre Stiefel und die dicke Jacke an und stopfte ihr Haar unter die rote Mütze, die Paul für sie aufgetrieben hatte, dann öffnete sie die Tür und schlüpfte hinaus.

Ein kalter, beißender Wind fegte von den Gipfeln, die im ersten Morgenlicht leicht rötlich schimmerten. Die Kosaken waren schon auf den Beinen und kochten Tee auf einem kleinen Feuer. Der verführerische Duft nach Gebratenem machte ihr bewußt, wie hungrig sie war. Sie zögerte einen Moment, entschloß sich dann aber doch, sich zu den Männern zu gesellen. Sie standen respektvoll auf, als Anna sich näherte; aber sie bat sie mit einer Geste, Platz zu behalten. Sie wollte wie einer der ihren behandelt werden. Einer der Soldaten brachte ihr einen Becher Tee. Wanja saß auf Grischkas Schoß und knabberte an einer Brotrinde. Sein Gesicht war mit Ei verschmiert, und er machte einen glücklichen Eindruck. Vor Gregorij hatte er am vergangenen Tag eine seltsame Scheu an den Tag gelegt und ihn mißtrauisch beäugt – es war offensichtlich, daß er in dem zerlumpten bärtigen Mann seinen eleganten Halbbruder nicht wiedererkannte, und Anna war der Meinung, daß der Junge unter diesen Umständen bei den Kosaken besser aufgehoben war als bei ihr und einem kranken Mann.

Als Paul über die Dorfstraße auf sie zukam, registrierte Anna erstaunt, daß er es irgendwie fertiggebracht hatte, sich zu waschen und zu rasieren. Er wirkte so stark und anziehend, daß Anna sich sehr zusammennehmen mußte, um ihm nicht mit ausgebreiteten Armen entgegenzulaufen. Er hatte einen Krug bei sich und stellte ihn vor dem Feuer ab.

»Das ist Ziegenmilch für den Jungen. Guten Morgen, Anna. Du bist sehr früh wach. Wie geht es Gregorij?«

»Er schläft noch.«

»Ich sehe nach ihm, vielleicht gibt es etwas, was ich für ihn tun kann.«

Sie begleitete ihn nicht, weil sie wußte, daß Gregorij in manchen Dingen, die er in seinem Zustand nicht allein tun konnte, die Hilfe eines Mannes brauchte. Sie kniete sich neben das Feuer und war froh, sich ein wenig aufwärmen zu können, als ihr einer der Soldaten schüchtern Brot und ein Spiegelei anbot. Sie dankte ihm und aß mit gesundem Appetit alles auf. Kurze Zeit später machte sie sich auf den Weg in die Scheune und blieb vor der Tür stehen.

Sie hörte, wie Gregorij gereizt sagte: »Ich komme allein zurecht. Es ist nicht nötig, daß Sie die Krankenschwester spielen.«

»Besser ich als einer meiner Männer.«

»Wo, zum Teufel, ist Anna?«

»Sie frühstückt, nehme ich an. In ein paar Minuten wird man Ihnen auch etwas zu essen bringen. Ich an Ihrer Stelle würde das Bein heute nicht allzu sehr belasten. Wir haben noch einen weiten Weg vor uns.«

»Das weiß ich selbst. Wofür halten Sie mich?«

Paul gab ihm keine Antwort, und als er nach einer Weile aus der Scheune kam, fragte Anna: »Hast du dich entschieden, was du tun willst?«

»Auf jeden Fall bleiben wir noch ein paar Stunden hier. Wir haben während der Nacht Wachen postiert; es gibt keine Anzeichen dafür, daß wir verfolgt werden, aber man kann nie ganz sicher sein. In den Bergen gibt es tausend Möglichkeiten für einen Hinterhalt. Ich werde mich außerhalb des Ortes umsehen und mit den Bauern reden. Vielleicht finden wir eine Route, die leichter passierbar ist und Gregorij nicht zuviel Kraft kostet.«

»Darf ich mitkommen?«

»Wäre es nicht besser, du würdest bei deinem Mann bleiben?«

»Er braucht jetzt meine Hilfe nicht, und es tut so gut, frei zu sein und frische Luft zu atmen nach der langen Zeit, die ich eingesperrt war. Bitte, Paul.«

Er zögerte einen Moment, dann sagte er barsch: »Also gut. Wir treffen uns in zehn Minuten.«

Als sie in die Scheune kam, sah sie, daß Paul einen Strohballen so plaziert hatte, daß Gregorij mit ausgestrecktem Bein aufrecht sitzen konnte.

»Wo bist du gewesen?« fragte er.

»Ich habe nach Wanja gesehen.«

»O Gott, der Junge. Ich habe ihn völlig vergessen. Wie geht's ihm?«

»Er ist bei den Kosaken. Es gefällt ihm sehr bei den Männern.«

»Er sollte bei uns bleiben.«

Anna legte die Decke zusammen, die sie in der Nacht benutzt hatte. »Ach, ich weiß nicht. Die Männer verwöhnen ihn sehr, aber es ist ja nur für wenige Tage. Er ist bestimmt glücklicher, wenn er sich bei ihnen aufhält. Er würde sich nur langweilen, wenn er seine Zeit mit uns verbringen müßte.«

»Was soll das heißen? Weiß Gott, was er bei den Burschen alles aufschnappt. Er ist kein Balg aus der Gosse, sondern mein Bruder – ein Gadiani.«

»Natürlich, aber wir sind nicht in Kumari, und er wird schon nichts Unrechtes von den Männern lernen. Du bist krank und brauchst Ruhe. Ein kleiner Junge, der ständig herumtollt, würde dich an den Rand des Wahnsinns treiben.«

»Aber du bleibst doch hier, oder?«

»Nein. Ich gehe für eine Weile weg.«

Er warf ihr einen argwöhnischen Blick zu. »Wohin?«

»Ich begleite Paul. Er versucht, einen bequemeren Weg zu finden, auf dem du leicht vorankommst«, erwiderte sie ruhig, während sie seine Decke ausschüttelte und wieder über ihm ausbreitete.

Seine Finger schlossen sich schmerzhaft um ihr Handgelenk. »Du wirst nicht mit ihm gehen.«

Sie rührte sich nicht von der Stelle. »O doch, das werde ich. Laß mich los, Gregorij!«

»Du bist meine Frau«, beharrte er. »Ich verbiete dir, ihn zu begleiten.«

»Du kannst mir gar nichts verbieten – nicht mehr«, sagte sie leise. »Dazu hast du kein Recht mehr, das solltest du dir ein für allemal klarmachen.«

»Was willst du damit andeuten?«

»Genau das, was ich gesagt habe. Ich bin kein Kind mehr, Gregorij, ich treffe meine eigenen Entscheidungen.«

Er musterte prüfend ihr Gesicht, dann ließ er sie los. »Ich dachte, daß du glücklich bist, mit mir zusammensein zu können«, klagte er jammernd.

Er konnte von einem Augenblick zum andern seine Stimmung ändern, und früher hatte sie sich stets von seinem Flehen erweichen lassen; aber das war vorbei, sie war immun gegen seinen Charme.

»Ich bleibe nicht länger als eine Stunde weg«, sagte sie ungerührt.

Als Paul zurückkam, rieb sie sich ihr schmerzendes Handgelenk. »Die Männer halten draußen Wache«, erklärte er, »und Warga hat das Kommando, solange ich weg bin. Ich glaube nicht, daß Gefahr droht, aber wir müssen trotzdem vorsichtig sein. Ich denke, es ist besser, wenn Sie bewaffnet sind.« Er legte eine seiner Pistolen auf Gregorijs Decke. »Sie ist geladen, seien Sie vorsichtig. Ich möchte bei meiner Rückkehr nicht einen meiner Kosaken mit einer Kugel im Kopf vorfinden.«

Mit einem merkwürdig schiefen Lächeln nahm Gregorij die Waffe in die Hand. »Sie sind sehr vertrauensselig. Ich schulde Ihnen noch einen Schuß, Kuragin. Ist es Ihnen nicht in den Sinn gekommen, daß ich Ihnen eine Kugel verpassen könnte?«

»Damit werden Sie warten müssen, bis wir in Sicherheit sind«, erwiderte Paul leichthin. »Bis dahin brauchen Sie mich noch.«

Das Geplänkel war nicht ernst gemeint, und doch spürte Anna eine kaum verhohlene Feindschaft zwischen den beiden Männern, die jederzeit zu einer Katastrophe führen konnte.

»Wenn Sie gehen«, brummte Gregorij plötzlich ärgerlich, »schicken Sie mir jemanden, der mir was zu essen bringt, oder soll ich verhungern?«

Paul lächelte. »Hunger ist ein gutes Zeichen. offenbar fühlen Sie sich besser. Es gibt Eier und Milch. Ich schicke Ihnen sofort jemanden. Anschließend soll Grischka Sie rasieren. Sie werden sehen, wie das Ihre Stimmung hebt. Glauben Sie mir, ich spreche aus Erfahrung.«

Als Anna neben Paul durch das bergige Gelände ritt, erinnerte sie sich wehmütig an die Tage, die sie gemeinsam verbracht hatten, als sie von Pjatigorsk nach Tiflis gereist waren.

Es war erst sechs Monate her, und doch hatte sich in dieser kurzen Zeit so viel verändert. Damals hatte sie nur von einem Tag zum andern gelebt und nicht ahnen können, was die Zukunft für sie bereithielt. Kaum merklich hatte sich ein Band zwischen ihr und Paul gewoben – ein Gefühl war aufgekeimt, das unter anderem Umständen und zu einer anderen Zeit hätte wachsen und gedeihen können; doch die traumatischen Ereignisse und die ständige Gefahr, die ihnen drohte, hatte alles erstickt. Plötzlich fühlte sie sich unbehaglich. Es wäre klüger gewesen, an diesem Morgen nicht mit ihm zu reiten, sie spielte mit dem Feuer. Aber wie hätte sie dieser Versuchung widerstehen können? Sie warf einen verstohlenen Blick auf sein Gesicht und überlegte, ob er ähnliche Empfindungen hegte. Seit sie ihn angefleht hatte, Gregorij zu befreien, hatte er sich von ihr zurückgezogen, und obwohl er sich höflich und zuvorkommend verhielt, ließ er nicht erkennen, daß sie sich in Tiflis so nahegekommen waren. Sie wußte, daß es so am besten war, aber innerlich rebellierte sie gegen seine Zurückhaltung.

Die erste Zeit sprachen sie nur sehr wenig. Immer wieder hielt Paul an, sah sich aufmerksam um, beobachtete die Umgebung und bestimmte die Position nach dem Stand der Sonne. Manchmal murmelte er etwas, was Anna nicht verstand.

Als sie im Schritt über eine grüne Wiese ritten, sagte Paul unvermittelt: »Du hättest das nicht tun dürfen.«

»Was?«

»Du hättest heute nicht mit mir kommen dürfen. Gregorij ist bestimmt sehr verärgert darüber.«

Die Tatsache, daß er ihre eigene Unruhe teilte, zwang sie in die Defensive. »Weshalb sollte er verärgert sein?«

»Er ist krank und hat Schmerzen, und der Gedanke, daß du dich in der Gesellschaft eines anderen Mannes wohler fühlst, macht ihn wütend. Ich kann das verstehen – wenn ich in seiner Lage wäre, würde ich dasselbe empfinden.«

»Du irrst dich. Gregorij liebt mich schon lange nicht mehr. Ich wußte das schon viele Monate, bevor er mich verlassen hat, um in den Kaukasus zu reisen.«

»Das ist nicht der entscheidende Punkt, denke ich. Er hatte lange Zeit, über alles nachzudenken, und du bist immerhin seine Frau. Er möchte dich nicht verlieren.«

»Ich gehöre ihm nicht, und ich tue alles, was ich kann, um ihm zu helfen.«

»Ich bin nicht blind, Anna. Du sorgst für ihn wie für Wanja, oder wie du es für einen meiner Männer tun würdest, wenn es nötig wäre.

»Ist es meine Schuld, daß alles so gekommen ist?« Als er nicht antwortete, warf sie ihm einen fragenden Blick zu. »Würdest du wirklich ebenso empfinden, wenn du an seiner Stelle wärst?«

Er starrte in die Ferne. »Jedesmal, wenn ich dich mit ihm zusammen sehe, würde ich ihm am liebsten an die Kehle springen und ihn erwürgen«, brummte er zornig. »Gefällt dir diese Antwort?«

Sie schnappte nach Luft. Dasselbe mußte er gefühlt haben, als er Gregorij bei dem Duell gegenübergestanden hatte. »Du machst dich über mich lustig«, flüsterte sie mit bebender Stimme.

»Meinst du?« Seine Miene wurde noch finsterer. »Es ist die reine Wahrheit?«

»Dann gefällt mir die Antwort. Ist das sehr verwerflich? Sollte ich auf die Knie sinken und Gott dafür danken, daß er mir Gregorij zurückgegeben hat? Ich wünschte, ich könnte das tun, Paul, ich wünschte es wirklich.« Plötzlich wurde sie wütend auf das Leben, das ihr solche Streiche spielte, und trieb ihr Pferd vorwärts.

Er folgte ihr augenblicklich und ergriff ihre Zügel, um sie zurückzuhalten. »Sieh dich vor. In dieser Gegend und in unserer Lage dürfen wir nichts riskieren.«

»Ich weiß. Es tut mir leid.«

Sie ritten eine Weile schweigend Seite an Seite, bis Paul schließlich fragte: »Erinnerst du dich an das Fest bei Daniel Gadiani?«

»Wie könnte ich diesen Abend je vergessen?«

»Glaubst du wirklich, daß ich Gregorij seinem Schicksal überlassen habe, als er verletzt war?«

»Nach allem, was du für ihn getan hast, kann ich das nicht mehr glauben.«

»Ich weiß nicht, was dir Gregorij erzählt hat, aber ich muß gestehen, daß ich ihn wirklich töten wollte, als ich an diesem Morgen zu dem Duell ritt. Ich vermute, jeder Mann hätte in meiner Lage genauso gefühlt. Woronzow hatte kurz zuvor ein Edikt erlassen und alle Duelle verboten, deshalb hatten wir keine Sekundanten dabei. Wenn bekanntgeworden wäre, daß wir uns schlagen, hätte der Prinz uns beide unter Arrest gestellt. Erst als ich Gregorij im Morgengrauen gegenüberstand, begriff ich, wie idiotisch das alles war. Eigentlich hätte Natalie an seiner Stelle dort stehen müssen. Sie hatte uns gegeneinander ausgespielt, und Gregorij war ebenso das Opfer ihrer Intrigen wie ich. Ich war verbittert und wütend, verabscheute ihn und mich selbst, und in diesem Augenblick beschloß ich, ihn nicht zu töten. Ich schoß absichtlich danben und ritt fort. Aber ich kehrte um und ritt zurück, Gott allein weiß, warum. Ich wußte, daß ich ihn nicht ernsthaft verletzt hatte und daß er sich selbst helfen konnte. Aber er war nicht mehr da, und kurze Zeit später wurde mir klar, was geschehen sein mußte. Den Rest kennst du.«

»Ich wünschte, du hättest mir das alles erzählt, als wir zum erstenmal über Gregorij sprachen.«

»Wie hätte ich einer jungen Frau, die ich kaum kannte, gestehen sollen, daß ich vorgehabt hatte, ihren Mann zu erschießen?«

»Aber später, als wir uns nähergekommen waren.«

»Später«, sagte er müde, »fürchtete ich, du würdest mich hassen, wenn du alles erfährst, und meine Befürchtungen bestanden zu Recht, nicht wahr?«

»Ich habe dich nicht lange dafür gehaßt.«

»Ist das wirklich wahr?« Er drehte sich ihr zu, aber plötzlich sah sie, daß sich sein Gesichtsausdruck änderte. Seine Hand griff nach ihren Zügeln. »Schnell«, flüsterte sie, »dorthin!«

»Was ist los?«

»Zu den Bäumen.« Er zog ihr Pferd hinter sich her in den Schutz des Dickichts. Er glitt vom Sattel, und verwirrt folgte sie seinem Beispiel.

»Was ist los?« fragte sie noch einmal.

»Pst, verhalt dich ganz still.« Vorsichtig teilte er die Zweige und deutete auf einen Hügelkamm. »Siehst du? Dort!«

Sie erkannte deutlich die schwarzen Reiter und die Banner, die sie an ihre Lanzen geheftet hatten. Ihr Herz klopfte wild, und sie rückte näher zu Paul.

»Sind sie auf der Suche nach uns?«

»Das bezweifle ich. Es sieht aus, als ob sie in eine Schlacht ziehen, und sie reiten in die entgegengesetzte Richtung, aber wenn sie ihre Späher ausgeschickt haben, werden sie schnell herausfinden, daß wir keine Händler sind.«

Sie blieben in ihrem Versteck, bis die Reiter außer Sicht waren, und alles, was sie hörten, war das Zwitschern der Vögel und das leise Pfeifen des Windes, der über die Felsen blies.

Nach einer Weile sagte Paul: »Wir müssen zurück.«

In ihrer Angst hatte Anna seinen Arm ergriffen und hielt ihn immer noch fest. Ein paar Strähnen ihres rotgoldenen Haars hatten sich aus der Mütze gelöst, und Anna hob eine Hand, um sie sich aus den Augen zu streichen ... diese samtweichen Augen mit den langen, leicht gebogenen Wimpern, die ihn vom ersten Moment an fasziniert hatten! Plötzich wurde ihm bewußt, wie sehr er sie begehrte. Er hatte sich so lange zurückgehalten; entschlossen, nichts zu tun und seine Gefühle nicht preiszugeben, bis sie sich im klaren war, was ihr Gregorij bedeutete; aber jetzt konnte er nicht mehr an sich halten. Sein Kuß überraschte sie so sehr, daß sie zurücktaumelte und gegen einen Baumstamm sank, aber nur einen Augenblick später gab sie ihren Widerstand auf. Er hauchte sanfte Küsse auf ihre Lider, ihren Hals und ihren schwellenden Brustansatz; dann nahm er wieder ihre Lippen in Besitz, bis er spürte, daß sie zitterte und ihr Körper nachgab. Er fühlte, daß sie ihm in diesem Moment ganz hätte gehören können und daß sie sich genauso nach ihm verzehrte wie er sich nach ihr. Aber was ihn mit ihr verband, war keine leichtfertige Affäre – es war ganz anders als alles, was er je erlebt hatte, und er würde nichts tun, was ihre Gefühle verletzen könnte. Er hielt sie in seinen Armen und neigte den Kopf ein wenig nach hinten.

»Anna, wenn all das vorbei ist, wirst du dann mit mir kommen? Wirst du Gregorij verlassen und mit mir weggehen?«

Sie war überwältigt von dem Sturm der Gefühle, die seine Zärtlichkeiten in ihr ausgelöst hatten, und ihr ganzer Körper bebte, als sie zu ihm aufblickte.

»Gregorij verlassen? Wie kann ich das tun?« fragte sie verwirrt.

»Hast du den Mut, dich von ihm scheiden zu lassen?«

»Ich soll mich von ihm scheiden lassen?« wiederholte sie matt. »Aber der Skandal, die Schande. Du müßtest deine Militärkarriere beenden.«

»Zur Hölle damit.«

»Aber Arachino, dein Onkel...«

»Dort hält mich michts. Wir könnten woanders leben, wenn es nötig ist, in Europa.«

»Das würde ich nicht wollen.« Langsam gewann sie ihre Fassung wieder und fügte ruhiger hinzu: »Ich kann Gregroij nicht verlassen, zumindest nicht, bis er sich vollständig erholt hat. Und was würde dann aus Wanja? Ich habe der Prinzessin versprochen, mich seiner anzunehmen.«

Er hob ungeduldig die Hand. »Ich werde dafür sorgen, daß er gut untergebracht wird und eine angemessene Erziehung erhält.«

»Gregorij würde ihn niemals einem anderen überlassen, und er selbst ist nicht in der Lage, sich um ein Kind zu kümmern. Ich bin für Wanja verantwortlich.«

Er löste plötzlich die Umarmung. »Du scheinst eine Menge Gründe zu haben, mich zurückzuweisen. Ist es für dich so wichtig, Prinzessin Gadiani zu bleiben?«

»Du weißt genau, daß mir das nichts bedeutet.«

»Ich habe nicht vor«, fuhr er fort, »dein Schoßhündchen zu werden und eine heimliche Liebschaft mit dir anzufangen. Das alles liegt hinter mir. Ich möchte eine Frau haben, Anna, und Kinder.«

»Ich wünschte, mehr als alles andere in der Welt, ich könnte deine Frau werden, aber eine Scheidung ist nicht die richtige Lösung.«

»Was ist dann die richtige Lösung?« fragte er roh. »Sollen wir warten, bis er stirbt, oder soll ich ihn von einem Felsen stoßen?«

»So etwas darfst du nicht sagen.«

»Es tut mir leid, aber was soll ich sonst sagen?« Er drehte sich unvermittelt zur Seite. »Wir müssen zurück. Wir haben schon zuviel Zeit vergeudet.«

»Er ordnete die Zügel der Pferde und half ihr in den

Sattel, aber sie konnte die plötzliche Kälte nicht ertragen und griff nach seiner Hand.

»Paul, ich liebe dich. Bitte glaube mir.«

Er sah ihr lange in die Augen. »Ich wünschte, das könnte ich.« Dann, als würde er sich selbst nicht trauen, schwang er sich in den Sattel und fiel in einen schnellen Galopp.

Anna spürte sofort, als sie in die Scheune kam, daß Gregorij in einer gefährlichen Stimmung war. Sie hatte diese Laune, in der er sich selbst und die ganze Welt verdammte, in der Vergangenheit schon zu oft erlebt.

»Ich hatte nicht erwartet, daß du den ganzen Vormittag wegbleibst«, brüllte er, als er sie sah. »Ich frage mich, warum du dir überhaupt die Mühe gemacht hast zurückzukommen!«

Anna war noch immer durcheinander nach dem Gespräch mit Paul, und es fiel ihr schwer, ruhig zu bleiben. »Wir haben uns genau umgesehen und mußten sehr vorsichtig sein.«

»Ich könnte tot hier liegen, und kein Mensch würde sich darum kümmern.« Er benahm sich wie ein trotziges Kind, und Anna konnte sich ein Lächeln nicht verkneifen, aber das machte alles nur noch schlimmer.«

»Es gibt überhaupt nichts zu lachen«, schimpfte Gregorij.

»Ich lache nicht, Gregorij, aber du hättest nur zu rufen brauchen, wenn es dir schlechtgeht. Paul hat eine Wache vor der Scheunentür postiert, der Mann wäre sofort zu dir gekommen, wenn du dich bemerkbar gemacht hättest.«

»Ich lege keinen Wert darauf, von Bediensteten abhängig zu sein«, erwiderte er wütend.

»O Gregorij, sei nicht kindisch. Im Augenblick sind wir alle voneinander abhängig. Wir sind so lange weggeblieben, weil wir Schamils Reiter gesehen haben und uns vor ihnen verstecken mußten.«

Er stützte sich auf den Strohballen. »Kommen Sie hierher?«

»Paul glaubt nicht, daß sie uns auf den Fersen sind. Er spricht gerade mit seinen Männern. Es kann sein, daß wir früher aufbrechen müssen, als wir es vorhatten.«

»Großer Gott, wenn ich nur nicht ein so verdammter Krüppel wäre! Es scheint, daß ich der einen Hölle nur entronnen bin, um in eine andere zu geraten.«

»Wie kannst du so etwas sagen?« rief sie empört. »Schließlich bist du hier bei uns, bei Freunden. Du solltest Paul dankbar sein, daß er dich aus Karimat befreit hat.«

»Paul, Paul, Paul! Kannst du denn über gar nichts anderes mehr reden?«

»Wir wären erbärmlich dran ohne ihn«, erwiderte sie nüchtern.

Sie hatte das volle Ausmaß seiner Niedergeschlagenheit nicht richtig eingeschätzt und nicht begriffen, was es für ihn bedeutet hatte, den ganzen Morgen über hilflos auf einem Strohhaufen zu liegen. In seinem Fieber hatte er sich in seine Wut auf Daniel Gadianis Verrat, auf Paul und den unsinnigen Streit über Natalie, der ihn in diese mißliche Lage gebracht hatte, hineingesteigert. Und die Schmerzen und die Furcht, daß sich das Gift aus der schwärenden Wunde in seinem ganzen Körper ausbreiten und ihn töten könnte, taten ein übriges.

Er beobachtete Anna, als sie ein Tuch in die Wasserschüssel tauchte und es auswrang. Es brachte ihn schier an den Rand des Wahnsinns, daß sie die Gefangenschaft und das Elend noch stärker und schöner gemacht hatten. Er hatte so lange keine Frau mehr gehabt, und sie war immerhin mit ihm verheiratet, aber in der letzten Nacht hatte sie ihn zurückgewiesen, als er ihre Nähe gesucht hatte. Er hatte angenommen, daß sie ihn schonen wollte, weil er so schwach und krank war, aber jetzt war er nicht mehr so sicher. In seinem grenzenlosen Zorn sah er sie vor sich, wie sie bei den Männern saß und mit Paul scherzte und lachte, während sie eigentlich bei ihm sein und sich liebevoll um sein Wohlergehen kümmern sollte.

Anna wischte ihm mit dem feuchten Tuch den Schweiß vom Gesicht. Ihre Nerven waren zum Zerreißen gespannt, aber sie bemühte sich verzweifelt, die Ruhe zu bewahren und vernünftig zu bleiben. Sie legte das Tuch weg und setzte sich zu ihm.

»Hast du schon einmal darüber nachgedacht, was du tun willst, wenn wir in Tiflis sind?« fragte sie.

»Ich werde dafür sorgen, daß Daniel Gadiani bekommt, was er verdient.«

»Aber dann. Willst du in Kumari leben?«

»Eine Weile vielleicht«, entgegnete er vage. »Ich muß meine Großmutter sehen, aber ich werde nicht lange dort bleiben.« Er richtete sich mühsam auf, und seine Augen glänzten mit einemmal. »Wir gehen nach St. Petersburg zurück, Anna, zu dem Leben, das wir geführt haben. Es war verrückt, daß ich je in den Kaukasus gekommen bin.«

»Aber gerade jetzt solltest du hierbleiben. Kumari ist dein Zuhause, und die Bevölkerung rechnet mit dir. Es gibt so vieles, was du für sie tun kannst. Kumari ist noch viel schöner, als ich es mir vorgestellt hatte. Warum hast du mir nicht mehr davon erzählt, Gregorij?«

»Es war die Hölle für mich, als ich noch ein Kind war. Die Hälfte der Zeit waren wir auf der Flucht. Großmutter kann sich um das Land und die Leute kümmern.« Er lachte. »Sie könnte den ganzen Kaukasus beherrschen, wenn man sie ließe.«

»Aber sie ist alt, und du solltest ihr einen Teil der Verantwortung abnehmen.«

»Ach verdammt, Anna, das ist dein übertriebenes Pflichtbewußtsein. Großmutter hat noch ein paar gute Jahre vor sich, und ich will mich in St. Petersburg amüsieren und mich für das, was ich erleiden mußte, entschädigen.«

»Ich möchte unser altes Leben nicht weiterführen, Gregorij«, erwiderte sie entschieden. »Hast du vergessen, wie es war?«

»Was war daran so verkehrt?«

»Alles. Es war falsch für mich und für dich. Es war leer und oberflächlich, und ich habe es gehaßt.« Und plötzlich rissen sie die Erinnerungen an all die Qualen, die sie seinetwegen erlitten hatte, in einen Strudel, der sie jede Vorsicht vergessen ließ. »Hast du vergessen, daß du mich wegen Natalie verlassen hast? Während all der Zeit, in der ich das Baby erwartete, und danach, als ich dich so verzweifelt gebraucht hätte, hast du in ihren Armen gelegen und dich über meine Dummheit lustig gemacht.«

»Woher weißt du das?«

»Spielt das noch eine Rolle?«

Er starrte sie an, als hätte sie den Verstand verloren. »Aber das ist doch jetzt alles vorbei. Wozu sollte es gut sein, über all das noch zu streiten? Es ist schon längst vergessen.«

»Beendet vielleicht, aber nicht vergessen«, entgegnete sie heftig. »Wie könnte ich so etwas je vergessen? Natalie ist in Tiflis und wird dich mit offenen Armen empfangen. Und wenn es nicht sie ist, dann wird es irgendeine andere Frau sein. Ich werde dieses Leben nicht mehr führen, Gregorij, dazu kann mich nichts zwingen!«

»Du hast keine andere Wahl, du bist meine Frau.«

In ihrer Wut kamen die Worte, die sie niemals hatte aussprechen wollen, ganz von selbst. »Ich möchte mich von dir trennen.«

»Von mir trennen?« wiederholte er ungläubig. »Was, zum Teufel, willst du damit sagen? Möchtest du eine Scheidung?«

»Ja«, sagte sie grob. »Ja, eine Scheidung, wenn es keine andere Möglichkeit gibt.«

»Nein!« brüllte er. »Niemals! Das ist ausgeschlossen! Ein Gadiani würde sich niemals so erniedrigen lassen.«

»Ach nein? Aber er kann sich eine Geliebte nehmen, seine Frau wie eine Sklavin behandeln und sie beleidigen, wann immer es ihm gefällt«, versetzte sie erbittert. »Vermutlich ist das keine Erniedrigung.«

»Das ist Pauls Werk, nicht wahr? Ich hätte es wissen müssen. Damals habe ich ihm Natalie weggenommen, und jetzt rächt er sich, indem er dich mir wegnimmt. Das ist ziemlich billig, findest du nicht?«

»Nein«, widersprach sie heftig. »Das ist nicht wahr!«

»Nein?« Er lächelte höhnisch. »Was weißt du eigentlich von ihm, Anna? Was habt ihr heute vormittag gemacht? Hat er dich in den Bergen verführt?«

»Du beleidigst mich und dich selbst mit solchen Reden«, gab sie entrüstet zurück, aber die Erinnerung an Pauls Küsse brachte sie zum Erröten, und Gregorij entging ihre Verlegenheit nicht.

Er richtete sich auf, und all seine Niedergeschlagenheit, die Schmerzen und die rasende Eifersucht verschmolzen zu grenzenlosem Zorn. »Ihr hattet schon während eurer Reise von Pjatigorsk nach Tiflis eine Affäre! Du konntest nicht einmal warten, bis du genau wußtest, ob ich noch am Leben bin!«

»Nein, das ist nicht wahr. Wir waren ja nicht allein. Meine Kusine hat mich begleitet.«

»Was macht das schon für einen Unterschied? Paul bekommt immer, was er will. Wie oft ist er in dein Bett gekrochen?«

»Du bist abscheulich und niederträchtig!«

Er faßte nach ihr und zerrte sie zu sich. »Hör mir gut zu. Wen du mich wegen Paul verläßt, werde ich dafür sorgen, daß er in ganz Rußland gejagt wird. Ich werde ihn vernichten!«

Sie schaute ihm ins Gesicht, und was sie sah, jagte ihr Angstschauer über den Rücken. »Du bist wahnsinnig«, flüsterte sie. Sie versuchte, sich von ihm loszumachen, aber sein Griff wurde immer fester, bis sie vor Schmerzen aufschrie. Pauls harte, schneidende Stimme machte allem ein Ende.

»Es wäre besser für Sie, wenn Sie sie loslassen würden.«

Gregorij ließ sie frei, und Anna stand auf. Sie schämte sich, daß er Zeuge dieser heftigen Auseinandersetzung geworden war.

Paul ging auf sie zu und sagte in gleichmütigemTonfall: »Wenn Sie Anna noch einmal zu behandeln, dann, das schwöre ich bei Gott, werde *ich Sie* vernichten.«

Gregorij jedoch war noch immer außer sich, und der Anblick seines Rivalen, der so stark und gesund vor ihm stand, war mehr, als er ertragen konnte. Er war aschfahl geworden, der Schweiß rann ihm über das Gesicht, aber seine Stimme klang ruhig.

»Anna hat mir gerade eröffnet, daß sie mich verlassen will. Sie möchte sich scheiden lassen, und ich weiß genau, aus welchem Grund sie das will. Sie haben sie soweit gebracht, Sie verdammter Schürzenjäger, Sie gemeiner Mörder!« Seine Finger schlossen sich um den Griff der Pistole, und er hob die Hand. Anna hörte den metallischen Laut, als er den Hahn spannte, und stieß einen Angstschrei aus.

Paul rührte sich nicht von der Stelle und sagte leise: »Legen Sie die Waffe weg, Gadiani, bevor Sie etwas Unüberlegtes tun.«

Aber Gregorij war keiner Vernunft mehr zugänglich. »Ich schulde Ihnen noch einen Schuß«, fauchte er zornig, »und, bei Gott, jetzt bezahle ich meine Schulden.«

Er drückte ab, der Knall war ohrenbetäubend, und Anna sah durch den Rauch, wie Paul schwankte und auf die Knie sank. Gregorij wirkte wie betäubt, die Pistole hielt er noch immer in der Hand.

Pauls Gesicht war blutüberströmt. Er zog ein Taschentuch hervor, als er taumelnd aufstand. Die Kugel hatte um Haaresbreite seinen Schädel verfehlt und nur eine Streifwunde auf seiner Stirn hinterlassen, bevor sie in einen Holzbalken eingeschlagen war.

Draußen waren eilige Schritte zu hören, die Tür wurde aufgerissen, und Warga und Grischka stürmten herein.

»Wir haben einen Schuß gehört...«

»Es ist alles in Ordnung, es war ein Unfall. Prinz Gadiani hat meine Pistole ausprobiert.«

Warga sah sich rasch um und wandte sich Paul wieder zu. »Ich sehe mir besser Ihre Wunde genauer an, Oberst.«

»Ich komme gleich.«

»Es scheint, als ob wir unsere Waffen bald sinnvoller einsetzen müßten, Oberst. Einer unserer Späher ist zurückgekommen und möchte Bericht erstatten.«

»Gut. In ein paar Minuten komme ich zu euch.«

Die beiden Kosaken zogen sich widerwillig zurück, und Paul sagte, als wäre nichts geschehen, zu Gregorij: »Ich bin gekommen, um Ihnen zu sagen, daß wir innerhalb der nächsten Stunde aufbrechen.«

Anna wäre am liebsten zu ihm gelaufen, aber sie wagte es nicht. Sie bereute bitterlich ihre unbedachten Worte. Warum hatte sie nicht den Mund gehalten?

Paul nahm Gregorij die Pistole aus der Hand. »Ich glaube, die ist bei mir besser aufgehoben.«

Als er gegangen war, fühlte Anna, wie ihre Knie weich wurden. Sie sank benommen auf ihr Strohbett, und erst Gregorijs Stimme riß sie aus der Erstarrung.

»Hilf mir aufzustehen. Wenn wir uns den Weg freikämpfen müssen, möchte ich dem Feind aufrecht gegenübertreten.«

Sie drehte sich wütend zu ihm um. Wie konnte er nur so ruhig sein nach allem, was er getan hatte? Aber sie merkte rasch, daß jedes Wort sinnlos gewesen wäre. Diese Haltung war so typisch für Gregorij, und es war besser, den Vorfall nicht mehr zu erwähnen, wie Paul es auch getan hatte. Sie half ihm beim Aufstehen, und er humpelte zur Tür.

Es dauerte keine Stunde, bis sie alles zusammengepackt hatten und in den Sätteln saßen. Der Späher hatte berichtet, daß vier oder fünf Reiter in der Nähe waren, und nach der Beschreibung, die er abgab, hatte Paul wenig Zweifel, daß Daniel Gadiani und Kezia Mahommed unter ihnen waren. Noch waren sie ihnen nicht auf der Spur, aber Paul vertraute nicht auf die Verschwiegenheit der Dorfbewohner, die sicher von den Fremden erzählen würden, wenn Kezia sie befragte. Sie mußten sich in die Berge zurückziehen und hoffen, daß sie ihre Verfolger abhängen konnten.

15

Tagelang spielten sie ein verzweifeltes Spiel: Sie ritten ein Stück, zogen sich in sichere Verstecke zurück und suchten die Umgebung nach Reitern ab. Während der ganzen Zeit versuchte Paul, sein Hauptziel, die russische Garnison und damit die Sicherheit, nicht aus den Augen zu verlieren; aber mit einem kranken Mann, einer Frau und einem Kind im Gefolge konnte er sich nicht so bewegen, wie er es sich gewünscht hätte.

In der zweiten Nacht nach ihrem Aufbruch waren sie gezwungen, in einer Felsenhöhle Zuflucht zu suchen. Es war bitterkalt, aber Paul untersagte ihnen, ein Feuer anzuzünden, weil sie der Rauch verraten hätte. Sie kauerten sich dicht zusammen, und Paul teilte die Wachen ein. Sie aßen ein wenig Käse und trockenes Brot und tranken einen Schluck Wasser. Danach lagen sie zitternd vor Kälte unter den Decken.

Gregorij hatte sich tagsüber verbissen im Sattel gehalten und war vollkommen entkräftet. In der Nacht begann er plötzlich zu zittern wie Espenlaub, und Anna rückte näher zu ihm, um ihn mit ihrem Körper zu wärmen. Er klammerte sich krampfhaft an sie, und sie fühlte, daß er trotz des Schüttelfrosts schweißüberströmt war. Sie flüsterte ihm beruhigende Worte ins Ohr, wie sie es bei Wanja getan hätte. Als sie am Morgen wie gerädert erwachte, merkte sie, daß jemand eine weitere Decke über sie und Gregorij gelegt hatte, und vermutete, daß es Paul gewesen war.

Beim ersten Morgenlicht verließen sie die Höhle. Gregorij stand schwankend neben seinem Pferd und hielt sich an den Zügeln fest, als er sich unsicher Paul zudrehte.

»Müssen wir denn immer davonlaufen? Können wir nicht bleiben und uns dem Kampf stellen? Das wäre in jedem Fall besser als dieses alberne Katz-und-Maus-Spiel.«

»Daran habe ich auch schon gedacht«, sagte Paul, »öfter als einmal. Ich würde es ebenso wie Sie vorziehen, zu kämpfen, aber ich muß an Anna und das Kind denken.

Wir müssen weiter. Wenn wir die Berge hinter uns gelassen haben, wird's leichter, und dann brauchen wir nur noch einen Tag bis zur Garnison. So weit werden sie uns sicher nicht verfolgen«, fügte er mit mehr Zuversicht hinzu, als er empfand.

Stunde um Stunde wurde Gregorij schwächer. Sie kamen nur langsam voran und mußten häufig Pausen machen. Die Tage und Nächte verschmolzen zu einem einzigen nicht enden wollenden Alptraum, und manchmal fragte sie Anna, ob dieses Versteckspiel nicht Absicht war – ein Plan, der Daniel Gadianis verdrehtem Gehirn entsprungen war, um sie mürbe zu machen und zu schwächen, bis er zum letzten vernichtenden Schlag ausholte.

Eines Morgens, als sie über einen schmalen Bergrükken kletterten, gerieten sie in einen Schneesturm. Der beißende Wind wirbelte ihnen die eisigen Schneeflocken ins Gesicht, und sie konnten kaum mehr ein paar Meter weit sehen: Die Pferde stolperten und rutschten über den glitschigen Boden, so daß Paul am Nachmittag einsehen mußte, daß sie nicht mehr weiterkamen, und eine Rast befahl.

»Wir müssen warten, bis sich der Sturm legt und es aufhört zu schneien«, erklärte er. »Es ist noch nicht Winter, und um diese Jahreszeit hält ein solches Wetter nicht lange an.«

Sie fanden notdürftigen Schutz zwischen den Felsen, und die Kosaken zündeten ein kleines Feuer an. Sie kauerten sich aneinander und tranken heißen Tee, den sie mit geschmolzenem Schnee aufgebrüht hatten. Ihre Finger waren taub vor Kälte, und ihre Gesichter fühlten sich an, als hätte man sie mit spitzen Nadeln gespickt. Es waren die schlimmsten Stunden, die sie bis jetzt hatten überstehen müssen, und Paul hatte die größte Mühe, die Moral der Truppe aufrechtzuerhalten.

Er sah müde und abgespannt aus. Das Pflaster auf seiner Stirn war mit frischem Blut durchtränkt. Anna fragte sich, ob er in den letzten Tagen überhaupt ein Auge zugetan hatte. Er hockte neben ihr und hatte die Arme um seine Knie geschlungen. Anna legte eine Hand auf die seine. Er lächelte matt und beugte den Kopf, um ihre Finger mit seinen Lippen zu berühren.

»Verlier nicht den Mut. Eines Tages hast du alles überstanden.«

Gregorij hielt die Tasse in seinen zitternden Händen und flüsterte heiser: »Wenn ich nicht wäre, hättet ihr sie schon längst abgehängt und wärt in Sicherheit – ihr alle. Geht ohne mich weiter, laßt mich hier.«

»Nein!« rief Anna entsetzt aus. »Nein, wie kannst du nur so etwas sagen?«

»Sei still, Anna. Paul trifft die Entscheidungen, und er weiß, was ich meine. Wir müssen den Tatsachen ins Auge sehen. Ich erreiche Tiflis niemals lebend, dafür wird dieses verdammte Bein sorgen. Laßt mir eine Pistole hier, ich habe nicht vor, es ihnen allzu leicht zu machen.«

»Paul, hör nicht auf ihn, er spricht im Fieber. Er weiß gar nicht, was er sagt.«

Paul antwortete nicht sofort. Er wußte sehr genau, daß Gregorij im Grunde recht hatte, und es wurde höchste Zeit, daß er medizinische Hilfe erhielt, sonst würde ihn das Gift der schwärenden Wunde umbringen, wenn ihn Fieber und die Kälte nicht vorher das Leben kosteten. Dennoch konnte er die Lösung, die Gregorij vorgeschlagen hatte, nicht akzeptieren. Gerade die Tatsache, daß Gregorij der Ehemann der Frau war, die er liebte, zwang ihn dazu, ihn in Sicherheit zu bringen, auch wenn es ihm große Opfer abverlangte. Es war verrückt, paradox, aber er konnte nichts daran ändern.

»Unsinn, Gadiani«, versuchte Paul ihn zu ermutigen.

»Sie sind niedergeschlagen und müde. Nach allem, was wir heute durchgemacht haben, ist das kein Wunder. Wir werden Sie auf keinen Fall im Stich lassen – entweder wir entkommen ihnen alle gemeinsam, oder wir gehen alle unter. Diesen Bestien würde ich nicht einmal einen Hund freiwillig überlassen.«

Gregorijs Augen wurden schmal. »Sie könnten es eines Tages bereuen, daß Sie sich so heldenhaft verhalten haben«, murmelte er sarkastisch.

Paul schwieg und rutschte ein wenig von Anna weg zum Feuer. Gregorij legte sich auf den Boden und betrachtete sie nachdenklich. Weder Anna noch Paul rührten sich, aber er wußte, was sich zwischen ihnen abspielte – er hatte Anna an Paul verloren, aber sein Stolz verbot ihm, diese Tatsache zu akzeptieren, und er empfand das als eine weitere Folter, die zu seinen körperlichen Schmerzen hinzukam.

Am Morgen des fünften Tages hatten sie die letzte Bergkette überwunden und ritten talwärts. Als sie die Schneegrenze hinter sich hatten, wurde es wärmer, und die Sonne schien. Einen ganzen Tag und eine Nacht hatten sich ihre Verfolger nicht blicken lassen – offenbar hatten sie in dem dichten Nebel und dem Graupelschauer, der den Schneesturm abgelöst hatte, ihre Spur verloren. Ein vorsichtiger Optimismus machte sich breit. Grischka hatte Eier unter einer Hecke gefunden, und er kochte sie über dem Feuer. Die Dotter waren unnatürlich gelb, und sie schmeckten seltsam, aber alle waren froh, daß sie außer den üblichen trockenen Biskuits einen Bissen warmes Essen in den Magen bekamen.

Wanja hatte sich neben Gregorij gesetzt. Sein Gesicht glänzte von dem Schmalz, mit dem Anna seine von der Kälte wunde Haut eingerieben hatte. Der Junge hat die

Strapazen besser überstanden als alle anderen, dachte Anna. Einer der Männer hatte ihm eine kleine Figur aus einer Baumwurzel geschnitzt, und Wanja stellte sich vor, sie sei ein Soldat, der auf der Decke, in die sein Halbbruder eingehüllt war, eine Schlacht ausfocht. Gregorij lag auf dem Rücken, hörte dem Geplapper des Jungen zu und warf nur hie und da ein Wort ein.

Die Nervenanspannung hatte sich in den letzten Stunden ein wenig gelöst, Anna atmete erleichtert auf und genoß den Frieden. Sie hatten ihr Lager in einer gemauerten Hütte aufgeschlagen, die früher offenbar eine Kapelle gewesen war. Nur eine zerbrochene Heiligenstatue, die von ihrem Podest gefallen war, und die Quelle, deren Wasser sich in ein kaputtes Steinbecken ergoß, erinnerten noch daran, daß dies einmal ein heiliger Ort gewesen war.

Anna ging ins Freie und sah sich um. Auf der anderen Seite des Weges fiel das Gelände steil zu einem Fluß ab. Anna wußte, daß sie sich nicht zu weit entfernen durfte, aber sie wollte sich ein wenig die Beine vertreten. Die Kosaken waren in Rufweite, und sie konnte Paul und Warga sehen, die neben den Pferden standen und sich unterhielten. Seit dem Tag, an dem Gregorij auf ihn geschossen hatte, war sie nicht mehr mit Paul allein gewesen, und das mußte auch weiterhin so bleiben. Sie konnte Gregorij nicht verlassen, das wußte sie jetzt, und sie durfte ihn nicht noch einmal zu einer solchen Wahnsinnstat provozieren. Als er den Vorschlag gemacht hatte, daß Paul ihn zurücklassen solle, hatte ihr Herz einen Freudensprung gemacht, aber gleich darauf hatte sie tiefe Scham wegen ihrer schrecklichen Gedanken verspürt.

Die Gewissensbisse hatten sie dazu getrieben, sich mehr um ihn zu kümmern, aber als sie ihn eines Abends gebeten hatte, den Verband an seinem Bein erneuern zu dürfen, hatte er sie schroff zurückgewiesen.

»Um Gottes willen, laß mich in Ruhe! Ich brauche dich nicht, ich brauche niemanden. Ich weiß genau, was du willst, ich sehe es jedesmal in deinem Gesicht, wenn du ihn anschaust. Geh zu ihm, geh!«

Er hatte sie so grob von sich gestoßen, daß sie gefallen war und sich das Gesicht an einem Felsen aufgeschlagen hatte. Sie versuchte, die Wunde vor Paul zu verbergen, aber er hatte sie bemerkt.

»War das Gregorijs Werk?« fragte er.

»Nein«, versicherte sie schnell. »Natürlich nicht. Ich bin hingefallen.« Aber seine wutblitzenden Augen zeigten ihr, daß er ihr nicht glaubte.

Sie hatte sich lange gequält und sich über ihre Lage das Gehirn zermartert. Gregorij hatte recht: Eine Scheidung war undenkbar, etwas so Schändliches, daß sie diese Lösung nicht einmal in Erwägung ziehen durfte.

Sie war so in Gedanken versunken, daß sie gar nicht gemerkt hatte, wie weit sie gegangen war. Als sie aufsah, entdeckte sie blühende Christrosen an einem windgeschützten Platz. Sie hielt das für ein gutes Omen, ein Zeichen des Himmels, daß sie den schwarzen Reitern entkommen waren, und bückte sich, um sie zu pflücken. Der Anblick dieser Winterblüten würde allen Mut machen, dachte sie. Das Ende ihrer Reise war nah.

Der Mann, der zwischen den Felsen kauerte und jede ihrer Bewegungen beobachtete, machte einen Satz und packte sie.

»Endlich, meine Schöne. Warum bist du vor mir weggelaufen?«

Sie drehte sich in seinen Armen um und starrte in das dunkle Gesicht von Kezia Mahommed. Seine Zähne blitzten, als er sie anlächelte. Sie ließ die Blumen fallen und schrie gellend um Hilfe, aber er lachte nur. Als er leise durch die Zähne pfiff, kam sein Pferd gehorsam angetrabt. Er stieg auf und hob sie vor sich in den Sattel, und nur einen Augenblick später galoppierten sie über den Weg. Anna hörte donnernde Hufschläge hinter sich. Kezia trieb sein Pferd noch mehr an, aber er wurde von einem Reiter verfolgt, der ebenso geschickt und entschlossen war wie er selbst.

Paul hatte Annas Schreie gehört und sich ohne zu zögern auf den Rücken eines der Pferde geschwungen, die, solange sie flüchteten, immer gesattelt waren. Er rief seinen Männern eine Warnung zu und sprengte hinter Kezia her. Langsam verringerte sich die Distanz zwischen ihnen. Paul wartete, bis der Weg breiter wurde und jagte in halsbrecherischer Geschwindigkeit an ihnen vorbei, um gleich darauf sein Pferd herumzureißen und ihnen von Angesicht zu Angesicht gegenüberzustehen.

Kezia unternahm den verzweifelten Versuch, in die Berge zu entkommen, aber sein Pferd, das die doppelte Last zu tragen hatte, scheute vor dem steilen Hang und bäumte sich auf. Anna wand sich aus Kezias Umklammerung und stürzte auf den Boden. Um sie vor den stampfenden Hufen zu schützen, sprang Kezia aus dem Sattel und zerrte das Pferd zur Seite. Als er aufsah, starrte er in den Lauf der Pistole, die Paul auf ihn gerichtet hatte.

Anna rappelte sich auf, und Paul schrie ihr zu: »Geh hinter mir in Deckung!«

Kezia, der seinen Dolch aus dem Gürtel gezogen hatte, griff an – im gleichen Moment, in dem Paul die Pistole abfeuerte. Der Arm des Tataren sank an seine Seite, Blut tropfte von seiner Hand, und der Dolch fiel auf die Steine.

»Töte mich!« forderte er trotzig und preßte sich an einen Felsen. »Ich unterwerfe mich niemals und lasse nicht zu, gefangengenommen zu werden.«

»Wir wollen keine verdammten Gefangenen!« zischte Paul. »Wo sind die anderen, die mit dir geritten sind?«

»Sie dürften inzwischen in eurem Lager sein«, versetzte Kezia. »Ich gehöre nicht zu ihnen, ich bin nur wegen der Frau hier.«

»Sie ist nicht für dich bestimmt.«

Die beiden Männer starrten sich feindselig an.

Anna konnte den Gedanken, daß Paul den einzigen von Schamils Reitern, der freundlich zu ihr gewesen war, kaltblütig tötete, nicht ertragen und flehte: »Bitte, Paul, laß ihn gehen!«

Einen Moment lang glaubte Anna, er hätte sie nicht gehört, dann sagte er scharf: »Du hast gehört, was sie gesagt hat. Geh zur Hölle!«

Kezia sah ihn verblüfft an. »Du tötest mich nicht?«

»Es ist nicht meine Art, einen unbewaffneten Mann niederzuschießen. Verschwinde und laß dich nie wieder blicken!«

Er machte auf dem Absatz kehrt und versuchte so würdevoll wie möglich zu seinem Pferd zu gehen, dann sprang er in den Sattel, stieß ein wildes Geheul aus und sprengte in rasendem Galopp davon.

»Er hätte nie um sein Leben gebeten«, sagte Anna, »aber ich bin sicher, daß er nicht zurückkommt.«

»Gott gebe, daß du recht behältst. Ich weiß nicht, wer von uns beiden der größere Narr ist. Was, zum Teufel, machst du so weit vom Lager entfernt? Komm jetzt, beeil dich! Der Himmel weiß, was inzwischen aus meinen Männern geworden ist.«

Sie klammerte sich an ihm fest, als sie zurückgaloppierten.

Als die Steinkapelle in Sicht kam, hielt er das Pferd an und starrte wie betäubt auf das Bild, das sich ihm bot. Anna konnte nicht glauben, daß in so kurzer Zeit so viel geschehen konnte. Das Lager sah aus, als wäre ein Wirbelstürmer hindurchgefegt: Decken, Kochtöpfe – all ihre armseligen Sachen waren über den Boden verstreut. Die Tataren mußten es im Galopp niedergeritten und diese Verwüstung angerichtet haben. Von den Kosaken war keine Spur zu sehen, aber auf dem aufgewühlten Weg, direkt unter ihnen, befand sich Daniel Gadiani hoch zu Roß und hielt das Kind, das vor ihm saß, mit einem Arm fest. In der anderen Hand hatte er ein langes Seil, mit dem er Gregorijs Handgelenke gefesselt hatte. Gregorijs Kleidung war zerfetzt und mit Schlamm bedeckt, als hätte er einen erbitterten Kampf ausgefochten.

Paul fluchte leise, trieb sein Pferd ein paar Schritte zurück, glitt vom Sattel und zog die zweite Pistole aus dem Halfter.

»Bleib hier Anna und verhalte sich ganz ruhig«, raunte er.

Daniel Gadiani zerrte mit boshafter Freude an dem Seil, so daß Gregorij stolperte und auf die Knie fiel. »Jetzt, mein lieber Cousin«, kreischte er, »haben wir ein bißchen Spaß miteinander, wir wollen doch mal sehen, wie schnell du rennen kannst.«

Er nahm die Reitpeitsche, um sein Pferd anzutreiben, doch als er sie hochhob, zerriß ein Schuß die Luft. Daniel sank in sich zusammen, blieb aber im Sattel sitzen. Wanja rutschte ihm aus dem Arm und fiel schreiend vor Angst vom Pferderücken. Das erschrockene Pferd machte einen Satz und stürmte vorwärts, als Paul die Pistole sinken ließ und wie ein Wahnsinniger losrannte, um Gregorij zurückzuhalten. Er stürzte sich auf ihn und riß ihn in seine Arme, aber in diesem Augenblick ruckte das Seil so heftig, daß er das Gleichgewicht verlor. Verzweifelt hielt er Gregorij umklammert, aber als das Pferd mit seinem toten Reiter über den Rand des Abgrunds stürzte, zerrte es Paul und Gregorij mit sich.

Es ging alles so schnell, daß Anna gar nicht richtig begriff, welche entsetzliche Tragödie sich vor ihren Augen abgespielt hatte, sondern wie betäubt auf die Stelle starrte, wo noch vor dem Bruchteile einer Sekunde Gregorij und Paul gestanden hatten. Dann rannte sie los, und Wanja lief auf sie zu und umschlang sie schluchzend.

Wie in Trance legte sie ihm die Hände auf die schmalen Schultern und wagte sich zum Abgrund vor. Sie spähte in die Tiefe, und obwohl sie nichts sah, wurde ihr bewußt, daß das Gelände nicht so jäh abfiel, wie sie es befürchtet hatte. Es gab einige Felsvorsprünge, und überall waren Büsche und dichtes Gestrüpp. Sie glaubte, in der Tiefe eine Bewegung auszumachen, und suchte verzweifelt nach einer Möglichkeit, nach unten zu klettern; aber ihre Füße fanden nirgendwo Halt. Sie mußte zu ihnen, aber wie? Sie zitterte und war nahe dran, den Verstand zu verlieren, als ein Schrei ertönte. Ein Mann stürmte auf sie zu. Das erste, was sie dachte, war, daß die schwarzen Reiter zurückgekommen waren, um ihr grausames Werk zu vollenden. Sie schluchzte vor Erleichterung, als sie Warga erkannte.

»Sie haben uns in die Zange genommen«, keuchte er, »aber wir konnten die Umzingelung aufbrechen. Die verfluchten Teufel haben Fersengeld gegeben. Wo ist der Oberst?«

»Sie... sie sind in den Abgrund gestürzt..., beide«, stammelte sie und berichtete stockend von den Ereignissen.

»Allmächtiger Gott«, stöhnte Warga, legte sich auf den Boden und spähte über den Rand des Abgrunds. »Ich sehe etwas«, rief er nach einer Weile. »Wir brauchen Seile und müssen da hinunter.«

Grischka und zwei andere Kosaken rannten zu ihnen, während Anna verzweifelt neben Wanja zu Boden sank.

Sie fühlte sich so entsetzlich hilflos und beobachtete voller Angst, wie die Männer losliefen, um Seile zu holen, sie an einen Baum banden und sicherten. Gleich darauf kletterten sie in die Tiefe, immer weiter nach unten. Es war entsetzlich. Niemand konnte einen solchen Sturz überleben.

Wanja plapperte unaufhörlich mit seiner schrillen Kinderstimme. »Der Mann kam in die Kapelle, und es war schrecklich. Er hat mich festgehalten. Er hat mir weh getan, Anna. Gregorij wollte ihn aufhalten, aber er hat ihn niedergeschlagen und gefesselt. Anna, wo sind sie? Sind sie tot?«

»Schsch, Liebling, hör auf zu weinen. Alles wird gut.«

Im stillen betete sie: »Lieber Gott, laß Paul nicht tot sein, mach, daß Paul lebt.«

Sie sah, daß die Kosaken auf einem Felsvorsprung angehalten hatten. Warga schrie etwas, und ein anderer Mann kämpfte sich durch das Gestrüpp zu ihm durch.

Kurze Zeit später begannen sie den Aufstieg. Anna wartete atemlos und wagte nicht, einen Blick in die Tiefe zu werfen, aus Angst, daß sich ihre schlimmsten Befürchtungen bewahrheiten könnten. Ihr Herz klopfte so heftig, daß ihr schwindlig wurde. Plötzlich tauchte Pauls dunkler Kopf über dem Felsrand auf, seine Kleider waren zerrissen, und sein Gesicht war mit Dreck verschmiert. Offenbar konnte er einen Arm nicht bewegen, aber er war am Leben. Als er auf sicherem Boden stand, konnte sich Anna nicht mehr zurückhalten, sie lief auf ihn zu und schlang die Arme um seinen Hals.

»Ich dachte, du bist tot... O Paul, mein Liebling...«

Er hielt sie mit einem Arm fest. »Ist schon gut, mein Liebes, mir ist nichts geschehen.«

Als Gregorij über die Felsen gehievt wurde, sah er die beiden engumschlungenen Gestalten, die sich keine Mühe gaben, ihre Gefühle zu verbergen, direkt vor sich, und schloß gequält die Augen. Paul schob Anna beiseite und kniete sich neben ihn.

»Haben Sie sich verletzt? Ist etwas gebrochen?«

Gregorij starrte ihn an. »Es tut mir leid, daß es so schwer ist, mich umzubringen.«

Anna fiel auf der anderen Seite neben ihm auf die Knie. »Wie kannst du so etwas sagen? Paul hat dir das Leben gerettet!«

»Tatsächlich? Ich dachte, er hätte mich über die Felsen in den Abgrund gestoßen.«

»O Gregorij, bitte...«

»Verzeih«, murmelte er schwach, »das war wirklich kein guter Scherz.« Er schloß die Augen und sank zurück.

Anna warf Paul einen ängstlichen Blick zu. »Er ist doch nicht...? Er kann nicht...«

»Nein, ich glaube, er hat nicht allzu viel abgekriegt.« Er rief zwei seiner Männer zu sich. »Tragt ihn die Kapelle, aber seid vorsichtig, vielleicht hat er sich etwas gebrochen.«

»Was ist passiert?« fragte sie, als sie Gregorij in die Kapelle folgten.

»Ich weiß es selbst nicht genau. Wir sind gestürzt, aber irgendwie konnte ich Gregorij festhalten, und wir prallten auf einen Vorsprung. Zum Glück haben die Büsche unseren Fall aufgefangen. Dann muß das Seil gerissen sein. Das Pferd und Daniel Gadiani liegen irgendwo dort unten.«

Anna hielt den Atem an. »Glaubst du, er war schon tot, ehe er fiel?«

»Ich hoffe es.«

Es war ein schrecklicher Tod, aber er hätte Gregorij auf die grausamste Weise umgebracht, und mit Wanja wäre er ohne Zweifel auch nicht sanfter umgegangen. Anna konnte nichts anderes als grenzenlose Erleichterung empfinden; es war ihr, als hätte man eine Zentnerlast von ihren Schultern genommen. Die Männer legten Gregorij auf sein Lager und sahen Paul fragend an.

»Es ist gut«, sagte er. »Warga, du bleibst hier, alle andern schaffen draußen Ordnung, aber paßt auf, ob diese Teufel noch in der Nähe sind. Zwei von euch seilen sich ab und sehen nach, was mit Daniel Gadiani los ist. Doch ich möchte nicht, daß ihr deswegen euer Leben riskiert, verstanden? Das ist dieser Bastard nicht wert. Wenn es irgend möglich ist, reiten wir noch heute weiter und suchen uns eine andere Bleibe.«

Gregorijs Hose war zerrissen, und das verletzte Bein lag frei – das Fleisch rund um den Verband war dick angeschwollen und dunkelrot.

»Wir müssen ihm helfen, Warga. Bring Wasser und Bandagen und such nach sauberen Kleidern. Irgendwo muß mein Mantel sein, bring ihn mit.« Paul verzog schmerzlich das Gesicht.

»Du bist verletzt!« rief Anna.

»Mein Handgelenk scheint gebrochen zu sein.«

»Ich möchte es mir ansehen.« Er stöhnte, als sie es sanft abtastete. »Wir müssen es mit einem straffen Verband umwickeln.« Sie sah sich um. »Ich weiß nicht, was für dafür verwenden können. Hast du ein Taschentuch?«

Er griff mit seiner gesunden Hand in seine Tasche und zog etwas hervor, das sie an das Seidentuch erinnerte, das sie ihm einmal gegeben hatte.

Er lächelte kläglich. »Ich bin ein romantischer Narr...«

»O Paul...« Sie schmiegte sich zu Tränen gerührt an ihn. Dann riß sie das Tuch resolut in Streifen und wickelte sie fest um sein Handgelenk. »Das ist nicht gerade ideal, aber es dürfte ein wenig helfen.«

»Es ist sehr gut so.« Paul schob Anna zur Tür. »Wir sind alle am Ende unserer Kräfte, das weiß ich; aber wir müssen um jeden Preis weiterreiten. Ich fürchte, Gregorij wird sein Bein verlieren, wenn er nicht bald von einem Arzt behandelt wird.«

»O nein, nicht das! Das würde er niemals ertragen!«

»Vielleicht irre ich mich. Ich bete zu Gott, daß ich mich irre.«

»Es ist alles meine Schuld«, schluchzte Anna unglücklich. »Ich hätte nie so weit vom Lager weggehen dürfen. Dann hätte mich Kezia nicht gefunden und du wärst im Lager geblieben.«

»Im nachhinein ist man immer klüger«, erwiderte er matt. »Ich bin ebenso schuld an der Tragödie wie du. Ich hätte wissen müssen, daß Daniel Gadiani nicht so schnell aufgibt.«

Gregorij trieb am Rande der Bewußtlosigkeit dahin. Nach einiger Zeit wurde im klar, daß Anna neben ihm saß und sein Gesicht mit einem feuchten Tuch abtupfte, während Paul und Warga sein Bein frisch verbanden.

»Sie haben uns überrumpelt, oder?« murmelte er benommen. »Ich habe Wanja in Sicherheit gebraht, aber Daniel kam zurück. Wo ist er?«

»Mausetot«, brummte Warga grimmig. »Der kann uns keine Schwierigkeiten mehr machen. Setzen Sie sich auf, damit ich Ihnen den Mantel anziehen kann.«

Gregorij schwieg einen Augenblick, dann klärte sich sein Bewußtsein.

»Wie schade für Sie und Anna, daß Sie nicht fünf Minuten später zurückgekommen sind, Paul. Dann wären Sie mich jetzt ein für allemal los.«

Anna wich erschrocken zurück. »Gregorij, hör auf damit!«

»Womit, meine Liebe? Es ist doch die Wahrheit, oder nicht?«

Paul stand auf. »Anna war in Kezias Gewalt«, erklärte er kurz. »Gott sei Dank bin ich noch zur rechten Zeit gekommen. Meinen Sie, daß Sie auf einem Pferd sitzen können? Ich möchte nicht mehr hier sein, wenn es den Teufeln einfällt, zurückzukommen.«

»Ich kann es, wenn ich muß.«

»Gut. Wir packen alles zusammen.«

Er ging mit Warga hinaus, und Anna suchte ihre Habseligkeiten zusammen.

»Drei Männer, und alle sind verrückt nach dir, meine Liebe«, flüsterte er heiser. »Das muß dir doch gefallen. Es ist wirklich lustig. In den alten Tagen in St. Petersburg hätte ich so etwas nie für möglich gehalten.«

Nein, dachte sie bitter, du selbst hast mich wegen der schönen, klugen, skrupellosen Natalie zurückgestoßen. Ich war die Frau, die du nie wirklich wolltest; die Frau, die dir nicht einmal einen gesunden Sohn schenken konnte... Sie biß die Zähne zusammen, um die anklagenden Worte zurückzuhalten. Gregorij fühlte sich elend, und wenn es ihm half, sie zu kränken, dann mußte sie es als Strafe dafür, daß sie ihn nicht so lieben konnte, wie sie sollte, hinnehmen.

16

Anna konnte kaum glauben, daß der Nachmittag erst angebrochen war, so viel war in den letzten Stunden geschehen. Paul bezweifelte, daß die Tataren ohne Daniel Gadiani, der sie antrieb, die Verfolgung wieder aufnahmen, aber er war sich nicht sicher. Je näher sie der Garnison kamen, desto wahrscheinlicher war es, daß sie auf eine russische Patrouille stießen. So erschöpft und ausgelaugt sie auch waren, Paul drängte zur Eile.

Sie kamen nicht so rasch vorwärts, wie er es sich gewünscht hätte, aber schließlich hatten sie doch die Berge überwunden. Nach der Eiseskälte, dem Schnee und dem schneidenden Wind kam ihnen die laue Herbstluft wie Balsam vor.

Meistens ritt Anna dicht neben Gregorij, aber sie sprachen kaum ein Wort miteinander. Er brauchte all seine Kraft, um sich aufrecht im Sattel zu halten. Als er einmal vornübersank, hielt Anna ihn fest, doch er stieß ihre Hand brüsk von sich.

»Laß mich, ist schon gut!«

»Ich denke, wir sollten eine Rast machen. Ich werde mit Paul darüber sprechen.«

»Nein, Anna, das ist nicht nötig«, wehrte er ab, aber sie hatte ihrem Pferd schon die Fersen in die Flanken gedrückt und ritt an die Spitze des Zuges.

»Was ist los?« fragte Paul, als sie an seine Seite kam. »Ist etwas mit Gregorij?«

»Er ist vollkommen entkräftet, Paul. Machen wir bald halt?«

»Ungefähr in einer Stunde. Wenn unsere Karten stimmen, müßten wir dann den Wald hinter uns haben und einen Fluß erreichen. Kann er noch so lange durchhalten?«

»Wenn es sein muß, reitete er, bis er zusammenbricht.«

»Er ist sehr tapfer.«

»Ja, das ist er.« Sie wollte mit Paul sprechen, aber sie waren so selten allein, und jetzt, da sie die Gelegenheit hatte, ihm zu sagen, was sie sich vorgenommen hatte, wußte sie nicht, wie sie anfangen sollte. Sie warf ihm einen prüfenden Blick zu. »Tut dein Handgelenk sehr weh?«

»Ab und zu. Glücklicherweise kann ich auch mit der linken Hand schießen.«

»Sind wir noch in Gefahr?«

»Ich hoffe es nicht, aber es ist besser, man ist auf alles vorbereitet. Ich verlasse mich nicht gern auf den Zufall.«

Sie sah sich ängstlich um. Der Wald, der die Straße säumte, war so dicht, daß sich eine ganze Horde darin verstecken konnte, ohne bemerkt zu werden.

Sie ritten schweigend nebeneinander her, bis Anna sagte: »Ich habe über alles nachgedacht, Paul. Wenn das Schlimmste eintrifft und Gregorij sein Bein verliert, kann ich ihn niemals im Stich lassen. Ich kann mir so gut vorstellen, wie er sich fühlen muß. Er hatte immer eine solche Abscheu vor Krankheiten, es wäre für ihn die Hölle. Er braucht mich.«

»Mir war klar, daß du das sagen würdest. Wenn du eine Märtyrerin aus dir machen willst, dann kann ich dich nicht hindern, aber er wird es dir nicht danken. Kein Mann würde das tun.«

»O Paul, bitte versteh mich. Mach es mir doch nicht noch schwerer.«

»Ich verstehe dich sehr gut«, entgegnete er müde. »Ich war so dumm zu glauben, daß du dich anders entscheiden würdest, aber du wärst nicht du selbst, wenn du nicht bei ihm bleiben würdest. Ist das nicht absurd? Mehr als alles in der Welt wünschte ich mir, du würdest ihn verlassen und mit mir gehen, und zur selben Zeit möchte ich, daß du die Person bleibst, die du bist – die Frau, in die ich mich verliebt lhabe. Aber beides zugleich ist unmöglich. Ich kann eben nicht alles haben.«

»Paul, es ist nur... Ich habe ihn einmal geliebt, und jetzt kann ich ihn in seinem Elend nicht alleinlassen.«

»Ich weiß. Er ist mir gegenüber im Vorteil. Wenn er gesund und bei Kräften wäre, könnten wir die Sache unter uns ausfechten«, sagte Paul düster, »aber so sind mir die Hände gebunden.«

»Was wirst du tun?«

Er zuckte mit den Schultern. »Ist das noch wichtig?«

»Für mich schon.«

»Ich habe auch über einiges nachgedacht, Anna. Wenn ich Gregorij und dich in Sicherheit gebracht habe, reite ich zurück.«

»Zurück? Aber warum?«

»Hast du vergessen, daß ich eine Mission zu erfüllen habe? Ich habe einen Plan.«

»Den du für mich und Gregorij aufgegeben hast.«

»Du darfst nicht glauben, daß ich das bereue. Ich habe es nicht eine Sekunde lang bereut, aber ich hasse unerledigte Angelegenheiten. Ich werde einen neuen Versuch unternehmen.«

»Aber das kannst du nicht – nicht mehr. Sie wissen zuviel über dich, du wirst kein zweites Mal so nah an Schamil herankommen.«

»Es gibt viele Möglichkeiten«, meinte er zurückhaltend. »Ich habe nicht vor, herumzusitzen und Däumchen zu drehen, während sich der Zar überlegt, wie er mich einsetzen kann. Ich bin lieber mein eigener Herr.«

»Frei wie ein Adler«, sagte sie leise. »Das hast du schon einmal gesagt.« Sie sah ihn flehentlich an. »Paul, bitte, tu es nicht! Ich glaube, ich könnte es nicht ertragen.«

Er lächelte sarkastisch. »Du könntest mich sehr leicht davon abbringen, aber das wirst du nicht tun, habe ich recht?«

»Warum machst du es mir so schwer?«

»Das ist nicht meine Absicht, glaub mir, aber für mich ist es auch nicht einfacher. Ich bin kein geduldiger Mensch, Anna, und es gibt Augenblicke, in denen ich mich sehr beherrschen muß, um mich nicht an ihm zu vergreifen. Kannst du das verstehen?« Sie sah ihm ins Gesicht und erschrak über seine zornige Miene. Einen Moment später entspannte er sich. »Du solltest besser zu

Gregorij zurückgehen. Sag ihm, daß wir bald ein Lager aufschlagen.«

An diesem Abend spannten die Kosaken eine Zeltplane zwischen den Bäumen am Rand einer Lichtung auf. Paul brütete beim Schein einer Laterne über den zerknitterten Landkarten.

Er sah auf und meinte: »Wenn wir die Garnison erreicht haben, wäre es am besten, wir würden nach Kumari reiten; es liegt viel näher an Tiflis. Gregorij, können wir Ihrer Großmutter das zumuten?«

»Aber natürlich, sie wird glücklich sein, wenn sie als erste die Neuigkeiten erfährt.« Er lachte leise. »Sie kennen sie nicht. Sie liebt Überraschungen, und sicherlich haben uns alle schon längst verlorengeglaubt. Wir werden wie die Gespenster über die Hügel ins Land einreiten.«

»Eher wie Vogelscheuchen«, entgegnete Paul sarkastisch und faltete die Karte zusammen.

Alle waren todmüde, und Wanja schlief mitten während des Abendessens ein. Anna wickelte ihn in eine Decke und legte ihn neben sich. Gregorij aß kaum etwas, aber er trank gierig eine Tasse Tee nach der anderen. Den ganzen Tag über hatten ihn immer wieder Fieberschübe gequält, und manchmal hatte er sich gefühlt, als würde er außerhalb seines Körpers schweben.

Jetzt beobachtete er Anna, wie sie die Jacke auszog und ihr zerzaustes Haar kämmte, um sich für die Nacht unter dem notdürftigen Zeltdach zurechtzumachen.

Er streckte die Hand aus. »Anna!«

»Was ist?«

»Komm zu mir.«

Er verspürte ein sehnsüchtiges Drängen in seinem Körper, als sie im schwachen Schein der Laterne auf ihn zukam. Ihr Haar umflutete ihre Schultern, und ihre schwellenden Brüste zeichneten sich deutlich unter dem Leinenhemd ab.

Er ergriff ihre Hand. »Küß mich.«

Ihre Lippen berührten leicht seine Wange. Ungeduldig zog er sie näher an sich. Seine Hand tastete nach ihren Brüsten, und sein Mund senkte sich heiß auf ihre Lippen. Anna hatte Mühe, den Impuls, ihn zurückzustoßen, zu unterdrücken, und rührte sich nicht. Als er gewahr wurde, daß sie keinerlei Reaktion zeigte, wurde er wütend.

»Sind das solche Küsse, wie du sie Paul zugestehst?«

Jede Antwort hätte nur einen weiteren Streit heraufbeschworen, deshalb schwieg sie und stellte ihm eine Tasse mit Wasser in Reichweite, löschte das Licht der Laterne und ging zu ihrem eigenen Lager.

Stunde um Stunde lag sie wach und grübelte über ihr Elend, bis sie es nicht mehr aushielt und lautlos ins Freie kroch. Sie sehnte sich nach Paul, seiner Umarmung und dem Trost, den seine Stärke und Liebe ihr geben konnte. Sie würde zu ihm gehen, mit ihm sprechen und ihn dazu bringen, seine waghalsigen Pläne aufzugeben. In der Stille der Nacht konnten sie besser miteinander reden als während des Tages.

Gregorij wußte nicht, wie spät es war, als er wach wurde. Sein Mund war trocken, und er griff so ungeschickt nach der Tasse, daß er sie umwarf.

»Anna«, rief er leise, und als sich nichts rührte, wiederholte er lauter: »Anna!«

Keine Antwort. Bis jetzt war sie jedesmal sofort zu ihm gekommen, wenn er sie gerufen hatte. Er setzte sich auf und merkte, daß außer dem Kind niemand unter der Zeltplane lag. Anna war nicht da. Er wartete eine Weile, aber als sie nicht zurückkam, setzte sich in seinem fiebrigen Gehirn ein ungeheuerlicher Gedanke fest. Maßloser

Zorn überfiel ihn wie eine schwarze Wolke. Sie war bei Paul, dessen war er sicher, und plötzlich verspürte er den unwiderstehlichen Drang, sie für all die Leiden, die er ausgestanden hatte, bezahlen zu lassen. Er wußte genau, was zu tun war.

Er brauchte einige Zeit, bis er sich auf die Füße gekämpft hatte, und schwankte, als er nach der Pistole griff, die ihm von Paul nach dem Überfall der Reiterhorde zurückgegeben worden war. Keuchend lehnte er sich an einen Baum, um genügend Kraft zu sammeln und zu Atem zu kommen. Der Mond war aufgegangen, und die runde Scheibe tauchte die Landschaft in fahles Licht. Die Feuer waren zu einer schwachen Glut heruntergebrannt. Er sah die in Decken gehüllten Soldaten, die neben den Feuerstellen schliefen. Grischka stand in einiger Entfernung mit einem Gewehr in der Hand Wache.

Anna und Paul waren bestimmt irgendwo in der Nähe und lagen sich in den Armen. Die Pistole gab Gregorij ein Gefühl der Stärke, als er auf der anderen Seite der Lichtung eine dunkle Gestalt ausmachte. Er holte tief Luft und biß die Zähne zusammen, um den Schmerz erträglicher zu machen, als er langsam und lautlos über das weiche Gras schlich. Er war erst ein paar Meter weit gekommen, als er erkannte, daß Paul allein war und tief und fest schlief.

Gregorij zitterte und spürte, wie ihm der kalte Schweiß über den Rücken lief. Sein Geist klärte sich mit einemmal. Er hatte einen Alptraum gehabt, und nun war alles vorbei. Eine dicke Wolke schob sich vor den Mond. Gregorij wartete, bis er sich kräftig genug fühlte, um zu seinem Lager zurückzugehen. Die entsicherte Pistole hielt er noch immer in der Hand. Plötzlich hörte er ein Geräusch und sah, wie Paul sich blitzschnell aufrichtete und umschaute. Im nächsten Moment explodierte die Welt um Gregorij mit einem ohrenbetäubenden Knall.

Als sie den Schuß hörte, sprang Anna sofort auf. Sie war mit der Absicht, Paul zu suchen, aus dem Lager geschlichen, aber als sie auf der Lichtung stand, war ihr klargeworden, daß sie das nicht tun durfte. Wenn sie ihm allein in der Dunkelheit begegnete, konnte sie ihm genauso wenig trauen wie sich selbst. Sie hatte sich unter einen Baum gekauert, um ihre rastlosen Gedanken zu ordnen, war dann aber eingedöst. Jetzt rannte sie erschrocken über die Lichtung auf Paul zu, der sich mit einem Gewehr in der Hand über Gregorij beugte. Gregorij lag lag auf dem Rücken, ein dunkler Fleck hatte sich auf seinem Hand ausgebreitet.

»Mein Gott, du hast ihn getötet!« Sie konnte an nichts anderes denken, als sie neben Gregorij auf die Knie sank.

»Nein, nein.« Paul schüttelte benommen den Kopf. Alles war so schnell gegangen. »Irgend jemand war hier...«

»Wo? Hier ist niemand!« schrie sie schrill.

Gregorij bewegte sich kaum merklich. »Verdammt«, murmelte er, »ich dachte... Ich dachte,... Sie und Anna...« Er röchelte und seine Stimme erstarb. Blut tropfte aus seinem Mund. Paul öffnete Gregorijs Hemd, um sich die Wunde anzusehen.

Warga und die anderen Männer scharten sich um sie.

»Was ist passiert, Oberst?«

»Ich wünschte, das wüßte ich selbst.« Paul rieb sich sein Gesicht. »Ein Mann war hier..., ein Kaukasier... Habt ihr ihn nicht gesehen?«

Warga musterte einen Kosaken nach dem andern, ehe er sich Paul wieder zuwandte. »Sind Sie sicher, Oberst? Wir haben niemanden bemerkt.«

»Natürlich bin ich sicher«, erwiderte er verärgert.

»Grischka, hast du auf deinem Posten geschlafen? Du solltest eine Suchaktion starten. Warga, vielleicht hat er sich irgendwo versteckt.«

»Wie Sie meinen, Oberst.« Warga nickte Grischka zu und bellte einige Befehle, während Paul auf seine Hände starrte – sie waren mit Blut beschmiert.

»Ist er tot, Oberst?« fragte Warga.

»Ja.«

Annas Mund war so trocken, daß sie kaum ein Wort hervorbrachte. »Das kann nicht sein ... Nicht so ..., nicht so schnell ... Das kann nicht sein«, stammelte sie immer wieder.

Paul beugte sich zu ihr. »Leider ist es wahr. Wir können nichts mehr für ihn tun«, sagte er leise und legte ihr eine Hand auf die Schulter.

Sie zuckte zurück und schauderte. »Rühr mich nicht an!«

»Ich habe ihn nicht getötet, Anna«, erklärte er mit fester Stimme. »Glaubst du mir nicht? Ich habe ihn nicht umgebracht!«

»Wer hat es dann getan?« Sie sah zu ihm auf, und er erkannte die Anklage in ihren Augen. »Lüg mich nicht an, Paul, ich bitte dich.« Sie stand auf. Ihre Glieder waren bleischwer. »Ich gehe zu Wanja. Er hat sich sicher erschreckt, wenn er den Schuß gehört hat«, fügte sie hinzu und ging, ohne ihn anzusehen, weg.

Vielleicht ist es so besser für ihn«, meinte Warga zaghaft. »Er war schlimm dran. Das Bein ... Es ist besser, wenn es so schnell geht.«

»Sag so was nie wieder, hörst du?« herrschte Paul ihn an. »Wage nicht noch einmal, solche Dinge auszusprechen. Ich würde alles dafür geben, wenn ich damit die Sache ungeschehen machen könnte.« Dann fuhr er ruhiger fort: »Hol eine Decke und wickle ihn darin ein. Ich seh mich inzwischen um«.

»Sehr wohl, Oberst.«

Warga sah ihm nach und schüttelte den Kopf. Zum Teufel, dachte er. Selbst wenn er sich wegen der Frau mit Gadiani geschlagen hätte, würde keiner der Männer ein Sterbenswörtchen verlauten lassen. Und war dieser Zwischenfall nicht die Lösung seiner Probleme? Aber der Oberst war wütend, und die junge Frau benahm sich, als würde sie ihm am liebsten einen Dolch zwischen die Rippen bohren. Er zuckte mit den Schultern und machte sich an die Arbeit.

Wanja saß schlaftrunken auf seinem Lager und griff ängstlich nach Annas Hand. »Sind die Reiter zurückgekommen?«

»Nein, mein Liebling. Es war ein Unfall. Gregorij ...« Sie hielt inne. »Es ist alles in Ordnung. Hab keine Angst. Ich erzähl dir morgen alles.«

Sie deckte ihn zu, setzte sich neben ihn und wartete, bis er wieder eingeschlafen war, dann stand sie auf und lief rastlos hin und her. In dem Moment, in dem sie Gregorij auf dem Boden liegen sah, hatte sie gewußt, was geschehen war. Die Wut und die Eifersucht waren während der ganzen Zeit dagewesen. Sie hatte sie am heutigen Nachmittag in Pauls Gesicht gesehen. Es war ihre Schuld, alles war ihre Schuld. Sie ließ sich auf ihr Lager fallen und wünschte verzweifelt, Paul würde zu ihr kommen, damit sie ihre Schuldgefühle lsowerden könnte. Sie wollte ihm all ihre Bitterkeit und ihr Elend ins Gesicht schleudern. Als sie aufsah, stand er vor ihr, aber die anklagenden Worte kamen ihr nicht über die Lippen. Die ersten zaghaften Vogelstimmen waren zu hören, die den neuen Tag ankündigten.

»Es ist das Beste, wenn wir uns so bald wie möglich auf den Weg machen«, sagte er tonlos. »Bis zur Garnison kann es nicht mehr weit sein.«

»Paul...«

Er sah sie lange an. »Was ist?«

Sie stand auf und ging einen Schritt auf ihn zu. »Paul, was ist da draußen geschehen?«

»Ich weiß es nicht.«

»Aber du mußt es wissen! Paul, warum hast du das getan? Warum? Nach allem, was du für ihn getan hast?«

Er antwortete nicht sofort, nach einer Weile wandte er sein Gesicht ab und sagte mit beißender Ironie: »Er hat dich gesucht und erwartete, dich in meinen Armen zu finden. Er hat mir Beleidigungen ins Gesicht geschleudert, und deshalb habe ich ihn erschossen. Das ist doch genau das, was du annimmst, nicht wahr?«

»Nein, ich weiß nicht... Weshalb sagst du das? Ich möchte die Wahrheit erfahren.«

Er betrachtete sie und kämpfte gegen den schier unwiderstehlichen Drang an, sie an sich zu ziehen, zu küssen und zu lieben – sie zu zwingen, ihm zu glauben. Er hätte alles getan, um eine Brücke über die Kluft zu schlagen, die sich zwischen ihnen aufgetan hatte. Die übermenschliche Belastung, unter der sie in den letzten Tagen gelitten hatten, hatte sie beide bis an den Rand des Zusammenbruchs getrieben.

»Was ist die Wahrheit?« fragte er matt. »Wir beide haben uns gewünscht, er wäre tot, und jetzt ist er es. Wenn du denkst, daß ich zu so etwas fähig bin... Zur Hölle! Was spielt das dann noch für eine Rolle, ob du mir glaubst oder nicht?« Er drehte sich auf dem Absatz um und ging zu den Kosaken, die schon dabei waren, ihre Sachen zusammenzupacken.

Er kam nicht zurück. Warga brachte ihr Tee und erklärte, daß sie in einer Stunde aufbrechen würden. Sie weckte Wanja, wusch ihm Gesicht und Hände und half ihm, sich anzuziehen. Es war schwer, ihm von Gregorijs Tod zu erzählen, und der hörte ihr schweigend zu, als sie ihm klarzumachen versuchte, daß alles nur ein Unfall gewesen war.

»Aber du hast doch gesagt, daß diese schrecklichen Männer nicht zurückgekommen sind«, meinte er, als sie geendet hatte.

»Ich wollte dich nicht erschrecken.«

»Sind sie jetzt weg?«

»Ja.«

Er riß die Augen auf und fragte vorsichtig: »Haben sie Paul auch getötet?«

»Nein.«

»Bin ich froh, ich mag Paul.«

Er lief zu den Männern wie jeden Morgen. Paul nahm ihn auf den Schoß, sagte etwas zu ihm, und der Junge lachte fröhlich.

Wie traurig, daß ihm der Tod seines Halbbruders, den er kaum gekannt hatte, so wenig bedeutete, dachte Anna niedergeschlagen. Aber Gregorij hatte nie versucht, die Zuneigung des Jungen zu gewinnen.

Die Pferde waren bereits gesattelt, und Anna wandte die Augen von der dunklen Gestalt, die man in eine Dekke gewickelt und auf einen Pferderücken gebunden hatte, ab. Sie brachen sofort auf, und die Männer nahmen Anna und Wanja in die Mitte.

Sie verbrachten nur einen Tag in der winzigen Garnisonsstadt. Der Kommandeur tat sein Bestes, um ihnen ein wenig Bequemlichkeit zu verschaffen. Sowohl die Soldaten als auch die Offiziere waren erstaunt gewesen, als die Gruppe über die Dorfstraße geritten war, und sie drängten sich um sie und bestürmten Paul und die Kosaken mit Fragen. Die Dorfbewohner standen vor ihren Hütten und starrten Anna in ihren abgerissenen Männerkleidern neugierig an. Eine der Frauen brachte Gebäck und schenkte es Wanja, eine andere bot Anna schüchtern eine saubere weiße Bluse an, damit sie das von Gregorijs Blut verschmierte Hemd ausziehen konnte. Sie nahm sie dankbar an. Jetzt, da die Strapazen und Gefahren hinter ihr lagen, fühlte sie sich vollkommen erschöpft und brachte es kaum fertig, ein Wort zu sagen. Wegen Gregorijs Tod behandelten sie alle mit respektvollem Mitgefühl und überließen sie ansonsten zum Glück sich selbst.

Paul verbrachte fast den ganzen Tag beim Kommandeur, der alle Einzelheiten über ihre Flucht erfahren wollte. Er kam erst am Abend in das Zimmer, in dem sich Anna während des Nachmittags ausgeruht hatte. Als er erschien, setzte sie sich auf.

»Fühlst du dich kräftig genug, um morgen nach Kumari zu reiten?«

»Ja. Ich bin froh, wenn Wanja und ich dort sind.«

»Der Kommandeur möchte, daß ich euch begleite. Wenn es dir lieber ist, kann ich ihn aber auch bitten, einen Leutnant abzukommandieren.«

»Nein, das ist nicht nötig.«

»Die Soldaten kommen mit dem Leichnam deines Mannes nach. Die Prinzesin möchte ihren Enkel sicher in Kumari bestatten.«

»Ja, natürlich.«

Sie sprachen wie vollkommen Fremde miteinander, aber wie hätten sie sich auch anders verhalten sollen? Alle beobachteten sie neugierig, denn schließlich war Annas Mann im Nebenzimmer aufgebahrt. Niemand hatte sich danach erkundigt, wie er gestorben war. So war der Kaukasus: voll von Tragödien, und keine Menschenseele verlor ein Wort darüber.

Am späten Nachmittag des folgenden Tages ritten sie

durch die kunstvollen Tore in den Park von Kumari. Wanja thronte vor Paul auf dem Pferd und war überglücklich, nach Hause zurückzukommen. Er plapperte unaufhörlich und erzählte von seinem Hund, den Ponys, dem alten Esel, der seinen Karren zog, und den kleinen Kätzchen in der Küche. Seine überschäumende Freude half, das Schweigen, das zwischen ihnen lastete, erträglicher zu machen.

Der Herbst hatte die Landschaft vergoldet, und Anna staunte wieder, wie schön Kumari war – so friedlich im glühenden Abendlicht. Der Anblick linderte ihren Kummer ein wenig und beruhigte ihre angespannten Nerven.

Grischka war vorausgeritten, um der Prinzessin ihre Ankunft anzukündigen. Sie erwartete sie auf der Veranda – klein, juewelengeschmückt und in langen wehenden Gewändern, wie Anna sie in Erinnerung hatte. Die Bediensteten hatten sich hinter ihr versammelt.

Paul stieg ab und hob Wanja vom Pferd. Der Junge stürmte die Treppe hinauf und rief begeistert: »Ich bin wieder daheim, Großmama, ich bin nach Hause gekommen!«

Die alte Dame drückte ihn an sich, und ihre dunklen Augen glänzten verdächtig. »Ja, mein Kleiner, du bist wohlbehalten und munter nach Hause gekommen. Du hast viele aufregende Abenteuer erlebt, nicht wahr?«

»Ich hab' dir so viel zu erzählen«, rief er, und dann umarmte er seinen Hund und lief zu dem Kindermädchen und zu den anderen Bediensteten, um sie zu begrüßen.

Die Prinzessin wandte sich tiefbewegt an Anna. »Mein liebes Kind, es ist wie ein Wunder. Ich hätte nie gedacht, daß ich dich oder den Jungen je wiedersehe.« Die Stimme der alten Dame klang erstickt, und die beiden Frauen umarmten sich liebevoll, bis Anna sich sanft von ihr löste.

»Das ist Oberst Paul Kuragin. Wenn er nicht gewesen wäre, stünden Wanja und ich jetzt nicht hier.«

»Wie kann ich Ihnen jemals danken, Oberst?«

»Dazu besteht kein Anlaß, Prinzessin.« Er verbeugte sich und küßte die Hand der alten Dame. »Ich war nur zur rechten Zeit am richtigen Ort, das ist alles.«

»Kommen Sie ins Haus, komm, Anna.« Die Prinzessin war außer sich und lachte und weinte zugleich. »Du mußt Schreckliches durchgemacht haben und völlig erschöpft sein, Anna, und diese Kleider... Liebes, wir müssen etwas anderes für dich finden. Die Diener werden ein Bad für dich und den Oberst vorbereiten und eine kräftige Mahlzeit richten..«

Sie aßen zusammen zu Abend, und die Prinzessin bestritt die Unterhaltung beinahe allein – sie stellte eine Frage nach der andern, ohne die Antwort abzuwarten. Pauls rechtes Handgelenk war noch immer kaum belastbar, und als Anna sah, wie er sich mit dem Messer abmühte, nahm sie wortlos seinen Teller und zerschnitt ihm das Fleisch.

Viel später saß sie mit der Prinzessin im Salon, den sie noch so gut im Gedächtnis hatte: Die Vögel waren in ihrem silbernen Käfig, die Lampen verströmten ein trübes Licht, und die Luft roch nach dem erlesenen Parfum, das die Prinzession bevorzugte.

Anna erzählte von Gregorij, von ihrer Begegnung in Karimat, der Flucht und dem qualvollen Ritt, der mit Gregorijs Tod geendet hatte. Als sie fertig war, herrschte langes Schweigen.

Schließlich sagte die Prinzessin: »Ich habe vor einem Jahr um ihn geweint, als ich glaubte, wir hätten ihn verloren, aber jetzt habe ich keine Tränen mehr. Ich bin nur dankbar, daß er in Ehren gestorben ist und sein Leichnam hier neben dem seines Vaters und Großvaters beigesetzt werden kann.«

Anna war erstaunt, daß sie die Nachricht so ruhig aufnahm, und bewunderte den orientalischen Fatalismus, der den Tod als Teil des Lebens akzeptierte.

Leise gestand sie der alten Dame: »Ich schäme mich, daß ich nicht so um ihn trauern kann, wie ich es tun sollte.«

»Es gibt nur wenige Menschen auf dieser Welt, die keinen Grund haben, Scham zu empfinden.«

»Aber es ist alles meine Schuld.«

»Mein liebes Kind, ich glaube, du hast schon lange aufgehört, ihn zu lieben, habe ich recht?«

»Ich liebte ihn, bis er mich zurückgestoßen hat.«

»Diese Ehe war ein Irrtum, aber es wäre töricht, wenn du den Rest deines Lebens damit zubringen würdest, diesen Irrtum zu bedauern.« Sie lehnte sich in die aufgetürmten Kissen zurück. »Erzähl mir von Oberst Kuragin.«

»Es gibt nicht sehr viel mehr zu erzählen als das, was Sie bereits wissen.«

»Meine Liebe, ich mag zwar alt sein, aber ich bin weder senil noch blind. Ich habe ihn während des Essens genau beobachtet. Er hat sich dir gegenüber so betont kühl benommen, daß ich sofort wußte, was mit ihm los ist: Er liebt dich.« Als Anna nicht antwortete, beugte sie sich vor, legte einen Finger unter ihr Kinn und hob es an. »Und du, mein Kind? Liebst du ihn auch?«

»Er ist der Mann, von dem ich Ihnen erzählt habe – der russische Offizier, der sich mit Gregorij wegen Natalie duelliert hat. Nur deshalb ist Gregorij überhaupt gefangengenommen worden.«

Die Prinzessin schnaubte ungeduldig. »Natalie ist eine Hure, und sie wußte genau Bescheid, was ihr Bruder vorhatte. Ich fürchte, daß Gregorij ihr auf den Leim gegangen ist und das getan hat, was sie von ihm erwartete«, entgegnete sie liebhaft. »Dieses Duell ist nicht der Grund für eure kühle Zurückhaltung, oder?«

»Nein.« Anna starrte auf ihre gefalteten Hände. »Ich glaube, daß Paul und Gregorij meinetwegen in Streit geraten sind und daß Paul ihn getötet hat.«

Wenn diese Eröffnung die Prinzessin erschreckte, dann verbarg sie es geschickt. »Hast du mit irgend jemandem darüber gesprochen?«

»Nur, nur mit Ihnen.«

»Und er leugnet es?

»Ja.« Anna wagte nicht, die alte Dame anzusehen.

»Du glaubst ihm nicht?«

»Ich möchte ihm glauben, aber ich kann nicht«, erwiderte sie heftig. »Verstehen Sie mich nicht? Er wollte Gregorij loswerden, das hat er mir selbst an diesem Nachmittag gesagt, und nachts ist es passiert.« Sie bedeckte das Gesicht mit den Händen. Jetzt hatte sie die Anklage gegen ihn ausgesprochen, und plötzlich hatte sie Angst, daß Gregorijs Großmutter etwas unternehmen könnte.

Nach langem Schweigen sagte die Prinzessin nachdenklich: »Er scheint ein Mann zu sein, der seine Gefühle nicht jedem zeigt; ein stolzer Mann, der nie zu Lügen Zuflucht suchen würde, um sich selbst zu schützen, und nach allem, was du mir erzählt hast, hat er eine Menge getan, um Gregorij in Sicherheit zu bringen. Anna, meine Liebe, sieh mich an und beantworte mir offen und ehrlich eine Frage: Du liebst Paul Kuragin, und aus diesem Grund hast du dir gewünscht, daß Gregorij nie mehr wieder in dein Leben treten würde, habe ich recht?«

»Nein, so war es nicht.« Anna sah sie mit qualvoller Miene an. »Es war ein Schock für mich, als ich ihn in Karimat traf, aber er hat mir entsetzlich leid getan. Ich versuchte, ihm zu helfen. Paul wollte, daß ich ihn verlasse. Er wollte, daß ich mich scheiden lassen, aber ich hätte nie auf ihn gehört. Ich wäre bei Gregorij geblieben und hätte für ihn gesorgt. Ich hätte alles für ihn getan.«

»Du hättest ihm nur keine Liebe mehr schenken können.«

»Das ist nicht meine Schuld. Ich habe mich so bemüht, ihm das nicht zu zeigen.«

»Aber er hat es gespürt. Niemand kann die Sehnsucht, die er von Herzen empfindet, ersticken. Du versuchst, Paul deine eigenen Schuldgefühle aufzubürden.«

»Ich weiß nicht, was Sie meinen.«

»Oh, ich denke doch. Du weißt nicht, was in dieser Nacht geschehen ist. Aber wenn er Gregorij – mit Absicht oder in Notwehr – getötet hätte, dann hätte er dir seine Schuld eingestanden, egal um welchen Preis. Du möchtest glauben, daß er es getan hat, weil du selbst Gregorijs Tod herbeigesehnt hast, auch wenn du dir darüber nicht im klaren warst.«

Anna starrte sie erschrocken an. »Nein«, hauchte sie, »nein, das ist schrecklich.«

»Ist das wirklich so unwahrscheinlich?« fuhr die Prinzessin ruhig und unbarmherzig fort. »Wir alle haben geheime Wünsche und Gedanken, die wir eines Tages bitter bereuen. Du mußt dich der Wahrheit stellen und zu ihm gehen. Hier im Kaukasus sind Männer wie er gezwungen, ein gefährliches Leben zu führen, das weiß ich nur zu gut. Wenn du nur eine Stunde deines kostbaren Lebens vergeudest, dann ist das, als ob du Gott, der dir eine zweite Chance gegeben hat, verhöhnen würdest.«

Paul stand an der Verandatür in der Halle und drehte sich um, als er Schritte hörte. Die Prinzessin hatte Anna eins ihrer fließenden Gewänder geliehen, und als sie nun im trüben Licht der Lampe auf ihn zukam, erinnerte sie ihn an einen Nachtfalter, der durch die Dunkelheit schwirrte.

Paul ging zum Tisch und stellte das Glas, das er in der Hand gehalten hatte, ab.

»Ich habe auf dich gewartet, weil ich mich von dir verabschieden möchte«, sagte er leise. »Ich reite morgen nach Tiflis. Soll ich Maria Petrowna eine Nachricht von dir überbringen?«

»Arme Maria, sie muß sich zu Tode geängstigt haben. Ich lasse sie von Herzen grüßen, und sag ihr bitte, daß ich bald bei ihr sein werde«, erwiderte Anna unsicher.

»Meine Männer sind eingetroffen. Ich vermute, daß du bleiben möchtest, bis Gregorij beigesetzt ist.«

»Ja, der Prinzessin zuliebe.«

Als er ihr blasses Gesicht und die dunklen Ringe unter ihren samtweichen Augen bemerkte, verwünschte er sich dafür, nach allem, was sie gemeinsam erlebt hatten, zugelassen zu haben, daß sich diese unüberwindliche Kluft zwischen ihnen aufgetan hatte.

»Glaubst du immer noch, daß ich ihn getötet habe?«

Sie sah ihm in die Augen. »Ich denke, wir beiden haben es getan.«

»Nein, Anna, nein. Du darfst dir keine Vorwürfe machen. Die Wahrheit ist, daß die Kugel, die Gregorij getroffen hat, für mich bestimmt war.«

»Wieso? Das verstehe ich nicht«, flüsterte sie.

»Es war Kamil, Belas Bruder. Als ich aufwachte, sah ich, einen Augenblick bevor er den Schuß abgab, sein Gesicht. Es war dunkel, und Gegorij trug meinen Mantel. Er muß ihn für mich gehalten haben.« Er hob hilflos die Hand. »Alles ging so schnell. Ich habe versucht, ihn festzuhalten, aber er ist mir entkommen.«

»Warum hast du mir das nicht gesagt?«

»Das habe ich versucht, aber du wolltest mir nicht zuhören«, antwortete er müde, »und später war ich so wütend, auf mich selbst ebenso wie auf dich. Ich hatte dich enttäuscht. Irgendwie hätte ich es verhindern müssen – ich weiß nicht, ob ich mir das je verzeihen kann.«

Wie seltsam es doch war, dachte sie, daß Kamil die Großzügigkeit, die Paul seiner Schwester gegenüber gezeigt hatte, auf diese Weise vergolten hatte, und wenn Gregorij nicht gewesen wäre, hätte Paul mit dem Tod dafür bezahlt. Sie war so erleichtert, daß sie schwankte und sich mit einer Hand auf den Tisch stützen mußte.

Paul musterte sie einen Moment aufmerksam. »Anna, bevor ich weggehe, muß ich wissen ...«

»Nicht jetzt, Paul, bitte«, flehte sie, »es ist zu früh. Ich muß an Wanja und mein Versprechen denken, das wenigstens bin ich Gregorij schuldig.«

»Das weiß ich, aber schuldest du mir nicht auch etwas?«

»Ja, weiß Gott, aber ...« Sie ging zum Fenster. Vor dem tiefblauen Nachthimmel zeichneten sich die Silhouetten der Berge ab – der Kaukasus mit seiner Schönheit, seinen Geheimnissen und Gefahren. Unvermittelt sagte sie: »Ich frage mich, ob der Hahn auf dem Elbrus noch immer kräht und mit den Flügeln schlägt.«

Er lächelte. Sie war so jung, und trotz der Dinge, die sie erlebt hatte, hatte sie sich ihre Illusionen und Träume bewahrt. Er wünschte, er könnte sie in die Arme nehmen, aber er war sich bewußt, daß er Geduld haben mußte. »Sollen wir hinaufklettern und nachsehen?«

»Ich glaube, ich habe fürs erste genug von den Bergen.«

»Anna«, sagte er sanft. »Bitte, gib mir eine Antwort.«

»Die Prinzessin meint, daß es töricht ist, auch nur eine Stunde seines Lebens zu vergeuden.«

»Sie hat recht. Ich werde mich für lange Zeit beurlauben lassen und nach Arachino zurückkehren. Es liegt in einer großen Ebene, und weit und breit ist kein Berg zu sehen.«

»O Paul...« Sie konnte sich das Lachen nicht verkneifen.

»Das ist schon besser.« Er ging auf sie zu. »Wirst du zu mir kommen?«

Es war ihr, als würde sie am Ende eines langen Tunnels endlich das Sonnenlicht sehen, und streckte die Hand nach ihm aus. »Ja, ich werde zu dir kommen.«

Von Constance Heaven sind bei BASTEI-LÜBBE erschienen:

10030 Das Haus der Kuragin
10053 Das Erbe der Astrow
10610 Das unheilvolle Vermächtnis
10868 Zerbrechliches Glück
11215 Ein Schloß im Süden
11432 Spanischer Frühling